Jean-Guy S
près de Bou
pas quittée
l'IUFM de Limoges, il
l'écriture. Son premier roman, *Les moissons délaissées*, l'aventure en trois tomes (1992-1995) de ces maçons de la Creuse qui ont fait le Paris d'Haussmann, l'a imposé à l'attention d'un vaste public. En 1998, il a reçu le prix des Libraires pour *La belle Rochelaise*. Au début de l'année 2001, il a encore publié *Rendez-vous sur l'autre rive*, un roman où les loups, qui hantaient encore les forêts de la Creuse au XIXe siècle, tiennent la première place. Dès ses premiers ouvrages, Jean-Guy Soumy a rejoint l'école de Brives.

LES MOISSONS DÉLAISSÉES

DU MÊME AUTEUR
CHEZ POCKET

Les moissons délaissées

2. Les fruits de la ville
3. Le bouquet de Saint-Jean
Les affluents du ciel
Julie de bonne espérance
Rendez-vous sur l'autre rive

JEAN-GUY SOUMY

LES MOISSONS DÉLAISSÉES

ROBERT LAFFONT

ISBN 2-266-15383-8

Pour Isabelle et Nathalie

1

Le 3 mars 1860
François rejoint les limousinants

Le chant rauque d'un coq déchira la nuit. Une lumière bleutée, tombée du Puy de la Faye qui surplombe le village, éclaira les carreaux de la minuscule fenêtre. Les nerfs de François se détendirent à l'appel de l'aube. Ses paupières glissèrent sur ses yeux brûlants à force de percer l'obscurité de la salle commune. Allongé sur sa paillasse, il sentait le corps chaud de son frère cadet Louis plaqué contre lui, les pieds glacés contre ses jambes. Tout rendait l'éveil semblable à un endormissement. Dans le cantou rougeoyaient de rares braises qui, animées par les courants d'air sous la porte, palpitaient comme un regard de mâtre. François attendait.

Il attendait cette aube depuis si longtemps.

Six mois plus tôt, à la fin de septembre 1859, alors que le soleil donnait aux hêtres leurs couleurs ocre, Gerbeau était venu trouver le père de François. Ce jour-là, François gardait les brebis sur le flanc de la sagne qui part du Mondoueix et dévale jusqu'aux rives du ruisseau des Vergnes. A ses côtés, Fleurette surveillait les bêtes que l'approche de l'hiver rendait si difficiles à garder. A plusieurs reprises, la petite bergère avait dû s'élancer aux trousses des plus hardies qui cherchaient pâture à l'orée des bois de la Favillade. A son retour du pacage, dès qu'il avait rentré le troupeau et fermé l'étable, le père l'avait appelé.

— Gerbeau est venu te demander pour limousiner à Paris.

Alexandre avait cette voix sans appel que François lui connaissait et qui l'effrayait. Il avait baissé le nez. On ne discutait pas devant le père. Aux Couteilles et dans tout le canton de Pontarion, Alexandre était connu comme un homme dur à la tâche mais prompt à l'emportement. Il était né dans une famille de laboureurs qui possédaient trois hectares tout près de Maisonnisses, à Outrelaigue. Un soir, à la veillée, Alexandre avait avoué que, n'étant pas désiré en raison de la misère qui tenaillait ses parents, sa mère lui avait donné à la naissance du lait froid pour que le mal l'emporte. Et il avait ajouté avec un rire forcé qu'il était toujours là. Et bien là !

François n'avait pas connu les parents d'Alexandre. Le grand-père Auguste Ribière avait été renversé par une bête qu'il conduisait à la pâture et Adèle, sa femme, s'en était allée six mois plus tard, d'une phtisie contractée en glanant sur les terres vaines et vagues, un soir venteux d'automne 1842. Alexandre était monté limousiner à l'âge de douze ans. Depuis que François était en âge de suivre les conversations à la veillée, il avait toujours entendu son père évoquer son premier voyage à Paris, en avril 1832. Treize campagnes avaient suivi, longues parfois de trois ans, ponctuées d'un retour en Creuse à la saison d'hiver. Dès qu'il avait eu dix-huit ans, sur un bout de terre dont l'achat avait englouti ses premières économies, Alexandre avait pris la décision de bâtir une maison. La construction avait duré cinq hivers. C'était une bâtisse de pierres appareillées, flanquée d'étables. La façade, en longueur, déséquilibrée par une porte tout à gauche, comptait deux fenêtres étroites. Le grenier ouvrait par trois lucarnes au ras d'un plancher couvert de terre battue qui protégeait des grands froids. Le toit de chaume, percé d'une cheminée massive qui montait en pignon, suivait une doucine de pierre. Alexandre avait usé de tout son talent. Il avait lui-même taillé les linteaux dans un granit franc sorti de la forêt de la Favillade. Et après avoir posé la porte d'entrée, faite dans les planches d'un châtaignier scié au fond de sa terre, il avait demandé la main de Joséphine Lachaud. Deux ans plus tard, alors qu'Alexandre jointoyait la façade de la bibliothèque Sainte-Geneviève, François naissait ici, aux Couteilles, par une nuit d'hiver 1845. Il gelait à pierre fendre dans la salle commune où sa mère attendait la délivrance sans personne pour lui tenir la main.

L'aube dénouait l'insomnie de François. La mère, pour descendre de sa paillasse, enjamba le coffre qu'elle avait apporté en dot, dix-sept ans plus tôt. François devina dans la pénombre sa silhouette sombre, de dos, enfilant une robe de droguet noir. Il détourna les yeux. Joséphine était née aux Couteilles trente-sept ans plus tôt dans une famille de cultivateurs reclus sur une méchante terre. Son père limousinait à Paris quand commença l'épidémie de choléra de 1832. Par manque d'ouvrage et par peur devant le mal qui décimait la rue de la Mortellerie où il payait sa chambrée, il avait, comme tant d'autres, repris le chemin de la Creuse, la mort aux trousses. Mais la Faucheuse, ce mois de novembre, balayait les routes à grands coups de serpe qui faisaient s'abattre à bout de force les hommes dans les talus. Les maçons tombaient les uns après les autres, de Seine-et-Oise en Orléanais, laissant la vie le long des voies seigneuriales qui tirent droit au travers de la forêt de Tronçay. Les plus résistants parvinrent au-delà d'Issoudun, plus bas que Lignières, et les derniers à mourir, à bout de résistance, renoncèrent aux abords de Nohant dans le sud de l'Indre. Marcel Lachaud, le père de Joséphine, fut de ceux-là. Aucun malade n'atteignit la Creuse.

Au village, les plus anciens parlaient encore de grand-père Marcel qui était le maître de veillée et devant qui personne n'osait placer ses cocasseries quand il évoquait ses campagnes de soldat, pas même les maçons redescendus de Paris. C'est que Marcel avait servi l'Empereur. Il était monté à la charge ce matin d'Austerlitz, dissimulé dans une brume qu'il comparait à celle qui coule du Mondoueix, les matins d'avril. Il avait eu le goût de la poudre prussienne sur les lèvres. Il avait salué l'Empereur, un soir au bivouac. C'est tout au moins ce qu'il prétendait quand il rentrait en titubant de l'auberge Marcellot de Pontarion, les verres de vin blanc s'entrechoquant dans ses yeux qui avaient vu tant de choses.

François retira doucement le bras sur lequel la tête brune de Louis reposait. Le garçonnet avait quatorze ans, d'un an son cadet, et dormait en retroussant ses lèvres sur des dents magnifiques. La lumière tamisée par l'aube dégageait le visage de

Louis sur les draps de lin gris. François s'attarda à contempler ce frère aimé qu'il allait quitter pour une saison entière et qu'il retrouverait changé. Louis avait les traits fins et, lorsque ses boucles brunes mal taillées descendaient sur son front et ses yeux, on eût dit une fille. François songea qu'il n'aurait nulle peine à trouver de jolies cavalières, dans toutes les cabales qui animaient les granges creusoises, au son des vielles et des cabrettes endiablées.

La mère s'était accroupie devant l'âtre. François devinait la masse sombre de ses reins et son dos penché sur les cendres. Et puis son souffle. Rauque comme une toux, qui poussait les braises à sortir de leur retenue pour se jeter sur les branches de genêt dont le parfum amer emplissait la pièce. Le claquement d'une flamme jaune illumina la silhouette maternelle ; les brindilles bien sèches se tordaient. La mère disposa une branche de châtaignier qui crépita en lâchant des étincelles furieuses sur le sol de pierre grise.

Un engourdissement lâche s'insinuait en François. Du plus profond de son être, en cet instant, il souhaitait ne plus partir. Il aurait donné tout ce qu'il avait au monde pour pouvoir rester parmi les siens. Quitte à partager la plus sombre des misères, à ne manger que des châtaignes. Mais il ne possédait rien ! Fleurette s'était redressée en laissant échapper un gémissement. La mère replaçait le couvercle de la huche plaquée contre la souillarde et avait posé une miche de pain noir sur la longue table. François se leva avec précaution pour ne pas réveiller Louis. Celui-ci se jeta contre la cloison de chaux qui séparait la salle commune des étables, le visage enfoui entre ses bras. François posa le pied nu sur le dallage. La pierre humide ressuait la transpiration de la terre. Le froid lui enserra les chevilles. Le gel rôdait autour des Couteilles et tendait sur les pacages un voile cristallin.

La mère fourrailla dans l'âtre à l'aide d'un pique-feu qu'elle maniait avec énergie. Les flammes repartirent, fouettées par le tisonnier et la bûche de châtaignier pétarada des étincelles qui s'agrippèrent dans la suie de la cheminée. François se frotta les yeux. Malgré le foyer, l'air poissait sur le visage une humidité qui tirait la peau. Fleurette, inquiète de voir se lever François de si bonne heure, retourna se coucher sur le dallage en se léchant les pattes avant. François jeta un regard sur ses nouveaux habits.

Depuis la visite de Gerbeau et la décision d'Alexandre d'envoyer François limousiner, la mère avait bien fait les choses. Nul ne pourrait dire de Maisonnisses à Pontarion que le petit Ribière était parti comme un va-nu-pieds. Joséphine avait travaillé une pièce de son chanvre dans laquelle elle avait taillé un costume pour le voyage, selon un patron vendu par Quatre-Vents, un colporteur qui passait aux Couteilles deux fois l'an. François enfila vite le grand pantalon raide et taillé si large que l'entrejambe arrivait à peine au-dessus des genoux. Il plongea la tête dans la chemise et finit par en émerger en reprenant son souffle. Quand il rouvrit les yeux, la mère le regardait. Elle avança vers lui son visage sévère et tendre et repoussa les épaules en arrière, appliqua les braies contre son ventre, tira vers elle la ceinture. « Qui m'habillera désormais ? » songea François, alors que sa mère l'avait saisi par le col de sa veste et le plaquait contre sa poitrine, sans un mot.

Comme elle relâchait son étreinte, François eut envie de se précipiter vers le père endormi pour lui dire qu'il ne partirait pas, qu'il se ferait tout petit. D'ailleurs n'était-il pas tout petit ? Mais à la façon dont la mère posa le grand bol ébréché sur la table, en faisant taper le socle sur le bois, il comprit que cette idée était absurde. Alors il enfila ses brodequins neufs, spécialement achetés à Sardent pour la longue marche. Il réussit à serrer les gros lacets, lui qui n'avait jamais porté jusque-là que des sabots à la rudesse adoucie par une poignée de paille.

Quand il releva la tête, le bol fumait d'une soupe qui avait mijoté toute la nuit dans la grande marmite sur le feu. François l'avala sans rien dire alors que la mère taillait dans la tourte une tranche qu'elle frotta d'une gousse d'ail et qu'il mangea, la gorge sèche.

Le père s'était levé en toussotant comme il faisait depuis trois automnes. Il enfila rapidement ses vêtements sans lever le nez et, une fois vêtu, se planta devant la cheminée en tendant les mains vers le feu. François le regarda à la dérobée. C'était un homme court, trapu et aux épaules arrondies de muscles. Dans le village, les anciens disaient qu'avant son accident, il n'avait pas son pareil pour les tours de force et que personne ne pouvait en venir à bout, même les plus rudes du plateau des Graules qui ont la réputation sauvage. Du temps où il faisait le maçon à Paris, il excellait à monter la pierre et les apprentis qui le servaient gâchaient serré sans craindre que le mortier ne prît, car il n'était jamais en retard sur la musique. Ce matin-là, François le trouva petit. Était-ce la façon qu'il avait de tendre les mains en avant, vers la flamme, les poignets découverts pour réchauffer les rhumatismes qui rouillaient ses os mal ressoudés ? Ou bien était-ce à cause de ses cheveux drus et ras qui grisonnaient sur le col de sa vareuse ?

Cela faisait cinq ans cet automne qu'il n'était pas reparti. Il était revenu de Paris les bras brisés à la suite d'une mauvaise chute dans une cave dont la voûte s'était effondrée, sous le poids d'échafaudages. Certains, comme le grand Cognet du Liège, prétendaient que c'était à la suite d'une échauffourée dans un cabaret, car il avait le vin mauvais. François avait toujours voulu croire que Cognet mentait. Le soir de l'accident, Alexandre avait eu la force, avant de perdre conscience, de se faire conduire dans son garni plutôt qu'à l'hôpital qu'il redoutait plus que la mort. Les économies péniblement amassées au cours de la campagne avaient fondu comme la neige sur les pentes du Puy de la Faye, quand en mars le soleil disperse les cristaux de glace au ciel. Mais travailler à manier la truelle, il ne fallait plus y songer. L'hiver de son retour avait été terrible. Cloué au lit, Alexandre avait viré à l'aigre. Un rien le mettait hors de lui et François avait vu sa mère pleurer bien des fois sous les reproches injustes de son mari. En janvier, à la lune décroissante, le toit avait été endommagé par une tempête qui avait traversé la forêt de la Favillade, renversant les arbres pour s'en venir droit sur les Couteilles. Jamais les anciens n'avaient souvenance d'une telle bourrasque. L'eau avait coulé du plancher du grenier sur la table sous les yeux d'Alexandre alité qui enrageait de ne pouvoir grimper à l'échelle pour réparer. Cet hiver 1855, chez les Ribière, hommes et bêtes avaient partagé la même nourriture.

Quand François eut avalé sa tranche de pain, la mère alla vers l'armoire et en sortit une petite bourse qu'elle remit au père. Tous trois se taisaient. Dehors, la rumeur du jour montait des prés et des bois qui encerclaient les Couteilles et passait d'abord sur les animaux. Les plus mobiles, les plus aériens d'abord, les merles et les jasses effrontées qui n'hésitaient pas à se disputer les maigres épluchures jetées dans la cour. Et puis les chiens qui, bien qu'en éveil toute la nuit, relevaient les yeux vers le ciel pour y lire des bruits et des fragrances invisibles. Enfin les plus lourds, les bœufs, ceux du voisin Mouret, les seuls à pouvoir monter les charrois en haut du Mondoueix, d'un coup de reins tranquille. François entendit les trois vaches qui dormaient à l'étable, de l'autre côté de la cloison contre laquelle était plaqué le lit, faire sonner leurs chaînes. Il aurait aimé aller les caresser, leur parler à l'oreille, dire qu'il reviendrait et que, si Mignonne était toujours d'accord, il lui grimperait sur le dos comme il le faisait quand le père était absent.

Le jour touchait les bêtes de sa grâce, sans qu'elles parussent souffrir de l'heure de l'éveil. François et les siens, douloureusement éclairés par la conscience de l'avenir, attendaient le pas de Gerbeau, en silence.

Ce fut Fleurette qui l'entendit la première. Elle gronda avec retenue mais suffisamment pour s'assurer que tous avaient compris. Elle s'était dressée et alla flairer sous la porte. Son poil hérissé sur l'échine maigre retomba doucement. François regarda sa chienne. C'était une petite bergère à la tête ronde et aux oreilles à demi cassées. Elle était née sans queue comme sa mère qui avait servi la ferme avant elle. Il eut envie de la prendre par la tête et de plonger son visage dans le poil rude, de lui dire à l'oreille tout ce qui l'étouffait, mais déjà Gerbeau cognait à la porte.

Quand Joséphine ouvrit, toute la froidure de ce matin de mars s'engouffra dans la pièce, balayant l'intimité, apportant avec elle l'odeur étrange du village attaché à la nuit. La boue gelée qui crevassait le chemin des Couteilles adressait un souffle d'humus. Du Puy de la Faye tombait toute la respiration des bois de chênes qui, la nuit, prennent un goût de pierre. Les odeurs lourdes des étables si mélangées aux habitations rôdaient avec moins d'acidité qu'au milieu du jour, lorsque le soleil avive la litière mélangée à l'urine. Du toit de chaume coulait une saveur de paille détrempée de rosée. Gerbeau avança vers le père et lui tendit la main.

Les deux hommes se connaissaient d'éternité. Ils avaient fait leur première campagne ensemble et avaient battu le plâtre pour le même compagnon, Duphot, homme de bien qui avait appris à tirer le trait et à tenir le compas pour parvenir à exercer à son propre compte. Gerbeau était apprécié au village et dans tout le canton. D'esprit mesuré, il ne s'emportait guère et personne ne pouvait se vanter de lui avoir fait boire la chopine plus que de raison, plus de deux ou trois fois dans l'année. Il refusait toutes les embrouilles et les gougeats qu'il avait employés ne s'étaient jamais plaints d'un sort injuste.

François ne le reconnut pas. Il portait une vareuse d'un lin bleu cru qui allongeait sa grande silhouette famélique. Ses pantalons de toile tire-bouchonnaient autour de ses jambes si longues. François se demanda comment il parviendrait à suivre son pas jusqu'à Paris. Surtout, Gerbeau arborait un chapeau acheté à la foire de Saint-Georges. Ses grandes moustaches gauloises retombaient sur sa bouche aux lèvres minces. Il avait un regard gris et triste qui perçait dans le regard des autres. François ne songea pas à l'éviter tant il lui rappelait les beaux yeux de Marie, la fille de son futur maître maçon.

— Finis d'entrer.

Le père avait tendu la main vers le banc placé contre la table. Il paraissait petit à côté du maçon mais terriblement râblé. Gerbeau tapa du pied la semelle de bois de ses brodequins au cuir graissé et fit mine d'avancer.

— C'est que je n'ai guère le temps, Alexandre... Robert, Marcel et les autres attendent déjà à la Croix.

François vit son père baisser les yeux avec gêne.

— Mon pauvre Gerbeau, si je pouvais, c'est moi qui le conduirais à Paris.

Le père posa sa main sur la tête de François. Gerbeau se tut. Le craquement régulier de la pendule emplissait les têtes. Fleurette vint s'asseoir aux pieds de François. La mère passa autour du cou de son fils la cordelette d'une besace plate dans laquelle elle avait glissé une tranche de pain, un morceau de fromage d'Italie ainsi que quelques châtaignes. Gerbeau portait une besace de toile semblable sur ses épaules étroites.

— As-tu des nouvelles du fils ? s'inquiéta Alexandre.

Gerbeau secoua la tête. Sébastien, le frère de Marie, n'avait pas eu la main bonne quand il avait tiré son sort de soldat. L'indemnité de remplacement, élevée depuis la loi de 1855 à deux mille cinq cents francs, rendait impensable tout recours à un pauvre bougre qui se serait enrôlé à sa place. Lorsqu'il était revenu de Bourganeuf, Sébastien avait les larmes aux yeux. François se souvenait d'avoir vu passer le jeune homme, la tête basse, alors qu'il gardait les moutons près du ruisseau de Vauves.

Cela faisait déjà trois ans que Sébastien n'était pas revenu au village. L'Empire réclamait des hommes sur tous les fronts et bien des fois Alexandre avait grommelé que « seul le peuple était assez aveugle pour aimer ceux qui le saignent aux quatre veines, l'oncle comme le neveu ». Mais depuis l'attentat d'Orsini, le 14 janvier 1858, alors que l'Empereur se rendait à l'Opéra, rue Le Pelletier, et la nomination du général Espinasse à la tête du ministère de l'Intérieur, il ne faisait pas bon livrer ses sentiments à tous vents. La loi des suspects, promulguée le 27 février, avait déjà envoyé de tous les départements de France près d'un demi-millier de malheureux en déportation en Algérie. L'attentat d'Orsini avait été l'occasion pour l'Empereur de préparer l'opinion publique à l'intervention en Italie. En mai 1858 la conférence de Plombières ouvrait la voie aux armées françaises qui, profitant d'un incident entre l'Autriche et le Piémont, s'engouffrèrent dans la péninsule. Certains limousinants en mal de travail étaient redescendus en Creuse au cours de l'été 1859. Ils avaient eu beau affirmer que cette guerre était juste, qu'elle permettrait d'obtenir la Savoie et Nice et que c'était merveille de voir la foule fêter l'Empereur quittant Paris par la gare de Lyon, le 10 mai 1859, le peuple chantant *La Marseillaise* tout au long du cortège, aux Couteilles, la consternation avait été grande. Tout particulièrement dans la famille Gerbeau dont le fils venait de partir en garnison à Limoges. La dernière lettre qu'ils avaient reçue, écrite par un compagnon d'armes de Sébastien et visée par la censure militaire, provenait de Palestro au sud-ouest de Magenta. Le fils Villoutreix de Laugère, lui aussi emporté dans la tourmente italienne, avait adressé à ses parents une missive dans les jours qui avaient suivi la bataille de Solferino. Les Couteilles tremblaient en pensant à leurs enfants jetés dans les armées incertaines le long des routes d'Europe sur lesquelles, pour l'oncle, tant de jeunes hommes du village avaient déjà laissé la vie.

La bataille du 24 juin 1859 avait été terrible. Le front ouvert sur vingt-cinq kilomètres de large avait opposé trois cent mille Autrichiens et leurs alliés aux troupes françaises. L'affrontement chaotique avait duré tout le jour. La cavalerie, mal préparée, avait été prise de panique et les Français n'avaient dû leur victoire qu'au prix de pertes énormes. Quatre-Vents, le colporteur qui vendait des livres et du fil, dans une carriole tirée par un gros chien noir d'une race d'Allemagne du

Nord, était passé aux Couteilles en juillet. Devant les habitants ébahis il avait sorti une carte sur laquelle il avait pointé les armées du premier corps de Baraguey, du deuxième de Mac-Mahon et du quatrième de Niel. « Combien de morts ? » s'était risquée Marie, quand Quatre-Vents avait achevé son discours par le repli des Autrichiens sur Vérone. Quatre-Vents l'avait regardée. La jeune fille semblait bouleversée par l'évocation de la bataille que les hommes plus âgés avaient suivie d'un air sombre. « Tu crains pour un parent, un futur parent ? » avait-il demandé sans ironie. « Pour mon frère, monsieur Quatre-Vents. » Alors, le colporteur avait replié sa carte, escamotant les noms de Magenta, de Solferino, de Villafranca et s'était mis à crier : « Des fils du meilleur coton, de la percale inusable, des droguets plus doux que les joues des belles Creusoises ! Allez ! Laissez-vous tenter ! »

Quinze jours plus tard, le vieux Léobon, le seul à savoir lire aux Couteilles, avait rapporté d'une foire à Bourganeuf un exemplaire du *Siècle.* L'article évoquait huit mille cinq cents blessés du côté français et surtout quinze cents disparus. Sébastien Gerbeau n'avait plus donné signe de vie depuis l'été.

— Toujours rien, avait répondu Gerbeau sur un ton lugubre.

Comme ils restaient silencieux, le maçon avança la main et s'efforçant de prendre un ton plus enjoué :

— Adi, Alexandre. Ne t'inquiète pas, Joséphine. J'en prendrai soin. Il te ramènera une bonne campagne.

François regarda son père. Celui-ci détourna la tête en serrant les lèvres. La mère avait les deux mains nouées sur la poitrine et dans les yeux une lumière insoutenable. François tendit le front.

— Je te remets sa bourse, Gerbeau. Il y a douze francs.

Gerbeau fourra l'argent au fond d'une poche.

— Je la donnerai au Péraut. Il a les meilleures jambes possible.

Péraut avait la réputation d'un solide marcheur. De plus, il était d'une grande conscience et d'un grand dévouement : tous les maçons des Couteilles, du Mondoueix, de Tressagne et de Laugère lui confiaient au départ leur pécule afin qu'il prît de l'avance sur l'étape et négociât au mieux avec les aubergistes la soupe et le lit. François vit son père acquiescer avec tristesse. Dans le temps, c'était lui qui remplissait cette mission de devoir et personne n'avait jamais pu dire qu'il n'avait pas eu son compte à l'étape, en bouteilles de vin ou en pain.

Gerbeau s'engagea dans le chemin qui traversait les Couteilles, François sur les talons. Des fermes aux façades de granit doré par la lumière de l'aube s'échappaient des rumeurs de préparatifs. Chez les Tissier, la première maison après la fontaine, une femme pleurait. Et puis Tissier était sorti précipitamment, se retournant vers Jeanne qui referma la porte en enfouissant le visage dans ses mains. Ils arrivèrent rapidement à la Croix, à l'embranchement de la route de Sardent et du Grand Blessac. François aperçut cinq hommes. Le bruit de discussions joyeuses lui parvint, dont l'écho se perdait dans les premiers contreforts du Puy du Marivet. Gerbeau fit un signe amical en levant son gros bâton de marcheur qui, à l'occasion, n'hésitait guère à assommer les querelleurs. Des cris de joie lui répondirent et encouragèrent François. Les gars se congratulaient et se lançaient les plus aimables plaisanteries.

— C'est un poulain ! C'est un poulain ! adressa le jeune Lestrade de Villareix qui, malgré ses vingt-deux ans, avait derrière lui huit campagnes, en montrant François du bout de sa canne.

François baissa la tête.

— Il faut se mettre en route. Ceux de Teillaucher nous attendent à la Genête.

Gerbeau démarra le premier, entraînant le groupe qui s'ébranla d'un bon pas. Au moment de s'élancer avec eux, François se retourna une dernière fois vers le village. Les cheminées fumaient toutes et au milieu du chemin, Fleurette, l'échine basse, approchait de son petit maître. François vit les autres qu'engloutissait déjà la forêt épaisse. Et comme le chien continuait à avancer, il ramassa des pierres et les lança en criant de toutes ses forces. Son cri se perdit dans l'immensité du ciel et, lorsqu'une pierre toucha Fleurette, un premier rayon de soleil blanc inonda son visage.

La bande s'était engagée dans les bois du Puy de la Faye. Rapidement François ne s'était plus reconnu. L'aube infiltrait entre les arbres des jambages bleutés dans lesquels brillaient des myriades d'insectes. Le sentier indiqué par Péraut était parfois à peine plus large qu'une main et se confondait avec la trace laissée par les renards ou les blaireaux. Par endroits il s'élargissait, recoupant un chemin forestier détrempé par les pluies et il fallait alors s'enfoncer dans des fondrières qui vous happaient jusqu'aux mollets, sans ralentir le pas. Les hommes, qui avaient été rejoints par ceux du Grand Chiroux, étaient passés par un col surplombant Sardent. François avait jeté un regard sur le bourg endormi, avec ses toits fumant au lever du jour, repliés autour du clocher. Mais bien vite il avait dû rattraper Gerbeau qui disparaissait dans la frondaison détrempée de rosée.

A l'étang de la Chassoule ils avaient interrompu leur course pour échanger quelques mots avec un groupe d'hommes venant de Sardent. François avait entendu Gerbeau dire sans tourner la tête :

— C'est le fils d'Alexandre. C'est sa première campagne.

Il avait cru lire dans les regards une certaine amitié et Barouty de la Ribière Jallade était venu le saluer en tendant franchement la main, avec un beau sourire qui l'avait ragaillardi. Un vieux de Sardent qui arborait une paire de moustaches immenses et blanches avait sorti une fiole et l'avait fait passer de main en main. François était resté en retrait. Ses jambes tremblaient de s'être arrêté si brusquement et le sang lui battait aux tempes. Il avait retiré son chapeau et s'était essuyé le front d'un revers de manche.

Malgré la fatigue, François était émerveillé. D'autres compagnons de marche arrivaient par les chemins qui débouchaient sur la chaussée de l'étang. Un rendez-vous mystérieux attirait tous ces paysans pour une transhumance lointaine. En ce printemps 1860, trente-cinq mille Creusois prenaient à quelques semaines d'intervalle les routes du nord mais aussi de Lyon, de Bordeaux et de Vendée. Du département, comme d'un cœur, partaient des artères rouges d'un sang d'hommes vigoureux et poussés par la misère. Des tailleurs de pierre, des maçons, des scieurs de long, des charpentiers, des terrassiers dévalaient des villages perchés sur le plateau de Millevaches ou des campagnes plus au nord, de Boussac à Pontarion, d'Aubusson à La Souterraine, avec un seul projet : faire bonne campagne pour soulager les leurs restés au pays. Bientôt, au bord de l'étang, ils furent près de trente, discourant avec animation. Des rires forcés qui dissimulaient mal la peine de partir éclataient dans l'air gelé et couraient sur la surface de l'eau comme sur un miroir.

François n'avait jamais vu l'étang de la Chassoule. Il y a cinq ans, son père lui avait promis de l'emmener à la pêche du plan d'eau, mais il fallait attendre sept années entre deux récoltes. On le disait peuplé de carpes de la taille d'un jeune cochon qui dans la vase, une fois l'étang vidé, remuaient leur dos, pareilles à des monstres pouvant survivre des heures. François ne pensait pas découvrir l'étang dans ces circonstances. L'excitation que lui avait provoquée la promesse d'Alexandre virait aujourd'hui à une curiosité mêlée de mélancolie.

— Alors tu ne fais plus le Lyonnais ? demandait Gerbeau à un gaillard que François ne connaissait pas et qui avait fière allure avec son chapeau de cuir.

L'autre répondit en rigolant :

— Monter de la plus belle ouvrage pour un salaire inférieur à celui que touchent les salopiauds qui travaillent à Paris, fallait plus y compter.

Gerbeau avait souri. L'animosité entre les Creusois partant pour Paris et ceux filant vers Lyon avait toujours existé.

— Il paraît que le chantier de la percée Saint-Michel occupe bien des compagnons, remarqua Péraut.

Un gars de Maisonnisses dont le frère était resté à Paris ajouta :

— Mon frère m'a fait écrire que les travaux d'aménagement du bois de Vincennes réclament des hommes. Il n'a pas traîné longtemps place de Grève pour trouver de l'embauche.

Des paysans opinèrent gravement. Les projets d'aménagement de la capitale, conduits par l'Empereur lui-même et son préfet Haussmann, jetaient la ville dans le chaos des démolitions et des gravats, sous l'œil satisfait des hommes du bâtiment. De grandes trouées stratégiques perçaient Paris, doublant sa superficie en l'étendant aux fortications de 1841. Les vieux quartiers insalubres aux ruelles moyenâgeuses, comme autour de Notre-Dame qui disparaissait sous le cloaque de la Cité, avaient été rasés. Les entailles gigantesques laissaient progressivement place aux boulevards majestueux qui tiraient au cordeau leurs immeubles cossus tous semblables.

— C'est du bel ouvrage pour nous, marmonna un gars de Sardent. La journée atteindra peut-être trois francs cet été...

— Faut pas trop y compter, regretta Gerbeau qui avait l'expérience.

— Je crois qu'il reste de l'ouvrage aux Halles. Les parapluies de fer ne sont pas encore tous dépliés à ce qu'il paraît, remarqua gaiement Barouty qui ajouta : Il faut se mettre en marche à présent.

Lorsqu'ils arrivèrent à Guéret, Péraut les attendait à l'auberge. François, malgré la fatigue et la faim, était émerveillé par l'animation qui régnait dans la ville. Gerbeau s'était approché et lui avait dit qu'ils étaient connus dans cette maison et que le patron ne les écorchait pas.

Bientôt, les hommes se retrouvèrent assis autour d'une table sur laquelle fumait un alignement de bols pleins de soupe. François s'était forcé à faire le gai luron et, bien qu'accablé de fatigue, il avait cassé la croûte aussi joyeusement que les autres. Les conversations allaient bon train et les compagnons étaient de bonne humeur. Les pleurs du déchirement du matin avaient séché sur les visages endurcis et les villages abandonnés aux femmes, aux enfants et aux vieillards semblaient bien loin. Il n'était question que de chantiers, d'architectes, de parentèles, d'embauches, de rivaux. Les hommes riaient avec force.

Beaucoup avaient des allures inquiétantes et François évitait prudemment de croiser leur regard. Il était resté assis au côté de Barouty et non loin de Gerbeau qui, de temps à autre, lui lançait un coup d'œil amical. Un gaillard aux épaules de taureau raconta comment il avait cassé la tête à deux tailleurs de pierre qui l'avaient coincé le matin même au sortir d'un chemin. François avait entendu parler de ces rixes par son père et par tous les hommes qui partaient limousiner. Mais leur évocation, si loin des siens, lui donna la chair de poule.

Il vit son voisin serrer le pommeau de l'énorme gourdin qui lui servait de canne en cognant sur le dallage.

— Qu'ils y viennent ces chiens de tailleurs de pierre ! Je sais comment leur parler.

Le vin aidant, les propos s'étaient faits plus menaçants. Mais Péraut s'était levé de table et avait dit d'une voix ferme :

— Il faut partir, compagnons. Ce soir, je vous attendrai à La Châtre. Le père Tixier m'a dit qu'il fallait presser le pas parce que ceux de Limagne sont déjà en train.

D'un coup, les visages s'étaient refermés. Péraut avait à peine tourné la route, en direction de La Châtre, que la bande sous un ciel d'orage reprenait en silence son chemin.

Ils marchèrent jusqu'au milieu de l'après-midi. Le patriarche de Sardent n'était pas le moins gai et jamais il ne passait devant une auberge sans avaler un verre de vin, quelques autres soiffards sur les talons. La pause ne durait pas et François qui recommençait à tirer la jambe le voyait remonter la colonne, d'un pas incroyablement rapide, quelques gouttes rouges sur les moustaches et chantant un air du pays.

— Il était boulevard des Capucines, pendant les fusillades de février 1848, murmura Barouty qui s'était porté au côté de François, en indiquant le vieux.

— Mon père aussi. Et il a participé à la journée des Banquets, rétorqua fièrement François sans bien comprendre à quoi cela pouvait correspondre.

Barouty acquiesça sur un air entendu et se tut.

Douze ans plus tôt, Alexandre était en campagne à Paris quand avaient éclaté les premiers troubles. Comme un grand nombre de Creusois, il s'était retrouvé dans la rue pendant ces journées de février qui avaient vu l'aboutissement de la campagne des Banquets. Lorsque le bruit avait couru que le dernier banquet était interdit par le gouvernement Guizot, la foule, sortie des faubourgs de l'est et du quartier Latin, s'était portée en masse vers la place de la Madeleine. L'annonce de la démission de Guizot par Louis-Philippe avait été accueillie par une explosion de joie. Et aujourd'hui encore, Alexandre ne pouvait se souvenir sans émotion de cette journée du 23 février. Ce n'était que tard le soir, quand la foule réclamant des lampions s'était précipitée aux abords du ministère des Affaires étrangères où séjournait Guizot, que la garde avait tiré. Alexandre avait fait partie de ceux qui avaient chargé les cadavres sur des charrettes. Avec lui, rien que des Couteilles, du Mondoueix et du Grand Blessac, il y avait Duphot, Léobon, Mouret, Chabrézon, Giraudon et Marchand. Tous limousinant sur les chantiers autour de l'Hôtel de Ville. « La promenade des cadavres » avait duré toute la nuit. Des hommes déterminés avaient jeté les fondations des barricades. Parce qu'il savait bien monter la pierre, Alexandre s'était retrouvé en première ligne au Château-d'Eau, lorsque la troupe avait chargé sous les ordres de Bugeaud, boucher de célèbre mémoire.

— Ce qu'ils avaient manqué en 1830, nos pères l'ont réussi en 48, remarqua Barouty à voix basse.

L'orage qui menaçait depuis leur départ de Guéret avait brutalement éclaté au milieu de l'après-midi. Le ciel s'était obscurci et les regards s'étaient levés vers les collines dénudées qui déchiraient l'horizon. Barouty avait indiqué à François, de la pointe de son bâton, d'énormes pierres en bascule.

— C'est des pierres aux Mâtres, avait-il dit en se signant.

François avait compris qu'il ne faisait pas bon traîner là, la nuit, et que la Dame à la Faulx devait être ici chez elle. Une immense lande de bruyères rases tapissait le paysage d'un mauve étrange. Le chemin qu'ils suivirent dérivait dans cet océan coloré et François vit soudain les hommes frapper devant leurs pas à l'aide de leurs bâtons afin d'effrayer les serpents. L'air était devenu irrespirable avec parfois des courants froids qui le traversaient comme lorsque, en nageant dans le petit étang derrière les Couteilles, les jambes qui cherchent l'eau chaude en surface rencontrent des lames glacées montées de la vase.

Ils étaient à découvert quand le premier éclair se brisa sur les rochers. Instantanément une pluie diluvienne s'abattit sur les épaules. François avait vu ses compagnons presser encore le pas, le dos rond, sans un mot. L'eau était glacée. Elle s'était glissée par le col de sa veste, dans sa besace, détrempant le quignon de pain, resserrant le cuir de ses godillots.

Ce n'est que deux heures plus tard, alors qu'ils approchaient de Nouziers, que François avait senti le courage lui revenir. L'effort de la marche et la transpiration avaient réchauffé ses vêtements et un gaillard de la bande, Verdier de la Jarrige, avait entonné à pleins poumons un air de chez lui. La voix partait au ciel, tapait sur les nuques des marcheurs comme un signe d'encouragement, faisait remonter dans les têtes vidées la force en même temps que la nostalgie. Barouty avait fait remarquer à François qu'ils venaient de franchir les limites de la Creuse et que dorénavant il ne ferait pas bon se perdre de vue. François avait tenté de se rapprocher de Gerbeau, mais le train de son maître maçon était tel qu'il avait renoncé. Il se retrouva à la traîne, en compagnie de cinq ou six jeunes, auxquels il n'adressa pas la parole par respect pour son père.

Depuis qu'ils avaient quitté les limites de la Creuse, les marcheurs s'étaient faits plus silencieux. En tête de la troupe avançaient deux ou trois hommes plus âgés et qui avaient l'expérience. Alors que le soleil déclinait rapidement sur les cimes des forêts de l'Indre à perte de vue, Verdier s'était retourné et avait averti les autres.

— Les gendarmes !

Barouty posa la main sur l'épaule de François. Sur un pont, les éclaireurs de la bande étaient assemblés autour de deux silhouettes en uniforme et à cheval. Le pouls de François s'accéléra. Gerbeau s'adressait à l'un des gendarmes aux moustaches terribles qui, du haut de sa selle, inspectait ses papiers.

— Approche, François, lui cria Gerbeau. Tu as ton passeport ?

Machinalement, François sortit de sa besace un papier détrempé. Il le déplia précautionneusement et le tendit à Gerbeau qui le passa à l'officier.

Celui-ci le lut et toisa François dont le visage arrivait à hauteur de ses bottes de cuir. Le cheval, piqué par des taons excités par l'orage, tapait des sabots en lançant la tête, dans un bruit de mors. Barouty était aux prises avec l'autre cavalier qui maugréait après l'écriture du curé de Maisonnisses.

— « Nous, Jean-Antoine Bonnesaigne, curé à Maisonnisses, invitons les autorités civiles et militaires à laisser passer librement et circuler Frédéric Barouty... marié et de bonnes mœurs. » Il est de l'année ton papier ? lui demanda-t-il avec brusquerie.

François entendit Barouty se défendre avec une voix où perçait une colère contenue. Il vit le gendarme se pencher sur sa selle et lui remettre son laissez-passer en maugréant. Le groupe au complet s'était agglutiné autour des deux militaires. Lorsque ceux-ci eurent vérifié tous les livrets, ils reprirent leur route en direction de Bussière-Saint-Georges, d'un trot rapide. Les ouvriers restèrent silencieux. Sous le petit pont, le bruissement de la rivière rappelait le ruisseau de Vauve. Quand les silhouettes des deux cavaliers eurent disparu, le patriarche de Sardent dit d'une voix rauque qui ne plaisantait plus :

— Mais quand nous laissera-t-on gagner notre vie d'ouvrier ?

— Nous nous esquintons à limousiner et on nous prend pour des voleurs !

— Ils n'étaient pas si fiers aux journées de juin devant la barricade du faubourg Saint-Antoine !

François sentit sa poitrine battre. C'était quelque chose de nouveau qu'il ne pouvait exprimer. L'humiliation de ses compagnons était plus insupportable que la sienne. Les propos de son père qui avait échappé de justesse à la répression organisée en 1849 par Cavaignac, « prince du sang », reprenaient un sens. François, bien que n'ayant que quinze ans, entrait de plain-pied dans la révolte. Alexandre rappelait souvent les propos de Lamennais : « Silence aux pauvres. » Tout cela était confus et le gamin eût bien été incapable d'exprimer quoi que ce fût d'intelligible sur ses sentiments. Mais la honte que venait de lui faire subir la maréchaussée avait fait dans son cœur un trou où s'était précipité un courage aigre comme du venin.

Au soir, le gros bourg de La Châtre se profila au bout de la route, dissimulé dans la verdure d'une forêt qui le protégeait des vents du nord et de l'est. La première étape en vue, le groupe ralentit, rassuré de savoir que Péraut avait dû faire le nécessaire.

— Avec un peu de chance nous serons hébergés chez le boulanger à la sortie. Son pain est bon, remarqua Barouty toujours au côté de François en retard sur le groupe.

Chaque pas lui arrachait un soupir. Ses brodequins étrennés le matin au départ des Couteilles avaient râpé leur cuir rude contre la peau de ses orteils si peu habitués à être chaussés. Il serrait les dents avec l'envie de pleurer. Sans son compagnon de marche qui lui soutenait le moral en l'encourageant inlassablement, il se serait arrêté sur le bas-côté et s'y serait abattu comme un cheval mort. Sous l'insistance de Barouty, il avait fini par accepter de donner son sac. Malgré cela, il suivait en boitillant.

Alors qu'ils arrivaient en vue des premières maisons, en contrebas de la route, des paysans dans un champ se mirent à pousser des cris :

— Les mangeurs de châtaignes sont de passage !

François les dévisagea. Ils avaient l'apparence aussi rude que ceux de Creuse, dans leurs hardes de toile grise. La haine déformait leurs visages et les plus jeunes tendaient le poing en menaçant. L'un d'entre eux se baissa et ramassa une pierre qu'il lança de toutes ses forces en direction des Creusois. Sous l'insulte, François pressa le pas et se cala contre Gerbeau. Les hommes firent semblant de ne pas entendre et accélérèrent l'allure. Mais les autres redoublèrent.

Leyrenne, qui avait la réputation d'un terrible battant, s'écria qu'on ne pouvait plus longtemps laisser insulter le pays. Quatre ou cinq voix lui firent écho et de solides gaillards, leur canne bien en main, déposèrent leur musette et jaillirent du groupe en direction des paysans. Ce fut la débandade. Leyrenne, voyant qu'il ne pourrait pas les pourchasser plus avant, renonça et retourna vers la route, sous les quolibets des autres qui revenaient par-derrière, à bonne distance.

Au bout du chemin, Péraut les attendait au pied d'un grand tilleul qui marquait l'entrée du bourg. Les compagnons se pressèrent autour de lui. François admirait cet homme qui avait été capable de prendre près d'une heure d'avance en un après-midi de marche forcée. La fierté de savoir qu'Alexandre avait lui aussi, en son temps, tenu ce poste de devoir lui faisait contenir les larmes que lui arrachaient ses pieds en sang.

Péraut paraissait soucieux :

— Nous ne pourrons rester dormir ici ce soir. Les scieurs de long de Limagne sont en vue. Si nous voulons garder quelques heures d'avance, nous devrons repartir après le souper. Nous coucherons aux abords de Nohant. J'ai retenu chez le père Cabet. Pour l'heure, allons chez le boulanger Malerbaud...

De la déception passa sur les visages. Péraut avait raison. Il fallait éviter à tout prix de se retrouver mêlés aux migrants de Limagne. Outre qu'il y avait fort à parier que des bagarres ne manqueraient pas de se produire, c'était l'assurance d'avoir chaque soir un peu plus de difficulté à trouver son gîte et son couvert.

Lorsqu'ils quittèrent la salle d'auberge qui jouxtait la boulangerie Malerbaud, il faisait nuit. François, le ventre plein d'une soupe brûlante et d'une grande tranche de pain frottée d'ail et de fromage, avait repris quelques forces. Ils arrivèrent à la sortie de La Châtre qu'ils avaient traversée avec prudence, soucieux de l'incident qui s'était produit tout à l'heure. Mais rien ne se passa. Ils croisèrent bien sur la grande place quelques silhouettes qui s'étaient écartées. Leur train décidé, le silence et l'ordre qui régnait dans les rangs avaient dissuadé quiconque de leur chercher des ennuis.

Ils se lancèrent sur une longue route droite qui s'enfonçait dans la forêt. Le terrain était humide, semé de marais et d'une multitude d'étangs où criaient des oiseaux que François n'avait jamais entendus. Le ciel se fit d'un bleu mat sur lequel s'incrustèrent des étoiles. Le chemin, défoncé par les ornières laissées par les chariots, était longé de traînes suintant d'humidité. Des saules dressaient au ciel leurs mutilations comme des membres martyrisés. L'air frais enveloppait les gestes d'un drap humide qui reposait de la fatigue. Les hommes, délassés par le repas et grisés par les verres de vin avalés d'un trait, marchaient moins vite. François se plaça au milieu du groupe. La proximité de tous ces corps rudes, le rythme des cannes sur le chemin donnaient un inexprimable sentiment de force et de fraternité. « J'aimerais marcher jusqu'au bout du monde avec eux », se disait-il, oubliant sa propre souffrance.

La troupe restait silencieuse. Les hommes auraient pu surgir sur n'importe quelle proie sans qu'il eût été possible de les discerner. François songea aux battues au loup que son père lui décrivait et auxquelles il était encore trop jeune pour participer. Et il lui sembla que, ce soir, les maçons creusois marchaient dans la nuit, vers le nord, à la traque d'un loup qu'ils chassaient depuis toujours et qui se serait appelé Misère.

La lune pleine monta à l'est. Son énorme rond jaune tapissait le sommet de la forêt de reflets roux. La ligne droite de la route filait toujours dans une immensité aux ombres interminables. François ferma les yeux, guidé par le pas de ses compagnons. Il ne pouvait croire que ce matin encore il était endormi aux côtés de Louis. Il revit les yeux de sa mère croisés avec une intensité douloureuse au moment d'ouvrir la porte à Gerbeau. Comme il eût aimé avoir Fleurette à ses côtés !

L'épuisement plaquait sur ses traits un linge glacé qui barrait son front. Autour de lui les quintes de toux s'étaient faites plus rauques ; quelques hommes recommencèrent à parler à voix basse. La lune s'arrachait à la pesanteur des arbres pour flotter en l'air comme une assiette. François ne tenta pas, comme il le faisait souvent aux Couteilles, d'en scruter la surface granuleuse afin d'y déceler des hommes. Ses membres se faisaient raides et le baluchon qu'il avait repris à l'épaule lui sciait les reins en tapant dans son dos.

Il entendit un murmure dans la troupe et il comprit qu'on approchait. Il discerna un hameau, tout au bout de la route où brillait une torche. Un vent tiède et fade passa sur les têtes et des martins-pêcheurs crièrent en s'envolant d'un talus en eau. Une nappe de brouillard barrait la route. Les hommes s'y engouffrèrent et disparurent.

Le village était à moins d'une lieue. Des paquets de brume dérivaient sur la chaussée. François aperçut les grilles d'une grande propriété. Le château apparut dans toute sa splendeur, trônant au cœur d'un parc dont les pelouses ondulaient sous la lumière crépusculaire. François tourna la tête, sans cesser de marcher. Le corps principal comptait deux étages, régulièrement percés de fenêtres hautes. Un bassin, dans lequel se reflétait la lune, agrémentait la perspective devant le perron d'où partaient des allées blanches. La fatigue déformait la vision que François avait des choses. Pourtant il tendit un regard ébloui vers le château sans bien comprendre pourquoi. Il entendit son compagnon le plus proche murmurer : « Nohant ». A ce moment, comme un miracle qui lui glaça le cœur tant elle était étrangement belle et incomparable, une musique céleste lui parvint.

A peu de distance des dernières granges de la propriété se tassait l'auberge. Péraut s'avança au-devant d'un homme trapu et peu commode avec lequel il s'entretint. L'aubergiste lui demanda de le suivre et toute la troupe traversa la salle commune. Elle était vide et de rares braises brillaient sous un chaudron dans la cheminée. Ils arrivèrent dans une salle sans fenêtre d'où montait une odeur infecte. A la lueur de la chandelle que tenait le cabaretier, François discerna deux rangées d'une vingtaine de paillasses.

— Je vous laisse la bougie, bougonna l'aubergiste en quittant le dortoir.

François resta sidéré. Malgré son épuisement, il ne pouvait imaginer qu'il fût possible de dormir en ce lieu. Les plus anciens prenaient leurs aises en ricanant de l'hésitation des jeunes.

— Faites pas les dégoûtés, plaisanta un gars de Rocherolle.

— Au retour les draps n'auront pas été changés, grinça un autre.

Barouty s'approcha de François et lui dit de le suivre. Ils choisirent une paillasse dans un coin du bouge d'où il était possible de percevoir une fente de lumière par le toit de chaume crevé.

— Nous avons de la chance, il ne pleut pas, essaya de plaisanter son compagnon.

Ils s'assirent sur le lit de fortune duquel montait une puanteur suffocante. Barouty s'agenouilla devant François et commença à délacer ses chaussures.

— Laisse-toi faire, dit-il. Je m'occupe de tes pieds.

Il sortit de sa poche un couteau qui ne le quittait jamais et trancha dans le cuir qui enserrait les chevilles gonflées. Il parvint à extraire les pieds des brodequins. François retint un cri de douleur. Dans la lumière jaune qui tombait du toit, Barouty ne vit que deux moignons ensanglantés. Alors il sortit de sa besace une toile qu'il enduisit de graisse et dont il enveloppa les plaies.

— Ne te déshabille pas et enveloppe-toi la tête dans le col de ta chemise.

Sur ce dernier conseil, Barouty s'allongea sur la balle de son et de paille hachée du matelas grouillant de vermine et s'endormit. François s'était lové, les jambes repliées sous les fesses. Il n'avait plus de tête, plus de jambes, les bras croisés sur la poitrine. Sur les draps noirs comme de la suie, il n'était plus qu'un chagrin entortillé de hardes et barbouillé de larmes.

Le lendemain, les migrants repartirent dès cinq heures après avoir avalé une méchante soupe. François, épuisé de fatigue, comme un somnambule, s'efforçait de ne pas perdre le contact avec la troupe. Vers le milieu de la matinée, ils étaient parvenus à Ambrault. Les Creusois avaient franchi le bourg en silence, au coude à coude. Malgré leur discrétion, des hommes à l'air suspicieux étaient sortis sur les pas de porte, des chiens grognant entre les jambes.

Après les dernières maisons basses du village, ils s'étaient élancés en direction d'Issoudun. Devant eux le Berry étalait ses paysages marbrés d'étangs à la surface noire, traversés de chemins creux bordés de chênes ramageux ou de peupliers comme des brûlots. Au long de la journée ils avaient aperçu à l'horizon des forteresses décaties par le temps, cernées de broussailles, flottant entre des lacs comme des barques minérales. Tout donnait l'impression de marcher sur une mer de craie et de tourbières qui glaçait les os. Une fois seulement, ils avaient pu longer un chaos au fond duquel des masures accrochaient leurs chaumes au rocher comme des boucliers d'airain.

Au soir de cette deuxième journée, ils étaient en vue d'Issoudun et de ses murailles ruinées sur lesquelles prenaient racine des maisons aux façades bourgeoises. Péraut fit longer le cloître de l'église Saint-Roch, piqua sur le pont qui enjambait la Théole et entraîna la bande à l'auberge du Gué-de-l'Ane-Vert où, chaque année, il avait coutume de faire étape.

Ce soir-là François se laissa tomber comme une masse sur la paillasse. Il n'eut pas même la force d'enfouir son visage dans sa veste pour se protéger des poux et des punaises qui hantaient la paille. L'épuisement l'entraîna dans un mauvais sommeil parcouru de cauchemars : Alexandre se penchait sur lui alors que la mère, plus en retrait, le contemplait d'un air inquiet. Les traits de Louis, de Marie, de tous ceux abandonnés aux Couteilles repassaient inlassablement devant ses yeux ainsi que le visage de Jean Ferrandon, d'un an son aîné. Le gamin n'était jamais revenu de sa première migration, le ventre percé par le manche de sa pelle alors qu'il déblayait une tranchée mal étayée dans une fondrière rue de la Chaussée-d'Antin. Quand il avait appris la mort de son camarade de jeu, ce printemps, François avait couru dans les bois de la Favillade y pleurer tout son saoul. Fleurette, qui l'avait suivi, avait posé son menton sur ses genoux. Jean savait faire de jolis moulins à eau dans des bâtons de noisetier qui tournaient inlassablement en babillant dans les eaux tumultueuses des levades. Bien après que son petit cercueil eut été porté dans une fosse commune près de Pantin, un de ses moulins tournait encore dans la rigole qui serpentait dans une terre à l'abri des vents, au-dessus du Masbolle. A l'aube, le bruit des corps qui s'éveillaient tira François de son sommeil et il reprit conscience avec soulagement.

L'étape suivante qui les conduisit à Salbris se fit sous une pluie incessante. L'eau pénétrait jusqu'à la peau sous les hardes trempées. Les marcheurs avançaient en baissant le nez et les plus gais ne songeaient même pas à lancer à la ronde ces niorles qui faisaient rire la troupe et donnaient du cœur. Au moment où ils arrivaient près de Reuilly, avant de plonger dans la profonde forêt de La Ferté aux futaies régulières de chênes centenaires, alors qu'ils étaient à découvert dans un gaulis d'arbres plus jeunes, une troupe forte de dix paveurs avait débouché par une traverse. Surpris, les hommes s'étaient un instant regardés, sur la défensive. Les paveurs descendaient du plateau de Millevaches. Gerbeau, qui avait un oncle à Faux-La-Montagne, bien au sud de Gentioux, avait reconnu un gars de la bande. Les deux migrants s'étaient congratulés et les conversations avaient un moment ensoleillé la marche sous la pluie. Sur près d'une lieue, les deux troupes avaient avancé de conserve. Barouty avait échangé quelques mots avec un gaillard de Gioux qui avait participé comme lui, en 1857, au percement du boulevard de Sébastopol. Et puis les paveurs, suivant leurs habitudes, avaient obliqué sur Lazenay, se guidant dans le couvert sur les vestiges d'une voie romaine, comme sur les lignes invisibles suivies par les oiseaux migrateurs.

En ce printemps 1860, les bandes de travailleurs qui se pressaient vers Paris rentraient en confluence. Descendus de Creuse, du Limousin, d'Auvergne, des ruisselets d'hommes misérables roulaient sur les pentes du Massif central pour arroser la ville d'un fleuve de forces vives. Derrière eux, les campagnes vidées pâlissaient sous l'hémorragie. Les robes noires des paysannes abandonnées marquaient le deuil des saisons d'absences. Tout au long des chemins, de Saint-Chartier à Reuilly, Vatan et Chabris, descendant des landes de bruyères et de genêts, les Creusois, comme des chiens de misère, dévalaient vers les destins tragiques des ouvriers sans outils.

Certains moments, les bandes oscillaient les unes vers les autres et constituaient alors une armée de gueux qui pouvait atteindre cent hommes. Parfois, les lits des rivières qui les drainaient s'écartaient, séparant le flot des maçons de celui des tuiliers, barrant le flux des chanvriers pour laisser repartir l'onde des tailleurs de pierre. Et ces fleuves, tant était puissant leur charriage de faim, d'humiliations et de souffrances à venir, ressemblaient à des coulées de lave rouge.

Au quatrième jour, ceux des Couteilles parvenaient en vue de la Loire. François frémit de saisissement à la vue du fleuve. Au milieu des eaux, des frises d'écume faisaient des écailles d'argent, en aval de chicots d'épaves noires. Tout le temps qu'ils longèrent le parapet d'un pont aux arches puissantes et qui l'émerveilla, François ne quitta pas du regard les eaux limoneuses qui filaient à la mer dans un roulement gonflé par les crues de printemps.

Péraut et Gerbeau décidèrent de faire la dernière étape, entre Orléans et Paris, dans la voiture publique. Les plus jeunes de la bande n'étaient pas en état d'affronter les soixante lieues qui séparaient de la capitale et, malgré la dépense, le temps gagné pouvait permettre de se présenter un jour plus tôt place de Grève. La rumeur circulait que le travail ne manquait pas.

François, ballotté par le roulement du coucou, entra endormi dans Paris. La voix de Gerbeau le tira de son sommeil et il se trouva, grelottant de fièvre, rue de la Vannerie. Ceux des Couteilles avaient leurs habitudes dans une chambrée dont la veuve accueillait surtout des pays. Dans le dortoir d'une quinzaine de paillasses, séjournaient déjà des scieurs de long originaires de La Courtine. C'étaient des hommes forts qui portaient une barbe noire qui leur donnait une allure impressionnante. Leur appétit était proverbial tant était rude leur tâche. Il fallait voir les équipes de deux hommes, l'un sur le tronc perché sur un chevalet, l'autre dessous, manier de haut en bas l'énorme scie qui servait à débiter planches et poutres, tirant inlassablement sur leurs bras comme s'ils sonnaient les cloches d'une cathédrale.

Gerbeau et Barouty saluèrent quelques connaissances. Les langues se délièrent à l'évocation de la Creuse car la plupart des scieurs étaient en campagne depuis l'année dernière. Gerbeau s'enquit des grands chantiers ouverts depuis l'automne dernier. L'annexion des terrains jusqu'aux enceintes des Fermiers généraux, sur les dix-huit communes de la petite banlieue, le découpage en vingt arrondissements et non plus douze ouvraient les chantiers comme si un tremblement de terre avait secoué la ville. Entre le bois de Boulogne et la place de l'Étoile, le percement de l'avenue de l'Impératrice, large de cent quarante mètres, avait occupé à lui seul une armée de terrassiers. Le boulevard Pereire, débouchant sur les Batignolles et Montmartre, disparaissait sous les gravats des démolitions.

— Haussmann est bon pour nous, avait remarqué un terrassier de Banize.

— C'est l'ouvrage qu'il nous faut ! Peu importe qui nous la donne, remarqua sèchement Gerbeau qui avait ajouté : Si on démolit la ville par tous les bouts pour nous donner du travail, c'est bien qu'on se méfie de nous.

Le lendemain matin, le 8 mars de cette année 1860, François arriva à cinq heures, la tête lourde, au côté de Gerbeau, place de Grève. Déjà, la foule des hommes de peine se serrait devant les façades de l'Hôtel de Ville, guettant l'embauche. Le jour qui se levait sur la place dégageait les détails : les hommes en costume de maçon discutaient par groupes, la casquette bien vissée sur la tête et les outils à leurs pieds, jetant de temps à autre des coups d'œil à des bourgeois qui déambulaient.

— Vois les singes, commenta Gerbeau en montrant du menton des hommes en chapeau. Ils viennent chercher des équipes à la journée. Tiens, celui-ci a un gros chantier chez un marchand de vin de la Chaussée-d'Antin... Celui-là travaille dans le parc du château du ministre Billault.

Des filles se frayaient un passage au travers de cette multitude d'hommes aux allures bravaches, roulant des épaules pour impressionner, masquant les cheveux gris par leurs coiffes. Elles vendaient des fruits à un sou, ou de la soupe chaude pour ceux qui n'avaient pas eu le temps, au sortir du garni, de tremper leur pain.

— Viens, je vais t'acheter tes outils, dit Gerbeau en entraînant François vers les quais.

Il choisit une hotte, une pelle et une sorte de coussinet bourré de chiffons, la calotte, destinée à poser l'auge pleine de plâtre ou de mortier sur la tête afin de la monter aux échafaudages.

Lorsque François fut équipé, ils retournèrent vers la foule. Des hommes saluaient Gerbeau, ajoutant aux poignées de main des tapes rudes dans le dos. Un moment, Gerbeau s'entretint avec un maçon qui lui topa la main comme les maquignons à la foire. François était tout à la surprise de constater combien son maître limousin était connu dans cette ville immense et surtout comme il semblait respecté. Il en ressentit une vanité chassée bien vite par l'embarras provoqué par la pelle, l'auge, la blouse et le pantalon de fatigue qu'il gardait coincés sous les bras.

Enfin, Gerbeau s'immobilisa devant un petit homme au visage sévère, un foulard noué autour du cou et une chique dans la bouche.

— Salut, Lefaure !

L'autre répondit à l'économie et jeta un coup d'œil sur François.

— C'est celui-là dont tu m'as parlé ? C'est sa première campagne, ajouta-t-il en lorgnant sur l'auge toute neuve.

— C'est le fils d'Alexandre. Il est jeune, mais je t'assure qu'il a bon jarret. Il te servira sur le chantier rue Choiseul. Moi, je suis pris pour aller pigeonner des cheminées place de la Bastille. Là, il ne me serait d'aucun secours.

— J'ai bien connu ton père, grinça Lefaure en toisant François. C'était un rude maçon et la seule chose que je te souhaite, c'est d'être un jour un compagnon comme lui.

François sentit son estomac se nouer. Il avait espéré débuter sa première journée sous le commandement de Gerbeau et voilà qu'il était livré à un compagnon dont la rudesse était évidente. Il tourna des yeux suppliants vers le père de Marie. Celui-ci, comprenant son désenchantement, lui dit :

— Allez, courage, François. Il faut bien commencer un jour et je te prendrai avec moi dès que j'en aurai terminé avec les cheminées.

Mais déjà Lefaure, sans se soucier de perdre son garçon limousin dans la foule, avait tourné les talons. François se jeta sur ses traces, empêtré dans ses outils neufs et la peur au ventre.

Lorsqu'ils arrivèrent sur le chantier de la rue Choiseul, les compagnons étaient déjà à l'ouvrage. Le bâtiment en était au troisième et des échafaudages vertigineux partaient à l'assaut des pignons. Ils étaient stabilisés à leur base par des sabots de gravats et de briques assemblés au plâtre et s'attachaient dans le mur par des boulins scellés. Des échelles de sapin, à chaque extrémité, permettaient d'accéder aux madriers horizontaux sur lesquels les limousinants assemblaient tout le jour les moellons au mortier.

Lefaure conduisit François au gâchoir. Une dizaine de garçons tournaient autour, se disputant pelles et seaux. Quand ils aperçurent François avec ses outils neufs, ils menacèrent :

— Paye un coup !

— Je n'ai pas le sou, répondit François.

Ils le laissèrent en paix car les maîtres venaient de commander de tamiser le plâtre qui arrivait brut de la carrière. On fourra une batte dans les mains de François qui se mit comme les autres gosses à écraser frénétiquement les débris, dans un nuage de poussière tel qu'il lui fut rapidement impossible de distinguer ses voisins. Bien vite ses mains furent en sang.

Quand le plâtre fut tamisé, les gosses se précipitèrent autour du gâchoir. François courait à toutes jambes jusqu'à un puits dans les fouilles de la cave. Il s'agissait de remplir le plus rapidement possible le seau et de remonter mouiller le plâtre avant de le gâcher.

— Amène l'auge !

François leva le nez. Tout en haut du pignon, sur l'échafaudage branlant, Lefaure venait de crier. François chargea l'auge et la posa en équilibre sur sa tête. Il accrocha le montant de l'échelle et commença l'escalade. Arrivé au premier étage, il avait l'impression que son crâne s'était enfoncé dans ses épaules tant le poids du plâtre était énorme. Mais comme il entendait Lefaure qui raclait la gorge en signe d'impatience, il s'élança à l'assaut du deuxième. Un moment, il fut pris de vertige. Il ferma les yeux...

Le grand sapin derrière les Couteilles s'élevait droit dans le ciel. Sa cime dodelinait comme le mât d'un bateau. Tout en haut du tronc poisseux de résine, plongé dans la nuit des aiguilles d'un vert noirâtre, nichaient les pies. François n'était jamais le dernier à grimper là-haut. Il avait sur le village une vue qui lui faisait croire un instant qu'il était lui-même un oiseau. Comme les toitures semblaient minuscules ! Et la sagne et les couderts ! Il redescendait, les poches pleines d'œufs brisés, la poitrine et les mains encollées de résine.

Quand il reprit l'ascension de l'échelle, François escaladait le ciel au-dessus des Couteilles, dénicheur d'oiseaux sur les toits de Paris.

Il posa la main sur le madrier du troisième étage, la tête douloureusement meurtrie par le poids de l'auge. Le nez au ras des planches, il donnait sur les brodequins de son maître maçon qui attendait sans faire un geste. Il espéra un moment que Lefaure saisirait l'auge et la tirerait à lui. Dans son dos, la rue glissait comme un fleuve gris au fond d'une gorge vertigineuse. L'écho des sabots des chevaux montait au ciel avec un bruit étincelant. Les cris entre maîtres et garçons qui ne cessaient de s'invectiver, le cognement des hachettes sur les moellons, le cliquetis des palans tourbillonnaient à ses oreilles. Il essaya de s'accrocher à des images fugaces, au visage de son père, aux branches d'un sapin, à la volonté de survivre coûte que coûte. Un instant, il crut que l'auge dans laquelle le mortier avait glissé allait l'entraîner en arrière. Mais dans un dernier effort il réussit par un rétablissement à se hisser sur l'échafaudage et à déposer la colle aux pieds de son maître.

— Tu as gâché trop serré, fit remarquer

celui-ci. La prochaine fois fais attention et surtout monte plus vite.

Les épaules de François lui faisaient horriblement mal et il parvint à peine à tourner la tête vers le vide. Du haut du troisième, l'échafaudage branlait sérieusement d'autant qu'un autre maçon, au bout du pignon, montait lui aussi les moellons. François vit le garçon qui le servait redescendre à toute volée les échelles, avec son auge vide. Lefaure, sans plus se soucier de François, avait déjà le nez dans le mortier qu'il s'appliquait à remuer avec sa truelle. François réalisa que Lefaure et l'autre maçon étaient en concurrence. L'épreuve du déchafaudage battait son plein et aucun des deux hommes, fût-ce aux dépens de son gougeat, n'aurait voulu baisser les bras devant sa coterie. Déjà l'autre gamin était dans le gâchoir et s'activait autour de l'auge. François dévala les échelles, les mains en sang, bien décidé à ne pas trahir la confiance de son père, de Gerbeau et de Lefaure.

Sur le coup des dix heures, Lefaure dit à François au moment où il redescendait une huitième fois de l'échafaudage :

— Lave l'auge, nous allons manger le bouillon du déjeuner.

François vit son maître sortir d'un trou de boulin un morceau de pain qu'il y avait disposé à son arrivée et descendre avec agilité. Sans mot dire, il lui emboîta le pas et ils se retrouvèrent sur le seuil d'une gargote où de nombreux maçons consommaient déjà. Au moment de franchir la porte, François crut bon de prévenir :

— Je n'ai pas le sou pour déjeuner.

Lefaure ne répondit pas et poussa le gamin à

l'intérieur. Ils se dirigèrent vers le fond du cabaret. Une femme à la soixantaine taciturne les salua de derrière un comptoir. Sans rien demander, elle versa dans deux bols ébréchés des louches d'une soupe odorante. Lefaure posa six sous sur le comptoir, en faisant claquer les pièces. Avant que François ait eu le temps de se saisir de son bol, la vieille avait ramassé l'argent.

— Suis-moi, dit Lefaure à François.

Ils s'installèrent au bout d'une table déjà occupée par des compagnons qui buvaient joyeusement canon sur canon. Ils parlaient haut et fort et rien dans leurs manières ne rappelait celles de Lefaure. François tendit l'oreille.

— Le singe est un rapia. Il faudrait que nous nous esquintions pour deux francs la journée !

— L'hiver dernier, il a saqué mon garçon de relais parce qu'il s'était frotté les mains un matin où il avait gelé à pierre fendre...

Les hommes s'animaient. Lefaure, imperturbable, le nez dans la soupe, avalait le bouillon dans lequel il avait émietté son croûton de pain récupéré sur le chantier. Il était, comme devait l'apprendre François, originaire de La Chapelle-Taillefert. La bourgade se situait tout près de la Gartempe, une rivière poissonneuse qui, sur ce versant de la Creuse, baigne des terres plus commodes qu'aux Couteilles. Depuis la mort de son fils aîné, dans les derniers jours du siège de Sébastopol en septembre 1855, Lefaure n'était plus le même. Il ne pensait qu'au labeur, sans autre souci, ni pour sa santé ni pour ce qui pouvait arriver autour de lui. François brûlait de lui demander quand il avait connu son père. Comme s'il comprenait l'interrogation du gamin, Lefaure, sans lever le nez, grogna :

— J'ai fait campagne avec ton père du printemps 43 jusqu'à 52. Tous les deux, on a travaillé sur les plus beaux chantiers de Paris. On était coteries et crois-moi personne ne nous aurait déchafaudés quand on plaçait la pierre. C'était un maçon, Alexandre...

Lefaure porta le bouillon à ses lèvres avec l'air de ne plus vouloir rien ajouter. A côté, les conversations allaient bon train. Les voisins de table commandaient toujours du vin et les pièces glissaient au bout de leurs doigts crevassés, silencieusement, sans même laisser de leur passage un claquement sur le bois.

Du côté de la fenêtre, deux maçons parlaient plus calmement. De temps à autre, ils tournaient la tête et François leur découvrit des traits moins avinés que ses voisins. L'un d'entre eux portait une barbe blanche qui lui donnait une noblesse peu commune. Curieusement sa blouse était neuve. Un instant, l'homme fixa François qui ne put soutenir longtemps son regard. Il tenta d'épier quelques bribes de la conversation, mais les deux hommes, se rendant compte de son manège, détournèrent la tête et continuèrent à voix plus basse encore.

— Allez !

Lefaure s'était levé, s'essuyant les lèvres d'un revers de manche et refermant son couteau. Sans enfigurer personne, il traversa le cabaret, François sur les talons et reprit la direction du chantier.

La soupe avait réchauffé François, lui redonnant des forces pour la peine. Il commença à gâcher avant même que Lefaure ne lui en donne l'ordre. Et avant que le maître maçon ne soit arrivé à son poste de travail, il était déjà descendu au puits. En cette fin de matinée, il avait triomphé de l'épreuve et bientôt personne ne pourrait plus le traiter de poulain ou de rapointis. Dorénavant, il allait faire partie de la grande famille des limousinants. Au village, les belles Limousines vêtues de casaquins à basquine, un mouchoir en indienne noué sur les épaules, se presseraient autour de lui pour les ballades au son des vielles. Mais il n'aurait d'yeux que pour la plus jolie d'entre elles, pour Marie Gerbeau... Un jour, c'est lui qui serait là-haut, à prendre la truelle à la place de la hotte, à manier le têtu plutôt que le tamis...

Un coup de sifflet de Lefaure, bref et impératif, lui rappela qu'il était en retard et lorsqu'il plaça l'auge pleine d'un mortier visqueux comme de la lave morte sur la tête, il avait la misère du monde sur la nuque. L'échafaudage accroché au pignon de la rue Choiseul serait toujours plus haut que les sapins des Couteilles.

Vers deux heures de l'après-midi, Lefaure et François marquèrent la pause. Ils s'étaient assis sur des moellons et avaient sorti leur déjeuner.

— Tu devrais prendre de la viande, petit, avait fait remarquer Lefaure en observant que François ne se nourrissait que de pain et de fromage. Tu ne tiendras pas à battre les gravats sans viande.

François avait baissé le nez. Aux Couteilles, les mieux lotis ne mangeaient de la viande qu'à la Toussaint. Un soir de veillée, François se souvenait que le vieux Gaspard Quéroy du Grand Blessac avait eu le plus franc succès en racontant le goût du seul morceau de viande qu'il avait jamais mangé. Comme les autres limousinants, Alexandre avait pris l'habitude de manger de la viande à Paris. Aussi avait-il toujours souhaité que Joséphine élevât un porc. François revoyait les préparatifs de la Saint-Cochon, les bassines récurées, les entraves, les couteaux affûtés, et le père qui s'approchait de la bête en disant : « Tu ne sais pas ce qui t'attend demain, mon vilain. » Alexandre avait le coup pour lier la patte arrière du porc et, d'un tour de main, lui abattre la cognée sur la tête. François revit sa mère, aidée par les autres femmes du village, remuer le sang avec des genêts pour éviter qu'il ne coagule, les enfants attentifs dans les jambes. Au souvenir du fleuve de sang qui s'épaississait, de l'odeur des torches de bouchons de paille qui flambaient les soies, il sentit un haut-le-cœur et mordit sans répondre dans une part de son fromage.

Ils avaient repris depuis deux heures quand un ciel orageux s'accorda aux toitures d'ardoise, plongeant le chantier dans un gouffre de moiteur. François était monté plus de trente fois à l'échelle depuis le matin et sa tête tournait quand il parvenait, au sommet de l'échafaudage, à aspirer une goulée d'air frais. Lefaure n'avait pipé mot depuis le déjeuner et plaçait ses moellons sans perdre de temps, un œil sur le maçon avec lequel il montait le pignon. Bien que l'échafaudage ait été rehaussé dans le début de l'après-midi, les deux hommes s'étaient tant fait la pige qu'ils devaient travailler sur la pointe des pieds. A peine avait-il déposé son auge au pied de son maître, que François dégringolait de l'échelle en direction du gâchoir ou du puits. Il se demandait comment il arrivait à bon port, tant ses mains étaient en sang, ses jambes nouées de douleur et forte l'impression de se jeter dans le vide sans toute sa connaissance.

Le compagnon avec lequel Lefaure rivalisait était un dénommé Delage qui avait mauvaise réputation. Il bousculait ses garçons et dès qu'il avait bu, il n'hésitait pas à joindre le geste à la parole. Il voulait toujours être le premier mais trouvait bien souvent son maître. C'était alors sur son gougeat qu'il passait sa fureur.

Depuis le matin, le pignon montait plus haut et plus droit du côté de Lefaure. Celui-ci était inégalable pour casser dans la main d'un coup de têtu le moellon inapproprié, jeter à la truelle le mortier, son niveau de limousinant toujours à portée, jouant du riflard comme nul autre et tout cela dans la plus parfaite humilité. Delage enrageait depuis le moment où il avait fallu remonter l'échafaudage pour ne pas retarder Lefaure. Il avait sévèrement réprimandé son garçon, lui promettant de ne pas le reprendre le lendemain, place de Grève. François avait vu le gosse accuser le coup et redoubler d'effort pour servir son maître.

L'orage menaçait. Les bruits de la rue montaient au ciel en se détachant. François ne parvenait à reprendre son souffle qu'à l'approche du puits. Une fois le seau remonté, il s'empressait d'y plonger le visage, au risque de gercer ses lèvres abîmées par le tamisage du plâtre.

Lespinas, le maître maçon qui avait la responsabilité de l'ouvrage, vint à passer alors que les premières gouttes s'écrasaient sur les visages. Du pied des façades, il jeta un coup d'œil sur l'avancement des travaux. Lefaure ne s'interrompit pas.

Delage, dès qu'il sentit Lespinas dans son dos, se mit à fulminer contre son manœuvre. Le gosse faisait ce qu'il pouvait mais rien ne semblait devoir calmer son maître. Lespinas s'entretint un moment avec Demartys, son maître compagnon, et ils filèrent tous deux boire un canon. L'air était plus brûlant encore que lorsque François battait au fléau. Un voile noir passait devant ses yeux. Les gouttes de pluie étaient chaudes. Delage enrageait :

— Sale rapointis ! Espèce de fainéant ! Dépêche-toi de me trouver la hachette !

François leva le nez. Il vit le gosse courir sur l'échafaudage pour ramener l'outil. Une planche mal liée aux madriers se déroba sous ses pas. Il poussa un cri en battant l'air de ses bras comme s'il espérait ralentir sa chute.

Chacun se précipita vers le malheureux. François avait à peine esquissé un geste que Lefaure, descendu en glissant le long des montants de l'échelle, était le premier sur le gosse qui avait perdu connaissance.

Il gisait les bras écartés, un filet de sang sur chaque poignet et à la tempe. Une douzaine de compagnons s'affairaient autour de lui, cherchant des étais pour les brancards. Ne trouvant rien d'approprié, Lefaure prit le gamin dans ses bras et l'emporta au niveau de la rue. Delage revenait à pleines enjambées de la rue Sainte-Anne, indiquant à grands gestes le chantier à un fiacre. Lefaure déposa sur la banquette le corps du gamin. Un tailleur de pierre, la gorge serrée, murmura :

— Ils le conduisent chez sa logeuse... Ils sont tous les mêmes, ils ne veulent pas de l'hôpital.

Le fiacre disparut à l'angle de la rue, emportant Delage et son gougeat. Les hommes et les enfants restaient sur le trottoir, silencieux. Les gamins serraient les lèvres. Certains jetaient des regards par-dessous en direction des outils abandonnés.

— Il paraît qu'il a un frère qui scie la pierre dans les carrières de Bobigny...

— Il loge chez la mère Jamot, faubourg Saint-Denis. C'est une brave femme qui a déjà évité l'hôpital à bien des nôtres...

François entendit le craquement qui faisait plier l'échelle. Il se tourna. L'orage était passé. Un peu d'air frais circulait au ras du sol. Là-haut, grimpé sur le plancher du troisième, Lefaure était au poste. François comprit qu'il fallait gâcher et, comme tous les gougeats, saisit sa pelle qu'il plongea dans le mortier.

A l'apaisement du soir, vers six heures, Lefaure descendit de son pignon. Il avait bretellé le plâtre tout le jour, plié en deux sur l'auge ou portant des moellons qui faisaient trembler le plancher de son échafaudage. Pourtant, il gardait le même visage que ce matin, place de Grève.

— Tu vas rester balayer la rue, allumer les lanternes, laver les outils, ramasser ce qui traîne sur le chantier...

— Oui, répondit François.

— Demain, présente-toi directement ici à six heures.

Lefaure tourna les talons. Le chantier se vida à l'exception d'une dizaine de garçons qui nettoyaient les abords et remettaient en ordre. C'étaient les mêmes qui avaient accueilli François le matin par des fanfaronnades et des quolibets. Les compagnons partis, ils se chamaillaient avec des jeux de gosses, jetant au loin quelque truelle, donnant un coup de pied dans un seau. Alors qu'il ramassait une pelle, François sentit une violente tape sur l'épaule. Il se retourna et tomba sur un garçon plus âgé que lui, déjà bien trempé.

— Sale petit serin ! Tu en avais assez de bouffer les châtaignes dans ton pays ? Tu viens manger notre pain ?

François éprouva une immense lassitude. Il savait où l'autre voulait en venir et il ne se sentait pas de force. Il fit mine de continuer quand le butor flanqua une gifle dans sa coiffe et l'envoya rouler. Il se jeta sur l'agresseur. L'autre le cueillit d'un coup au ventre qui lui bloqua la respiration. Il se plia en deux, les mains croisées sur la poitrine. Le temps ne comptait plus.

Il entendit dans un songe une voix grave et calme qui disait :

— Ne vous avisez pas de lui chercher querelle ou je vous casse la tête.

François permit à ses jambes de le laisser glisser. La joue sur une pelletée de plâtre mort, il ferma les yeux.

Quand il reprit conscience, un visage était penché sur lui. D'abord, il n'en distingua pas les traits, puis il finit par accommoder. Le garçon pouvait avoir vingt ans. Son menton était orné d'une barbe blonde et rare qui lui donnait un air d'étudiant comme on pouvait en croiser, traînant dans le quartier Latin. Mais à ses yeux, on devinait tout de suite qu'il avait souffert.

— Où je suis ? grommela François, encore meurtri.

— Toujours sur le chantier... Rue Choiseul. Il n'y a plus de danger. Les autres ne te chercheront plus de sitôt !

Et il partit d'un éclat de rire qui rendit confiance à François.

— J'ai parlé, oui ? demanda le gamin.

L'autre eut une mimique amusée.

— Dame, quand on reçoit un coup de pied au ventre et qu'on part dans le cirage, ça peut délier les langues.

François rougit. Malgré sa perte de conscience il avait entendu une voix qui murmurait sur un ton morne les noms des siens abandonnés au pays. Cette voix, c'était la sienne.

— Ils sont partis ? s'inquiéta-t-il en se relevant sur un coude.

— Oui ! Et ils n'y reviendront pas ! J'ai rossé le plus teigneux. Si cela ne suffit pas, je reviendrai avec ma bande des Batignolles. Mais, rassure-toi, ça ne risque pas...

Le garçon avait la taille bien prise et des épaules de lutteur. Il portait une veste serrée et passablement élimée. Son pantalon de toile écrue faisait des poches aux genoux et retombait en accordéon sur des savates crevées. Ses gestes précis, le balancement souple de son corps indiquaient un garçon alerte. Il se présenta :

— Je m'appelle Constant. Je suis né à Vaugirard dans une soupente... de Cécile Léotade, lingère et de... — ma mère a oublié le nom du soupirant ! Depuis que je sais causer, on dit que je n'arrête pas de l'ouvrir quand je devrais me taire. « Classes laborieuses, classes dangereuses ! » cria-t-il à tue-tête en plaçant les mains en porte-voix.

Sa voix résonna dans la carcasse de l'immeuble en construction.

— Ça pourrait bien être vrai, ça, ajouta-t-il d'un air menaçant.

Il termina son monologue par une pirouette qui l'envoya rebondir les poings en avant et les pieds en l'air contre un gros linteau. Il tira sa révérence et éclata de rire.

— Et toi, petit frère ? Attends ! Ne dis rien ! Je parie que tu viens des beaux quartiers et que tu as été pris à partie rue Choiseul alors que tu attendais ton majordome. C'est pas ça ? Alors tu es le fils de Mac-Mahon peut-être ? Un bâtard du comte de Chambord ou un collègue de ce bon vieux Lamartine ?

— Je m'appelle François. François Ribière.

— A la bonne heure !

François n'en croyait pas ses oreilles. Il n'avait jamais entendu telle gouaille. Constant débitait un discours auquel il ne comprenait rien. Pourtant une immense confiance le portait vers son sauveur.

— Tu viens d'où ? reprit l'autre plus sagement.

— De Creuse...

— Alors appelle-moi Constant et serrons-nous la main. Je connais beaucoup de Creusois et je peux dire qu'ils font honneur.

François ne savait quel chemin emprunter pour rentrer à la pension de la rue de la Vannerie. Constant l'accompagna. Ils marchèrent paisiblement. François restait émerveillé par le tumulte des rues. Jamais il n'avait imaginé tel carrousel de fiacres, de berlines, de buggies, de cabs. En débouchant sur le carrefour de la rue Sainte-Anne, il s'enfonça avec effroi dans la foule. Il crut perdre le souffle dans l'empressement de tous ces corps qui jouaient des coudes. Constant, à l'aise, lançait des œillades à des femmes élégantes et inaccessibles aux bras d'hommes portant redingote, haut-de-forme et petit gilet fleuri. Ils arrivèrent boulevard de Sébastopol. La saignée, bien qu'à peine achevée, laissait encore l'image des terrassements dantesques qui avaient éventré des quartiers insalubres. François était frappé d'étonnement à la vue des vieilles maisons tranchées dont les carcasses étaient la proie des démolisseurs. Avec une sensation d'impudeur il plongeait le regard dans l'intimité des pièces crasseuses, ouvertes à la lumière. Des hommes torse nu, armés de masses de plomb, tapaient dans les cloisons de chaux tenues par des claies de lattes vermoulues. Des lambeaux de gravats s'écroulaient sous les coups.

— On chasse les prolétaires de la ville, François. Tu vois ce taudis, en face de toi...

Constant tendait la main vers une masure dont le toit ne tenait que par miracle.

— Une famille pouvait y avoir son logement pour cent francs par an. Oh ! je sais, ce n'était pas merveilleux. Mais ils étaient à pied d'œuvre.

François hocha la tête.

— Eh bien, regarde maintenant les beaux immeubles qui se construisent sur les grands boulevards. Les immeubles que vous bâtissez, vous autres les limousins.

Il prit François par les épaules et le tourna dans la direction opposée. C'était un alignement de façades élevées et cossues dont les balcons rappelaient le style germanique.

— Crois-tu que ta petite famille de prolétaires

pourra louer ne serait-ce qu'une chambre de bonne, là-haut, sous les mansardes ? D'ailleurs ici, on ne veut pas d'ouvriers ! Alors ils fileront en direction de Belleville ou de Charonne. Ils paieront deux fois plus cher et mettront trois heures chaque jour pour revenir travailler dans le quartier !

Ils descendirent vers la Seine. De temps à autre, Constant lançait des coups d'œil rapides et changeait de trottoir. Ou bien il s'arrêtait devant une vitrine et attendait d'être dépassé. François l'imitait, émerveillé par la connaissance qu'avait son compagnon de toutes les choses de la ville. Ils parvinrent rue de Gèvres. Un embouteillage bloquait le flux des calèches qui voulaient s'engager sur le pont au Change. Les cochers juraient avec un accent qui ressemblait à celui de Constant quand il lui prenait de fanfaronner. Des fouets claquèrent. Des ménagères invectivaient les couples les mieux mis. Constant s'était arrêté et laissait François tout à sa surprise. Il contemplait le petit mangeur de châtaignes de quinze ans qui regardait Paris avec des yeux trop grands.

Constant donna un coup d'épaule à François.

— Il y avait pas tant de monde ici, le 3 décembre 1851 ! Pas les mêmes en tout cas, ajouta-t-il.

François eût voulu comprendre. Mais Constant n'était pas garçon à se faire tirer les vers du nez. En ce printemps 1860, Paris grouillait de mouchards. La police impériale étendait son filet. Haussmann avait beau labourer la capitale pour assainir le marécage insurrectionnel qui avait englouti tant de monarchies, il semblait que la démolition n'allait jamais assez vite. Détruire les ruelles propices aux barricades ne suffisait pas à détruire l'envie de révolte. Les imposantes casernes, comme celle du boulevard Prince-Eugène, postées en enfilade et prêtes à balayer les avenues de puissants tirs d'artillerie précédant des charges de cavalerie, contiendraient-elles longtemps les prolétaires chassés dans les faubourgs ?

Ce que François ne pouvait imaginer, neuf ans plus tôt, c'était cette saison d'hiver 1851. Constant n'avait alors que onze ans et travaillait depuis trois mois aux Batignolles, chez Gouin, sorte de bagne qui produisait des pièces de machines à vapeur. Chaque matin, lorsqu'il entrait dans l'atelier des fonderies, alors que des torrents de lave incandescente coulaient des déversoirs, il aurait pu penser descendre en enfer, s'il avait cru que l'enfer existât. Pour les enfants, la journée de travail durait treize heures, seulement ponctuée par une heure de classe. Et, pour ne pas perdre de temps, les contremaîtres obligeaient les gosses à avaler leur gamelle de soupe pendant le cours.

Tout début décembre, alors qu'il nettoyait une machine sans pouvoir l'arrêter pour ne pas ralentir la cadence, Denis, le camarade de toujours de Constant, avait eu le bras happé par une courroie. Quand il avait poussé un hurlement, Constant s'était retourné et n'avait eu que le temps de voir le membre sanguinolent s'engloutir dans le ventre de la machine. Le gosse était mort dans ses bras. Cela s'était passé le 1er décembre 1851. Des larmes dont il ne pouvait endiguer le flot coulaient de ses yeux d'enfant. Pendant ce temps, à l'Élysée, le président Louis Napoléon Bonaparte écrivait « Rubicon » sur un dossier confidentiel qui contenait les derniers préparatifs du coup d'État. A minuit, alors que Constant, en proie à des cauchemars, ne parvenait à s'endormir dans les bras de sa mère, les ouvriers de l'Imprimerie nationale étaient convoqués et composaient, de manière assez fragmentée pour n'en pas comprendre le sens, les affiches qui allaient être aussitôt collées sur les murs de Paris. Ces placards rétablissaient le suffrage universel et annonçaient la dissolution de l'Assemblée législative. Constant n'avait trouvé un sommeil ponctué de sanglots que vers deux heures du matin. C'était l'heure à laquelle les sbires de Morny, qui avait investi le ministère de l'Intérieur, partaient aux quatre coins de Paris crever les tambours de la Garde nationale afin que nul officier ne pût faire battre l'appel. Les premiers opposants, réveillés en pleine nuit, étaient déjà conduits à la prison Mazas.

Lorsque la rumeur du coup d'État était arrivée aux Batignolles, Constant allait franchir les grilles de l'usine Gouin. Mais la disparition de Denis l'avait assez ébranlé pour que, malgré les risques encourus, il décidât de traîner.

Ce matin du 2 décembre, date anniversaire d'Austerlitz, la rue ne s'était pas enflammée, contrairement aux journées de février 48 qui avaient vu s'embraser Paris comme une torche. Le rétablissement du suffrage universel avait paralysé ce mouvement de deuil et de révolte qui sur ces berges de la Seine vire à l'émeute avec facilité. La plupart des badauds qui contemplaient les affiches pendant que l'un d'entre eux la lisait à haute voix ne voyaient guère d'inconvénient à ce que l'on ait arrêté au cours de la nuit quelques gants jaunes. Cependant, Constant s'était laissé entraîner par un groupe de curieux vers la mairie du Xe arrondissement, sur la rive gauche. On disait que les membres siégeant habituellement au Palais-Bourbon s'y étaient rassemblés. Il arriva au moment où la troupe escortait vers la prison de Mazas deux cent vingt représentants, dont Tocqueville et Falloux.

Constant n'était pas rentré chez lui de la journée. Il avait suivi les interminables palabres qui animaient les bourgeois sur les grands boulevards ou les artisans et les ouvriers dans les faubourgs. Le soir, il était rentré à la maison très excité. Enfant des rues, il avait senti couler dans ses veines le fourmillement de l'émeute, quand l'improvisation grise les hommes et leur fait croire un instant à l'impossible. Sa mère avait dû lui faire promettre de ne pas retourner dans la rue le lendemain et d'aller droit chez Gouin en essayant, après cette escapade, de se faire reprendre.

Le lendemain, 3 décembre, Paris craquait sous le gel. Les lourds chevaux qui amenaient les charrois vers les Halles trottaient, un nuage de sueur sur les reins. Très vite, dès qu'il avait mis le nez à la fenêtre, Constant avait compris que la journée serait particulière. Le calme dissimulait une explosion comme cette ville capricieuse était si bien capable d'en inventer. Depuis la mort tragique de Denis, il savait que plus rien ne serait comme avant. Au fond, il espérait cet embrasement, comme un enfant peut souhaiter un jeu endiablé. Pour la joie.

Ses pas l'avaient entraîné dans le faubourg

Saint-Antoine où travaillait un de ses oncles, ébéniste. Le peuple laborieux ne paraissait pas vouloir s'opposer au coup d'État du président Bonaparte. Quelques rares députés de la Montagne, dont Jules Favre et Victor Hugo, essayaient d'organiser la résistance armée. Dans un groupe qui rechignait à faire front à la troupe, un parlementaire avait rétorqué avec une voix de tribun à un ouvrier qui lui reprochait son indemnité : « Vous verrez tout à l'heure comment on peut mourir pour vingt-cinq francs par jour ! » Cet homme c'était Baudin. Constant, impressionné, s'était attaché à ses pas et s'était retrouvé place de la Bastille. Des voitures avaient été renversées, l'idée de barricades germait dans les esprits. Schoelcher, ceint de son écharpe, s'était avancé vers la troupe qui l'avait repoussé. Pour le dégager, des insurgés avaient tiré. Les balles avaient sifflé aux oreilles et Constant avait vu les hommes se jeter à terre. Baudin avait été le premier fauché.

Les faubourgs Saint-Marceau, Saint-Denis et Saint-Martin, Belleville la rouge voyaient s'ériger de splendides barricades. Les plus belles avaient des fondations d'églises. Les limousinants avaient prêté main-forte. Constant allaient de l'une à l'autre, se faufilant par les ruelles dans lesquelles les régiments n'osaient s'aventurer. Partout des hommes et des femmes roulaient des tonneaux, édifiaient des murs à l'aide de pavés, éventraient des meubles au milieu des rues. Cette folie tombait du ciel, montait de la terre mise à nu, suait des taudis comme des maisons respectables. Les bourgeois encourageaient les prolétaires. Les choses étaient à l'envers par la seule grâce du coup de force présidentiel.

— J'ai fini dans le renfoncement de cette porte cochère. La troupe tirait sur tout ce qui bougeait. Même sur les bourgeois aux balcons...

Constant avait indiqué l'entrée d'un bel immeuble de quatre étages. François écoutait sans bien comprendre tout ce que les paroles de son nouvel ami pouvaient dissimuler. Mais sans qu'il le sache, le souffle de Paris était passé sur lui.

Lorsqu'ils arrivèrent rue de la Vannerie, il faisait nuit. La douceur d'avril coulait sur le quai Pelletier. La Seine charriait des eaux vertes. Sur l'autre berge, on apercevait l'île de la Cité, vaste chantier où les démolisseurs s'évertuaient à dégager les tours de Notre-Dame des cloaques qui s'y adossaient. Les deux garçons avaient prolongé le plaisir d'être ensemble. Du quai Pelletier, ils étaient remontés par la rue de la Tannerie, allant jusqu'à traîner vers la rue Saint-Jacques-de-la-Boucherie. Au moment de se quitter, Constant avait tendu la main.

— Tu retournes rue Choiseul, demain ?

— Je crois. Combien de temps ? Cela dépendra de Lefaure et de Gerbeau.

Constant eut un air amusé.

— Ça n'a pas d'importance, je sais où tu crèches !

Il montra le bouge qui servait de garni.

— Et toi ? cria François au moment où l'autre tournait les talons en direction de la rue de la Coutellerie.

— Moi ? C'est encore trop loin pour toi. T'en fais pas, on se reverra...

Dans la chambrée, assis sur sa paillasse, François trouva Gerbeau qui cassait la croûte.

— Bonsoir ! lui lança le maçon. Alors cette première journée ?

— Ça a été, fanfaronna François en s'asseyant en face de son pays.

— Lefaure t'a demandé pour demain ? s'inquiéta Gerbeau.

— Oui. J'irai directement rue Choiseul...

Gerbeau parut satisfait. Il mastiquait avec application un bout de pain qu'il tranchait à l'aide d'un couteau à la lame noire.

— Tu as mangé ?

François ouvrit sa musette et en sortit la dernière part de fromage que sa mère lui avait préparée. Il retrouva aussi une poignée de châtaignes et du pain noir.

— Il a meilleur goût, celui-ci qui vient de chez nous, remarqua Gerbeau en souriant.

Il contempla le gamin. François, bien que très fort pour son âge, n'avait pas encore atteint la taille d'un adulte. Sa corpulence laissait présager une résistance peu commune mais il lui restait à fortifier son squelette.

— Il va falloir manger de la viande, François.

Et comme le gosse baissait le nez avec un air buté, Gerbeau insista d'une voix plus ferme.

— A Paris on mange de la viande ! C'est la seule façon de tenir. Sinon tu ne résisteras pas. Tu m'entends ?

François leva les yeux vers son maître limousin. Il eut un instant l'illusion d'exister.

Quelqu'un l'aimait assez pour le gronder comme un père.

Le chantier rue Choiseul dura neuf semaines. François, au fil des jours, sentait sa résistance physique s'accroître. Ses mains avaient cicatrisé et les autres gougeats, étrillés par Constant, ne lui avaient plus cherché querelle. Lorsque les murs avaient été dressés jusqu'au quatrième, les planchers établis, Lefaure et les autres limousinants s'étaient lancés dans l'édification des pignons qui montaient au ciel comme des cimes vertigineuses. Chaque jour davantage, François parvenait à se guérir de son appréhension du vide. A présent, l'auge pleine de mortier sur la tête ou l'oiseau chargé sur les épaules, il servait Lefaure avec vélocité et sûreté, grimpant sur les échelles, marchant sur les échafaudages en faisant tambouriner les planches sous ses pas. Le vieux maçon lui en était reconnaissant, sans pour autant le signifier car il n'était pas dans sa nature de s'épancher.

Les pignons supérieurs furent établis définitivement un soir de mai. Les jours n'avaient cessé d'allonger avec une légèreté printanière. Le matin, quand François se levait à cinq heures, il ne manquait jamais de jeter un regard vers la montagne Sainte-Geneviève qui recevait l'éclairage du soleil levant. Les toitures grises prenaient des reflets qui rappelaient les eaux de l'étang de la Genête. En fermant à demi les yeux, il pouvait se convaincre, au flammé qui ocrait les façades, de contempler la forêt de la Favillade quand les pousses nouvelles ont encore des reflets pastel. Seulement, il n'était plus question de terminer le soir à sept heures et Lefaure, comme les autres, bretellait jusqu'au jour défaillant.

A la fin de la première semaine de labeur, François avait reçu son salaire. Lefaure lui comptait deux francs par journée. Jamais il n'avait eu tant d'argent. Dorénavant, lorsqu'ils allaient tremper leur pain dans l'auberge proche du chantier, il payait son bol de soupe. La fierté qu'il avait ressentie alors lui avait fait oublier toutes ses peines.

Arriva le moment où Lefaure et Delage posèrent les pointes des pignons. L'immeuble ressemblait à une grande carcasse vide, à l'assaut de laquelle partaient les boisements des échafaudages ainsi que les gruaux destinés au levage des linteaux et des pièces de charpente. Des brouettes, des binards laissés par des hallebardiers allemands incomparables pour le transport des blocs de pierre, occupaient le terrain au pied de l'immeuble. Ce jour-là, Lespinas, le maître maçon qui avait commissionné l'ouvrage, accompagné du propriétaire, un gros homme à favoris gris, avait fait une inspection des lieux. Le bourgeois avait suivi Lespinas sur les échafaudages, écoutant les explications du Creusois. Les garçons limousins n'avaient pu s'empêcher de rire en voyant le richard, la bedaine montée sur de courtes jambes, escalader en haletant les barreaux. La visite de chantier s'était terminée vers quatre heures de l'après-midi. Le bonhomme, qui tenait un commerce de grossiste en bonneterie rue des Petites-Écuries, avait exprimé sa satisfaction.

Ce dernier soir, il était huit heures quand les maîtres limousins levèrent le nez de leurs auges. Les gougeats, comme à l'habitude, s'employèrent à récurer les outils, récupérant les cribles, les battes, nettoyant avec application les truelles, les plombs, les pelles, les niveaux. Une jubilation contenue allumait les yeux. Personne ne songeait à se quereller et des enfants de peine aux maîtres, une connivence joyeuse éclairait les visages : ce soir, c'était la pose du bouquet.

Pendant que les gamins s'affairaient, les maçons s'étaient éclipsés rue Louvois, dans un caboulot où les pays se retrouvaient. Lefaure, d'ordinaire si distant, s'était autorisé cette sortie. Mais à la différence des autres compagnons qui avaient quitté leurs vêtements de peine pour des frippes plus anodines, le maître de François avait gardé ses habits de toile grise. Ils n'étaient revenus que deux heures plus tard, l'œil allumé par les canons de vin blanc agrémentés d'eau-de-vie. A l'entrée de la rue Choiseul, François avait même entrevu Delage qui parlait à une de ces filles du monde comme il en traînait d'innombrables aux abords des Halles ou de la place de Grève et qui raccrochaient les clients.

François ne pouvait sans une émotion qui le terrifiait regarder ces pierreuses, filles aux regards tragiques et aguichants qui tournaient autour des chantiers à l'embauche ou pour le bouquet, guettant ces instants où le maçon fête un moment particulier. Bien que rien dans leur attitude et leur façon de lancer des adresses aux hommes ne les rattachât au souvenir de Marie Gerbeau, François ne pouvait les voir sans penser à elle. La féminité de Marie qui allait avoir quinze ans, sa douceur et sa retenue inondaient la conscience du garçon. Qu'y avait-il de commun entre ces malheureuses et celle à laquelle il pensait avec tendresse ?

Tout remontait à cette veillée chez les Tissier, l'hiver dernier. L'hiver, en Creuse, était la saison la plus gaie. Les hommes, rentrés de limousiner, restaient au pays de novembre à mars. Il ne se passait guère de soirée, au plus froid des gelures de février, sans se retrouver autour d'un âtre, à éplucher les châtaignes, à énoicer, à fabriquer des palisses dans un charivari de ragots, de légendes et de niorles. Ces soirs-là, le temps des absences semblait pouvoir se rattraper. Les femmes oubliaient le moment de la séparation ; les filles s'amusaient des garçons. On disait tout bas : « La Germaine court après le Jean. » Et tout cela qui commençait par une espièglerie finissait un jour dans la gravité du mariage. Lorsque le gel et la neige enserraient les chaumières des Couteilles, malgré le froid qui glaçait le dos alors que les grosses bûches dans les landiers brûlaient le visage, en dépit de toutes les duretés qui s'amoncelaient, on goûtait à une part de bonheur.

De ce soir-là, François s'en souvenait parfaitement. C'était le 15 janvier de l'année 1860. Le gel avait pris l'étang du Masgrangeas et les bêtes étaient restées à l'étable. Dans la salle commune, alors qu'il s'était réveillé tout contre Louis, la souillarde était gelée. A la nuit, toute la jeunesse des Couteilles, Germain Vergne, sa sœur Julie, Marcel et Marthe Vallade, Marie Gerbeau, s'était retrouvée chez les Tissier. Roland Mouret et le grand soiffard de Chopineau racontaient comment ils avaient fait la pige à des Brûlas, limousinants comme eux, mais originaires de la région de La Souterraine, sur un chantier place des Vosges. Surtout, comment ils avaient crié : « Vous avez bien le bonjour des Bigaros des Couteilles ! »

Tout le monde était en gaieté. Les garçons et les filles s'étaient installés en arc de cercle autour de la cheminée et énoiçaient la récolte des Tissier. En retrait, assise sur l'archaban, Adeline Tissier, l'aïeule des Couteilles et qui avait toute sa tête, réparait un panier d'osier. Dans l'ombre, accoudés à la table, les hommes buvaient à petites lampées une eau-de-vie de pomme, en faisant claquer la langue. A la fin, Adeline qui aimait encore rire, demanda aux garçons de chercher la plus petite coquille de noix qu'ils avaient ouverte. Sans méfiance, François avait montré une coque minuscule. « Alors tu dois embrasser ta voisine, mon coquin ! » s'était esclaffée la vieille qui riait de toute sa bouche édentée. Marie était assise au côté de François. Le souvenir de sa joue si douce hantait encore les rêves du jeune homme. Dans la confusion et sous les quolibets, il avait fermé les yeux comme si Marie et lui avaient été seuls pour la cueillette du baiser.

Rue Choiseul, Delage, malgré sa triste réputation, avait pris la direction de la fête. Il était revenu du caboulot les poches pleines de pétards. Lefaure et La Poussière, un Bigaros de Faux-la-Montagne, étaient rentrés sur le chantier les bras chargés de bouteilles de vin. La Montagne, un compagnon discret et serviable, s'était chargé du bouquet tandis que Léonard Dumont, originaire de Banize, montait à l'échelle des verres pour tout le monde. Les garçons servants accueillirent leurs patrons avec des cris de joie.

— Va chercher Champagne et son orgue de barbarie. On va le grimper à l'échafaudage. Je l'ai vu qui traînait rue Colbert, lança La Poussière à son garçon.

Le gosse détala en poussant des gloussements. François restait interloqué. La douceur de ce soir de mai prêtait à la joie. Un sentiment de fraternité flottait sur tous ces malheureux qui avaient trimé pour le personnage ventru aperçu cet après-midi. Et pourtant, en cet instant, il n'y avait pas plus heureux à Paris que cette troupe de gueux.

Il faisait nuit quand la fête commença. Les solides gaillards avaient hissé tout en haut de l'immeuble l'orgue du dénommé Champagne, un ancien paveur réduit à mendier sa vie en musique après avoir été écrasé sous un chargement de pierraille. Au bout d'une latte, ils avaient ficelé le bouquet ramené par La Montagne et l'avaient scellé au plus haut du pignon. Une tiédeur, portée par un vent léger, glissait sur les toits, chargée du remugle des berges ainsi que du souffle intime de Paris. Nostalgique, François écrasa la main sur un filet de résine qui suintait d'une écoperche mal ressuyée. Il enfouit le nez dans sa paume, à la recherche de la Favillade et des mystères de la forêt creusoise.

Lorsqu'il leva la tête, Delage brandissait un verre, debout sur une auge renversée. Il avala d'un trait, la tête en arrière. La bouteille qu'il avait ouverte circulait et François se retrouva le verre plein. A peine avait-il bu que les autres se tournèrent vers lui : il était le seul à n'avoir pas conservé quelques gouttes au fond de son verre. Lefaure lui expliqua en souriant qu'il était mis à l'amende et, la mort dans l'âme, il dut payer la seconde tournée. Champagne fut installé en équilibre en bout de l'échafaudage. Les gougeats avaient allumé quelques tasseaux de sapin disposés sur un bout de muraille. Le feu, en plein ciel, projetait des ombres immenses dans le vide. Et quand s'éleva la plainte de l'orgue, au-dessus de la rue, perchée dans la nuit, François comprit qu'il venait de réaliser, sous le commandement sévère de Lefaure, quelque chose d'important.

Les maçons et leurs gougeats, rejoints vers onze heures par Lespinas, burent tard dans la nuit. Delage, La Montagne, La Poussière entonnèrent des chants inconnus qui émurent François. Les toitures des autres immeubles prenaient des allures dantesques. Champagne, passablement éméché, n'arrêtait pas de tourner la manivelle, pourvu que son verre restât plein. Les petits manœuvres écoutaient attentivement leurs aînés ou se chamaillaient sur un bout de planche. Dans la nuit, on eût dit que les misérables gosses dansaient dans le vide.

Le lendemain matin, Gerbeau et Lefaure se retrouvèrent place de Grève, François sur les talons. Gerbeau avait terminé le pigeonnage de ses cheminées à la Bastille et Lefaure devait limousiner sur un petit chantier, rue Monge. Gerbeau venait d'accepter de travailler pour Duphot qui avait en adjudication une partie de l'aménagement du bois de Vincennes. C'était un chantier dangereux. Il s'agissait de maçonner en profondeur les fouilles d'épaisses murailles de soutènement. Les tranchées ne demandaient qu'à se refermer et deux terrassiers déjà, dont un de Gentioux, avaient été engloutis entre deux pans de terre argileuse. Depuis ses débuts rue Choiseul, François n'avait guère eu l'occasion de parler avec Gerbeau.

Celui-ci rentrait tard et se glissait dans la chambrée endormie. A l'aube, le maître limousin était souvent parti avant que François n'émergeât de la torpeur dans laquelle le tenait l'épuisement quotidien. Lefaure et Gerbeau se demandaient qui garderait François comme manœuvre. Gerbeau décida de le prendre et Lefaure s'éloigna vers la foule des hommes de peine qui déjà occupait la place.

Gerbeau et François prirent la direction du bois. Outre que le trajet allongeait durement la journée de travail, ils devaient emprunter des ruelles sombres qui impressionnaient François. Les faubourgs avaient cet air interlope, hanté par des silhouettes à la démarche traînante, des pousse-misère toujours prêts à suriner le bourgeois. Vers Bercy en particulier, après avoir dû quitter l'avenue Daumesnil défoncée par des travaux de percement, ils étaient passés devant des cabarets sordides et avaient instinctivement pressé le pas.

— Vous avez des nouvelles de chez nous ? demanda François un peu intimidé.

Gerbeau, qui avançait à grandes enjambées, tarda à répondre. François sut que l'autre devinait tout ce qu'il y avait derrière sa question, son inquiétude vraie pour le sort de Sébastien et son intérêt pour Marie.

— Je pense avoir une lettre un de ces jours, se contenta-t-il de dire.

Quand ils arrivèrent sur le chantier, il était six heures trente. La fraîcheur venue du bois les frappa de front. Cette forêt ne ressemblait pas à celles qui abritaient les Couteilles. Les arbres en étaient plus majestueux, d'une certaine manière plus civils. En Creuse, il n'y a pas d'arbre qui n'ait souffert. Comme les visages des hommes qui portent les stigmates des privations, les chênes, les châtaigniers, les frênes, les hêtres sont plus ramageux que nulle part ailleurs. Fourgnoux, le charpentier de Pontarion, disait volontiers que les poutres flanchent moins quand elles sont taillées dans un bois noueux qui a poussé sur le rocher, avec juste assez de terre pour ne pas se désespérer. François fut frappé par la beauté des troncs, la texture des écorces d'une étonnante douceur. Surtout, la force de leurs ramures donnait aux platanes de la grande allée qui partait derrière le chantier un équilibre imposant.

François se félicita que Gerbeau l'ait pris avec lui. Des calèches élégantes traversaient la place de Reuilly et s'enfonçaient dans la campagne. François ne savait guère encore se repérer. Mais à la vue du soleil, il comprenait que dans cette direction, plus loin encore que l'horizon des belles futaies, vers le sud, il y avait les siens qui pensaient à lui.

La première journée de travail se déroula sans autre incident que la chute d'un libage sur un appareilleur. L'homme s'en était sorti avec la jambe bleue mais fort heureusement sans fracture. A dix heures, Gerbeau avait entraîné François prendre un bol de soupe dans un cabaret aux abords du cimetière de Bercy. François travaillait avec plus de plaisir pour Gerbeau bien qu'il reconnût à Lefaure des qualités. Gerbeau ne rechignait pas à échanger quelques mots d'encouragement avec son commis, sur un ton de grande gentillesse. François découvrait un homme qui, aux Couteilles, lui était apparu austère. Bien sûr, le souvenir de Sébastien dont tous attendaient des nouvelles, fussent-elles terribles, repassait en mémoire.

A la pause de quatorze heures, les jeunes gougeats du chantier reçurent une bien étrange visite. Un curé descendit d'une voiture luxueuse à l'intérieur de laquelle une femme âgée attendait. Il se dirigea vers les gosses qui mangeaient leur croûton de pain et commença à les admonester sur les risques de mourir au chantier. Le père Pontbriaud, dont c'était une des spécialités, cherchait à ramener à Dieu tous ces limousins qui, en raison des dangers qu'ils encouraient, devaient toujours se tenir prêts à se présenter à Lui.

Au début, les enfants écoutèrent tout surpris. Derrière l'homme d'Église, la voiture aux portières desquelles brillait un écusson s'était arrêtée aux limites des gravats. Le cheval piaffait en grattant les plâtres de ses sabots.

— Avec tous les malheurs qui peuvent vous arriver, mes enfants, vous devez toujours être en état de paraître devant Notre Seigneur...

Patisson, un petit gougeat de Felletin qui portait des seaux plus lourds que lui depuis l'âge de dix ans et à qui le mal de Saint-Roch faisait tousser le sang, se leva et cria :

— Va-t'en, sale corbeau ! Charogne, va rejoindre la traînée qui t'attend dans la voiture.

La violence de la réaction du gamin ébranla l'ecclésiastique. Il hésita, se demandant quel parti prendre. Perchés sur les échafaudages, les hommes cassaient la croûte. Il lut dans leurs yeux narquois la même violence, à peine contenue. Alors, il rebroussa chemin sous les lazzis des gamins, en maugréant :

— Soyez charitables avec ces rouges ! Ah ! Madame la comtesse, quel mérite vous avez de persévérer dans vos œuvres !

L'incident avait frappé François. La haine à l'encontre du prêtre, exprimée si violemment, le renvoyait au souvenir de sa mère. Comme la plupart des femmes des Couteilles, elle attendait l'absence de son mari pour se rendre à l'église. Les reproches que lui avait adressés Alexandre lorsqu'elle s'était entêtée à pascaliser revenaient en mémoire à François, d'autant plus forts qu'ils étaient exceptionnels.

Gerbeau limousina au bois jusqu'en septembre. L'été passa sur Paris, rendant la tâche plus pénible quand la touffeur de l'air écrasait le chantier. Un samedi soir, alors qu'il ne l'espérait plus, François avait vu surgir Constant à l'entrée de la rue des Meuniers, non loin de la route des Fortifications. Le garçon l'attendait, les mains dans les poches, adossé à un mur. François s'était élancé vers lui, sous le regard désapprobateur de Gerbeau.

— Constant !

— Rue Choiseul ! avait répondu ironiquement le garçon. Comment vas-tu, petit père ? Mais c'est que tu as forci en diable !

François était heureux. L'idée de ne plus revoir celui qui lui avait si simplement sauvé la mise alors qu'il était aux prises avec les autres gougeats l'avait ulcéré. Son impuissance à retrouver dans Paris la trace de son ami d'un soir le faisait enrager. Gerbeau les avait plantés là et ils étaient rentrés paisiblement rue de la Vannerie.

— Tu es retourné à l'usine ? demanda François.

— Chez Gouin ? Ça fait longtemps que j'ai été renvoyé ! répondit-il sur un air bravache.

Constant portait autour du cou un foulard rouge noué sous une méchante chemise de toile grise. C'est d'ailleurs parce que son regard avait été happé par cette tache écarlate que François l'avait remarqué au bout de la rue. Très rares étaient ceux qui, ce jour encore, osaient se risquer à porter si ostensiblement ce signe de ralliement au socialisme. La loi Gramont de 1850 qui interdisait l'abattage des animaux dans la rue n'était pas innocente. Si le souci d'adoucir le sort des bêtes n'était pas étranger à sa promulgation, c'était surtout la volonté de retirer des ruisseaux de sang de la vue de la populace qui l'avait inspirée. Partout, depuis le coup d'État, la couleur pourpre était prétexte à d'innombrables procès-verbaux. Et tel industriel, dans le Nord, qui avait repeint les murs de sa fabrique d'une peinture économique à base de brique pilée, s'était vu convoquer par le commissaire. Une jacquerie sanglante demeurait encore l'obsession de la bourgeoisie.

— Si on allait au Trocadéro ? proposa Constant sur un air de gaieté. Ce soir l'empereur fête la Saint-Napoléon...

François accepta avec joie. Les fatigues de la journée s'envolaient.

— Il faut que je passe rue de la Vannerie me changer, remarqua-t-il.

Ils partirent d'un bon pas. La douceur du soir

reposait sur leurs nuques ; ils portaient Paris sur leurs épaules.

Lorsque François sortit de la chambrée, Constant éclata d'un rire admiratif. Le gosse avait troqué ses vêtements de peine contre un pantalon et une veste qui, de fort loin, pouvaient passer pour neufs. Gerbeau l'avait conduit huit jours auparavant chez un fripier qui vendait des guenilles usées jusqu'à la trame mais ayant conservé des apparences. Pour cinq francs, François s'était constitué une garde-robe qui lui permettait le dimanche de se promener tranquillement sans essuyer les quolibets des Parisiens. Les premières fois où il s'était fait traiter de « mangeur de châtaignes » en pleine rue par des bourgeois goguenards, il avait senti plus de peine que de rancœur. Il était alors aux côtés de Robert Chaumont du Mondoueix, un gaillard placide de vingt-cinq ans, véritable force de la nature. Robert, sous l'insulte, avait piqué droit sur le groupe. François se souvenait de l'air menaçant de son pays qui pratiquait régulièrement la boxe à la salle de chausson. Les hommes en chapeau haut de forme s'étaient éclipsés sous les ricanements du Creusois qui leur criait : « Vendeurs de cerises ! Venez-y vous frotter aux gars du Mondoueix ! »

Il était huit heures trente quand ils arrivèrent pont d'Iéna. Le spectacle sidéra François. Les arches enjambaient le fleuve dans un ruissellement de lumières. La Seine était en feu. Des barques de toutes les couleurs croisaient entre le pont de l'Alma et le pont de Grenelle. Leurs mille éclats se combinaient au feu des drapeaux et des lanternes vénitiennes. Les bateaux-orchestres laissaient derrière eux une traîne de musique et d'or. Les deux garçons étaient arrivés assez tôt pour assister à l'allumage des motifs décorant le Trocadéro. La foule massée sur le Champ-de-Mars applaudissait chaque fois qu'une rampe nouvelle illuminait la perspective. François n'avait jamais rien vu de plus beau. A côté de ce ruissellement d'étoiles qui auréolait la Seine comme une comète, les feux de la Saint-Jean dans les villages autour des Couteilles lui parurent dérisoires.

Il n'était pas possible d'imaginer telle féerie. Les illuminations étaient si savamment disposées que le palais prenait au sommet de l'allée princière l'apparence d'une demeure des Mille et Une Nuits. Les lustres des galeries renvoyaient le bleu des cercles chatoyants accrochés au premier étage. Entre les statues, des rampes phosphorescentes inondaient les marches d'une incandescence inouïe. Dans un mouvement ascendant, les motifs emblématiques de l'Empire, tant ils scintillaient, s'envolaient dans la nuit. Au sommet du dôme pavoisé de drapeaux, une couronne de gaz clignotait d'une infinité d'étoiles. La foule s'extasiait sans arrière-pensée. Des femmes excitées pressaient le bras de leur voisin en criant. Les allées du parc du Trocadéro, serties de candélabres à seize branches, dévalaient vers la Seine comme une cascade de diamants. Le poudroiement des lustres minéralisait la myriade de jets d'eau et de fontaines. François ne pouvait se rassasier de ce spectacle. La grandeur de la ville pour laquelle il travaillait si humblement lui apparaissait dans toute sa monstruosité.

Constant lui adressa un coup de coude.

— Qu'est-ce que tu en dis, Rue Choiseul ?

Constant se tourna vers son compagnon. Son visage, éclairé par une rampe d'étoiles qui embrasait le sommet du pont, avait pris une couleur ocre. Le foulard qu'il portait lui faisait une boule noire à la base de la gorge.

— J'en dis que je n'ai jamais rien vu de pareil.

— Paris, c'est quelque chose, hein ?

Constant hocha la tête et se tourna vers le Trocadéro.

— Allez viens, poursuivit Constant. Un feu d'artifice va être tiré du Champ-de-Mars. Nous ne sommes pas au mieux ici.

Lorsqu'il rentra au garni, François avait la tête qui bourdonnait. Le feu d'artifice l'avait impressionné. L'image de sa Creuse, pour la première fois, lui apparaissait sans nostalgie. L'avancée des choses ici était si grande ! Dans la chambrée, la plupart des paillasses étaient inoccupées. Gerbeau faisait partie des rares à n'être pas sorti. François s'approcha de sa couche et lui secoua doucement l'épaule en disant d'une voix éraillée :

— Si vous aviez vu la fête au Trocadéro !

Gerbeau ne dormait pas. Il se retourna vers François. La faible lumière qui arrivait par la porte laissée entrouverte dégagea son visage. Des larmes coulaient de ses yeux rougis.

— Sébastien, se contenta-t-il de murmurer en se laissant retomber sur une lettre froissée.

2

Pendant ce temps aux Couteilles...

La nouvelle de la mort de Sébastien Gerbeau était parvenue aux Couteilles deux semaines plus tôt, le 20 juillet 1860. Le matin, alors que Marie tirait l'eau au puits, elle avait vu deux gendarmes à cheval trotter en direction du village. Ils venaient par la route de Pontarion et piquèrent droit sur elle.

— Peux-tu m'indiquer la ferme des Gerbeau ? lui avait demandé le brigadier, un homme au visage sévère.

— Je suis Marie Gerbeau, avait-elle répondu, la voix tremblante.

L'homme avait eu l'air embarrassé.

— Conduis-moi à ton père.

— Il est en campagne. Il limousine depuis mars. Ma mère est là.

Marie avait abandonné le seau plein d'une eau glacée sur la margelle du puits. Elle s'était essuyé les mains à plat sur son tablier noir et avait marché d'un pas rapide vers la maison. En même temps qu'elle poussait le clédou elle criait :

— Mère, c'est les gendarmes !

La mère avait pâli. Ici, personne n'aimait les

voir, qu'ils traquent un braconnier ou qu'ils enquêtent sur la disparition d'un conscrit.

— Sébastien ! avait-elle murmuré.

La haute stature du brigadier s'encadrait dans la porte. Un soleil pâle éclairait en contre-jour ses épaulettes. L'autre cavalier avait mis pied à terre et tenait les chevaux par la bride. L'homme s'avança. Marie n'osait le regarder en face et gardait les yeux rivés sur ses bottes.

— Vous êtes bien Léonie Gerbeau, mère de Sébastien Gerbeau, né aux Couteilles le 19 novembre 1837 ?

Elle acquiesça, livide. Le gendarme retira son bicorne et le plaça sous le coude en même temps qu'il remettait une missive officielle :

— Madame, j'ai le regret de vous informer que Sébastien Gerbeau est mort au champ d'honneur, au cours de la campagne d'Italie. Je vous adresse, à titre personnel, mes plus vives condoléances.

Léonie Gerbeau avait saisi le document qu'elle ne saurait pas lire. Contrairement à son attente, aucune larme ne coula de ses yeux. La douleur l'avait tout entière fermée, verrouillant à l'intérieur de son être le chagrin. Les phrases du cavalier résonnaient dans sa tête comme un écho.

Marie ne put résister à la douleur. Elle s'élança par la porte, bousculant l'homme et s'enfuit au fond de la couture, près du vieux châtaignier dans lequel elle jouait depuis l'enfance. Avec vivacité, elle sauta sur une branche basse usée d'avoir été escaladée et se recroquevilla, le visage enfoui dans les pans de sa jupe, pleurant à en perdre le souffle.

Lorsque les soldats reprirent le chemin de Pontarion, les voisins se pressaient déjà à la porte.

— C'est-y un grand malheur? s'inquiéta Joséphine Ribière tandis qu'Alexandre attendait silencieusement à ses côtés.

Léonie ne pouvait répondre. Elle gardait serré cette lettre aux couleurs de l'Empire, incapable d'articuler quoi que ce soit. Lucie Mouret, la plus proche voisine, s'était avancée et avait pris Léonie dans ses bras. Alexandre et le vieux Justin Vallade avaient détourné la tête. Léonie s'était laissé faire. Elle avait posé son menton sur l'épaule de sa voisine mais aucune larme n'avait coulé sur ses joues blêmes.

Marthe Vallade, la petite fille de Justin, de l'âge de Marie, avait pris la direction de la couture, sachant que Marie devait essayer d'y perdre son chagrin. Avec précaution, comme si elle cherchait à capturer une mésange dans un piège d'osier, elle s'était approchée. D'un coup de reins, elle s'était assise sur la branche basse près de son amie. Le dos de Marie se soulevait sous les sanglots. « Elle réussit à pleurer; elle est sauvée », songeait Marthe en la serrant aussi fort que si elle combattait un animal furieux.

La nouvelle se répandit aux Couteilles avec la rapidité des grands malheurs. Dans les sept fermes qui composaient le village, ce ne fut bientôt que consternation : « Le fils Gerbeau est mort en Italie. »

Ce jour de juillet, les moissons pressaient. Tout autour du village, la brosse des champs fauchés faisait un océan d'or. Pour les femmes, c'était la dure saison. Aux Couteilles et dans tout le canton de Pontarion, il ne restait qu'un homme sur trois. Pendant l'absence des limousinants, c'était aux épouses, aux filles, qu'il incombait de conduire le fauchou. Afin de ne pas retarder l'avancée, elles s'intercalaient entre les rares hommes valides restés au pays. C'est ainsi qu'elles menaient leur planche, coupant la paille sur toute la largeur d'un sillon. Quand elles avaient la chance d'être aux côtés d'un gaillard vigoureux, celui-ci mordait sur la tâche de sa voisine, ne lui laissant qu'une demi-planche à couper. Ce jour-là, malgré le beau soleil, personne ne songeait à repartir à la moisson. Les femmes ressentaient comme un dégoût. Par les fenêtres entrouvertes sur l'été, on voyait au loin s'amonceler les premières javelles. La fin de l'après-midi pouvait bien réserver un orage violent qui tremperait la paille : qu'importe ! La guerre, une fois de plus, avait pour un temps ôté le goût de la terre aux paysans.

Ce fut le vieux Léobon, le seul qui savait lire et écrire au village, qui put reconstituer la fin tragique de Sébastien. Le jeune homme n'était pas mort au soir de Solferino. L'affreuse boucherie, où les services sanitaires s'étaient révélés dépassés, laissant à l'abandon des milliers de blessés, n'avait abouti qu'au repli des Autrichiens sur Vérone. Sébastien, blessé à la tête, avait fait partie des mille cinq cents disparus. Son corps avait été retrouvé il y avait un mois et demi par des Piémontais, dans un petit village près de San Martino. Le cadavre du pauvre garçon était là depuis plusieurs mois.

Les familles aux Couteilles savaient ce que représentaient ces morts en des terres lointaines, ces absents d'éternité sans cadavre, dont l'image de jeunesse n'était jamais altérée par le retour d'un cercueil. Napoléon avait entraîné et perdu sur les routes d'Europe tant d'enfants d'ici :

Edmond Mouret, hussard foudroyé à la bataille de Somosierra, au cours de la guerre d'Espagne ; Ugolin Vallade, l'arrière-grand-oncle de Marthe, sapeur noyé au passage de la Berezina en novembre 1812 ; Lucien Tissier, tombé à Wagram, Albert Gerbeau, le grand-oncle de Marie, mort dans l'affrontement de Montmirail, face aux terribles grenadiers russes ; plus récemment, en 1830, au cours des Trois Glorieuses, combattant pour la liberté dans Paris insurgé, Camille Vergne dont le corps n'avait jamais été rendu. Il y avait cinq ans seulement, Edmond Lanique, du Mondoueix, n'était jamais revenu de la campagne d'Orient, emporté par le choléra, quelques jours avant que les Alliés n'entrent dans Sébastopol, en septembre. Le souvenir de tous ces garçons rôdait dans les cœurs. Le sort des armes avait fait des paysans-soldats des voyageurs de l'éternité.

Pendant les jours qui suivirent, les Couteilles, au cœur des travaux d'été si rudes aux femmes, restèrent frappés de deuil. Les premiers soirs, les gosses et les vieux se rendaient chez les Gerbeau. On restait assis sur le banc de pierre, le dos appuyé à la façade de granit chaud. Sous la vigne qui courait au-dessus de la porte, personne ne parlait. Le geai continuait à ricaner dans sa cage de coudrier accrochée au mur. Justin Vallade, le menton reposant sur son bâton, regardait au lointain, les yeux dans le vague. Lucie cardait son chanvre, aux côtés de Léonie. Alexandre taillait sans rien dire un sifflet dans du sureau pour le petit Mouret. Marthe et Marie, assises sur le muret du verger adossé à la grange, parlaient à voix basse. Il fallut trois jours pour que la moisson reprît force. Dans la nuit qui suivit son retour au champ un cri de douleur éclata dans la maison de Léonie Gerbeau. Alors, chacun sut aux Couteilles qu'elle survivrait à la disparition de son petit. Léonie pleurait et ses larmes avaient un goût de paille.

Dès le lendemain matin, dans le champ qui s'adosse aux forêts de la Favillade et qui dévale jusqu'au ruisseau de Vauve, Léonie Gerbeau et sa fille Marie reprirent le fauchou. Elles se placèrent avec les autres femmes, Marthe Vallade et Lucie Mouret, intercalées toutes les quatre entre Alexandre, Chopineau et Germain Vergne. Marie et Marthe se mirent en extrémité de l'alignement. Alexandre, après avoir pris sa respiration profonde, donna le premier coup de faux. Ce fut le signal. Les lames gris argenté sifflaient à fleur de terre et les épis tombaient en gerbes. Les poitrines haletaient sous le soleil. Le feu montait aux visages, congestionnait les nuques, faisait les pommettes rouges. Les hommes gagnaient sur la planche de leurs voisines pour soulager leur tâche. Alexandre, entre Marie tout à gauche et Léonie, élargissait son geste, donnant de l'ampleur à sa pointe pour cueillir de la peine sous le pas des femmes.

Le front avançait dans la moisson comme une armée disciplinée. Les tranchants glissaient en cadence. Alexandre, qui donnait le rythme, ralentit imperceptiblement pour attendre Léonie qui perdait pied. Les muscles faisaient mal et les chemises de lin des moissonneurs s'ouvraient sur leurs poitrines qui cherchaient l'air. La sueur coulait au cou des femmes et plongeait entre leurs seins blancs. Leurs cheveux tirés en arrière par les coiffes dégageaient leurs visages rendus soucieux par le geste. Marthe respirait mal dans son caraco serré. Les yeux de Lucie brûlaient sous la fournaise. Elle arrondissait encore son mouvement, cherchant loin sur sa droite pour ne pas retarder Germain et plongeait au plus loin du côté d'Alexandre jusqu'à ce que son poignet droit s'en vînt toucher la pointe de son sein gauche. Toute la peine du monde traversait alors ses reins et elle redressait le corps pour avancer d'un pas, au-devant des épis.

Lorsque Alexandre arrêta son geste, toutes les faux s'immobilisèrent. Chaque moissonneur portait à la ceinture une corne de vache emplie d'eau dans laquelle trempait la pierre à aiguiser. Les femmes passaient leur poignet sur les sourcils avec un geste gracieux. Le battement des pierres, suivi du sifflement le long de la lame, emplit le vallon d'un bruit rafraîchissant.

Vers dix heures, Julie Riboulet, la sœur de Germain, grosse de son premier enfant, arriva en compagnie de Louis. Le garçon, trop jeune pour suivre le rythme des faucheurs, portait un panier dans lequel le déjeuner avait été préparé. Julie tenait une jarre de grès pleine d'une eau glacée tirée au moment du départ de son puits, le plus profond des Couteilles. Alexandre donna l'ordre d'interrompre la moisson. Marthe redressa son fauchou en poussant un ahanement de soulagement. Elle avait dégrafé le haut de son corsage noir et la forme de ses seins faisait une tache blanche qui attirait le soleil.

— Alexandre nous mène un train ce matin ! s'exclama Léonie Gerbeau.

Chacun se dit que Léonie allait mieux et que cette journée ressemblait à une résurrection.

Les moissonneurs s'installèrent sous un pommier en lisière du champ. L'ombrage ramageux étendait sur le talus une nappe vert foncé. Marie, Lucie Mouret et Julie Riboulet s'assirent à même l'herbe. Léonie, Marthe et les hommes restèrent debout à regarder le ciel en direction de l'est. Au fond du vallon, le ruisseau faisait entendre son chant capricieux. Entre les roseaux, on devinait ses reflets de mica qui perdaient de leur éclat au niveau de l'anse où l'eau se calmait, près d'un petit pont de grosses pierres plates. Le village des Couteilles tassait ses chaumes gris aux reflets verdâtres dans un ressaut de terre qui protégeait des vents d'hiver. La perspective des chaumes, les pans de murs mangés par des clématites, les vergers attenant aux fermes donnaient une allure coquette au hameau.

— Tu le sens qui bouge ? demanda Marie à Julie Riboulet.

Elle posa la main sur le ventre de la jeune femme.

— Il n'a pas son pareil pour donner des coups de pied, le bougre !

Julie riait. Elle faisait des gestes avec ses poings pour imiter ce bébé qu'elle sentait remuer dans son ventre. Louis, qui se tenait en retrait, soufflant dans une herbe coincée entre ses deux pouces, la regarda par en dessous.

— Un gars ou une fille, Julie ? demanda Léonie sur un ton de gaieté forcée qui ne trompa personne.

— M'est avis que ça pourrait être une fille. La Marcelle de Villevialle m'a dit : « Toi, tu as le masque. C'est une fille. » Elle s'y connaît, la Marcelle...

— « Pour élever ses enfants, il faut d'abord passer devant », remarqua Germain qui ne s'exprimait que par proverbes. « Quatre filles et la mère, cinq diables contre le père », ajouta-t-il pour lui-même.

— Ma cousine de Pontarion — la Madeleine Tardivaut, tu la connais bien ! — la veille d'accoucher s'est fait porter un chat dans sa chambre. Eh bien, elle a eu un beau garçon ! plaça avec sérieux Lucie Mouret.

— Moi je crois que tu portes en pointe, ma petite Julie. Chez les Riboulet, ça a toujours voulu dire que c'était une fille. Crois-moi... surenchérit Léonie.

Julie, un peu contrariée à l'idée de porter une fille, remarqua :

— En tout cas, la chouette a chanté. « Coiffe-le ! Coiffe-le ! » C'était signe de naissance. Et quand Arnaud est parti limousiner, grâce à ça, il savait déjà que je serais grosse.

A l'évocation de son mari, le visage de Julie Riboulet se rembrunit. Arnaud, que les limousinants appelaient Francœur, était parti début janvier, plus tôt que les autres, car l'argent faisait bien défaut chez les Riboulet. La ferme était hypothéquée et on murmurait qu'un usurier de Bourganeuf réclamait son dû. Un cousin des Vergne, qui n'était pas rentré en Creuse cet hiver, lui avait fait savoir qu'il trouverait de l'embauche sur un chantier près de l'Hôtel de Ville. Pressé, Arnaud était parti sous la neige, seul, en pensant à Julie qu'il venait d'épouser cet automne et qui était déjà enceinte.

— Pourrait bien faire orage ce soir, trancha Alexandre, pour rompre le voile de mélancolie qui s'était abattu sur les moissonneurs. Regardez le ciel au-dessus des Grandes Besses.

Il tendit le bras en direction de l'horizon. Un puy couvert d'une épaisse forêt arrondissait son dôme de verdure. En fouillant bien on discernait dans la frondaison les toitures d'un village. C'était Tressagne. A la Saint-Jean, le feu de joie qu'ils allumaient là-bas était visible des Couteilles. Dans la nuit chaude, les brasiers se répondaient joyeusement. C'était un vrai bonheur des yeux et du cœur d'apercevoir ces flammes autour desquelles d'autres dansaient joyeusement.

— Faudrait qu'on puisse rentrer avant la pluie, murmura Lucie tout en mastiquant un morceau de pain.

La cruche remplie d'eau fraîche circulait entre les moissonneurs. Les femmes se servirent d'abord, puis les hommes. Depuis qu'elles avançaient en ligne parmi les moissonneurs, elles avaient gagné le droit de parler de leur travail plutôt que de leur besogne.

Ils reprirent l'alignement. Le soleil écrasait les nuques. Parfois un nuage de sueur voilait le regard. Les femmes tenaient leur place et les poumons cherchaient de plus en plus profond l'air échauffé par les épis dorés. Les gerbes s'abattaient avec raideur. Les gestes pour lancer la faux faisaient mal. Les muscles tiraient, rappelant des courbatures oubliées. Alexandre serrait les dents pour ne pas lâcher la poignée en bois tant les rhumatismes qui rongeaient son coude lui arrachaient de la douleur. Chopineau avait la langue sèche et rêvait à une cruche de vin rouge qui aurait coulé dans son gosier. Les femmes ne se plaignaient pas. Leurs gorges laissaient échapper, au plus haut de l'effort, un ahanement rauque qui troublait les hommes.

Alors qu'ils attaquaient en direction du ruisseau, Léonie arrêta net.

— J'ai oublié de prévenir ses abeilles ! Les pauvres petites !

Léonie jeta un regard terrorisé aux autres. Marie, qui avait lâché son fauchou, s'était précipitée vers sa mère et la prenait dans ses bras. Mais celle-ci se dégagea et s'élança en direction des Couteilles.

— J'ai oublié ses abeilles ! Faites, mon Dieu, qu'il ne soit pas trop tard !

Les moissonneurs la virent prendre la direction des maisons. Marie jeta un regard tragique aux autres et suivit sa mère. Elle rattrapa Léonie, la prit par les épaules sans parvenir à lui faire faire demi-tour. Puis elle se sépara d'elle et se contenta de la suivre à distance.

Léonie fila droit vers la rangée de ruches que Sébastien aimait par-dessus tout et qu'il avait placées près du verger. Cinq ruches de paille bourdonnaient au fond du pré aux herbes hautes parsemées de colchiques et de coquelicots. Léonie s'agenouilla devant chacune des ruches. Marie frémit en voyant sa mère au milieu des essaims excités par la chaleur de juillet.

— Réveillez-vous, pauvres abeilles... Réveillez-vous, votre gentil maître est mort... psalmodiait Léonie Gerbeau.

Les moissons aux Couteilles durèrent encore deux semaines. Le soir, les voisins harassés de fatigue venaient faire le travail de Léonie et de

Marie, nourrissaient la basse-cour, préparaient la soupe du cochon. Lucie tirait l'étable et Louis Ribière gardait avec Fleurette les vaches des Gerbeau en même temps que les siennes. Un orage passa sur les Couteilles au soir du 5 août. D'un coup, le vallonnement doré des champs moissonnés, les bordées de cerisiers prirent un air d'automne. La pluie glacée grisa les javelles. Sous le déluge, les uns et les autres restaient debout devant la porte, regardant se former les ruisseaux qui drainaient la boue vers les talus. Les chiens, effrayés par le grondement du tonnerre, se calaient entre les jambes. Dès les premières lueurs dans le ciel, les femmes avaient jeté des rameaux de buis bénit dans les cheminées.

Aussi brusquement qu'il avait fondu sur le village, l'orage avait fait place à un ciel lavé. Un arc-en-ciel, dont l'arche prenait appui vers Villevegoux et à l'opposé sur Laugère, traçait son cintre dans le ciel encore parcouru d'éclairs muets. « Si on pouvait aller au pied de l'arc-en-ciel, on trouverait de l'or », pensait Germain Vergne, les yeux tirés vers l'horizon.

Le chant des oiseaux avait éclaté, ponctuant la fin de la tourmente. Ce soir-là, un peu de nostalgie était passé sur les âmes.

Le lendemain matin, les javelles n'étaient pas assez essuyées pour les charreter jusque dans les granges. Un beau soleil ravivait les couleurs. La pluie de la veille avait fait reverdir les talus et les prairies. Au loin, la forêt de la Favillade prenait des couleurs acidulées. Lorsque Marie Gerbeau vit Aristide Vergne, le père de Germain et de Julie, sortir à reculons une velle de l'étable, elle réalisa que c'était la foire à Pontarion. Elle s'était distraite des efforts que déployaient les Vergne pour obliger la vache à marcher en arrière. Germain la tirait par la queue en brandissant un bâton et Julie, le ventre tout rond, déposait un peu de sel sur la tête de la bête.

— Mère, c'est la première foire d'août à Pontarion. Les Vergne y mènent leur velle. Je dois aller au château.

— Si bien. Joséphine a demandé que tu emmènes Louis avec toi. Alexandre est parti tôt. Louis retrouvera son père là-bas.

Une heure plus tard, Marie et Louis arrivaient en vue du château des Bruges. C'était une belle et grande bâtisse en retrait du bourg de Pontarion, posée sur les rives rocheuses d'un ruisseau qui venait du plateau. Les deux tours octogonales adoucissaient les toitures qui descendaient bas de part et d'autre d'un perron de pierre sombre, aux volutes ouvertes sur une terrasse dallée. Les fenêtres étroites, percées dans un mur à l'enduit veiné comme une vieille faïence, conféraient à la demeure l'aspect d'une villégiature paisible. Sur l'arrière, le parc dominait le torrent d'où montait une fraîcheur qui traversait les os. Un étroit pont de chêne enjambait le tumulte et plongeait dans la verdure escarpée de l'autre versant.

En franchissant les grilles du château des Bruges, Louis se serra contre Marie Gerbeau. La jeune fille de quinze ans, à l'allure de jolie bergère, était de la taille du garçon. Sa chevelure noire, serrée sur la nuque en un chignon sage, éclairait son visage d'une paix magnifique. Un bandeau sombre rehaussait la finesse de son teint, avec ses yeux verts comme des lacs de montagne.

Marie ferma sa main sur les doigts du frère de François. Ses sabots arrêtèrent de claquer sur le dallage qui menait aux cuisines. Au fond du parc, des rires perçaient la rumeur du torrent. Elle devina derrière un massif de rhododendrons des silhouettes assises en cercle sous une tonnelle. Hésitant à les observer plus longtemps, elle se résolut à marcher d'un pas vif vers les cuisines aux portes éclairées par un soleil déjà lourd.

C'était la première fois que Louis l'accompagnait au château. Aujourd'hui elle livrait trois douzaines d'œufs et deux mottes de beurre qu'elle avait placées sur un fond de paille dans un panier tressé. Quand M. et Mme Duvaucel séjournaient en Creuse, il était convenu que Léonie fournissait le château en produits laitiers et en œufs.

M. Duvaucel avait acheté le château des Bruges sur les recommandations d'un ami journaliste qui avait traversé la Creuse il y avait treize ans, au cours de l'automne 1847. Eugène Duvaucel était alors le très redouté patron qui régnait sur *La Presse,* premier journal d'opinion à bon marché. Le bouillant magnat avait décidé à la veille des événements de 48 d'entreprendre une carrière politique. Les conseils ne lui manquaient pas. Au soir du 24 février 1848, dans Paris insurgé, il était aux côtés de Lamartine, Ledru-Rollin et Arago en ce jour inoubliable de la constitution d'un gouvernement provisoire. Sa sensibilité libérale non socialiste en même temps que sa position dans le monde journalistique l'avaient conduit à se mettre en quête d'un tremplin électoral. Cherchant quelque plate-forme provinciale à partir de laquelle il pourrait accéder à la députation, il avait choisi Pontarion, dans la Creuse.

Sous son impulsion, les colonnes très engagées de *La Presse* avaient précipité des décisions dont s'honoraient encore les membres de ce gouvernement : la proclamation du droit au travail avait drainé l'enthousiasme de milliers d'abandonnés ; le 26 février, l'abolition de la peine de mort en matière politique avait été saluée comme une victoire ; le 2 mars, après une campagne des plus dures, la limitation de la journée de travail à dix heures à Paris représentait un espoir certain. Surtout, Eugène Duvaucel ne pouvait revivre cette époque troublée sans songer d'abord au 4 mars 1848. En un seul jour furent décidées la liberté totale de la presse et l'abolition de l'esclavage.

Mais l'agitation socialiste qui puisait sa véhémence dans les clubs avait rapidement effrayé M. Duvaucel. Au fil des événements de 48, sa sensibilité avait évolué vers un libéralisme pondéré qui ne sacrifiait rien des valeurs d'ordre et de propriété. L'intransigeance de Louis Blanc l'avait ramené aux idées d'une bourgeoisie d'affaires jetant les bases du grand capitalisme. L'affrontement entre l'Assemblée et la classe ouvrière, dont le paroxysme avait été atteint au cours des journées de juin, réprimées dans le sang par le général Cavaignac, lui avait définitivement fait choisir son camp. Le 23 juin, il avait assisté à la prise du Petit-Pont et des trente-huit barricades de la rue Saint-Jacques. Les gardes nationaux et les fantassins du général Bedeau avaient mis deux jours pour se rendre maîtres de la rue. Eugène Duvaucel avait réalisé l'horreur de cette lutte des classes. Aussi était-ce tout naturellement qu'il avait mis au service de l'élection présidentielle de Louis Napoléon Bonaparte les colonnes de son journal. La victoire écrasante au vote du 10 décembre 1848, par plus de cinq millions quatre cent mille voix contre un million quatre cent mille à Cavaignac et moins de quatre cent mille à Ledru-Rollin, remettait Eugène Duvaucel en bonne place pour jouer un rôle politique.

Après quelques mois de disgrâce, à la sortie du coup d'État de 51, condamné dans *La Presse*, Eugène Duvaucel s'était bientôt rallié à l'Empire, dès lors que celui-ci avait organisé la relance industrielle. Bénéficiant de la candidature officielle, il avait été élu député de la Creuse au suffrage universel du 29 février 1852.

Eugène Duvaucel pensait que la libéralisation viendrait inéluctablement avec la richesse nationale. Il était prêt à admettre pour un temps le système des avertissements à la presse pourvu que le passage par une monarchie impériale débouchât sur de grandes initiatives économiques. Au fond, Duvaucel préférait aux discours les idées neuves et hardies ; à la recherche de la pierre philosophale, les affaires et le libre échange. Et bien que titulaire actuellement d'aucun mandat électoral, Eugène Duvaucel, à quarante-cinq ans, attendait des signes de libéralisation du régime pour briguer de nouveau un poste de député.

Une fenêtre s'ouvrit au premier étage du château. Marie leva le nez. Une chambrière repliait les persiennes de bois à l'intérieur de la pièce. Sur le perron, un homme vêtu d'un pantalon de toile et d'une chemise blanche à jabot, aux manches largement ouvertes, dévala les marches en brandissant un journal. Il s'en alla droit vers la tonnelle derrière les rhododendrons. Des cris de joie l'accueillirent. Par l'entrebâillement de la grande porte vitrée qu'il avait laissée ouverte, Marie remarqua une commode d'un bois noir comme elle n'en avait jamais vu. Une pendule égrena neuf coups. Louis, intimidé, murmura entre ses dents, sans tourner la tête :

— Tu as vu la fontaine...

Une eau claire et glacée tombait d'une statue de bronze représentant Ève dans sa nudité. A ses pieds, le gargouillement de la vasque accentuait la froidure montée du torrent. De la rosée blanche argentait la pelouse dans l'ombre de la grande bâtisse. Marie leva la tête vers les cimes qui entouraient le château. Elle devina la trace d'un sentier à la griffure plus claire dans le couvert de chênes et de châtaigniers. Le chemin piquait droit sur les Couteilles puis filait au nord en suivant une ligne de crêtes. Marie Gerbeau savait que les limousinants quittaient le village par ce raccourci qui, bien qu'escarpé et peu commode, les menait au plus court à l'étang de la Chassoule. Elle pensa à son père et à François partis depuis cinq mois.

— Mais c'est Marie qui nous apporte ses œufs !

Une forte femme ébouriffée et entortillée dans un tablier bleu ouvrait la porte de la cuisine. Elle adressa aux deux jeunes gens un sourire amical en serrant sur son ventre un torchon dans ses grosses mains rouges.

— Entrez, les enfants, dit-elle, une forte odeur d'ail à ses trousses.

Marie s'engagea dans la cuisine, Louis sur les

talons. Une immense cuisinière brillait de tous ses cuivres au milieu de la pièce. Sur la fonte tressautaient des cocottes et des bouilloires. Le tout répandait une odeur délicieuse de civet aromatisé. Sur la table, la pâte étalée d'une tarte arrondissait son cercle doré comme la lune pleine qui montait au ciel depuis la nuit dernière. Dans l'éclairage d'une fenêtre, une gerbe de choux, de laitues et de poivrons faisait une tache d'un vert cru sur le blanc d'une serviette humide.

Le ventre de Louis criait. Le matin, il n'avait eu droit qu'à une louche de soupe de rave claire et à une bolée de châtaignes dans un peu de lait.

— Mais qui est donc ce jeune prétendant que tu traînes à ton bras, Marie ? fit la cuisinière en clignant de l'œil.

Marie rosit.

— Madame Angèle, ce n'est pas gentil de me brocarder ainsi. C'est Louis, le fils d'un voisin que j'accompagne à la foire. Son père est parti matin trop tôt pour lui.

— C'est-y qu'il aurait faim le petit ?

Elle se pencha sur lui et lui saisit le menton qu'elle releva en le forçant à la regarder. Angèle aimait plaisanter. Les séjours en Creuse des Duvaucel lui permettaient de reprendre son métier de cuisinière qu'elle avait exercé près de trente ans dans une auberge de Bourganeuf. Elle était corpulente et d'une résistance proverbiale. Ses cheveux poivre et sel lui donnaient, dans les moments de coup de feu, l'air échevelé d'une poissonnière. Les Duvaucel appréciaient sa cuisine, lui trouvant toutes les qualités d'authenticité qu'ils prétendaient méconnaître à Paris.

— Tu as faim, mon gaillard ?

Louis n'arrivait pas à jeter le visage en arrière, tant la matrone le tenait serré. Il lança un regard suppliant à Marie sans pouvoir y lire un encouragement. Le fumet d'une viande qui rôtissait au four engourdissait sa volonté. Il passa une main dans ses cheveux et baissa les yeux en marmonnant.

Angèle partit d'un grand éclat de rire.

— Pardi ! Je le savais bien, sacré gosse.

Et elle lui vola un baiser.

— Je crois bien qu'il me reste du pâté en croûte que Madame a boudé hier au soir. Toi, tu devrais l'apprécier !

Elle ouvrit un garde-manger et déposa deux assiettes sur la table.

— Merci, madame Angèle, dit Marie. Je n'ai pas faim.

Louis, déjà attablé, poussait des morceaux de pâté dans sa bouche, sans vergogne.

Angèle s'approcha de Marie.

— Mais ma petite, regarde comme tu es faite ! Pas plus épaisse qu'une grive. Je ne voudrais même pas de toi pour graisser ma soupe. Allez, ne fais pas de manière.

Marie s'assit à côté de Louis et mangea le pâté, les yeux baissés.

Lorsqu'ils sortirent, ils étaient étourdis par la chaleur de la cuisine. Angèle leur avait garni les poches de miettes de pâtisserie, de raisins et d'un peu de saucisse sèche. Marie serrait dans sa main les dix sous que lui rapportaient les œufs. Louis avait pris l'assurance des gamins qui ont obtenu ce qu'ils désirent. Ils avaient à peine franchi le seuil de la cuisine et se dirigeaient vers la sortie qu'ils entendirent crier.

— Les enfants ! Venez !

Ils eurent la tentation de prendre le pas de course et de filer. Mais c'était compromettre la vente des œufs, passer même pour des voleurs. Marie tourna la tête. Elle reçut le soleil en plein regard. Une silhouette en robe claire agitait une ombrelle derrière les rhododendrons. Marie cligna des yeux. La femme portait les cheveux libres sur ses épaules dénudées d'une façon qui la choqua.

— Partons, supplia Louis.

Marie pinça les lèvres et murmura :

— Pas question. Il faut y aller.

Les deux jeunes gens contournèrent la fontaine et approchèrent de la pergola. Devant la retombée de glycine qui agrémentait la voûte en croisillons verts, une femme que Marie reconnut pour être Aurore Duvaucel leur faisait des mines. Derrière elle, une autre femme et deux hommes, dont M. Duvaucel, parlaient, un verre de porto à la main. Marie et Louis avancèrent.

— Ne soyez pas timides, venez ! reprit Aurore.

Elle se tourna et ajouta en direction des autres :

— Ce sont les jeunes laboureurs qui commissionnent à la cuisine.

Aurore Duvaucel avait dix ans de moins que son mari et, huit ans après leur mariage, Duvaucel lui vouait toujours une passion qui amusait les esprits les plus cyniques en matière d'amour. Avant d'épouser le patron de *La Presse*, Aurore avait été au sommet de la gloire littéraire des salons parisiens. Les plus grands, Hugo lui-même, avaient salué son talent. Dès l'âge de quinze ans, Aurore avait débuté sous les auspices de sa mère dans *La Muse française* et s'était rapidement illustrée en obtenant un prix académique pour son œuvre « Les Sœurs de sainte Camille ». D'autres poèmes non moins élégants et drapés d'une grâce mélancolique avaient confirmé tout le bien que ses pairs pensaient d'elle. « La Vision de Jeanne d'Arc », « Le Dernier Jour de Pompéi », « Il ne faut pas jouer avec la douleur » et une multitude de pièces élégiaques avaient même valu ce commentaire de Musset : « Elle est la dixième muse. »

Sa rencontre avec Eugène Duvaucel avait marqué le début d'une passion que le temps n'avait pas érodée. Et comme son mari se piquait de politique, son œuvre poétique s'était infléchie vers des thèmes qu'illustraient des morceaux comme : « Épître à la Chambre » ou « Diatribe contre le général Cavaignac ». De plus, Aurore aimait les séjours en Creuse que s'imposait Eugène pour ne pas perdre le contact avec un électorat devant lequel il pouvait être amené à se représenter. Dans les colonnes de *La Presse* qui publiait régulièrement ses « Lettres parisiennes », elle évoquait avec une nostalgie gracieuse « la blanche vapeur des rivières creusoises qui se substituent à l'haleine infernale des égouts de Paris... ». Ainsi, la belle allée de chênes qui menait au château des Bruges inspirait Mme Duvaucel qui, de ses salons parisiens, renvoyait les échos « de ce pays aux grottes tapissées de mousse et de lierre où l'on rêve délicieusement ».

Aurore Duvaucel s'était levée. Elle portait une robe blanche aux manches ballon, largement décolletée et ornée sur la poitrine d'une rose. Derrière elle, Marie vit avec incrédulité que la femme assise aux côtés d'Eugène Duvaucel avait une cigarette aux lèvres. Eugène Duvaucel, le visage émacié et la taille serrée, leva les yeux sur les jeunes gens et s'entretint à voix basse avec son voisin.

— Quelle magnifique image de l'équité primitive que ces enfants ! s'exclama Aurore Duvaucel d'une voix qui fit tressauter Louis. Oui, quelle image heureuse ! Chaque jour un peu plus, je perçois l'extase au sein de la Nature ! Dans ce pays béni des poètes ! ajouta-t-elle sur un ton déclamatoire.

Eugène Duvaucel décroisa les jambes en dévisageant les enfants. Aurore s'approcha. Marie n'avait jamais vu de femme aussi belle, d'une taille si grande et si bien développée, si différente des femmes du village. La poétesse était superbe. Nulle autre beauté n'avait jamais dû illuminer le vallon avec tant d'éclat. Ses yeux bleus fascinaient par leur éclat d'enfance. Loin de marquer les signes du temps qui passe, ses traits se dégageaient sous l'effet de l'inspiration qui les sculptait. Un parfum qui ne ressemblait à celui d'aucune fleur l'entourait, aura magique de luxe et d'étrangeté. Aurore Duvaucel dit à haute voix :

— La femme s'éduque et élèvera l'homme fruste.

Marie secoua la main que ne lâchait pas Louis. Aurore Duvaucel contemplait les deux jeunes gens. Marie baissait la tête mais Louis, effronté depuis qu'Angèle l'avait invité à table, soutenait le regard de la poétesse. Marie sentit que la dame ne s'intéressait plus à elle. Elle s'était approchée du jeune garçon et le fixait. Elle avançait jusqu'à son visage sa main gantée de blanc, lentement, comme on apprivoise un animal. Aurore Duvaucel passait les doigts dans les boucles du garçon. La silhouette de Louis se raidit. La maîtresse des lieux fit un pas en arrière.

L'air s'échauffait sur la façade claire de la gentilhommière, près d'une serre d'où s'échappaient de gros insectes. Marie suait sous sa pèlerine noire et dans ses bas de laine. Aurore Duvaucel restait en face d'eux, l'ombrelle jetée à ses pieds. Le torrent prenait des accents assourdissants et derrière la pergola, la jeune fille aperçut un arc-en-ciel minuscule, à l'aplomb de la chute d'eau.

— Ne bouge pas, mon garçon. Reste ainsi... murmura Aurore Duvaucel. Eugène, mon carnet !

Sans quitter Louis des yeux, elle saisit le carnet que son mari lui tendait, un crayon finement taillé coincé entre les pages. Marie sentait la tête lui tourner. Mme Duvaucel prenait des poses et derrière ses épaules nues dans une mousseline brodée, ses compagnons l'observaient en jetant des regards étranges. La femme assise soufflait des volutes de fumée qui se perdaient dans les feuilles de la clématite. M. Duvaucel croisait les mains sur son gilet rayé et contemplait son épouse. Leur silence terrorisait Marie. Elle aurait voulu partir, s'enfuir à toutes jambes et même s'échapper par les airs si cela avait été possible.

Mme Duvaucel s'était mise à écrire fébrilement. Elle s'interrompait, regardait Louis, et reprenait de plus belle avec des mimiques que Marie observait avec inquiétude. Enfin, elle jeta la tête en arrière et poussa un soupir. Elle se tourna vers ses amis et, le visage défait, les gratifia d'un sourire.

— Ce pays me nourrit de poésie. Les muses ont fait de cette demeure leur demeure. Je ne suis que l'archet qui vibre sur les cordes d'une Nature inspiratrice.

Elle regarda Louis avec attention. Puis, prenant les autres à témoin :

— Admirez ! Ce jeune laboureur est beau comme Apollon. Son visage eût inspiré Aristophane.

Elle s'approcha du garçon qui la regardait sans broncher. Elle arracha une page du carnet qu'elle lui tendit.

— J'ai écrit ce poème à la gloire de ta beauté, ange ténébreux.

Louis tendit la main et saisit la feuille. Il la regarda d'un air stupide. Marie fit mine de s'inquiéter s'il pouvait garder le papier et Aurore Duvaucel eut un geste d'agacement. Louis fourra le poème dans sa poche. Marie l'attrapa aussitôt par le bras et partit à reculons dans l'allée.

Déjà Aurore Duvaucel était retournée vers ses amis et, quand les deux jeunes gens franchirent l'entrée du parc, des éclats de rire montaient de nouveau du massif de rhododendrons.

— C'est quoi un poème ? demanda Louis à Marie qui l'entraînait à grands pas dans le chemin menant aux premières maisons de Pontarion.

Marie eut envie de dire qu'elle non plus ne savait pas lire, mais l'émotion qui serrait sa gorge la laissa muette.

La distance qui séparait le château du bourg n'excédait pas une demi-lieue. Marie parcourut le chemin, tirant Louis à bout de bras, comme s'ils avaient été poursuivis par le diable. Ils croisèrent sur la route le vieux Tonin de Villeviale, poussant une vache et son veau. L'homme salua Marie et lui présenta ses condoléances. Elle était essoufflée mais parler la rassérénait.

— C'est le fils d'Alexandre ? s'inquiéta le paysan, après un long silence, en montrant Louis qui caressait le veau.

— C'est le frère de François, ne put s'empêcher de répondre Marie.

Des femmes porteuses de paniers d'œufs, de beurre et de volailles les dépassèrent. Des enfants riaient en les accompagnant et chahutaient autour de leurs grandes jupes noires. Du champ de foire en contrebas de l'église montait le vacarme assourdissant des meuglements, des piaillements et des jurons. Des couleurs revinrent aux joues de Marie et ses jambes cessèrent de trembler. Louis lui avait échappé dès l'entrée dans Pontarion. Elle se mêla à la foule qui se pressait autour du rémouleur. Des visages amis la saluaient. Elle répondait par un mouvement de tête modeste. Près du marchand de chapeaux de paille, Marie aperçut Quatre-Vents, à côté de sa carriole avec le gros chien noir couché à ses pieds. En face, un bonimenteur vantait des articles de couture et dévidait à pleines brassées un coupon de couleur pourpre. Marie le regarda, fascinée par l'étoffe qui lui rappela la robe d'Aurore Duvaucel, si différente des draps noirs dont s'habillaient toutes les femmes des Couteilles.

Une odeur de paille et de purin montait du foirail où étaient parquées les bêtes. Marie s'arrêta pour contempler les dos rouges des belles limousines. Dans un coin, à l'écart, des moutons attendaient leur berger qui discutait avec un gros homme acoquiné à un compère. Vers la bascule, Me Fromentin, le notaire de Pontarion, discutait ferme au milieu de gars du Montheil qui l'écoutaient en hochant de la tête. Le soleil donnait à plein sur la place. Des mouches taquinaient les bêtes qui battaient l'air de leur fouet. Le sabotier avait exposé sa production sur un présentoir.

Marie ne voulait rien perdre. Rien laisser passer de toutes ces silhouettes connues ou étrangères, de toutes leurs conversations et de ce brouhaha où hommes et animaux se confondaient. Adossée au mur de l'église, elle ferma les yeux. Elle aurait pu décrire tout ce qui se passait, tant elle s'était imprégnée des choses. Elle aimait cette joie simple. Et pourtant elle ne parvenait pas à détacher son souvenir de l'image d'Aurore Duvaucel.

« Comment cette femme peut-elle être aussi belle, aussi savante ? » se demandait Marie, le ventre noué. Aux Couteilles, à l'âge d'Aurore, toutes les mères se ressemblaient sous leurs capes noires, le corps meurtri par les durs travaux et les enfantements. A quinze ans, Marie devinait qu'elle était belle. Le soir en s'endormant il lui arrivait de laisser courir ses mains sur ses hanches douces, de se surprendre à la tiédeur de son corps, de suivre ses muscles fermes et longs. Elle avait entendu dire par les plus vieilles commères des Couteilles, l'Adeline Tissier par exemple, que Léonie, sa mère, avait été une beauté. Les gars, paraît-il, venaient de plus loin que La Chapelle-Saint-Martial la faire danser et Adeline prétendait qu'elle avait été cause dans sa jeunesse de bien des bagarres entre les coquins des villages alentour. Mais quand elle songeait à sa mère qui avait l'âge d'Aurore, Marie avait envie de pleurer. A côté de la châtelaine des Bruges, Léonie n'était qu'une vieille femme édentée et rabougrie qui, les soirs de fatigue, ressemblait à Adeline, son aînée de vingt ans. « François pensera-t-il encore à moi en revenant au pays, si les femmes de Paris sont aussi belles que Mme Duvaucel ? » songeait Marie.

Le souvenir de Sébastien qu'elle avait tant aimé, comme une sœur peut adorer son frère, labourait sa mémoire. Qu'avaient-ils fait tous, pour aller mourir si loin, dans ces pays dont il n'était pas même possible de prononcer le nom ! L'absence de son père et de François se confondait avec le départ de Sébastien. Partir limousiner, n'était-ce pas partir à la guerre ? Marie sentait un vide se creuser autour d'elle. Des morts jeunes et turbulents hantaient ses pensées. En ce point du jour, dans la chaleur joyeuse et le bourdonnement de la foire, elle aurait voulu être ailleurs. N'importe où ! Aux côtés de Sébastien ou dans les bras de François : ne pas avoir ce beau corps caché sous des hardes feutrées par la pluie : ne pas être jeune et belle pour, dans dix ans, ressembler à une femme de somme. Quand Marie rouvrit les yeux, elle était glacée de l'intérieur.

Elle jeta un dernier coup d'œil au champ de foire. Louis avait retrouvé son père et lui faisait un geste de la main. Elle croisa le regard d'Alexandre. Un grand rouquin adressa une bourrade amicale dans le dos du père de François et l'entraîna vers l'auberge de la rue des Fossés. Elle fit demi-tour et se dirigea vers l'extrémité de la place, du côté de la rivière.

Son étal était bien là et il criait : « Lou Piaus ! Lou Piaus ! » Marie s'arrêta à bonne distance, pétrifiée. De longues chevelures brunes pendaient à un crochet derrière l'homme. Marie sentit la force lui manquer. Sur un tréteau, le bonimenteur avait installé un amoncellement de draps de couleur, de coutils fleuris, de coupons d'indiennes bigarrées. Il brandissait des feuillets imprimés sur lesquels étaient dessinés des robes, des caracos, des capes et même des chapeaux de la ville.

— Hé les femmes ! Cheveux, les petits cheveux !

A côté de Marie, une femme était immobile. Marie devinait ses hésitations au cliquètement de ses sabots sur la pierre. Elle tourna la tête vers la place, guettant si la foule l'observait. Elle avança vers le colporteur et parla avec lui. Celui-ci fit une moue et elle dénoua son magnifique chignon. Une gerbe noire coula sur ses épaules couvertes d'une cape usée. Le type passa la main dans les cheveux, le visage tout contre la nuque, lentement, très lentement. Il désigna un rouleau de tissu bariolé, le déroula et montra du tranchant de la main la limite de ce qu'il accordait. La femme s'agenouilla sur un tabouret et baissa la tête. Elle essaya de retenir dans ses mains les mèches qui pourraient être rabattues sur le front, sous le bandeau. L'homme tournait autour d'elle, une immense paire de ciseaux entre les doigts. Marie se força à regarder la chevelure tomber dans la main du type. Aussitôt tranchée, il l'alla nouer à un crochet, avec les autres, en reprenant ses braillements.

La femme se releva livide en titubant. Elle accommoda son bandeau et n'essaya pas même de ramener des mèches sur son front. Le colporteur avait déjà tranché le coupon de la méchante étoffe et le lui fourrait dans les bras. Elle ne vérifia rien et partit vers le foirail en longeant le mur de l'église. En passant près de Marie, elle lui lança un regard plein de larmes. Un long cheveu oublié brillait sur son épaule.

Marie avança vers le bonimenteur, le regarda droit dans les yeux et dit :

— C'est d'argent que j'ai besoin. Combien pour mes cheveux ?

Au moment où les ciseaux taillaient, avec un bruit de papier déchiré, le souvenir de Sébastien l'habitait tout entière. Elle n'était qu'un deuil. Elle avait serré les dents pour ne pas pleurer devant le charlatan en prenant les douze francs qu'il avait tendus en riant :

— Reviens me voir dans dix ans, ma mignonne. D'ici là ton promis aura pu en profiter !

Marie avait filé par le petit pont de pierre qui enjambe le Taurion et qui donne sur un chemin peu fréquenté conduisant aux Couteilles. Un moment, elle avait cru apercevoir la silhouette de Tonin revenant en titubant sans son veau, et elle s'était cachée derrière le tronc d'un hêtre, la joue en feu contre l'écorce. Marie pensa à sa mère qui allait la tancer mais qui finirait par prendre les sous ; à ceux du village qui ne comprendraient pas. Elle songea à François.

La marche dissipait sa peine. Il faisait un soleil radieux qui embellissait les feuillages tendres. Les mélèzes mêlés aux hêtres et aux châtaigniers plaçaient leurs touches plus claires dans la frondaison. Des mésanges, des bergeronnettes, des bouvreuils traversaient le sentier d'un vol rapide. Un gros pic-vert à tête bleu et jaune, que Marie entendait taper depuis longtemps, tourna autour du tronc qu'il assiégeait au passage de la jeune fille. Une odeur de mousse et d'humus montait du vallonnement où plongeait le chemin. Une éclaircie dans la forêt projetait un cône de lumière blanche. L'étreinte de la forêt apaisait Marie.

Le sentier inclinait vers un gué. Un escalier naturel de racines sur lesquelles le pied pouvait prendre appui précédait la descente vers les eaux vives. Le charivari de la rivière attirait les pas. Sur la berge de sable doré, elle prit ses sabots à la main et releva les pans de son tablier. Le torrent la saisit aux chevilles. La fièvre qui faisait bourdonner sa tête depuis la visite au château se dissipait. Marie se pencha sur l'eau. Elle vit le reflet méconnaissable de son visage.

Lorsqu'elle arriva aux Couteilles, Marie alla droit chez elle. La porte de la salle commune était restée ouverte sur la fournaise. La cour de la ferme donnait plein sud et les ombres étaient au plus court. Le gros tas de fumier qui s'amoncelait à côté de l'entrée dégageait une odeur âcre qui prenait à la gorge. Des poules au plumage gris et blanc se démenaient sur la paille, suivies de poussins tout jaunes.

— Je ne sais pas comment le dire, Léobon. C'est bien vous qui avez l'instruction... bredouillait Léonie, assise devant le voisin qui avait amené son porte-plume et une feuille de papier.

Marie resta silencieuse dans l'encadrement.

Son ombre s'étirait jusqu'à la table rectangulaire, sur le dallage de granit. Le vieux hocha la tête.

— C'est le cœur qui doit dire, Léonie. Ce ne sont pas les mots. Le Gerbeau, c'est le tien. C'est toi qui sais comment lui annoncer le malheur...

Léonie leva les yeux sur Marie. Son regard courut sur le visage de sa fille, fila sur sa coiffe qui ne couvrait plus que quelques mèches noires et dériva sur la feuille blanche de Léobon. Léobon était respecté aux Couteilles. En cette année 1860, il avait soixante-quinze ans. Lancé sur les routes d'Europe par Napoléon, non seulement il avait eu la chance de défier la Faucheuse de Iéna à Leipzig, mais il avait appris à lire et à écrire auprès d'un conscrit avec lequel il avait bivouaqué dix ans sur tous les champs de bataille. Quand il devina la présence de Marie, Léobon se tourna vers la jeune fille. La voyant ainsi coiffée, il eut un mouvement de surprise et un regret passa dans ses yeux.

— « Mon cher mari... » se risqua Léonie, gênée par la présence de sa fille.

La plume de Léobon gratta le papier. Il leva le nez vers Léonie.

— « Mon cher mari. Je m'en vais te faire écrire par Léobon pour te dire que notre petit, le Sébastien, a été emporté sur la charrette de Dieu. Nous ne le reverrons plus et c'est pour ça que j'ai fait prendre la plume à Léobon. Les gendarmes sont venus le dire aux Couteilles en pleine moisson... »

3

L'été des hirondelles blanches

Dans le garni rue de la Vannerie, au lendemain de l'affreuse nouvelle, François s'était éveillé le premier. Gerbeau était allongé à côté de lui, enroulé dans une couverture d'où ne dépassait que sa tête. Ce qui frappa François, c'était la couleur grise qu'avaient prise ses cheveux au cours de la nuit. Le jeune homme crut avoir la tête encore brouillée par le feu d'artifice et les illuminations du Trocadéro. Il n'en était rien : Gerbeau était devenu chenu en l'espace d'une nuit.

Il était méconnaissable et François ne douta pas un instant devoir filer place de Grève pour tenter de récupérer une embauche. Il semblait impossible que Gerbeau pût se rendre au chantier du bois.

Quand la lumière dans le garni se fit plus blanche, Gerbeau remua des épaules. Toute la nuit, le spectre de Sébastien avait flotté devant ses yeux, errant comme s'il n'avait pu trouver le repos hors du petit cimetière de Maisonnisses où gisaient les morts de la famille. « Dans quelle terre l'ont-ils porté ? » n'avait-il cessé de s'inquiéter. « Une terre saine comme la nôtre, posée sur le bleu comme une nappe de lin sur le bois d'une table. Pas une terre glaiseuse qui souille les galoches et les pantalons dès qu'on y porte le pied. Une terre de franchise, sombre, de cette matière qui s'ouvre devant le soc en frémissant avec une résistance régulière. »

Au matin, Gerbeau comprit qu'il avait perdu son fils. Il lui restait Marie, mais une part d'immortalité lui avait été arrachée par la seule absurdité des guerres vaines. Il suffisait bien que la vie là-bas en Creuse ressemble à un combat où il ne fallait à aucun prix avoir le dessous. Sinon la misère vous entraînait au fond d'un gouffre dont on ne remontait jamais. Cet abîme, il l'avait senti sous ses pieds voilà cinq ans au cours de l'année terrible de 1855 qui suivait la désastreuse récolte de 53. Autour des Couteilles, Gerbeau revoyait le spectacle des terres brûlées qui n'avaient pas porté le seigle. C'était comme une plongée dans la nuit. Même la chenevière, sur la plus belle terre de la propriété, avait été ruinée, refusant les derniers secours que la vente du chanvre à la petite usine de Bourganeuf aurait pu apporter. La disparition de Sébastien ressemblait à la mort d'une infinité de récoltes. « Qui prendra ma suite ? songeait-il. Un homme venu gendre ? »

— Voilà votre soupe.

Gerbeau leva les yeux. En face de lui, dans ses vêtements de peine, François tenait un bol fumant. Gerbeau le regarda longuement. Le garçon, depuis qu'il le servait au bois, s'était étoffé. Gerbeau aimait son caractère doux et attentif derrière lequel on sentait un tempérament volontaire. Léonie lui avait dit, quelques semaines avant de partir, que Marie et François allaient vers les fréquentations. Le baiser commandé par la vieille et espiègle Adeline Tissier lui avait été rapporté. Gerbeau avait pris un air sérieux, se demandant de quel genre de fréquentation il s'agissait. « Il est bien tôt pour voir un galant rôder autour de la maison », avait-il répondu sur un ton bourru.

Ce matin, Gerbeau regardait François en pensant à Sébastien et à Marie. Le fils d'Alexandre ne ressemblait guère au disparu. Sébastien était plus grand et surtout il avait, comme Marie, les yeux verts de Léonie qui captivaient Gerbeau depuis vingt-cinq ans. Il prit le bol des mains de son manœuvre et but à petites gorgées, ne prenant pas soin d'éviter la brûlure. François s'était assis devant lui sur sa paillasse. Il regardait les cheveux de Gerbeau. Il attendait. Il était incapable de dire quoi que ce soit à cet homme touché par la Faucheuse du coin de sa lame. Ce qui le déroutait le plus, c'était l'absence de tous ces gestes qu'il avait vu accomplir tant de fois aux Couteilles, dans les maisons frappées par le malheur. Ici, rue de la Vannerie, dans la fournaise naissante de ce jour d'août, nulle pendule au balancier immobile pour marquer le temps suspendu ; aucune charrue abandonnée au milieu du sillon ; pas de bœufs avançant de leur pas de géants, du crêpe aux cornes pour honorer la mort de l'enfant de la maison. Paris continuait à vivre dans l'ignorance du malheur de Gerbeau.

— Est-ce que Léobardi est encore ici ? demanda Gerbeau sans lever le nez.

Interloqué, François regarda du côté de la paillasse du maçon italien. Celui-ci avait pris ses habitudes dans cette chambrée fréquentée par des limousinants et avait fini par être accepté. Un hiver même, alors qu'il était au chômage, il était rentré sur Banize avec une équipe de paveurs et avait passé la saison froide à aider aux menus travaux. Très habile dans le travail du bois, il avait fabriqué des chaises pour les familles de ses hôtes. Il lui avait suffi de scier un cerisier et, bien que le bois fût encore vert, avec des outils dérisoires, il avait taillé barreaux, tenons et mortaises. Depuis, on le considérait comme un peu creusois, et jamais personne ne lui avait reproché de ne pas rejoindre les chambrées de ses nombreux compatriotes chassés par la guerre civile.

François était allé trouver Léobardi qui enfilait sa chemise.

— Viens, Gerbeau veut te parler.

Léobardi l'avait suivi sans faire d'observation.

— Assieds-toi, Léo... avait dit Gerbeau d'une voix grave.

L'autre avait marqué un mouvement de stupéfaction devant le visage vieilli du Creusois et s'était assis sans commentaire.

— Voilà, Léo. J'avais un fils. Sébastien, il s'appelait. Hier, j'ai reçu une lettre écrite par Léobon. La lettre venait de la femme. Le Sébastien a été tué chez toi.

Léobardi eut un mouvement de recul. Il répugnait à évoquer cette guerre où les Français avaient d'abord été acclamés comme des libérateurs avant de négocier trop rapidement l'armistice avec l'Autriche à Villafranca le 8 juillet 1859, à la suite des victoires enlevées de justesse à Magenta et Solferino. Piémontais, Léobardi avait trop souffert dans sa chair pour ne pas entendre évoquer cette guerre sans appréhension. La belle promesse française : « L'Italie libre jusqu'à l'Adriatique » n'avait pas fait long feu. Le maçon savait qu'il faudrait continuer la guerre d'unification et de libération, sans compter sur la France.

Léobardi s'assit avec une expression qui signifiait qu'il était désolé. Gerbeau d'un geste de la main montra qu'il acceptait ses condoléances mais que là n'était pas l'objet de sa demande.

— Voilà Léo, reprit-il avec un air gêné. Voilà, je me demande comment est la terre, là-bas dans ton pays. Vois-tu, ils me l'ont enterré et je ne saurai jamais où se trouve son corps. C'est quelque chose qui m'est dur. Pourtant, si je pouvais être sûr qu'il n'est pas dans une argile ou une tourbière comme celle où on travaillait ensemble, il y a deux ans aux Batignolles, cela me laisserait repos.

Gerbeau scruta les yeux de Léobardi.

— Dans quelle région me dis-tu qu'il est ton petit ?

Gerbeau fit un effort de mémoire. Hier, à son retour du chantier, c'était Alphonsine, la fille de la maison, qui lui avait lu la lettre.

— San Martino... je crois.

Le visage de Léobardi s'éclaira. Il prit les mains de Gerbeau dans les siennes. Il souriait.

— Alors Gerbeau, je peux te dire que ton petit a de la chance. San Martino, c'est le plus beau village que l'on puisse imaginer ! Jamais, je n'ai pu me rendre là-bas sans être ébloui par la beauté des maisons. Tu imagines la plus belle des montagnes avec un lac immense et bordé tout en arbres — des résineux comme j'en ai vu dans ton pays —, des pentes ensoleillées, des sentiers parfumés d'herbes rares et, sur le meilleur des terres, le village de San Martino. Chez nous, vois-tu...

Léobardi regarda Gerbeau dans les yeux.

— Les cimetières sont toujours les plus belles pièces de la commune. Exposés au levant avec de l'ombrage en fusains pour les grandes chaleurs et des murs de pierre sèche pour les vents qui tomberaient des Alpes. Tu sais comme nous sommes dévots, là-bas. Les tombes sont toujours fleuries, même celles dont la famille n'est plus au pays. Crois-moi, Gerbeau, ton fils ne peut être en de meilleures terres. Parce que la terre de San Martino, c'est une terre noble de montagne, droite mais qui aurait en plus le goût du soleil qui est plus franc là-bas qu'en France. Ce qui la rend meilleure.

Quand Léobardi se releva et piqua au fond de la chambrée ramasser sa casquette et son niveau qu'il ne laissait pas sur le chantier, Gerbeau allait mieux. Le maçon italien passa devant lui avec un signe d'encouragement. En descendant les escaliers vermoulus, Léobardi se promit qu'un jour, s'il rentrait en Italie, il pousserait jusqu'à San Martino, lui qui ne connaissait que le royaume de Sardaigne et le Piémont.

Gerbeau respirait mieux. Il observa François qui restait immobile, attendant un ordre. Les limousinants quittaient la chambrée en essayant de faire le moins de bruit possible avec leurs galoches. Le jour entrait en Gerbeau avec violence. Ce matin tout échappait. L'espace entre les Couteilles et Paris semblait aussi infranchissable que les chemins d'Italie. « Il n'y a rien à faire qu'à continuer à vivre », se résigna-t-il.

— Allez, viens, François. Il y a du travail qui nous attend au bois.

François se leva.

Dans l'entrée du garni était suspendu un minuscule miroir, signe d'un raffinement extrême et devant lequel s'arrêtaient les limousinants, le dimanche, quand ils allaient traîner dans les faubourgs. Quand ils descendirent, l'éclat de glace raccommodée était tourné contre le mur. Malgré le passage, deux semaines entières il resta ainsi.

Le chantier au bois se termina pour Gerbeau et François le 2 septembre 1860. Duphot leur proposa de travailler sur un immeuble de rapport, impasse Saint-Eustache. François touchait deux francs par jour. Il n'avait jusqu'à présent connu aucune journée de chômage. La chance l'avait gardé d'un accident comme il en advenait tant. Si rien ne venait entraver la régularité de ses embauches, il pouvait espérer, fin octobre quand les limousinants allaient reprendre leur migration vers la Creuse, rapporter près de deux cents francs. Ce n'était guère considérable au regard des six cent cinquante francs qu'Alexandre ramenait de Paris, au meilleur de ses campagnes. François savourait déjà la fierté qu'il éprouverait à remettre cet argent à la mère. Il comprenait mieux l'air important que son père prenait au retour quand, devant la famille réunie, il versait l'argent sur la table. Joséphine serrait les mains. Cet argent-là, entrevu furtivement à la saison des premières gelées, était aussi un gage d'amour.

Combien de maris dépensaient leurs maigres ressources au cabaret ou dans les lits des horizontales, ramenant larmes et honte ! Combien ne s'en revenaient jamais au pays, comme le fils Pelaud de Laugère ou Beauvais de Sardent qui n'avaient plus jamais donné signe de vie, laissant leurs familles dans le plus complet dénuement. Ainsi, quand François rencontrait la fille Pelaud, une hotte sur l'épaule, son petit frère accroché à ses hardes, ramassant les feuilles mortes pour les vendre à Pontarion, il songeait à Alexandre qui revenait chaque hiver.

Depuis six mois qu'il limousinait, il comprenait pourquoi son père ne parlait que du bon et laissait dans l'ombre le reste, la part de souffrance. François se disait que, comme les autres, il n'aurait aucun effort à faire pour taire les journées interminables, les humiliations, les privations. Ce serait une connivence de plus entre Alexandre et lui, un secret d'hommes. Comment aurait-il pu deviner que les femmes perçaient bien facilement ce mystère, quand l'intimité dévoile la tendresse aussi ouvertement que les blessures ?

Gerbeau avait repris la truelle avec acharnement. Les pauses qu'il s'accordait au long de la journée s'étaient réduites. Il ne levait plus le nez de l'auge pour jeter une niorle ou poser à la hâte une devinette dont il ne donnait la réponse, comme une délivrance, qu'en fin de journée : « Qu'est-ce qui a un œil sur la queue ? La poêle ! Noir le jour et blanc la nuit ? Le curé. Qu'est-ce qui mange sur le ventre et chie sur le dos ? La varlope. »

Les journées de François devenaient très pénibles. Non pas que le caractère de Gerbeau se fût aigri à son endroit. Mais en silence, le maître lui menait un train d'enfer. Il n'avait plus assez de ses bras pour porter les seaux, monter l'oiseau à l'échelle, soulever l'auge sur la tête, dresser les échafaudages. François pensait que Gerbeau l'éprouvait. Pour se donner le courage de ne jamais se plaindre, il lui suffisait de penser à Marie.

L'arrière-saison 1860 fut, sur Paris, d'une douceur particulière. Bon nombre de limousinants travaillaient torse nu, tant la chaleur restait oppressante. Impasse Saint-Eustache, l'air se brisait contre les pans des immeubles en construction qui s'élevaient au-dessus des décombres de la démolition. On ne pouvait imaginer quartier plus désorganisé. Le mouvement des ouvriers et leurs va-et-vient continuels, le remue-ménage des charrois de pierres paralysaient les rues autour des Halles. Cette animation n'effrayait plus François. Il ne restait plus, comme à son arrivée, pétrifié devant le mouvement qui jetait les chariots contre les brouettes, mêlait les chantiers aux limites indistinctes, défonçait tout à la fois pavés et toitures. La mouvance des horizons faisait songer à une révolution. Les façades n'étaient que forêts d'épinèches qui ramenaient une odeur de sapin et de mortier. On eût dit les panneaux d'un théâtre, une ville en bois où des portefaix montaient dans la douleur des pierres aux cimes des décors.

L'immeuble de l'impasse Saint-Eustache appartenait à un bourgeois qui tenait un comptoir de quincaillerie, rue Coquillière. L'homme n'avait qu'à traverser la rue pour surveiller l'avancée des travaux et ne s'en privait guère.

L'ouvrage commissionné par Duphot avait pour maître maçon Jean-Baptiste Desgrange. Arrivé à Paris à treize ans comme simple gougeat au cours de la campagne de 1827, il s'était, à force de ténacité et d'intelligence, instruit dans l'Art. Originaire de Saint-Georges-la-Pouge, sa renommée était bien établie aux Couteilles et travailler pour Desgrange était considéré comme une chance. Desgrange avait eu la force de s'imposer, après ses douze à quatorze heures de labeur quotidien, les cours du soir que dispensaient des maîtres maçons. Ces hommes, pionniers des associations ouvrières, qui allaient créer les premières écoles mutualistes, eux-mêmes aux limites de l'épuisement physique, se démenaient chaque soir dans des salles vétustes, apprenant à lire, à écrire et à compter aux autres limousins. Les plus éveillés de leurs élèves étaient chargés d'expliquer aux débutants et cette organisation pédagogique avait pour effet une regrettable perte de temps pour les premiers.

La chance de Desgrange avait été qu'un de ses maîtres, le remarquant, l'avait dispensé des leçons aux commençants et lui avait enseigné le trait ainsi que l'art de l'équerre et du compas. Quand il avait eu assez de connaissance pour lire un plan et comprendre les règles du tracé des figures euclidiennes, il s'était vu confier la responsabilité de maître compagnon sur un premier chantier. Il devait avoir soin de la main-d'œuvre, jouer avec toute l'autorité souhaitable le rôle de piqueur en rattrapant les limousins qui s'attardaient trop après la pause, faire l'appel des ouvriers, emmagasiner et prendre soin des outils et équipages sur le chantier. Desgrange s'était bien tiré de cette épreuve et avait été de plus en plus sollicité pour gérer l'économie générale de nombreux chantiers.

— Tant que nous ne serons pas organisés en compagnonnage, nous autres maçons, nous ne serons pas reconnus à notre juste valeur !

La voix de Desgrange, dans le silence des limousinants du chantier, avait une force qui accaparait. Vêtu comme ses compagnons, portant l'habit de peine qui faisait une silhouette blanche, il regardait chacun d'une manière qui semblait signifier : « Tu existes. Dans "homme de peine" il y a "homme". Commence d'abord par croire en toi. »

— Nous n'avons pas de corporation professionnelle, pas d'organisation compagnonnique. Comment atteindre la prospérité dans ces conditions ?

Les hommes écoutaient en mangeant leurs croûtons de pain accompagné de viande bouillie.

— Si nous voulons être reconnus comme les tailleurs de pierre qui conduisent le trait, il nous faut apprendre, aller à l'école...

François avait regardé Desgrange. Il admirait l'énergie de cet homme qui exhortait à continuer la journée par l'étude.

— Il faut cesser de boire au cabaret ou de se battre. Il faut aller dans les écoles mutualistes.

Comme ses paroles restaient sans écho, Desgrange avait pris un ton plus doux. Il jeta un regard circulaire sur les limousins abrutis de fatigue et dont certains cherchaient leurs dernières forces, vite brûlées, dans le vin. Il sourit. S'adressant à Barthélemy Bellangeon, un amuseur recherché pour distraire les mariages dans son pays de Saint-Sulpice-les-Champs, il lui demanda brusquement :

— Allez, Barthélemy. Il te reste bien une histoire avant de reprendre.

Barthélemy tourna des yeux en rigolant. Bien sûr qu'il lui restait des histoires ! Il aurait pu en raconter tout le jour et toute la nuit et tout le jour encore, aussi longtemps que dure un mariage en Creuse. Et les larmes de rire auraient bien vite masqué des larmes de nostalgie. Il prit un air entendu et commença :

— Il paraît qu'un jour les femmes allèrent trouver le Bon Dieu et lui demandèrent de ne plus souffrir pour mettre au monde les petiots... Le Bon Dieu était d'accord. Il dit : « Je veux bien, mais qui souffrira ? — Le père, parbleu, c'est bien son tour ! » Quelques jours plus tard, l'Antoinette de la Ribière-Jallade sentit les premières douleurs. Pour se donner du courage, son mari, le Maurice, boit un coup de gnôle et va se mettre au lit. Dans la nuit, l'Antoinette accouche d'un beau mignon sans pousser le moindre cri. Et le Maurice n'avait rien senti non plus ! Il paraît qu'à Sardent...

Barthélemy tourna malicieusement la tête pour s'assurer que l'autre était occupé plus loin...

— ... le grand Léonard avait crié son ventre toute la nuit jusqu'à la naissance du petit !

Tout le monde éclata de rire, Desgrange le premier. Barthélemy, d'un coup, avait effacé les soucis en renvoyant chacun au pays. Le beau Léonard qui, au bout du chantier, discutait justement avec une fille facile, n'avait entendu que l'éclat de rire. Il s'était retourné et les autres lui avaient fait des signes obscènes en s'esclaffant. Il avait répondu par un haussement d'épaules.

— Alors, poursuivit Barthélemy, les femmes sont revenues voir le Bon Dieu et lui ont demandé : « Mon Dieu, pour les enfants, nous aimerions qu'il en soit comme avant ! »

L'éclat de rire fusa de nouveau et résonna dans les murs. Son écho ressemblait au Taurion quand ses eaux sont gonflées au redoux ; au roulement des pommes de terre quand le tombereau se vide ; au pétard de l'orage quand il tourne au fond des gorges boisées, entre la Favillade et les Grandes Besses.

Le temps que dura le chantier de l'impasse Saint-Eustache, Gerbeau ne s'ouvrit pas aux autres. Il travaillait avec la colère. La hargne guidait son geste. Il fallait voir avec quelle vivacité il mettait en place son niveau de limousin, comment il lançait la colle d'un coup de truelle bien appliqué ou cognait avec son décintroir sur la tête des pierres qui se plaçaient mal. François aurait voulu lui dire qu'il ne servait à rien de vouloir égarer ainsi son chagrin. Mais Gerbeau, sans le brusquer, ne lui accordait aucune attention. Il était ailleurs, bien probablement à rôder autour du cimetière de San Martino, pesant la terre en la laissant couler entre les doigts de sa main entrouverte, comme après le labour.

François n'avait pas quitté Gerbeau pendant quatre semaines. Jusqu'à la fin septembre, il était resté à ses côtés, partant au chantier du même pas et s'interdisant de revenir avec d'autres gougeats. Les dimanches que Gerbeau passait dans la chambrée, prostré sur son lit, François ne s'éloignait jamais de la rue de la Vannerie. Il descendait aux cuisines bavarder avec Alphonsine, la fille de la maison, qui cousait près du foyer ou lisait sagement. La jeune fille n'était pas indifférente à la compagnie de François. Elle souriait quand, timidement, il tapait aux carreaux de la cuisine, et lui faisait signe d'entrer. Lorsque sa mère était absente, elle lui offrait un verre de cassis et reprenait son ouvrage. François était troublé par la compagnie de la jeune fille qui avait l'âge de Marie. Ici, les garçons et les filles prêtaient moins d'attention à ces gestes anodins qui là-bas, aux Couteilles, prenaient de l'importance. Un soir, alors que le jour déclinait, Alphonsine avait laissé échapper son crochet. François l'avait ramassé et le lui avait tendu. Comme elle le remerciait, le garçon s'était demandé s'il ne se trouvait pas ainsi engagé en fréquentation. Cette idée l'avait torturé et il avait été sur le point de s'en ouvrir à Gerbeau.

La compagnie sage et silencieuse d'Alphonsine apportait à François un mélange de sérénité et de tourment. A rester de longs moments assis en face d'elle devant le gros poêle de faïence qui surchauffait la cuisine, il avait l'illusion d'être en famille. Il savait se taire et faire le gros dos au mal du pays qui le rongeait. Alphonsine lisait, le livre tourné vers une fenêtre toute en hauteur qui grappillait une rare lumière dans la cour du garni. De sa présence rayonnait une chaleur qui remuait François au cœur. Il songeait à Marie que, depuis toujours, il aimait tant accompagner quand elle gardait son troupeau. Il repassait le long fil tranquille des après-midi à bavarder, assis dans l'herbe, ou à se taire jusqu'à sentir vivre le silence de l'autre. Parfois, comme pour rompre, Marie envoyait sa petite bergère courir au fond du pacage en criant : « Pique-la ! » Et puis il y avait cette nostalgie qu'enfants ils ne savaient pas nommer, au moment de crier : « Amène ! Amène ! » quand l'appel suffisait à faire reprendre aux bêtes le chemin des Couteilles.

Tout autant que Marie était noiraude, Alphonsine était la blondeur même. Pendant qu'elle lisait, François se surprenait à regarder son profil que la fenêtre piochait à l'obscurité. Elle avait une peau d'une blancheur incomparable, comme si le soleil ne l'avait jamais atteinte au fond de la rue de la Vannerie.

L'idée que la mère de la jeune fille pût lui reprocher de rester ainsi dans la cuisine, le dimanche, tenaillait François. Plus encore, il craignait que Gerbeau ne quittât la chambrée et les surprît tous les deux. Ce sentiment de culpabilité lui devenait insupportable. Aussi, ce fut avec soulagement qu'au soir du quatrième samedi de septembre, il vit surgir Constant.

Le garçon franchit la porte du garni un peu avant six heures. Il avait couru et s'était arrêté au pied de l'escalier en soufflant. En regardant par la porte vitrée de la cuisine, il avait vu François assis à côté d'Alphonsine. Il était entré comme un courant d'air et s'était avancé droit sur les jeunes gens.

— Constant ! n'avait pu s'empêcher de crier François en le voyant ainsi débouler.

— Rue Choiseul ! s'était exclamé Constant qui avait saisi le garçon dans ses bras et l'étreignait avec exagération comme s'il se fût agi de retrouvailles inespérées. Alphonsine, interloquée, regardait le jeu des deux garçons, ne sachant quel parti prendre. Alors qu'il semblait tout à l'émotion de la rencontre, Constant avait jeté par-dessus l'épaule de François une œillade à la jeune fille qui avait baissé les yeux.

— François, es-tu prêt ? Nous partons tout de suite.

François se sentait ridicule de s'être ainsi laissé traiter par son ami. Parfois l'humour de Constant l'effrayait. Le sentiment d'avoir été « gros Jean » devant Alphonsine l'exaspérait.

— Mais il y a Gerbeau, bredouilla-t-il... Là-haut.

Il indiqua le plafond du doigt.

— Qu'importe Gerbeau ! rugit Constant. Il ne va pas te chaperonner toute ta vie ! Il faut bien que tu sortes de ses griffes quand tu n'es pas sur les chantiers. Pas vrai, mademoiselle ?

Constant avait pris Alphonsine à témoin. Il avait retrouvé toute sa gouaille qui saoulait François. La jeune fille, que la présence de Constant agaçait, se plongea dans sa lecture et ne répondit pas.

Lorsqu'ils arrivèrent aux abords de la rue de Rivoli, après avoir soupé dans une gargote, le ciel de nuit de Paris était percé d'une gigantesque coupole de lumière jaune.

— Regarde ! dit Constant sans pouvoir contenir une pointe d'émerveillement.

François restait pétrifié. Depuis six mois qu'il limousinait, bien des curiosités l'avaient impressionné. Sans parler des illuminations du Trocadéro, il y avait eu cette visite à la fête à Neuilly où il avait côtoyé une foule élégante. Il revoyait encore le numéro d'un dompteur qui évoluait dans une cage occupée par un grand tigre royal avec autant de désinvolture que s'il se fût agi d'un chaton. Il avait également été subjugué par la ronde des locomotives à vapeur qui allaient et venaient dans un nuage de fumée, aux abords des voies de la gare Saint-Lazare. Mais jamais encore il n'avait vu si grand mystère que cette lumière phénoménale.

— Ce sont d'énormes lampes qui éclairent le chantier de la rue de Rivoli. Les équipes se relaient jour et nuit pour avancer l'ouvrage, commenta Constant.

— Des lampes ? demanda François.

— Oui, mais pas comme celles que nous connaissons ! Des lampes... qui ne fonctionnent pas à l'huile !

Constant montra qu'il n'en savait guère plus mais qu'il y avait là un grand effet de la science. Il fit un signe d'impuissance.

— J'ai entendu dire que c'était un effet de l'électricité...

Les deux jeunes gens tournèrent les talons. Au cabaret, Constant avait commandé un pichet de vin et la tête tournait à François. En même temps qu'il avait honte de s'être laissé aller à boire, il sentait fondre sa timidité naturelle. Dans la rue, Constant avait naturellement une démarche chaloupée. François imitait son compagnon et ses gestes s'arrondissaient en même temps que ses épaules. Il mit les mains dans les poches et commença à regarder Paris d'une autre manière.

A la sortie de leur souper, Constant avait pris un air secret en disant :

— Je vais te présenter un homme de chez toi... Un homme de dévouement...

— Un républicain, c'est ça ? avait demandé François.

L'autre eut un sourire mystérieux.

— Pourquoi un républicain ? Qu'est-ce qui te fait dire que j'admire les républicains ? Tu pourrais m'envoyer à l'ombre pour plusieurs saisons si tu propageais des idées fausses sur mon compte ! La ville est pleine de mouchards, tu sais ! La police impériale ne plaisante pas...

Constant avait attrapé François par la manche et le regardait fixement. Sa mimique soupçonneuse vira au rire.

— Je ne sais jamais quand tu dis vrai ou quand tu plaisantes, se plaignit François en se dégageant.

Alors Constant, tout en marchant, entonna une belle chanson des rues, une de ces rengaines qui captivaient François quand il les entendait au fond d'une cour. Des passants le regardaient d'un air méfiant. Mais en cet instant, des ailes poussaient le gavroche au-dessus des pavés. Il rayonnait d'une joie immaculée. Il ressemblait tout à coup à Paris.

Aux abords de la rue des Gravilliers, une belle animation régnait sur les trottoirs. D'autres limousinants, mais aussi des appareilleurs, des poseurs, des scieurs de pierre, des bardeurs et une multitude de petits gougeats se pressaient aux abords du numéro 17. Constant jeta un coup d'œil enjoué à François.

— Il attire son monde ton pays.

Ils jouèrent des coudes. L'ambiance était bon enfant. Des maîtres plaisantaient avec des compagnons. Un couple de bourgeois qui s'était engagé dans la rue, à la vue de toute cette populace laborieuse, fit demi-tour après avoir essuyé quelques moqueries et s'être entendu traiter de « marchands de cerises ».

Au moment de s'engager dans l'immeuble, Constant gronda :

— Vise la poulaille...

Sous un porche ombreux, deux hommes en redingote et chapeau, de fortes cannes plombées en main, surveillaient les allées et venues. Constant eut un mouvement méprisant du menton. François qui gardait encore cuisant le souvenir du contrôle d'identité des deux gendarmes à cheval aux limites de l'Indre, sentit le danger. Chacun savait aux Couteilles qu'il ne faisait pas bon indisposer la maréchaussée. Les risques étaient grands depuis le coup d'État de se voir entraîner à Bourganeuf ou pis encore à Guéret pour un interrogatoire déplaisant. Pourtant la haine couvait, prête à éclater à tout propos. Bien que la jacquerie remontât à 1848, personne aux Couteilles n'avait oublié le soulèvement qui avait suivi l'impôt des quarante-cinq centimes. L'embrasement en Creuse avait été d'une rare violence et le saccage de plusieurs châteaux, une de ses expressions. Léobon, quand il était en confidence, racontait, non sans quelques solennités et précautions, comment il avait obligé un hobereau de Chenerailles à déposer lui-même les girouettes qui ornaient les toitures de son manoir. Les menaces de mort au premier qui s'acquitterait de l'impôt n'avaient été certes suivies d'aucun effet. Pourtant, le souvenir du tocsin qui avait sonné sur les clochers creusois dans les villages où les gendarmes avaient pris des prisonniers restait en mémoire comme une plainte lugubre. Si l'attaque de Guéret par des bandes armées de paysans n'avait pas abouti, il n'en restait pas moins un souvenir amer et la peur toujours présente d'un retour au « temps des rois ».

Constant et François s'engagèrent dans la foule. Le couloir de l'entrée donnait sur une vaste salle de réunion déjà pleine. Des dos puissants barraient l'accès. Des regards inquisiteurs, sous des casquettes d'ouvriers, dévisageaient et ne laissaient passer qu'après s'être assurés de la franchise des nouveaux arrivants. Un homme se détacha d'un groupe qui palabrait avec véhémence.

— Constant ! Viens par là !

Sa voix s'éleva au-dessus du tumulte.

— C'est Payras, un républicain d'honneur. Suis-moi, François. Là ! regarde Vignaron, journaliste au Réveil. Salut La Franchise, vieux muffe !

Comme le colosse lui avait attrapé le bras pour le broyer amicalement, Constant lança à François, avec une mimique douloureuse :

— Je te présente La Franchise, l'homme des coups durs.

Ils parvinrent enfin près de Payras. Celui-ci jeta un regard soupçonneux sur François.

— C'est un des nôtres, trancha Constant. Il est sûr. Un pays de Julien.

Payras tendit la main à François. L'homme avait un regard qui mettait à nu. François baissa les yeux.

Soudain un murmure parcourut la salle. Un homme âgé d'une soixantaine d'années escalada l'estrade. Il avait une barbe blanche et des cheveux argentés. Bien que de tout son être se dégageât une certaine noblesse, il portait, chose extraordinaire, la blouse blanche de limousinant. A sa vue, des cris d'encouragement claquèrent.

— Viva le lemouzi !

Il fit un signe d'apaisement et s'esquiva devant un petit homme en costume bourgeois.

— C'est Henri Tolain, souffla Constant à l'oreille de François.

Un silence respectueux gagnait la salle.

— Mes chers amis, débuta Henri Tolain. Mes chers amis, il m'a été donné bien souvent dans ma vie d'assister à des réunions de républicains sincères. Mais aucune ne m'a donné une aussi vive satisfaction sur l'esprit général d'hommes qui construisent Paris en même temps que la République !

Une salve d'applaudissements ponctua l'entrée en matière. Tolain eut un geste grandiloquent.

— Ma joie comme Janus a deux visages : celui de la victoire que représente la loi du 15 août 1859 amnistiant enfin nos compagnons injustement déportés... Et aussi le visage de l'amitié puisque Julien Coudert est de retour. Il a pris fin pour lui, l'inique exil qui a tenu tant de nos frères de lutte éloignés de la terre de France. Mais Badinguet croit-il reculer longtemps encore la prise du pouvoir par le peuple des prolétaires ?

Une huée éclata comme le tonnerre à l'évocation de l'Empereur. La haine était si forte qu'elle fit à François l'effet d'un coup de fouet. Ses jambes tremblèrent. Effrayé, il tenta de s'approcher de son ami, mais celui-ci, le corps tendu vers l'orateur, ne prêtait plus attention à lui.

Henri Tolain s'esquiva et laissa la place à Julien Coudert, muet d'émotion. Les acclamations le bouleversaient. Coudert, avec son visage buriné de maître maçon, sa barbe de prophète qui le faisait ressembler au grand poète toujours en exil, se laissait porter par la joie d'avoir retrouvé les siens.

La nouvelle de l'amnistie du 15 août, permettant aux opposants de rentrer en France, lui était arrivée le 2 septembre en Angleterre sur un chantier dans la banlieue de Newcastle. Julien, qui n'était parvenu à survivre en terre étrangère qu'en reprenant l'auge et la truelle, y appareillait la pierre. Cinq mois plus tard, le temps de régler ses affaires, il s'était embarqué à Brighton pour Le Havre. Il revoyait l'accostage du steamer venant plaquer sa coque de bois contre le quai de la Citadelle alors que la silhouette plate des digues nord filait en direction de l'anse de Joinville. « Le Havre ! La France ! Oh ! toi mon cher pays ! » n'avait-il pu s'empêcher de crier du bastingage.

Julien Coudert était né au Theil, l'automne 1803. Il était monté limousiner dès l'âge de onze ans. A l'image de Desgrange, il avait suivi les cours du soir dispensés par une institution ouvrière et avait gagné les différents degrés jusqu'au savoir de maître maçon. Son sens aigu de la justice et une sensibilité directement héritée de 89 l'avaient progressivement conduit à assumer des responsabilités politiques. Le Creusois, prolétaire et homme d'action, autodidacte acharné à l'étude, s'était retrouvé sur les barricades ce mois de février 48. Julien n'avait jamais pu oublier ces journées. Il gelait à pierre fendre et le sang se figeait dès que sorti des blessures. Dans les relents de poudre au travers des ruelles, les charrettes renversées tendaient leurs bras au ciel tandis que des gamins couraient entre les balles ou que des vieillards allaient paisiblement au-devant des fusils.

Aux élections du 13 mai 1849, ses amis montagnards Pierre Leroux et Louis Blanc l'avaient poussé à se présenter dans sa Creuse natale. Alors Julien Coudert, paysan ouvrier, prolétaire à la syntaxe approximative, aux mains qui semblaient destinées pour toujours à manier la truelle et la hache, avait conduit campagne au pays. Il l'avait emporté sur son adversaire blanc et s'était retrouvé siégeant à l'Assemblée dans cette extrême gauche minoritaire de quelque deux cents rouges. Jamais il n'avait pu oublier cette première fois où il était monté à la tribune. Il avait été profondément humilié par les quolibets proférés par les notables qui ne pouvaient admettre qu'un limousinant pût représenter le peuple. Son accent, sa voix énorme qui emplissait l'hémicycle comme elle grondait des ordres sur un chantier avaient été la risée des blancs. Seuls les encouragements de Ledru-Rollin, de Perdiguier, de Delescluze, et de Lamartine l'avaient empêché de se décourager. A la veille du coup d'État de 51, redoutant le parti de l'ordre, Julien avait animé un comité central de résistance clandestine. Mais un mouchard avait été introduit dans le comité et dans la nuit du coup d'État, Julien était l'une des premières victimes des arrestations. Il revoyait encore le regard torve du commissaire, un sbire de Morny qui avait emporté les lettres qu'il n'avait pas eu le temps de brûler dans la soupente de la rue Saint-Antoine. C'est dans les moments de suprême épreuve que remontent à la surface les amitiés fraternelles. En cet instant, ovationné par les limousins, il repensait à ses compagnons de geôle, morts, déportés ou exilés, animateurs des journées d'insurrection, aux amis discrets qui alimentaient la caisse des proscrits, à la corporation des maçons de Londres qui l'avait accueilli, aux bons maîtres qui, sur les chantiers de Twickenham ou d'Islington, lui avaient appris les rudiments de la langue.

Constant s'était dressé sur les pointes des pieds. François épiait le visage de son compagnon fasciné par le vieux tribun de retour d'exil. Sentant le regard de François tourné vers lui, Constant murmura :

— C'est un rude gaillard que Coudert. Ils sont tous comme ça dans ton pays ?

Julien Coudert avança les mains et les voix se turent.

— En me retrouvant parmi vous, compagnons prolétaires, hommes du bâtiment, il me semble avoir secoué le nombre des années qui pèsent sur mes épaules...

Le silence ponctua sa première phrase.

— Je me retrouve au milieu des enfants de mes anciens camarades qui ont trimé comme moi sur les chantiers jusqu'à la répression organisée par Napoléon le Petit, qui dans la nuit du 2 décembre égorgea la démocratie...

L'orateur s'interrompit. Sa voix avait une force qui donnait la chair de poule.

— Nous qui n'avons d'autre propriété que nos bras...

Il leva les poings au ciel et les manches larges de sa blouse de maçon retombèrent en dégageant ses muscles de limousinant.

— ... Nous qui subissons tous les jours les conditions arbitraires du capital ! Nous, dont les enfants passent leur plus jeune âge dans les milieux malsains des fabriques ou dans la dureté des chantiers ! Nous, dont les femmes désertent le foyer pour des tâches oppressives contraires à leur nature !...

Une attente lourde planait sur les mots. François songea au calme qui précède les orages de chaleur quand la nature se tait pour se décharger d'un coup de tonnerre sur les prés et les bois, dans un crépitement de pluie.

— ... Ne laissons pas le grand réveil de 1789 sans lendemain !

Une explosion d'applaudissements et de cris accueillit le discours. Julien Coudert regardait son auditoire avec compassion. Une expression rayonnante marquait son visage buriné. Il parvint à ajouter :

— Je vous le dis : la grande industrie du bâtiment doit être le creuset d'une conscience qui comme un rayon lumineux pénétrera dans l'esprit de tous les autres corps de métier, puis de la nation entière !

Quand il quitta la tribune, la fraîcheur de la nuit s'engouffrait par les fenêtres laissées ouvertes pour permettre à ceux qui n'avaient pu rentrer de suivre l'orateur. Dans la salle, ce n'étaient que discussions enflammées, critiques acerbes contre le régime. Constant allait de groupe en groupe, prenant des contacts, relevant tel propos de Julien, soulignant l'importance de telles réunions.

— Badinguet est sur la défensive. Les corbeaux lui mènent la vie dure, vous avez vu comme il a supprimé *L'Univers* ? La déconfiture des Pereire pourrait bien l'entraîner. Il lâchera du lest... Le coup d'État douanier avec l'Angleterre lui coûtera le soutien d'une partie de son propre camp. On dit que Walewski y était totalement opposé... Il faut redonner aux prud'hommes le rôle que leur avait assigné la loi du 16 août 1790...

François suivait Constant, serrait des mains, éberlué par l'effervescence qui régnait dans la salle.

Peu à peu l'immeuble se vidait et les maçons repartaient vers leurs garnis en faisant un détour par les caboulots où l'on servait encore à boire.

— Tu te rends compte, François, du nombre de Creusois parmi ces hommes ? Je suis sûr que tu n'en connais pas trente, remarqua Constant.

François ressentit une immense fierté. Non, il n'en connaissait pas trente. Pas même vingt. Et pourtant, tous ces visages avaient une expression commune dans laquelle il pouvait lire : ce n'était pas de la lassitude, ni de la brutalité, ni même de l'ignorance. Ce pouvait être de l'humilité baignée d'un immense désir de liberté. Cela ressemblait à un refus.

Ils se dégagèrent par une porte qui donnait dans un petit bureau austère où Tolain, Payras et Julien Coudert discutaient. A la vue de Constant, Julien se leva. Le jeune homme s'approcha du vieux tribun et le salua sans faire de manière.

— Julien je te présente un de tes pays.

François avait la gorge sèche et ne parvenait plus à retrouver le fil.

— Salut, François...

Julien Coudert avait une voix chaude que le garçon ne reconnut pas.

— On m'a dit que tu étais des Couteilles...

— Oui, répondit François.

— Tu connais Gerbeau alors ?

François eut envie de dire que c'était le père de Marie ; qu'il lui avait été confié pour sa première migration et qu'il venait de perdre son fils Sébastien à la guerre...

— Et Tissier ? Et Léobon et le vieux Mouret ?

Julien n'avait pas lâché la main du jeune homme.

— J'ai très bien connu Alexandre, ton père, un homme de droiture que tout le monde respectait dans le métier.

François rougit.

— Qui as-tu servi depuis ton arrivée, à part Gerbeau ?

— Lefaure.

— Tu as de la chance. En 1832, il était plus jeune à l'époque, on m'avait mis à côté de lui comme coterie d'échafaud. Je passais pour un bon maçon. Nous avons lutté des jours, au grand profit de l'entrepreneur qui s'appelait Duphot. Duphot le père ! Nous essayions de nous surpasser, vois-tu. Il faut toujours essayer de se surpasser, François.

Il lâcha la main du gamin. Ses amis l'accaparèrent tandis que Constant entraînait François dans un coin du bureau.

Lorsqu'ils quittèrent l'immeuble, la rue des Gravilliers était déserte. François remarqua les silhouettes des deux policiers en civil, toujours en faction sous le porche. Constant leur jeta un regard oblique avant de remarquer :

— Sais-tu, François, qu'aux prochaines élections, dans trois ans, Julien Coudert souhaite se présenter en Creuse ? Tu comprends ce que cela signifie ?

François ne comprenait pas.

— Oui, répondit-il.

Les journées froides d'octobre succédèrent au basculement de l'été. Sur le chantier, le matin, l'eau était gelée au fond des seaux et les manches mordaient les mains. Gerbeau reprenait un rythme plus raisonnable. A plusieurs reprises, il s'était interrompu au moment de rendre l'auge vide à François et avait regardé son garçon limousin. François avait compris que son maître recommençait à s'ouvrir à la vie. La perspective de redescendre en Creuse, dès que les premières fortes gelées fermeraient les chantiers, n'était pas étrangère à la guérison.

— Comment tu vas, François ? lui demanda-t-il un jour, le têtu suspendu en l'air.

Il sortait d'un long sommeil.

— Je vais bien depuis que l'hiver est en train, avait répondu le plus joyeusement possible François.

— Nous allons terminer impasse Saint-Eustache... Peut-être que Duphot nous trouvera de quoi mener jusqu'à mi-octobre. Les femmes doivent finir les gros travaux. La Léonie a dû commencer les labours cette semaine. C'était son idée depuis le printemps en raison de la lune. Nous arriverons aux dernières emblavures.

Jamais, depuis le malheur, Gerbeau ne s'était laissé aller à parler autant. Dans le timbre de sa voix, à l'évocation de la Creuse, François avait trouvé de la légèreté. Le mal du pays qui empoisonnait les veines se dissolvait, cette traînaison que tous les limousinants emportaient avec eux comme une maladie qui ne les quittait qu'à l'approche de Châteauroux quand ils reniflaient la Creuse derrière les belles forêts de l'Indre.

— Je veux être aux Couteilles avant Toussaint, dit Gerbeau.

Le cœur de François battait de joie. Depuis son départ en mars, il avait désespéré de reprendre un jour le chemin des Couteilles. Que de fois, quand ils travaillaient au bois, il avait eu la tentation de planter là ses outils et de prendre la direction du sud, au bout de la grande allée que des terrassiers de Limagne taillaient dans la forêt ! Mais toujours, la volonté de travailler pour les siens, de se montrer digne de la confiance mise en lui, l'avait emporté. Les jours d'octobre filèrent avec allégresse. Lorsque le soir il conservait quelques forces et qu'il s'était refusé de descendre tenir compagnie à Alphonsine, il s'en allait dans un coin de la chambrée discuter avec un groupe de limousinants originaires de Sardent et de Banize.

— Le plus difficile aux femmes, c'est de lier les bêtes, affirmait Martial Combes, un brave garçon de trente ans, qui travaillait dur pour agrandir sa petite propriété de Villesauve.

— Ce qu'elles n'arrivent pas bien à faire, poursuivait-il, c'est de passer la jouille autour du joug. Chez nous, on ne lie pas comme chez toi, François...

Il faisait le geste d'enrouler une lanière de cuir.

— L'an dernier, remarqua François, je tenais la guillade devant les bêtes pendant que la Léonie Gerbeau et la mère attrapaient les gerbes sur la charrette. Au moment où Léonie allait prendre une javelle à bras-le-corps, je vois remuer une vipère ! Les femmes criaient, tu peux m'en croire !

Ils parlaient ainsi des heures du pays, s'enivrant d'évocations à peine esquissées dont ils connaissaient tous les accents.

Les dernières semaines jusqu'à leur départ, Gerbeau se vit confier la restauration d'un hôtel dans le Marais. L'ouvrage nécessitait une reprise de plâtre, ce qui n'était pas sa spécialité. Après quelques hésitations à maugréer dur contre les plâtriers qui avaient fait faux bond et pour rendre service à Duphot qui l'avait souvent obligé, Gerbeau commença l'accrochage des plafonds. François passait le plâtre à la batte, le tamisait dans le sas puis le gâchait. Il lui fallait servir Gerbeau qui ne descendait pas de l'échafaudage et étalait ses enduits avec application. A la fin, pour parfaire les surfaces, Gerbeau ébarbait à l'aide d'un riflard. Mais au plus dur de la tâche, dans cette atmosphère de courants d'air et d'humidité qui gelait jusqu'aux os, la vision du petit chemin qui menait aux Couteilles éclairait leur peine.

François ne revit Constant que l'avant-veille de leur départ, le 22 octobre 1860. Il déboula sur le chantier dans le Marais, sans prévenir. François se demanda comment Constant avait appris qu'ils travaillaient ici. Il songea à Alphonsine qui avait pu le renseigner s'il était passé au garni, mais ne s'interrogea pas davantage. Constant était nippé misérablement dans des habits qui avaient dû, dans leur temps, avoir un certain chic. Ce matin, son visage avait un teint cireux qui ne lui allait guère.

— Tu as l'air fatigué, remarqua François.

— C'est que moi, je travaille dur, ironisa Constant.

Un silence sépara les deux amis. Parce qu'il était sur le point de reprendre la route vers la Creuse, François considérait Constant avec des yeux nouveaux. L'étrangeté de ce compagnon qui lui avait sauvé la mise dès leur première rencontre lui apparaissait avec plus d'évidence. François ne savait toujours pas dans quelle usine l'autre travaillait, ni par quelle astuce il se libérait au beau milieu du jour.

— Qu'est-ce que tu as à me regarder comme si je descendais de la lune ? interrogea Constant.

François baissa le nez.

— Il faut que je gâche, avait-il répondu en se penchant sur l'ouvrage.

Constant s'était promené dans l'hôtel vide, grimpant aux étages, ouvrant les portes des salles en cours de restauration. Gerbeau lui avait battu froid et quand Constant avait quitté la pièce, il avait dit à François :

— Tu fréquentes toujours ce gaillard ? Méfie-toi qu'il ne t'entraîne pas plus loin que tu ne voudrais aller.

La semonce valait son poids. François pinça les lèvres. Gerbeau, bien que gagné aux idées républicaines, considérait que l'Empire avait amélioré sa condition de paysan et d'ouvrier : Haussmann semblait casser la ville à plaisir pour donner du travail aux gars du bâtiment.

— Il t'a fait connaître Julien Coudert, je parie ? surenchérit Gerbeau qui avait reposé son riflard.

— Oui, avoua François.

— Je connais bien Julien. Nous avons travaillé ensemble sur les chantiers du quai de Bercy en 47. C'est un homme de devoir mais toujours prêt à l'action illégale. Tu as vu où ça l'a mené ?

Pour la première fois, un sentiment de révolte animait François contre son maître limousin. Oui, il admirait Julien Coudert. Oui, il était reconnaissant à Constant de l'avoir initié à tant de merveilles qu'il aurait ignorées s'il était resté aux côtés de Gerbeau. Oui enfin, il éprouvait un irrépressible sentiment de révolte devant la condition de parias des ouvriers.

— Il faut bien se battre si on veut améliorer notre sort.

La voix de François avait un accent dur. Gerbeau le regarda sans répondre. Il se remit à racler l'enduit de plâtre, en faisant glisser son riflard sur la pâte molle, d'un blanc crémeux.

Constant redescendit de l'étage. Son pas résonnait dans la cage d'escalier vide. A son regard, François devina qu'il avait entendu la conversation.

— Tu pars quand ? demanda le jeune Parisien.

François jeta un coup d'œil à Gerbeau.

— Après-demain, je crois, si rien ne vient contrarier.

— Alors, à l'année prochaine peut-être... dit simplement Constant, comme s'il quittait un ami pour le retrouver le lendemain.

François, avec sa grande batte qu'il ne fallait pas lâcher de crainte que le plâtre ne s'amalgamât, ne pouvait imaginer qu'ils allaient se quitter ainsi.

— Mais où ? demanda-t-il.

Constant le regarda en souriant.

— Ne t'ai-je pas toujours retrouvé, Rue Choiseul ?

Avant que François n'ait pu protester, Constant avait tourné les talons. Il entendit son pas claquer sur les dalles du hall d'entrée. La porte gonflée par l'humidité grinça. Il ne la referma pas. Paris happait le jeune homme indifférent à l'absurdité des séparations.

Le lendemain au soir, Gerbeau et François, en proie à une excitation à peine réprimée, rangèrent leurs effets dans leurs sacs de toile.

— N'oublie pas ton costume du dimanche, avait souligné Gerbeau. Nous nous changerons avant d'arriver à Pontarion...

François avait une dernière fois recompté ses économies : cent quatre-vingts francs en belles pièces frappées à l'Empire. Il avait cousu le pécule dans une poche de lin et avait enfoui le trésor au milieu de sa sacoche. Gerbeau, plus riche, avait fait de même. Cette nuit du 23 octobre, ils essayèrent de dormir. Mais en vain. Ils rêvaient à la campagne qui allait s'ouvrir dès les portes de Paris franchies. Gerbeau avait décidé de prendre le coucou jusqu'à Orléans et de finir la route à pied.

— Le billet nous coûtera quatre francs mais nous économiserons notre peine et notre temps. Nous avons pu terminer l'hôtel du Marais et cela valait bien cette somme, expliquait Gerbeau pour justifier la dépense.

François était d'autant plus d'accord que les heures passées loin de Creuse devenaient interminables. Gerbeau voulait être de retour aux Couteilles pour la fête des morts.

Ce matin du 24 octobre, à cinq heures, il avait gelé sur Paris. Quand ils mirent le nez dehors, Gerbeau, François et les deux compagnons qui s'étaient joints à eux avaient le pied léger. L'aube s'annonçait claire et les fumées sur les toits de Paris montaient droit au ciel. François regarda ces toitures, ces façades comme si c'était la dernière fois qu'il les contemplait. De la joie coulait dans ses membres. Il ne sentait plus ce mal au dos qui le faisait souffrir depuis qu'impasse Saint-Eustache il s'était relevé trop brusquement, un madrier dans les bras.

L'air vif du matin les débarbouilla franchement. Au fond de la rue, le trot d'un équipage claquait sur les pavés. Les trottoirs étaient déserts et ils prirent la direction de Bercy où ils savaient pouvoir attraper la première voiture publique pour Orléans. Ils choisirent de piquer vers la Seine et démarrèrent d'un bon pas, encore engourdis de sommeil. Comme ils arrivaient en vue du pont Notre-Dame, ils entendirent le roulement d'une cavalcade. La troupe avançait, avec l'air taciturne d'une soldatesque occupée à des tâches de maintien de l'ordre. Derrière les chevaux des sous-officiers, ils virent un convoi de lourdes charrettes flanquées de deux cordons militaires. Ils restèrent plantés. Dans les chars, des forçats garrottés de colliers rivés les dévisageaient.

Le souvenir des hommes enchaînés les hanta jusqu'en vue de la malle-poste. Les deux compagnons qui s'étaient joints à eux ne plaisantaient plus. C'étaient pourtant deux joyeux lurons de Vallières, les frères Simonet. Ils avaient près de vingt-cinq ans et, n'ayant pas fondé de famille, se sentaient des dispositions pour la liberté. Dans la chambrée, lorsqu'ils avaient assisté aux préparatifs de Gerbeau et de François, ils avaient brusquement décidé de quitter Paris. En proie au mal du pays et n'ayant pas fait trop mauvaise campagne, ils avaient à la hâte ficelé leur baluchon et emboîté à l'aube le pas de leurs deux pays.

Dans l'après-midi du 24 octobre, le coucou les déposait sur les berges de la Loire. François retrouva le fleuve aux eaux d'étiage, coulant lentement sur des bancs de sable affleurant. L'équipage décida de nuiter dans une auberge bon marché de La Ferté-Saint-Aubin, sur la route de Vierzon. Ils l'atteignirent sur le coup des dix heures et, le froid aux trousses, refermèrent la porte au nez du gel qui leur mordait les épaules.

Le lendemain, ils partirent d'un bon pied en direction de Vierzon. Ils s'enfoncèrent dans la forêt. Le goût de la nuit sur les taillis, l'humidité qui suintait des arbres transportaient leur cœur. Ce n'était certes pas la saveur amère des bois de châtaigniers de la Favillade, ou la douceur des hêtraies qui s'étendaient vers les Grandes Besses. L'ampleur des ramures de chênes exhalait une eau forte en tanin qui plaquait sur le visage un suaire glacé. Ce n'était plus le remugle de Paris. L'humus sur lequel prenaient racines des fougères-aigles rappelait la forêt creusoise. François en restait étourdi. Gerbeau marchait silencieusement. De temps en temps il mordillait l'extrémité de ses moustaches ou passait le revers de sa manche sur ses lèvres. Les deux compagnons suivaient en se taisant.

Ils traversèrent Salbris vers deux heures. Après une courte pause dans une auberge que les deux frères Simonet connaissaient bien au point de tutoyer la patronne, ils reprirent leur chemin d'un pas régulier, avec l'idée de passer Vierzon avant la nuit. Le ciel s'était couvert de nuages lourds descendus du nord et qui annonçaient l'hiver. En regardant leurs silhouettes grises dériver vers la Creuse, François dit en levant sa canne au ciel :

— Vous arriverez bien avant nous, les nuages !

— A moins que vous ne creviez en route... reprit Gerbeau. Et cela ne nous arrangerait pas.

Comme ils l'avaient prévu, ils dépassèrent les derniers faubourgs de Vierzon à la nuit tombée. Un vent glacé les frappait dans le dos et lorsqu'ils s'allongèrent dans la chambrée d'une dizaine de paillasses infectes, ils étaient tout autant harassés de fatigue que frigorifiés. Les deux Simonet, après s'être réchauffés en ingurgitant plusieurs canons, avaient commandé une bouteille de gnôle et étaient restés dans la salle de l'auberge. De leurs couches, François et Gerbeau entendaient leurs éclats suivis de rires qui prenaient par moments des intonations de colère. Malgré la fatigue, ils ne parvenaient pas à s'endormir. Gerbeau se tourna du côté de François :

— Tu as vu comme la forêt change plus on avance vers chez nous...

— Oui, répondit François.

— Et le sol. On a l'impression qu'il est fait

des débris qui ont roulé de chez nous, des graviers, des pierres entraînées par les pluies et les rivières. Pour le reste, rien que du calcaire. C'est bon à quoi, le calcaire, je te le demande ?

— Vous avez vu comme ils travaillent la forêt ? Ils ont des semis, des gaulis, des perchis et puis les futaies.

— Ce qui est important, vois-tu, c'est que les arbres de même maturité vivent ensemble. Sinon, ils se mangent la lumière et la terre...

— Et pourquoi en Creuse, nous ne ferions pas des coupes comme ici, pour une pousse meilleure et plus rapide ?

Gerbeau haussa les épaules.

— En Creuse, rien ne vient aussi facilement. Nos chênes sont tous gelés. Ce n'est pas une terre pour la forêt. C'est une terre pour la culture...

Ils parlèrent longtemps, à voix basse. Ils étaient seuls dans la chambrée et une intimité paisible s'était établie entre eux. François n'oublierait jamais ces moments d'apparente insignifiance.

— Crois-tu qu'elles auront terminé le battage ? demanda Gerbeau.

— C'est à espérer, reprit le gamin... Car on n'avait guère d'avance en grain.

— Le reste, on le fera à petites journées pendant la froide saison.

Ils marquèrent un silence. Les cris dans la salle d'auberge leur parvenaient plus étouffés. Les deux hommes n'étaient plus couchés dans des draps grossiers et souillés. Ils marchaient dans les pacages, les sagnes, les vergnes, les coutures des Couteilles.

— Léonie a dû débuter les labours de semence. Tu sais, François, pour une femme, je ne devrais pas le dire, elle est bien capable. Je lui ai fait faire par l'Arnaud de Pontarion un mancheron sur la charrue, juste assez large pour sa main. Les femmes ont des mains plus petites que les nôtres, pas vrai ? Pour tenir la gouverne, elle n'y arrivait pas la Léonie. Alors je suis allé voir l'Arnaud et il m'a dit : « Je vais te fendre un mancheron dans du saule. C'est plus souple que le châtaignier et je suis sûr que la Léonie préférera. » Cela me tentait bien d'autant que de l'assale, j'en avais justement près du ruisseau de Vauve. Seulement, le saule ne porte pas bonheur. Et pour les labours il faut y regarder à deux fois. Alors l'Arnaud, au regret, a fendu un mancheron de châtaignier tout étroit. J'ai gardé l'autre, celui que j'avais fait faire quand j'avais commandé la charrue à deux versoirs... Si un jour je n'ai plus besoin de limousiner, je le remonterai.

— J'ai remarqué des champs où ils labourent à plat, murmura François en train de s'endormir.

— Chez nous on laboure en billons et les réjous sont plus profonds... Mais ils doivent avoir leurs raisons. En tout cas, leur terre n'est pas si riche que la nôtre, mais plus aérée. Ce que j'ai observé, c'est qu'ils utilisent des engrais phosphatés. Ils sont en bordure de la voie ferrée, c'est plus simple. Nous, en Creuse, c'est des amendements calcaires qui nous font défaut. Mais comment les faire venir ?

Gerbeau continua à évoquer Léonie quand elle faisait claquer l'ordre, agitait la guillade et que les deux limousines tiraient de tous leurs reins sur le joug.

— Elle n'a pas sa pareille pour l'ouverture de la première raie, murmurait Gerbeau. Elle tire droit, tu sais, ajouta-t-il.

Le ton de sa voix était empreint de plus de tendresse que de fierté. Mais François ne s'en rendit pas compte : il dormait.

Les deux limousins de Vallières rentrèrent dans la chambrée en pleine nuit, titubant et se tenant par les épaules. Ils avaient bu toute la soirée avec des inconnus et avaient fini par se disputer. Et si l'aubergiste, un Solognot rougeaud et fort comme un Turc, n'avait pas mis les autres dehors, la fâcherie se serait terminée par une bataille rangée. Ils bousculèrent quelques paillasses puis se laissèrent tomber sur leur matelas en poussant des gémissements d'ivrognes.

Lorsqu'ils mirent le nez dehors, le soleil était incertain au ras de l'horizon. Une mouvance de lumière grise faisait une auréole dans le ciel, au-dessus d'une perspective de chênes. François respira profondément. Il regardait la route qui piquait droit en direction d'Issoudun. De gros nuages menaçants continuaient leur course vers le sud. Les frères Simonet, l'air pâlot, avaient eu toutes les peines du monde à se remettre sur pied. Après avoir avalé une soupe brûlante sur laquelle ils avaient fait couler un verre de gnôle, ils s'étaient brusquement sentis ragaillardis et prêts à suivre les deux marcheurs des Couteilles.

Une joie profonde animait François. Demain, ils seraient en vue de la Creuse. L'idée de se serrer dans les bras de la mère, de revoir l'air bourru mais tendre du père, de taquiner Louis, l'oppressait. C'était un bonheur auquel il ne croyait plus. Que de fois à Paris, il avait craint ne jamais revenir aux Couteilles. Lors de la première journée avec Lefaure, quand le gougeat de Delage était tombé du troisième, il s'était dit que cet accident ne manquerait pas de lui arriver.

Au moment de s'élancer, Gerbeau leva sa canne en direction d'une futaie qui faisait dans le ciel un chevelu de branches.

— Écoutez ! dit-il.

Les autres n'eurent pas besoin de prêter l'oreille longtemps.

— Les grues, murmura François.

Les oiseaux magiques s'élevaient au ciel. Ils tournèrent au-dessus de la forêt qui abritait un étang comme il en existe tant dans cette région. Bientôt le vol eut une forme plus construite. Les hommes, bien que pressés, prirent le temps d'observer les bêtes. Les plus fortes se placèrent en tête du delta et, après avoir tournoyé, elles filèrent vers le sud d'un vol puissant. La flèche perçait l'immensité avec une régularité qui faisait passer des frissons. Les maçons se taisaient. Leur silence respectueux saluait la force primordiale qui faisait battre si haut, derrière des yeux ronds voilés de sang, des cœurs assez gros pour affronter le ciel.

Ils partirent sans une parole. Lorsqu'ils franchirent le premier vallonnement, les grues étaient déjà très loin vers les Couteilles.

La matinée se déroula sans encombre. La pluie glacée qui menaçait depuis le départ avait épargné les marcheurs. Ils avaient à plusieurs reprises longé des terres en labour et avaient du coin de l'œil scruté les paysans derrière leurs charrues.

— Vois comme il fait tourner l'attelage celui-là... C'est un homme qui sait guider, pardi !

Ce qui émerveillait le plus François, c'était l'étendue des pièces à labourer. En Creuse, les terres sont si embrevées les unes dans les autres, si étroites, qu'il faut déployer des trésors d'habileté pour s'y retourner. Un peu avant d'arriver à Issoudun, ils virent un équipage de deux paires de bœufs tirant un levadour. L'ensemble avait une allure magnifique. Les deux bêtes de tête étaient attelées au sous-tirou et avançaient d'un même pas que l'autre couple. François était à la fois émerveillé et humilié quand il songeait aux attelages modestes des Couteilles. Comme s'il devinait cette pensée, Gerbeau commenta sur un ton méprisant en indiquant le laboureur :

— C'est un métayer. Il n'a rien à lui.

A Issoudun, ils déjeunèrent de bon appétit dans une auberge où ils étaient connus. Les deux Simonet, qui désiraient s'attarder dans le pays où ils disaient avoir des connaissances, décidèrent de laisser filer Gerbeau et François. Ils n'étaient pas à un jour près et pensaient qu'il serait toujours temps de prendre la place des femmes derrière la charrue ou d'arpenter les terres fraîchement retournées, le panier à semence sous le bras.

— Dites-leur qu'on arrive, s'exclamèrent-ils en rigolant.

— Nous, on sait se faire attendre, ajouta l'aîné, le plus aviné.

Gerbeau et François reprirent leur route, soulagés. Les deux hommes avaient envie de retrouver un silence qui convenait à l'appréhension du retour. La mort de Sébastien rôdait. L'absence de sept mois s'était doublée d'une éternité.

Ils arrivèrent entre chien et loup aux environs de La Berthenoux. Avant de parvenir au bourg, il fallait traverser une forêt profonde et peu fréquentée. Gerbeau suivait d'un air soucieux les traces d'une voie romaine qui s'égarait sous les broussailles. Il fallait alors reprendre la main sur de vieux chemins qui rusaient avec les arbres. Comme la nuit arrivait vite, les deux marcheurs mettaient toute leur attention à ne pas dériver.

— « Vieux comme les vieux chemins », murmura Gerbeau pour briser la tension qui s'était emparée d'eux à l'idée d'être surpris par le crépuscule.

François s'appliquait à mettre ses pas dans ceux de son maître. Il tentait de saisir lui aussi ces repères subtils auxquels s'accrochait Gerbeau, dans la perspective de devoir refaire un jour le même trajet.

Soudain Gerbeau ralentit et posa la main sur le bras de François. Le jeune homme tendit l'oreille.

— On nous suit, grinça Gerbeau.

Ils étaient arrivés à un carrefour. A droite, le chemin piquait dans un vallonnement déjà dans l'ombre. A main gauche, un chemin creux se perdait dans l'épaisseur de la forêt. Le sillon creusé entre deux bordures de chênes était juste assez large pour le passage d'une charrette à foin. Gerbeau hésitait. Silencieusement, il montra du bout de sa canne des lumières qui perçaient le feuillage : c'était La Berthenoux.

Gerbeau arrêta François. Son être entier s'était tendu. Il avait saisi sa lourde canne à pleine main et s'était retourné brusquement. François comprit qu'il fallait être sur la défense. Les histoires de migrants détroussés sur le chemin du retour étaient nombreuses. Des filous, qui connaissaient les voies de migration, attaquaient dans les passages les plus déserts. François vit Gerbeau sortir de sa musette un couteau qu'il ne lui avait jamais vu. Le maçon empoigna son arme. Autour d'eux, ils ne percevaient que les craquements de la forêt en mouvance, traversée d'animaux dont les sentes croisent et longent les chemins d'hommes. Mais leur habitude de la solitude et du bois indiquait des présences inhabituelles. Soudain, une silhouette sortit du chemin creux. L'homme, enroulé dans une pèlerine, portait un chapeau de cuir bouilli qui lui cachait la figure. Il avait à la main une baïonnette. François se serra contre Gerbeau qui avait fait un écart en voyant surgir l'inconnu.

Bien que fascinés par la vision de l'homme qui ne bougeait pas, ils entendirent craquer dans leur dos. Un individu armé d'un gourdin approchait par-derrière. François lui fit face, le dos contre Gerbeau. Un troisième brigand surgit par le chemin qui plongeait à gauche. Il était impossible de fuir ; d'ailleurs les gaillards devaient connaître la forêt comme leur poche.

— Lancez vos musettes, cria le premier. Vite ! et on ne vous fera pas de mal.

Gerbeau passa son sac sous le coude et cria :

— Viens donc le chercher, fumier !

François, dont les jambes s'étaient mises à trembler, reprit courage au son de la voix de Gerbeau.

Les trois hommes avançaient lentement. François et Gerbeau tournaient sur place.

— Allons ! Une saison à Paris, ne vaut pas la male mort, reprit le chef, avec un fort accent berrichon.

— Avance, porc ! répondit Gerbeau. Je vais te montrer comment on arrange ceux de ton espèce, en Creuse.

L'autre n'était plus qu'à cinq pas. Sa lame argentée s'était levée et d'un moment à l'autre il pouvait foncer et piquer. François ne quittait pas des yeux les deux autres. Le silence s'était fait dans sa tête. La forêt s'était esquivée et il ne lui parvenait plus que le souffle de sa poitrine. Le temps s'éternisait.

— Allez ! hurla le chef.

Les deux complices fondirent sur François pendant que Gerbeau restait face à la baïonnette. François esquiva le premier coup. Il lâcha de toutes ses forces une volée dans la mâchoire du plus petit. Il y avait mis toute la puissance de ses reins comme s'il maniait la cognée. L'autre vacilla en émettant un craquement. François sut qu'il venait de lui casser la mâchoire. Mais au moment où il retendait son geste, il reçut un violent coup de pied. La secousse l'envoya bouler dans les ronces.

Il se laissa rouler pour éviter une grêlée de coups et parvint à se planquer sous des branches qui lui accordèrent quelques secondes de répit. Sur le chemin, Gerbeau repoussait le brigand avec des moulinets de la lame de son couteau. L'assaillant que François avait frappé s'était relevé et s'élançait pour surprendre Gerbeau.

— Attention derrière ! cria François en même temps qu'il prenait en pleine poitrine un coup de poing.

Son agresseur venait de l'aligner.

Gerbeau avait fait un écart et se trouvait face aux deux bandits. François haletait. Du sang chaud coulait sur ses lèvres. Il perdait pied. Les deux autres se ruèrent sur Gerbeau qui évita le premier et plongea la lame de son couteau dans la poitrine du second. L'homme s'écroula brutalement. Gerbeau, surpris par la réussite de son geste, se recula et, les aplombs bien écartés, les bras à demi pliés, attendait. Le blessé râlait. Ses deux complices marquèrent un moment d'hésitation. Le chef regarda l'autre qui était encore valide, lui fit un signe rapide et ils empoignèrent leur compagnon. Gerbeau, les nerfs exacerbés, les regarda s'enfoncer dans la nuit et disparaître silencieusement. Alors seulement, il songea à François.

Il le retrouva inanimé dans une fondrière. Gerbeau s'agenouilla, le sortit des ronces qui l'accrochaient et souleva sa tête.

— Tu n'as rien, François ? demanda-t-il, rongé d'inquiétude.

François secoua la tête.

— Ne t'inquiète pas, ils sont partis. J'en ai piqué un comme un porc. Il a dû saigner son saoul, rassure-toi...

François reprenait ses esprits. Il avait un terrible mal de tête et un filet de sang coulait de son oreille. Il commençait à récupérer quand il réalisa que son assaillant lui avait volé sa musette.

Ils cherchèrent le sac de toile du gamin, aussi longtemps qu'il était raisonnable. La nuit rendait pénible leur recherche qui demeura vaine. François se souvint d'avoir été délesté de son sac, alors qu'il était en état de semi-conscience. Quand il comprit qu'il n'y avait plus rien à faire, désespéré, il se laissa tomber au milieu du chemin et éclata en sanglots.

— Mon argent ! Il y avait cent quatre-vingts

francs dans la musette. Qu'est-ce que je vais rapporter à la mère ?

Son chagrin faisait pitié à voir. Gerbeau, agenouillé près de lui, l'avait pris dans ses bras mais ne trouvait rien à dire. Le vol était une catastrophe. François avait perdu un an de travail. L'hiver aux Couteilles allait être par sa faute bien désargenté. Gerbeau se sentait responsable de n'avoir pu protéger François pendant la rixe. Il savait que ce genre d'attaque était fréquent. D'habitude, il attendait pour descendre que ceux de Vauve, du Grand Blessac, de Maisonnisses, fussent prêts. Mais cette année, les uns et les autres étaient occupés jusqu'à mi-novembre. C'était la mort de Sébastien et le désir d'être aux Couteilles le jour des morts qui l'avaient poussé à partir sans attendre. Les deux Simonet avaient bien de la chance de vider les canons à Issoudun. Il n'était pas impossible que sans le vouloir, dans leur soûlographie, ils aient trop parlé à l'auberge.

— Qu'est-ce que je vais faire ? hoquetait François en proie à une crise de nerfs.

Il lançait la tête de tous côtés. Gerbeau avait beau le presser contre lui, il n'arrivait pas à endiguer ses pleurs. Comme il ne faisait pas bon rester sur place, les autres pouvant revenir venger celui qui avait été suriné, Gerbeau força François à se relever. Le gamin, titubant, voulut aussitôt repartir au nord.

— Je veux retourner travailler ! J'ai honte, Gerbeau. Je ne peux pas me présenter devant le père. J'ai honte !

Gerbeau l'attrapa, le secoua et cria :

— Filons, François. Vaut mieux perdre sa campagne que la vie. Allez !

Ils partirent en direction des lumières qui scintillaient à l'horizon. Déjà un blaireau avait pris le pied et suivait la piste des brigands, le nez au ras d'un filet de sang.

Le lendemain, les gendarmes de Saint-Chartier arrivèrent au bourg de La Berthenoux pour prendre leur déposition. Inconsolable, François avait laissé parler Gerbeau. Le brigadier, un homme sévère, dont le bicorne descendait bas sur le front, menait l'interrogatoire. Rapidement, il fut établi qu'il s'agissait d'une bande qui sévissait dans la région.

— Il s'agit des frères Crénau, originaires de Mehun-sur-Yèvre. Ils ont du sang sur les mains. On les soupçonne d'avoir commis la même agression l'an dernier en forêt de Tronçay. Un maçon creusois avait été poignardé. L'aîné a été condamné à la déportation il y a trois ans. Mais ses deux frères sont parvenus à le libérer pendant son transfert sur Orléans. Ils connaissent le Boishaut comme leur poche. Et quand ils sont trop pressés de ce côté, ils vont se faire oublier dans la Brenne, au nord du Blanc.

— Et pour l'argent ? s'inquiéta Gerbeau.

Le gendarme eut un mouvement d'impuissance.

— Ça, faut plus compter dessus, mon gars. Quand on les coincera, il y a longtemps que vos cent quatre-vingts francs auront été bus...

Les militaires repartirent sur Saint-Chartier peu avant midi, laissant Gerbeau et François désespérés. Comme ils n'avaient plus rien à faire ici, ils prirent la direction de La Châtre. Gerbeau marchait aux côtés de François qui baissait le nez. Le maçon se disait que son gougeat lui en voulait certainement de s'être lancé ainsi sur les routes, sans être en force. Il n'était pas prévu que les deux ivrognes de Vallières s'arrêteraient, et à quatre il ne serait certainement rien arrivé. Les idées les plus sombres se succédaient dans leurs têtes. Ce qui aurait dû être une fête tournait au drame. Quant à François, il était torturé de remords. Une hypothèque planait sur la ferme. Le spectre honteux de la saisie se profilait. De son côté, Gerbeau ramenait tout le gain de sa campagne. Ses paroles imprudentes au moment du départ, promettant à Joséphine et Alexandre que « François ramènerait une bonne campagne », repassaient cruellement en mémoire.

Ils traversèrent La Châtre comme des somnambules. A la sortie du bourg, ils trouvèrent un groupe de limousins qui remontaient joyeusement sur Jarnage. A leur mine défaite, les autres demandèrent ce qui pouvait les ramener si tristement au pays. Quand Gerbeau eut, la mort dans l'âme, raconté leur mésaventure, les autres hochèrent tristement la tête.

— La même chose est arrivée à des limousins de Banize, l'an dernier. Ils se sont fait empoisonner le vin qu'ils avaient bu dans une auberge. Les autres les ont même dépouillés de leurs vêtements...

Après une marche forcée ils étaient en vue de Genouillac à la tombée de la nuit. Ils avaient traversé les limites de la Creuse sans ce pincement au cœur qu'ils espéraient depuis le départ. Gerbeau hésitait. François récupérait lentement du choc que lui avait fait subir la disparition de son pécule. Un vent glacé fouettait les reins et déjà les lumières des hameaux éparses sur le plateau brillaient alentour. Dormir à l'auberge à quelques heures des Couteilles ne pouvait qu'exaspérer la tension. Ils étaient trop proches pour marquer une halte. Gerbeau décida de souper grassement dans une taverne qu'il connaissait à la sortie de Genouillac. Quand ils eurent repris des forces, il regarda François et lui dit :

— Je te propose de marcher la nuit. Nous arriverons aux Couteilles à l'aube et là, nous expliquerons ce qui est arrivé. Rassure-toi, tes parents seront bien heureux de te retrouver en vie. Personne ne te fera de reproches.

François se félicita du choix de Gerbeau. L'idée de repousser le moment où il devrait avouer à Alexandre qu'il avait perdu son pécule lui était insupportable. Et une nuit de marche, en Creuse, n'avait rien d'effrayant.

— Je crois qu'il vaut mieux se mettre en route, vous avez raison...

Ils traversèrent Guéret vers quatre heures du matin. La ville aux rues serrées, drapée dans l'ombre du Puy de Gaudy qui faisait une nuit dans la nuit, était plongée dans une brume qui s'effilochait autour de la place Bonnyaud. Ils marchèrent d'un bon pas, sans rencontrer âme qui vive et prirent la direction de la vieille route de Sardent qui s'enfonçait dans l'épaisse forêt de Chabrière. Les fûts de la profonde hêtraie faisaient des silhouettes grises. Malgré son chagrin, l'émotion gagnait François.

Ils arrivèrent en vue des Couteilles alors que les premiers rayons de soleil éclairaient les cimes de la Favillade. Avant de déboucher sur les Couteilles, le chemin contournait le Mondoueix par un vallonnement. Ils traversèrent une lande de genévriers et de genêts à l'odeur âcre. Gerbeau avait tendu son bâton vers un genêt sur le talus. Les tiges à la base étaient enroulées comme pour prendre symboliquement un animal au collet.

— Vois les genêts, François. Une fille est en mal de galant aux Couteilles.

Il avait voulu prendre un air taquin pour redonner confiance au garçon. Mais celui-ci ne réagit pas. Ils continuèrent par le chemin creux qui traversait un commun planté de châtaigniers. Ils ralentirent, car ils savaient qu'après le dernier tournant, ils seraient à découvert des Couteilles. En lisière de la forêt, une petite terre bien exposée appartenant à Gerbeau inclinait son dos ridé de frais labours. Les deux hommes s'immobilisèrent derrière un rideau de fougères jaunies par le gel. Une complainte régulière et monocorde les avait alertés. C'était une voix de femme, au rythme calqué sur le pas d'un attelage. Ils s'accroupirent et regardèrent.

Léonie tenait le mancheron de la charrue, la guillade dans la main gauche. De temps en temps, elle interrompait son chant et criait : « Tire bien droit, ma Rouge ! » Devant l'attelage des deux limousines, Marie avançait, l'aiguillon sur l'épaule, se retournant pour jeter un regard à sa mère. La reille crissait sur des racines, dans les profondeurs de la terre noire et luisante qu'elle fouillait.

— Elle va arriver sur un rocher à fleur... murmura Gerbeau.

Léonie venait de coucher brutalement le mancheron sur le côté pour dégager la reille et le versoir dont on entendit le crissement sur la pierre enfouie. Gerbeau, oubliant leur malheur, regarda François avec fierté. L'attelage était arrivé au bout de la parcelle étroite. Les deux femmes s'évertuaient à tourner de manière à ne laisser non labourée qu'une bande de terre la plus étroite possible. Elles manœuvrèrent si bien que la tournière ne dépassa pas deux mètres de large. François restait émerveillé par l'attelage ainsi guidé. Le spectacle relevait de l'intimité des femmes quand elles se livrent à des tâches d'hommes, une fois ceux-ci éloignés.

La silhouette souple de Marie devant les mufles des deux braves bêtes encore en train de ruminer troublait profondément François. L'haleine échappée des naseaux des limousines lui faisait une écharpe autour des reins. La sueur des vaches se mêlait à la chaleur de la terre retournée qui fumait dans les sillons. La voix de Léonie accompagnait la marche lente et le feulement de la charrue égratignait l'aube.

— Regarde comme elle tire droit, je te l'avais dit, hein ?

François approuva. Tapis dans les fougères, retenant leurs respirations, les maçons étaient à l'affût de deux femmes qu'ils trouvaient belles comme les labours. Sur le dos clair de leurs vestes de peine, qui leur valaient d'être traités par les bourgeois d'hirondelles blanches, appuyaient deux immenses chagrins.

Léonie venait de reprendre son souffle. Le filet de sa voix qui calmait les bêtes s'était interrompu.

— C'est la terre notre seule richesse... murmura Gerbeau.

4

L'hiver aux Couteilles

La veille de l'arrivée de Gerbeau et de François aux Couteilles, vers neuf heures du soir, Léonie avait levé les yeux de son fuseau. Elle était à la peine depuis le matin et la lassitude du jour lui tirait les traits. Montrant à Marie les étincelles qui brillaient sur la chandelle, elle avait dit :

— Vois les étincelles, Marie. C'est une visite pour demain.

Marie, qui filait à ses côtés, sourit. Soucieuse, Léonie songeait à la pie qui n'arrêtait pas depuis hier de faire la faraude devant la porte et qui ne pouvait annoncer qu'un malheur.

— Hier, après la soupe, j'ai vu passer les grues, murmura Marie.

Le ton discret de sa remarque dissimulait mal l'émotion qu'elle avait ressentie en observant le vol des oiseaux harassés qui attendaient la nuit pour se poser. Elle avait épié leur cri étrange, litanie rauque comme une imprécation magique, en pensant à son père et à François qui, eux aussi, allaient passer par les Couteilles.

Elle avait pris le chemin qui sortait du village vers la route de Sardent. Mira, sa petite bergère, tournait autour d'elle, flairant les talus d'un air gourmand. Après le commun de châtaigniers, les bas-côtés étaient couverts de genêts qui répandaient une odeur troublante. Marie s'était agenouillée au pied d'un arbuste et avait tressé un collet avec les branches basses. Elle avait éprouvé la souplesse du piège en pensant, de tout son être, à François. En se relevant elle ne sentait pas le froid qui étendait une rosée glacée sur son châle. Braconnière d'un cœur, Marie s'en était retournée aux Couteilles, le pas léger.

— Je pense que le père va nous rentrer avant la Toussaint, murmura Léonie.

Marie n'avait rien dit. Elle hésitait entre la joie des retrouvailles et la douleur de replonger dans le deuil. Depuis la visite des gendarmes, sa mère et elle n'étaient jamais sorties sans la mante noire. Le retour du père allait faire ressurgir les larmes qui avaient déjà tant coulé.

— Demain nous labourerons contre les communs. C'est la première terre que ton père verra en arrivant. Ça lui fera plaisir...

— Et s'ils arrivaient demain ?

La mère eut un sourire que Marie épia comme un cadeau.

— Alors il nous tombera dessus en train de mener la Rouge et Marquise ! Il dira que rien ne va et il prendra le mancheron. Je le connais, ton pauvre père !

Marie savourait le temps qui s'attardait. Elle aimait filer en compagnie de sa mère. Le mouvement du fuseau attirait le regard. Il semblait qu'en occupant les mains, l'esprit se déliait. Quand elle essayait de se souvenir des temps où elle ne plumait pas le chanvre, Marie se heurtait à un vide :

elle avait toujours su manier la quenouille à toute allure entre le pouce et l'index. La mère avait gardé son premier fuseau, minuscule et brillant d'usure.

Bien que la ferme des Gerbeau fût une des mieux exposées des Couteilles, posée en hauteur sur un rocher à fleur et tournée vers le midi, le mur au nord était humide et froid. Dès la fin des moissons Marie avait condamné avec un bouchon de paille les deux petites fenêtres qui donnaient en arrière sur un coudert mal exposé. Certains soirs, depuis les premiers vents de septembre, les deux femmes s'offraient le plaisir d'une bûche qui tenait jusqu'à neuf heures. La sensation d'intimité était délicieuse.

Sur la table fumaient deux bols d'une décoction de tilleul pour apaiser la nuit. Léonie posait son ouvrage et se tournait pour saisir sa tisane. Marie la regardait boire, les yeux en lisière du bol fixés sur les braises. A leurs pieds, sur les grandes dalles du cantou, Mira somnolait, en geignant comme on rêve. Elle lançait les pattes de manière désordonnée et Marie posait la main sur sa tête. La petite bergère se calmait aussitôt.

— Pourtant, quand il est parti tirer au sort, je lui avais bien cousu son morceau de cordon dans la veste. Je l'avais gardé tout exprès depuis le jour de sa naissance... Mon Dieu qu'il m'avait fait souffrir.

Marie avait levé les yeux sur sa mère d'un air attentif et triste. Léonie s'adressait au feu :

— Je lui avais dit : « Va donc embrasser la plus vieille des Couteilles, l'Adeline Tissier ! » Mon père m'avait toujours dit que c'était la meilleure des choses en ce cas. Ça n'a pas suffi. Il est parti conscrit mon petit Sébastien pour mourir je ne sais où.

— Mère... murmura Marie en avançant sa chaise. Mère, nous n'y pouvons rien à présent.

— Si seulement on avait eu de quoi payer le marchand d'hommes. C'est trop injuste.

Elle s'exprimait sans hausser le ton. Le vent soufflait sur la ferme. Mira avait levé la tête vers Marie et s'était recouchée paisiblement. Malgré le courant d'air qui filait sur le seuil, malgré le malheur qui les perçait de part en part, cet instant avait la douceur du monde.

Elles s'étaient couchées vers neuf heures. Comme elles en avaient pris l'habitude depuis la mort de Sébastien, elles avaient laissé une chaise face à la cheminée.

— Demain nous partirons matin pour labourer, avait dit Léonie, l'air décidé. La terre se prête mieux quand on arrive à la pique.

Les draps humides s'enroulèrent autour de leurs jambes. Les yeux grands ouverts sur la nuit, les deux femmes cherchèrent longtemps à être découvertes par le sommeil.

Le lendemain, alors que le jour mordait à peine dans la nuit, elles décidèrent d'atteler la Rouge et Marquise. La ferme des Gerbeau dominait le bâtiment tout en longueur des Mouret, leurs plus proches voisins. Vers le levant, derrière le fournil, Marie apercevait la façade des Ribière. Toutes les fermes du village se serraient le long de la route, à l'exception de la masure qui servait de refuge au fantasque Chopineau, à l'écart du village.

Avant de rentrer à l'étable détacher les deux limousines, Marie resta dehors pour respirer l'air glacé de ce matin d'octobre. A l'horizon un pourpre étal montait des cimes de la Favillade. Jamais elle ne se lassait de ce spectacle de l'aube qui ouvrait le ciel et arrachait à la nuit les êtres et les choses. Cela ressemblait à un miracle. Dans le corps coulait un courage qui faisait légère la peine du jour, pourvu qu'on fût ici, parmi les siens.

En contrebas, les coqs lançaient leurs cris. Dans les étables, au travers des portes mal jointives et des chaumes, montait le bruit des chaînes qu'agitaient les bêtes, la tête prise entre les claies des cornadis qui les séparaient des mangeoires. Sur le chemin du Grand Blessac, Mira aboyait et son jappement se perdait dans le cristal de l'aube. Marie détacha les bêtes. Dès qu'elles avaient entendu les sabots de la jeune fille, la Rouge et Marquise avaient fait tinter leurs chaînes. Marie les avait contournées en les flattant de la voix et en passant la main sur leurs flancs rouges.

— Allons, les paresseuses... Ce matin on va travailler la petite terre près de la châtaigneraie. C'est toi, la Rouge, qui mèneras l'équipage. Et nous ne forcerons pas l'allure, car Marquise est pleine...

Les bêtes étaient sorties paisiblement.

— Alors, la Rouge, tu as bien dormi ? houspillait Marie. Et toi, Marquise, quelle fière tu fais !

Dans la cour, Marie s'approcha des deux limousines. Sans cesser de leur parler, à coups légers d'aiguillon elle les plaça côte à côte. La Rouge étant la plus expérimentée, elle la mit à main droite. La jeune fille s'appliquait. Son père les avait réunies si souvent avec sa mère pour leur expliquer dans le détail chacun des gestes de la pose du joug ! C'était la mort dans l'âme, lorsqu'il quittait les Couteilles pour Paris, qu'il leur laissait le soin de coiffer ses deux limousines. La tâche était d'autant plus délicate que la Rouge avait les cornes fortement ramenées vers le bas, ce qui rendait difficile la fixation des courroies de cuir.

Léonie était rentrée dans l'étable pour y chercher le joug que Gerbeau avait taillé dans un ormeau planté par son grand-père près du ruisseau de Vauve. Le bois lustré était léger mais dur à la fente. Ce joug avait quatorze ans. Le précédent avait cédé un soir de battage et il finissait de pourrir dans la broussaille d'une haie, selon l'usage.

Marie avait disposé sur le front de chacune des bêtes le frounteau, petit coussin de feutre sous lequel elle avait glissé des grains de sel. Puis Léonie, qui avait plus de science que sa fille, avait ligaturé le joug à l'aide de cordelettes de cuir. Les deux femmes serraient moins fort que le père, tout autant par manque de poigne que par nature.

— Vous voilà bien coiffées, mes belles, avait conclu Léonie qui avait mis toute son attention à ne pas laisser les jouilles trop lâches de peur de décorner une des bêtes.

L'attelage avait pris le chemin de la petite terre. Marie marchait devant les bêtes et respirait l'air frais en songeant aux retrouvailles car son père ne pourrait rester loin des Couteilles le jour des morts. Elle voyait le petit cimetière de Maisonnisses où ils iraient tous les trois se recueillir. En raison du deuil, Léonie n'avait jamais évoqué la campagne de Gerbeau. Pourtant l'argent faisait défaut cet automne 1860. Si l'Empire profitait aux bourgeois et aux fonctionnaires, les paysans continuaient à vivre dans la misère. L'ombre des disettes récentes était encore dans les mémoires.

Elles franchirent le petit ruisseau des Vergnes qui coule en direction de Pontarion. Des herbes hautes, frisées de givre, inclinaient leur chevelure dans l'eau glacée. Les sabots des deux vaches, ferrées pour les labours, claquaient sur le rocher du chemin. Au loin, derrière le commun de châtaigniers, se profilait la route de Sardent par laquelle rentreraient les hommes.

Lorsque Gerbeau et François sortirent de la châtaigneraie et avancèrent vers l'attelage, Léonie et Marie comprirent que quelque chose de grave s'était passé. Les deux hommes ne portaient pas leurs habits du dimanche, comme c'était l'usage chez les limousinants rentrant de campagne.

François restait en retrait. Léonie avait arrêté l'attelage au milieu d'un sillon et Marie avait posé la guillade au travers du joug. La jeune fille s'élança vers son père et se lova au cœur de ses bras qu'il refermait maladroitement, gêné par la présence de son gougeat.

— Père, sanglotait-elle. Père...

Quand elle se fut assurée que l'attelage était bien immobilisé, Léonie s'avança vers son mari, en essuyant ses mains sur son tablier noir. Gerbeau fixait la coiffe noire qu'elle portait.

— Vous êtes rentré pour le jour des morts..., remarqua Léonie d'une voix glacée.

— Il le fallait, répondit Gerbeau.

Ils restèrent ainsi, à cinq pas l'un de l'autre. Les mots ne revenaient que lentement et pourtant cela ne gênait pas. Toute la solitude passée rendait les êtres lisibles au-delà des paroles.

— Nous avons été attaqués dans une forêt de l'Indre, lâcha finalement Gerbeau.

Marie se détacha de son père et regarda François. Léonie ne broncha pas.

— J'ai réussi à en blesser un, mais les autres ont pris toute la campagne de François.

Le jeune garçon, qui était resté en retrait, baissa la tête. La honte le gagnait. Dans la région on penserait qu'il était un lâche. Ses yeux croisèrent ceux de Marie dans lesquels il trouva une immense tendresse. Ils demeuraient là, piqués au milieu de la terre, quand Fleurette arriva en aboyant joyeusement. François s'agenouilla et caressa le pelage rêche de la petite chienne. L'animal ne parvenait pas à retrouver son calme tant il était excité par le retour du garçon. Ne pouvant plus mettre un pied devant l'autre, François se résigna à le porter.

Malgré l'angoisse d'affronter les reproches d'Alexandre, François ne se rassasiait pas de revoir les Couteilles en pareille beauté. Le petit matin enroulait le village d'une écharpe de brume dont une extrémité léchait les contreforts de la ferme de Gerbeau, coulait le long de la façade des Mouret, se glissait entre la grange des Tissier et celle des Vallade pour s'évanouir sur le petit pont des Vergnes. Le soleil allumait les murs de pierre. Les chaumes grisés par la rosée arrondissaient leurs échines souples. L'odeur de paille trempée et, plus aigre, le relent des étables dérivaient sans être désagréables. La Favillade projetait un angle d'ombre morte au loin sur la maison de Chopineau, la seule dont la cheminée ne fumait pas.

François entrevit une femme qui revenait du puits des Vergne. « C'est la Julie », songea-t-il en se rappelant qu'elle était grosse.

Gerbeau accompagna François chez lui. Ils avaient laissé les deux femmes qui avaient dételé les vaches et planté la charrue au milieu du sillon. Alexandre était debout devant l'âtre et se réchauffait les mains. La mère lavait les écuelles de soupe dans la souillarde. Au fond de la pièce, Louis taillait un sifflet dans un bâton de sureau.

— Mon François, comme tu as changé ! avait dit Joséphine.

François avait posé Fleurette et s'était laissé étreindre.

— Finis d'entrer, Gerbeau, avait dit Alexandre, surpris de les voir en habits de peine. « C'est sûrement à cause du deuil qu'il n'a pas mis le costume du dimanche. Et François n'a pas voulu se démarquer. Joséphine m'a dit que le petit veut faire ses fréquentations avec Marie. Il ne faudrait pas qu'il ait l'air de demandeur », avait-il songé.

— Je ne vais pas rester, Alexandre, avait bougonné Gerbeau.

Les deux hommes étaient l'un en face de l'autre. Joséphine avait relâché son étreinte et Louis avait posé son couteau pour saluer François.

— Je t'avais dit que le petit ramènerait une bonne campagne, débuta Gerbeau sur un ton lugubre.

Alexandre attendait la suite.

— Il a bien travaillé et a toujours fait honneur à la famille et aux Couteilles. Il n'a pas connu un jour de chômage et il a servi Lefaure, que tu connais pour un homme exigeant. Il avait...

Gerbeau s'était tourné vers François et lui avait demandé brusquement :

— Combien tu avais ?

— Cent quatre-vingts francs, marmonna le gamin.

— Cent quatre-vingts francs pour une première campagne, tu vois Alexandre qu'il n'avait pas démérité. Seulement, dans la forêt de La Berthenoux, nous avons été attaqués. J'en ai saigné un, mais les autres se sont enfuis avec la musette de François. Ils ont tout pris.

Les visages d'Alexandre et de Joséphine pâlirent.

— Et toi, Gerbeau, ils t'ont dévalisé ? demanda Alexandre.

— Moi, j'ai plus d'expérience. Je suis plus fort et j'avais mon couteau...

— Ils étaient combien ? reprit Alexandre.

— Trois.

— Et vous, vous étiez combien ?

— Deux. Nous deux.

Alexandre devint livide.

— Vous vous êtes engagés à deux ! On se déplace toujours avec ceux de Vauve, du Grand Blessac et de Maisonnisses. En force !

La colère grondait dans la voix d'Alexandre. Gerbeau se taisait.

— Tu devais veiller sur lui et pas l'entraîner dans des coupe-gorge. Tu as failli, Gerbeau. Tu nous fais tort ! Si j'avais accompagné quelqu'un tien, j'aurais attendu les autres.

Joséphine avança pour calmer Alexandre. François baissait le nez, horrifié par la tournure que prenaient les événements. Alexandre était hors de lui.

— Nous te confions le gamin pour sa première campagne et bien heureux encore qu'il ne se fasse pas saigner par ces porcs de Berrichons !

Gerbeau était devenu blême. C'était un homme calme mais ses colères pouvaient être terribles. Alexandre s'était avancé vers lui :

— Ça se saura, Gerbeau, que tu risques la campagne de ton gougeat pour arriver selon tes commodités. Tu nous as fait le plus grand des torts.

Gerbeau avait tourné les talons sans ajouter un mot. Tout le monde se taisait dans la salle commune. La mère avait les yeux rouges.

En cette veille de Toussaint, la belle journée qui s'annonçait au petit matin avait viré à un temps gris. Le village, cerné de brumes accrochées aux forêts de la Favillade et des Grandes Besses, se préparait à fêter dans la discrétion le souvenir de ses morts. La triste aventure de Gerbeau et de François courait dans toutes les fermes.

— Gerbeau a eu tort de traverser les forêts de La Berthenoux seul avec François, avait tranché le vieux Léobon. Mais on ne peut pas lui reprocher de vouloir être rentré pour le jour des morts.

Les conversations portaient sur l'éclat d'Alexandre. Marthe, après la dispute, était venue consoler Marie. En cachette des parents, les deux jeunes filles s'étaient retrouvées au fond du paturadour. La présence des cinq limousines et des huit brebis réchauffait l'étable. L'odeur des raves rentrées la semaine passée tranchait dans le parfum du foin. Assise sur un billot, Marie pleurait.

— Ton père et Alexandre se raccommoderont, tu verras, essayait de la convaincre Marthe.

Marie secouait la tête.

— Tu sais que nous sommes restés brouillés avec les Mouret près de dix ans... poursuivit Marthe. Eh bien, ce printemps, la Lucie est venue porter à la mère un pied de monarde. Elle avait su que la chèvre avait brouté le nôtre et que la mère ne pouvait plus faire la liqueur. Depuis, on se parle.

— Quand il est rentré de chez François, le père était dans une colère ! Jamais je ne l'avais vu comme ça, objecta Marie. Il m'a dit : « Je t'interdis d'adresser la parole aux Ribière. »

— Et ta mère ?

— Elle a essayé de protester. Elle a dit : « Il ne faut pas te mettre dans cet état. On le sait bien qu'Alexandre a le sang vif. Ce n'est pas pour autant un mauvais homme ! » Mais le père l'a rembarrée durement. Nous avons bien du malheur, hoquetait la jeune fille.

— Tout s'arrangera, reprenait Marthe. L'année prochaine François ramènera une bonne campagne et tout s'oubliera.

Les vaches, la tête passée dans le cornadi, regardaient les gamines. Elles avaient cessé de ruminer le foin dans leurs mangeoires et tapaient leurs cornes contre les poutres couvertes de toiles d'araignées.

— Et François ? demanda Marthe sur un ton plus badin. Il a changé ?

Marie passa son mouchoir sur ses yeux.

— Oui, murmura-t-elle en reniflant.

— Il a forci ?

Marie hocha la tête.

— Et tes cheveux ? Il a paru déçu que tu les aies fait couper ?

— Je ne sais pas. Il ne regardait pas.

— Et le père ?

— Le père a dit que quand il était jeune, les femmes en deuil se coupaient les cheveux. C'est tout ce qu'il a dit.

Lorsqu'elles se quittèrent, l'après-midi était bien avancé. Gerbeau, sous le coup de la colère, était resté à la maison et n'avait pas fait le tour de la propriété comme à chaque retour de limousinage. Cette année, la campagne avait été assez bonne pour finir de payer ce qu'ils devaient au notaire de Pontarion, Me Fromentin. Il restait assez pour régler l'impôt et acheter la terre attenante à celle des Combes, dont il rêvait depuis toujours. C'était une belle terre grasse, bien disposée au midi et qui longeait le ruisseau de Vauve. D'une étendue de trente-cinq ares, elle avait toujours été travaillée avec savoir par les Gaumet, une famille dans la détresse depuis la mort du père sur un chantier de Pantin. Gerbeau savait que les Gaumet ne s'étaient résolus à vendre leur belle « terrade » qu'en dernière limite. On disait que l'aîné était parti se vendre à un marchand d'hommes de Limoges mais que tout l'argent reçu pour faire le service militaire d'un autre avait été englouti par les dettes. Dans trois semaines, quand les temps seraient plus convenables, Gerbeau projetait de se présenter chez eux pour en offrir cent soixante francs. C'était pour Sébastien qu'il allait acheter ce labour. Le jeune homme le verrait d'où qu'il soit. Jamais de son vivant l'homme qui rentrerait gendre chez lui n'y enfoncerait le soc d'une charrue.

Le soir, les Gerbeau ne s'attardèrent pas devant la cheminée. La mère disposa la chaise devant l'âtre et tous allèrent se coucher. Les yeux ouverts dans l'obscurité, Marie pensait à François. Le bruit que faisaient ses parents, tout proches de sa paillasse, en se retournant, ne dura pas et bientôt la maison se livra à la nuit.

Le lendemain, Alexandre n'avait toujours pas décoléré.

— Je ne te reproche rien, François, ne cessait-il de répéter. Au contraire. Tu avais bien travaillé. Sans l'imprudence de Gerbeau, nous n'en serions pas là.

François avait dû raconter en détail dans quelles circonstances ils étaient arrivés en vue de La Berthenoux. Quand son père avait réalisé qu'ils avaient laissé les deux soiffards de Simonet sur leurs talons, à parler à tort et à travers, il avait lancé :

— Jamais je ne lui pardonnerai cette imprudence !

L'inactivité favorisait l'emportement. Le jour des morts, il n'était pas décent de fouiller la terre, au risque de faire le travail d'un fossoyeur et d'amener le malheur sur soi. Les charrues étaient restées à la ferme. Dans les terres personne ne s'avisait de donner un coup de bêche ou de pioche.

La mère avait renoncé à envoyer Louis à Pontarion chercher ces petits pains des morts que le boulanger cuisait spécialement. L'argent faisait défaut chez les Ribière qui se demandaient comment ils passeraient l'hiver.

Au milieu de l'après-midi, alors qu'Alexandre et les siens s'en revenaient du cimetière de Maisonnisses, prenant garde de ne pas rencontrer les Gerbeau, ils avaient croisé l'attelage des Duclou. Les pauvres gens, métayers au Grand Chiroux, changeaient de domaine. Debout sur l'avant du tombereau, la mère tenait un panier d'osier dans lequel elle avait enfermé son chat, dont elle n'avait pas voulu se séparer bien qu'il fît partie du cheptel vif du domaine qu'elle quittait. Les Ribière saluèrent les Duclou dont les quelques outils bringuebalaient dans la remorque parmi des ustensiles de cuisine et un lit. Une tristesse poignante se lisait sur leurs traits. Alexandre, Joséphine et les siens virent là le signe d'un grand malheur qui en annonçait d'autres. Alexandre rentra fort contrarié à la ferme.

En ce jour particulier, au lieu de déjeuner plus grassement que d'ordinaire et de se retirer sans desservir en abandonnant les restes aux âmes en peine, les Ribière avalèrent rapidement quelques galetous de blé noir et une bréjaude de choux graissée d'un morceau de couenne. Au cours du triste repas, Alexandre s'était enflammé.

— On nous a porté le mauvais œil ! déclara-t-il.

François et Louis s'étaient regardés. Joséphine, dans l'ombre de la souillarde, s'était signée.

— François, tu n'aurais pas croisé le Nolau, avant ton départ pour limousiner ?

François avait la tête en feu. A la honte d'avoir perdu sa campagne s'ajoutait la crainte d'être envoûté. Aux Couteilles et dans tout le canton, on craignait le Nolau. Il habitait une masure entre le Grand Blessac et Villevegoux, devant laquelle personne ne s'attardait. Il était impossible de connaître son âge et la barbe noire qu'il portait, en même temps que ses yeux chassieux qui vous regardaient toujours par côté, effrayait les plus courageux. Des histoires abominables circulaient sur son compte. On disait qu'il avait vendu son âme au démon, un soir de la Saint-Jean, suivant un rituel classique : Léobon, qui était caché dans un taillis, l'avait vu rentrer à reculons dans un champ pour y cueillir la mandragore. Depuis, le Nolau s'était comporté comme un fidèle de Satan. Les rares fois où il se rendait à la messe, il se signait de la main gauche et à rebours. Quand les uns rentraient précipitamment sous la pluie, lui sortait tête nue.

— Nous sommes sous l'effet d'un sorcelage, avait fini par décréter Alexandre.

L'idée que leur malheur pût avoir quelque explication « logique » enlevait un poids à François. Avait-il seulement une chance de ramener sa campagne, si Nolau lui avait tiré un sort ? Peut-être même que Gerbeau et les siens étaient ensorcellés. Son pouvoir était extraordinaire. Il suffisait qu'il s'approche de vous au moment de semer pour qu'aussitôt tous les corbeaux du voisinage pillent votre champ. On disait qu'il était entré chez les Tissier alors que la vieille Adeline travaillait le beurre. Elle avait eu beau faire, jamais elle n'était parvenue à fabriquer sa motte. Les Talabeau de Condrot l'avaient invité aux noces de leur fille par crainte de le désobliger. Un garçon d'honneur avait surpris le Nolau qui enjambait la fenêtre de la chambre des jeunes mariés. Le lendemain, la mariée était en pleurs ; on avait retrouvé sous le lit nuptial une cordelette avec cinq nœuds. Le Nolau avait noué l'aiguillette autant de fois que le gendre avait tenté en vain de consommer l'union.

— Comment faire ? avait demandé Joséphine.

Alexandre s'était apaisé. Maintenant que les raisons du mal étaient trouvées, il allait être possible de le combattre. Mais il fallait quand même s'assurer qu'il s'agissait bien de mauvue.

— Tu m'as dit à la Saint-Jean que tu l'avais croisé en allant au pacage des Grandes Ribières ? interrogea Alexandre, en s'adressant à Joséphine. Tu avais ce qu'il fallait sur toi ?

Joséphine opina.

— J'avais un bas à l'envers. Il ne pouvait rien. Mais maintenant que tu me le dis, je me souviens, il a ricané...

— Il a ricané ! s'exclama Alexandre.

D'un coup, l'atmosphère était devenue lourde. Dehors, des nuages gris dérivaient à l'horizon. Les Couteilles étaient frappées d'immobilité. Les bêtes, restées aux étables, demeuraient silencieuses.

— Demain, nous irons voir Lou Jassou. Il saura briser le sort.

Depuis qu'Alexandre avait persuadé les siens que le Nolau était responsable de tous leurs malheurs, les Ribière avaient repris un peu de sérénité. Le soir, alors qu'il était au lit, François ne pouvait s'empêcher de songer à Paris et à Constant qui était si libre. François savait que Constant, dans les mêmes circonstances, ne se serait pas laissé subtiliser son sac et que son assaillant aurait mordu la poussière. Le garçon lui avait assez conseillé de prendre des cours de chausson et de canne. « Quand tu sauras te battre, tu seras vraiment un homme ! » lui avait-il lancé en guise de boutade, un soir où ils avaient assisté à une bagarre à la sortie d'un cabaret. Tous les maléfices du Nolau se seraient brisés sur ses poings et ses pieds.

Alexandre décida d'attendre une semaine encore avant de consulter Lou Jassou. Il n'aurait pas été convenable de se présenter si près du jour des morts au casseur de magie. Le 7 novembre, Alexandre et François prirent la direction de la Genête, un hameau de trois feux. A une lieue du hameau vivait Lou Jassou, sur une terre minuscule héritée de sa mère et qui donnait sur les eaux de l'étang de la Genête. Sa petite maison, qui ne possédait pas de conduit de cheminée, voyait la fumée d'un feu posé à même une pierre plate sortir directement par les interstices du toit de chaume. Lou Jassou avait pratiqué dans sa jeunesse le métier de chaudronnier-étameur. L'automne, il s'en allait de village en village, rapiéçant les casseroles, remoulant les cuillères qu'il fallait refondre. Lou Jassou tenait son métier d'un de ses parents auvergnats qui l'exerçait bien avant lui dans la région de Thiers. Il se disait qu'il n'avait pas son égal pour raccommoder les faïences, rapiécer les toupis et les écuelles de grès. Depuis une dizaine d'années, il ne partait plus visiter la clientèle et vivait chichement en reclus sur sa petite propriété.

Quand Alexandre et François arrivèrent aux abords de la masure isolée, ils ralentirent. Il s'agissait de montrer dans quelles bonnes dispositions ils se trouvaient afin de ne pas contrarier le mage. Ils poussèrent le clédou qui barrait le chemin de l'entrée. A main droite s'élevait une motte, tumulus sur l'étendue plate de mauvaises herbes qui filait jusqu'à l'étang. Lou Jassou sciait une branche coincée sur une chèvre, le dos tourné à ses visiteurs. Ils avancèrent timidement. Ils étaient à contre-vent et la brise soufflait une odeur de vase. Lou Jassou continuait à scier. Ils étaient à dix pas, quand le vieux dit, sans se retourner :

— Alors, Alexandre Ribière, pourquoi donc viens-tu me rendre visite avec ton fils ?

Les deux hommes frissonnèrent. Lou Jassou posa sa scie et se tourna vers eux. Les yeux bleus du vieil homme en guenilles tiraient ardemment dans le regard. Son sourire réconforta les deux gaillards. « C'est le contraire du Nolau », pensa François. « Tant l'autre est noir, tant celui-ci est blanc. » Lou Jassou portait de longs cheveux et une barbe argentée qui éclairait son teint clair.

— Nous sommes venus te rendre visite, répondit Alexandre, empêtré.

— Je vois, je vois, remarqua l'autre en souriant. Finissez d'entrer, ajouta-t-il en indiquant le seuil de sa maison.

— On dirait que le vent tourne à l'est, remarqua Alexandre.

— Les grues sont passées avant-hier. Elles se sont posées là ! observa Lou Jassou en montrant le tumulus. Autour de la motte. Comme elles font chaque année...

Il cligna de l'œil.

Les autres opinèrent, l'air sombre. Ils entrèrent dans l'unique pièce de la maison. Un désordre indescriptible y régnait en même temps qu'une fumée opaque et enivrante. Sur une table où étaient creusés dans le plateau quatre évidements qui faisaient office d'assiettes, picoraient trois poules dont une noire. Un grand coffre de mariée occupait une partie du pignon à l'opposé d'une maie. Le sol de terre battue était saigné en son milieu par une rigole qui traversait sous la table, passait sous le lit à quenouilles et filait vers l'étang. Lou Jassou était très satisfait de cette commodité qui lui permettait de se débarrasser de ses eaux usées en même temps que de ses ordures. Comme Alexandre et François hésitaient sur le seuil, le vieil homme, fort content de recevoir de la visite, entra le premier. D'un revers de bras, il chassa les poules qui s'éparpillèrent dans la pièce et décala le banc en disant :

— Asseyez-vous donc. Vous n'êtes pas venus des Couteilles pour vous arrêter sans prendre un canon !

Pendant qu'ils s'asseyaient, Lou Jassou fouillait dans le coffre. Il en sortit une bouteille d'eau-de-vie de pomme. Ils sirotèrent la gnôle silencieusememt. Lou Jassou attendait que les autres se découvrent. Mais Alexandre, intimidé, ne se livrait pas. Le vieux demanda :

— La campagne du petit a été bonne ?

Les deux Ribière se regardèrent.

— Justement, c'est pour ça qu'on est venus te voir, reprit Alexandre.

Et il débita tout ce qu'il avait sur le cœur, pendant que Lou Jassou remplissait les verres et l'écoutait les yeux mi-clos.

A la fin de l'histoire, Lou Jassou hocha gravement la tête. Parler au vieux magicien calmait Alexandre. Il n'était plus seul à porter le mal. Un homme avisé comme Lou Jassou allait lever le sort.

— Est-ce que le petit porte sur lui quelques grains de sel ? Est-ce que la Joséphine, quand elle a croisé l'autre, avait du sel dans la poche ? Non ?

Lou Jassou réfléchissait. Il regardait ses hôtes et les dénudait jusqu'à l'os.

— J'espère que lorsque le gamin va garder les vaches, il emporte toujours la baguette de bouleau, s'inquiéta Lou Jassou.

— Oh ! pour ça, il n'y a pas de risque qu'il l'oublie, fanfaronna Alexandre.

Les poules caquetaient entre les jambes des hommes. L'eau vive qui traversait la pièce faisait un roulement qui obligeait à hausser la voix. De temps en temps, le vieux crachait dans la rigole qui passait entre ses jambes.

— Vois-tu, Alexandre, ce que je vais te demander est très important. Réfléchis bien avant de répondre et si tu as peur de te tromper, dis-le-moi.

Alexandre acquiesça, les lèvres serrées.

— Avez-vous mangé quelque chose qui ne soit pas sûr. Quelque chose qui aurait pu être placé là pour vous desservir, tu comprends ? Une nourriture que l'autre aurait préparée ?

Alexandre, les nerfs à vif, cherchait de toutes ses forces. Il ne voyait pas. Il allait répondre par la négative quand François, d'une voix glacée, murmura :

— La veille du départ, Louis a trouvé un bel œuf dans la petite haie qui longe le coudert. Un gros. Il l'a rapporté à la mère qui me l'a fait cuire tout exprès parce que je partais le lendemain...

Lou Jassou tapa dans ses mains. Il murmura des paroles indistinctes et se leva.

— Ton fils a été envoûté par l'œuf, conclut-il. L'œuf avait été préparé.

— C'est l'autre ? demanda Alexandre d'une voix blanche.

Lou Jassou ne répondit pas tout de suite.

— C'est le François qui va le voir...

Le vieux alla chercher un seau au fond de son gourbi. Il le pencha sur la rigole et le remplit à moitié.

— Approche-toi, François.

Il avait placé le seau sur la table.

— Avec ton père, nous allons sortir et te laisser seul. Quand nous serons dehors, tu te pencheras sur le seau et tu regarderas le reflet à la surface. Tu enfigureras celui qui t'a jeté le sort.

Les deux hommes quittèrent la masure dont Lou Jassou prit soin de refermer la porte. Ils marchèrent jusqu'à la chèvre sur laquelle la branche de châtaignier était restée coincée. Alexandre ne pouvait parler. L'angoisse montait. Il lui semblait que François était enfermé dans la maison depuis une éternité. Soudain, la porte s'ouvrit et François, livide, apparut.

— Je l'ai vu, finit par dire le gamin.

Alexandre avait les jambes qui flottaient. Sur l'étang, des canards sauvages piaillaient leur cri grinçant. Ainsi, le malheur revêtait un visage. Lou Jassou ne s'était pas trompé.

— Ne prononce pas son nom, gronda Lou Jassou. Réponds seulement par « oui » ou par « non ». Est-ce bien celui auquel vous pensiez ?

François hocha la tête.

Ils quittèrent Lou Jassou vers onze heures. Le vieux leur avait dit :

— Je ne peux pas détruire le mal car l'autre est de première force. Seulement je peux quand même te guérir. Il faut que demain vous reveniez avec quelque chose de vivant.

Le lendemain, ils étaient de retour sur les bords de l'étang de la Genête. Lou Jassou sciait toujours ses bûches. Alexandre lui avait tendu une poule. Le devin s'en était saisi et avait murmuré des paroles incantatoires, mâchonnées entre les dents. Enfin, il avait fait le signe de la croix sur le dos de l'animal. Après avoir remis au vieil homme une miche de pain et une bauge de châtaignes, ils étaient repartis aux Couteilles, soulagés. Dès l'après-midi, la poule qu'ils avaient ramenée commençait à perdre quelques plumes. Le lendemain, elle ne marchait que difficilement, se heurtant aux cailloux et tombant sur le côté en agitant les pattes. Le surlendemain, quand Joséphine ouvrit le poulailler, la poule était au fond, le corps raidi et déjà froid de male mort.

Ceux des Couteilles prenaient leurs dispositions d'hiver. A la Sainte-Catherine, le 25 novembre, toutes les raves étaient engrangées et la récolte des châtaignes bien avancée. La fin des emblavures d'hiver marquait le temps des travaux à l'abri des intempéries. Le 15 novembre, les limousinants étaient rentrés au village, en pleine nuit comme ils aimaient à le faire bruyamment et joyeusement. Rendus à Sardent en fin d'après-midi, à moins d'une heure des Couteilles, ils avaient passé le temps à l'auberge du père Mazéron qui, curieux des nouvelles de Paris, aimait servir à boire aux maçons. Ils étaient sortis en titubant quand le vieux les avait flanqués à la porte. Il y avait Léopold Maisonneuve, le promis de Marthe Vallade,

Arnaud Riboulet, le mari de Julie et qu'on appelait Francœur sur les chantiers, Marcel Vallade, le frère de Marthe que les autres avaient dû repêcher au milieu du ruisseau de Vauve.

Ils avaient tous troqué leur habit de peine à la sortie des bois de Chabrière, une fois Guéret passé, pour arriver au pays dans les meilleures dispositions. Aussi, quand ils s'étaient présentés aux Couteilles, on avait admiré leurs longues vestes noires, leurs chapeaux de feutre et les pantalons étroits qui tombaient sur des brodequins impeccables. Les fripes achetées aux puces avaient eu l'effet espéré. Personne ne voulait regarder au-delà des apparences de cette vie si étrangère.

Au cœur du village chamboulé de cris et d'aboiements au milieu de la nuit, les portes s'étaient ouvertes sur des chandelles tenues par des femmes enfarinées de sommeil. Des exclamations tonitruantes répondaient à des plaisanteries éculées et des émerveillements d'enfants. Les Couteilles vibraient de la joie de ceux qui n'ont d'autre projet que de survivre. Et puis les portes s'étaient refermées. Les couches s'étaient emplies du bruissement timide des corps oubliés se retrouvant enfin.

Le lendemain matin, les cheminées fumaient toutes à sept heures et transperçaient le ciel étoilé d'une belle nuit glacée. Une des premières préoccupations de Marcel Vallade avait été d'apporter à Léobon les journaux de Paris qu'il lui avait promis. Le vieux aimait à lire les nouvelles passées de plusieurs mois, les articles sur la religion et les feuilletons. Les billets du *Siècle* ou ceux d'About dans *Le Moniteur*, polémiquant violemment contre le pape ou dénonçant les miracles de Lourdes qui dataient de février 1858, l'enchantaient.

Seule la ferme des Ribière ne s'était pas ouverte au retour des limousinants, cette nuit. La gaieté qui reprenait vigueur dans tout le pays semblait ne pas devoir toucher François et les siens. Depuis l'accident d'Alexandre, il y avait six ans, une hypothèque avait été prise auprès de Me Fromentin. Cette remise de peine avait permis de tenir jusqu'à la première campagne de François. Et le notaire, qui était plus patient que ces usuriers dont on disait : « Ils sont comme les porcs, ils font du bien quand ils sont morts », avait accepté d'attendre le retour du garçon pour recouvrer sa dette.

Alexandre vivait dans la hantise d'être saisi. A la honte, il fallait ajouter la crainte d'être jeté sur les routes à mendier, comme ces couples de malheureux qui traversaient parfois les Couteilles poursuivis par les gosses.

— Moi qui ai travaillé toute ma chienne de vie ! disait-il.

Au premier jour de décembre, quand le mois maléfique fut passé, Alexandre prit une décision cruelle :

— Demain, nous irons visiter le cousin Quérau. Nous lui demanderons de nous sortir de ce mauvais pas.

La mère n'avait rien dit. Quérau était en famille de son côté. C'était l'oncle de son père. Bien que relativement éloigné par la parenté, il n'en avait pas moins marqué des signes d'intérêt pour sa petite nièce. Il lui avait offert le jour de ses noces une série de magnifiques casseroles en cuivre, incongrue dans un intérieur aussi pauvre, mais qui faisait la fierté de Joséphine. Quérau était très riche. Maquignon de son état, il couvrait les foires de Bourganeuf jusqu'à Vallières, et traitait en gros. On disait qu'il avait un accordeur dans chaque foire et que sa dureté en affaires n'avait d'égale que son habileté.

Alexandre s'était tourné vers François :

— Tu m'accompagneras.

Ils prirent la route de Pontarion par un matin glacé. Ils marchèrent en silence jusqu'aux abords du bourg. Les grilles du château des Bruges étaient fermées et les deux hommes lancèrent un coup d'œil vers la façade.

— Encore bien beau qu'ils achètent des œufs et du beurre, ceux-là ! bougonna Alexandre sans aménité pour les Duvaucel.

Lorsqu'ils arrivèrent près de la gendarmerie, ils bifurquèrent dans la rue du Chêne-Vert, si proche du Taurion que certains printemps, à la fonte, les maisons les plus avancées sont inondées.

— C'est ici, marmonna Alexandre qui hésitait à frapper à la porte...

— Salut, Alexandre !

Alexandre salua timidement.

— Dis le bonjour au cousin Quérau, fit-il à François.

Ils s'installèrent dans la salle à manger. Bien que très aisé, Quérau vivait chichement, et on ne lui connaissait ni femme ni servante. Il alla chercher trois verres dans une armoire de chêne et ils commencèrent à parler du temps, de la mauvaise tournure que prenait la récolte de pommes de terre et du prix des bêtes.

— Alors, il est revenu ton député d'hiver ? siffla Quérau en regardant François.

Le jeune homme baissa la figure. Le gros homme dans sa blouse noire l'impressionnait.

Plus encore, il éprouvait une répulsion pour le maquignon qui connaissait toutes les ficelles pour berner le rustaud que l'accordeur finissait toujours par avoir. François se souvenait de ces foires d'où Alexandre rentrait les larmes aux yeux parce qu'il avait dû céder une bête à moitié de sa valeur. Après avoir parcouru parfois vingt kilomètres, être parti la veille et avoir couché dans le talus, il était nécessaire de reposer l'animal, de le faire boire pour arrondir ses flancs et de l'étriller. Alors, quand la foire était sur le finissant, il ne faisait pas bon ramener la bête à la maison. C'est là que les affaires les plus catastrophiques se concluaient. Il suffisait qu'un maquignon assez influent sur le foirail ait fait geler toutes les offres d'achat d'une bête qu'il convoitait. Le paysan devait y passer ou revenir sans le sou, ayant perdu une nuit et un jour, et fatigué sa bête pour rien.

Alexandre ne pipa mot. François vit son père frémir sous la raillerie. La même haine qui avait visité son cœur quand les gendarmes l'avaient contrôlé aux limites de la Creuse lui était remontée à la gorge. Les paroles de révolte de Julien Coudert, qu'il croyait oubliées, lui revinrent en mémoire. Dans le canton, tous savaient que Quérau était du parti des blancs et qu'il était reçu régulièrement par le hobereau Dupin qui faisait régner la peur et la misère sur ses métairies.

— Vois-tu, Alexandre, ce n'est pas à toi qu'il faudrait dire cela. Mais ce qu'ils ramènent de Paris en argent, nos gars le perdent en manières. La ville en fait des marianneux.

Le maquignon guettait les réactions d'Alexandre. François avait détourné les yeux.

— Ça, je ne saurais dire, répliqua mollement le père.

— Tu connais mes opinions, Alexandre. Reconnais que jamais autant d'argent n'a circulé que depuis que le prince est empereur. Tout le monde le dit ! D'ailleurs, vous autres les paysans, vous n'avez jamais été aussi bien !

Il s'emportait et avait frappé de son gros poing sur la table.

— C'est que je vous connais ! On ne me la fait pas à moi. Tiens, prenons un exemple...

Il n'était pas question d'interrompre le gros homme et pourtant les deux Ribière étaient au supplice. Quérau se resservit un verre de vin.

— Prenons l'exemple d'un journalier : combien t'y aurais donné il y a dix ans à un journalier ? Hein ?

Alexandre avait la gorge nouée. Il fit un signe d'impuissance.

— Ah ! C'est vrai. Tu n'emploies pas de journalier, mon pauvre Alexandre. A propos, comment va la Joséphine ? Tu sais que j'ai toujours eu un petit faible pour ma nièce. Pourquoi n'est-elle pas venue avec toi ? Tu lui diras qu'un jour j'attellerai la carriole et j'irai la voir... Oui, eh bien, un journalier valait un franc vingt-cinq il y a dix ans. Pas plus et encore il fallait qu'il n'ait pas les deux pieds dans le même sabot !

Il avala d'un trait son verre.

— Et maintenant ? Oui, naturellement tu ne le sais pas. Mon ami Dupin n'en trouve pas à moins de deux francs et qui lui font tous les embarras du monde !

Quérau laissa retomber la conversation. Un gros chat traversa la pièce et vint se rouler sur un coussin posé au pied d'un fauteuil. Le maquignon regardait l'animal d'un air attendri. François, qui venait de boire son verre de vin blanc, avait la tête qui lui tournait. La grande pendule aux flancs droits, percée d'un disque par lequel on discernait le va-et-vient du balancier, égrenait un temps cruel. Quérau attendait.

— Nous avons besoin d'emprunter deux cents francs, cousin. Je connais ton caractère obligeant et j'ai pensé que tu pourrais nous sortir de ce mauvais pas...

Alexandre s'était jeté dans sa demande en s'efforçant de ne pas baisser les yeux. Sa voix s'était faite grave. François souffrait de la honte de son père.

Quérau ne bronchait pas. Il continuait à regarder son chat.

— Tu sais que nous sommes sans tache, cousin. Personne n'est sans savoir l'hypothèque souscrite auprès de Me Fromentin. Mais François limousine. Louis partira l'an prochain et la mère et moi nous ne manquons pas de courage. Nous pouvons remonter. Les temps sont durs, mais avec la santé... Ce ne sera pas la première fois que la châtaigne remplacera le pain.

Quérau regardait toujours Alexandre d'un air narquois, sans piper mot.

— A ce que je vois les bienfaits de l'Empire ne t'ont pas atteint, mon pauvre Alexandre. Ah ! je l'avais bien dit à ton beau-père. C'était un Quérau, lui, il avait les pieds sur terre. C'est vrai qu'il n'avait pas eu le meilleur de la propriété de mon défunt père car il était le dernier. Mais je l'avais prévenu. Joséphine valait mieux que cela !

— Le François a été dévalisé de toute sa campagne dans la forêt de La Berthenoux. Tu demanderas si tu ne me crois pas...

— Oh ! pardi je n'ai pas besoin de demander. Ça se sait. On dit même que tu t'es brouillé avec les Gerbeau. Tu as toujours été trop vif, mon pauvre Alexandre. Allez, reprends de ce petit vin que je fais venir d'Anjou. Je parie que tu n'en bois pas tous les jours du comme celui-là.

Il remplit les verres. Quérau, que l'entrevue commençait à ennuyer, eut un geste théâtral.

— J'ai bien deux cents francs. Mais j'ai des affaires en cours. Demain c'est la foire à Saint-Hilaire. Enfin...

Alexandre ne disait plus rien.

— Je peux te prêter cette somme sur huit mois. Mais il faut que ce soit le François qui signe le billet. Tu comprends, lui, il travaille, il va sur ses seize. Je peux avoir confiance.

Quérau sortit les pièces et les compta méticuleusement sur la table.

Quand Alexandre et François furent sortis de Pontarion, le chagrin emporta Alexandre.

— Devoir emprunter à cette ganache qui n'a jamais travaillé, moi qui ai trimé toute ma vie, sans jamais dilapider l'argent au cabaret. Préférer ta signature à la mienne ! Ah ! François...

François, la gorge nouée, prit la main de son père et la serra comme celle d'un enfant après un chagrin trop gros.

Alexandre, se ressaisissant, murmura :

— Surtout, ne parle de rien à ta mère...

François acquiesça. Il voyait la silhouette de Constant courant sur des barricades hautes comme des maisons. Il essayait de le suivre, malgré les balles de plomb qui sifflaient à leurs oreilles. Ils riaient en agitant le drapeau rouge. Invulnérables, ils étaient portés par la haine. Quérau, en face, commandait la mitraille. Son gros ventre pris sous sa blouse noire faisait une cible parfaite. Constant épaulait un fusil volé sur le cadavre d'un garde national et tirait. Le maquignon s'écroulait en lâchant un ruisseau du sang des pauvres et des bêtes qu'il avait saignés.

Lorsqu'ils arrivèrent aux Couteilles, Joséphine attendait à l'entrée du village, ramassant des châtaignes en lisière du commun. Elle avait levé vers eux des yeux inquiets en même temps qu'Alexandre prenait un air dégagé et souriait en tapant discrètement sur la poche de sa blouse bleue.

Une première neige poudreuse recouvrit les Couteilles au matin du 3 décembre. La nuit, le silence de la campagne avait averti de la chute. François avait ouvert les yeux et s'était levé. Par la fenêtre de façade il avait vu les flocons moucheter le sol en tournoyant. Bien qu'il ne fût resté que quelques minutes sur la pointe des pieds, à observer l'enfouissement du village sous la glace, il avait les pieds gelés lorsqu'il s'était remis au lit. Le contact avait réveillé Louis et les deux garçons étaient restés longtemps avant de pouvoir se rendormir.

— Tu as revu Marie ? demanda Louis.

— Non, murmura François.

— Moi, si !

François eut envie de questionner son frère,

mais marquer une trop grande attention eût été se dévoiler. Louis finit par dire :

— Hier soir, elle gardait les brebis sur la sagne qui est contre nos Peux.

— Et alors ? se risqua François.

— Alors, je suis allé lui parler. La mère m'avait demandé de ramasser un panier de châtaignes.

— Tu lui as causé, soupira François.

— Bien sûr ! On a même parlé de toi...

— De moi ?

Les deux jeunes gens marquèrent une pause. Très loin un chien hurlait à la mort. La hantise des loups qui suivaient l'avancée des froids rompit l'évocation de Marie.

— Il paraît que Gerbeau ne veut plus entendre parler de toi comme gougeat pour la prochaine campagne. La mère Léonie aurait bien essayé de lui faire comprendre que ce n'était pas ta faute, que le père était connu pour être vif et qu'il devait déjà regretter : rien à faire ! Il aurait dit : « Il peut crever place de Grève, je ne le prendrai pas ! »

— Et qu'est-ce qu'elle en pense, Marie ?

— Marie, elle n'est pas d'accord. Elle m'a dit qu'elle n'avait pas de galant, mais j'ai compris qu'elle ne voulait pas d'autre galant que toi.

— Tu la connais bien, Marie ?

Louis haussa la voix.

— Oui ! C'est une gentille fille. Tu as vu ses cheveux ?

— Elle les a vendus, c'est ça ?

— Moi, je trouve qu'elle est encore plus belle ! L'autre jour chez Léobon, je regardais les images dans les journaux qu'a ramenés Marcel Vallade. J'ai vu des dessins de femmes de Paris coiffées comme Marie !

— C'est vrai qu'elle n'a pas de galant ? s'inquiéta François.

Louis tarda à répondre.

— Oui. Mais moi je sais que le fils Leprat du Grand Blessac avait parlé d'elle à la première veillée, chez les Tissier.

— Qu'est-ce qu'il fait l'André Leprat ? Il ne travaille pas à Bourganeuf ? interrompit sèchement François.

— Si ! A la fabrique de porcelaine.

Un hurlement parvint de la forêt des Grandes Besses.

— Surtout qu'on cause beaucoup mariage aux Couteilles...

François se tourna vers Louis.

— Rassure-toi, grand frère. C'est sur le compte de Marthe Vallade. Elle se serait engagée avec le Léopold Maisonneuve du Grand Chiroux. Les accordailles sont pour bientôt. Peut-être que le mariage aura lieu juste avant que Léopold ne reparte limousiner.

— Il est brave Léopold, remarqua François. J'ai travaillé avec lui au bois de Vincennes. En plus, il a tiré un bon numéro, il ne partira pas soldat.

Revenant à ses soucis, François demanda :

— Pourquoi tu me parles de mariage ? Marie n'est pas engagée, elle !

Louis marqua un temps.

— Tu connais le Fernand Parinaud ? C'est un bon ami de l'André Leprat. Il travaille avec lui à la fabrique. Il sait tourner les histoires. Le Fernand, tu le connais ! Un vrai mangounier. On l'aurait vu parler à la Léonie. C'est pas bon pour toi, ça. Et puis il ferait courir le bruit que l'André aurait ramassé le fuseau de Marie à la veillée chez les Vergne.

— C'est vrai ça ?

— Penses-tu ! Marie n'y était pas. Elle marque encore le deuil.

— Salaud de Fernand. Si je le coince, il verra bien.

— Ce qui est ennuyeux, c'est que Gerbeau, rien que pour embêter le père, pourrait lui faire bonne figure, au porcelainier. La Lucie Mouret disait l'autre jour, mais ils sont un peu en famille, qu'il gagnait deux francs par jour et qu'il n'avait pas besoin de partir à Paris pour cela.

— Tu sais d'autres choses ?

— Le deuil de Sébastien court toujours.

— Tant qu'il en sera ainsi, je ne risque pas grand-chose, objecta François...

— Oui, mais Gerbeau a décidé que le grand deuil prendrait fin ce mois. Et encore il aura duré un an et demi ! Quand les gendarmes sont venus, le Sébastien était mort depuis juin de l'an passé.

— Marie retournera aux veillées ?

— Oui.

— Elle te l'a dit ? C'est sûr ?

— Oui, elle me l'a dit ! souffla Louis que le sommeil gagnait.

Louis s'interrompit. D'une voix brouillée, il murmura :

— Tu sais, François, ce que j'aimerais ? Ce que j'aimerais, c'est apprendre à lire et à écrire.

Mais François, tout à la joie de retrouver Marie au cours des veillées, ne prêta pas attention à son frère.

Au réveil, les Couteilles disparaissaient sous un amoncellement de neige. Il avait gelé dans la maison. François s'était levé le premier pour aller tirer de l'eau au puits. En remontant le seau, la chaîne grinçait dans le silence qui aplatissait le monde. Au-dessus des bois des Grandes Besses, des corbeaux tournoyaient. Les cheminées des maisons des Couteilles fumaient toutes. Sur la neige, des suintements jaunes coulaient du tas de fumier, contre la porte d'entrée. François rentra en tapant des sabots pour faire tomber ses semelles de glace.

Le feu crépitait et une flamme jaune éclairait la pénombre de la salle commune. François porta le seau dans la souillarde et descendit de la claie suspendue aux poutres du plafond une grosse miche de pain noir. Il allait y tailler une belle tranche quand des coups tambourinèrent à la porte. Plus prompt qu'Alexandre qui enfilait son pantalon, François se porta en avant.

— Qu'est-ce qu'il y a ? cria-t-il au travers des planches.

— Mon petit, il est perdu ! La fièvre l'emporte. Alexandre, faut aller quérir le docteur Villevet ! Il n'y a que lui, le saint homme, qui peut venir !

En reconnaissant la voix de Louise Pelaud, de Laugère, François ouvrit aussitôt. La pauvre femme semblait folle. Depuis que son mari l'avait abandonnée avec ses deux petits, elle n'avait même plus de quoi se vêtir chaudement. Ses sabots fendus étaient pleins de neige.

— Entrez, Louise, cria Joséphine. Qu'est-ce qui arrive ?

— C'est le petit ! Il délire de fièvre. Toute la nuit. Il a déjà les membres raidis. Il n'y a que le docteur Villevet qui peut le sauver !

La malheureuse éclata en sanglots. Les Ribière la considéraient avec pitié. Alexandre avait bien connu le mari, Léonard Pelaud, du temps où il limousinait avec les pays. Ils avaient servi sur le même chantier, quai de Conti, par un printemps pluvieux où la Seine charriait des eaux lourdes. Et puis, Léonard avait glissé vers la mauvaise pente. Au début, il avait bu pour se donner des forces quand l'épuisement le saisissait. Ensuite, il avait pris goût. Il rôdait toujours sur les chantiers des anciens maçons comme lui, trop avinés pour être embauchés place de Grève et qui cherchaient dix sous pour les boire. La première fois qu'Alexandre avait vu Léonard en conversation avec une pierreuse de la rue Mouffetard, il s'en souvenait comme d'hier. Il avait eu de la peine, car il connaissait Louise qui était une brave femme et dont le petit dernier venait juste de naître. L'autre, entre deux vins, l'avait toisé avec un air bravache, de l'air de dire : « Elle est loin la Louise et comment elle le saurait ? » Alors Alexandre, qui avait pourtant de l'autorité reconnue, avait filé son chemin. Au fil des semaines Léonard Pelaud n'était venu sur les chantiers que de manière épisodique. Un jour, Alexandre avait appris qu'il s'était mis en ménage avec une petite Normande qui tapinait à ses heures près du quai aux Fleurs. On ne l'avait jamais revu. Une fois, Alexandre avait cru reconnaître la silhouette du Creusois qui rentrait dans un café près de la Cité. Mais quand il était passé devant la vitre du bistrot, il n'avait trouvé que des inconnus attablés.

La maison des Pelaud était à l'écart du hameau de Laugère. On disait que Louise était de Laugère, mais elle avait aussi vite fait de monter aux Couteilles. En Creuse, les hameaux sont si proches les uns des autres qu'il suffit de grimper sur une colline pour en découvrir dix, tapis dans des vallons ou en bordure de forêts épaisses, dispersés assez pour ne pas s'incommoder mais proches suffisamment pour se fréquenter. En montant sur la butte boisée du Mondoueix, le soir de la Saint-Jean, le spectacle était extraordinaire. Vingt feux brasillaient dans la nuit de fête : les Couteilles, Le Condrot, Villevegoux, le Grand Blessac, le Grand Chiroux, les Borderies, Laugère, Vauve, le Masbolle, la Vergne et encore autant plus loin, que seuls les anciens savaient nommer.

— Ça fait longtemps que ça l'a pris? s'inquiéta Joséphine.

— Oui, hoqueta la pauvresse.

Alexandre détourna les yeux. Il se souvenait encore du joli sourire de Louise, le jour de son mariage avec Léonard. Il la revoyait dansant le soir de noces, au son d'un violonneux de Sardent. Il en voulait à la misère de pousser ces cherche-pains sur les routes après que leur maison fut rachetée par l'usurier. L'hiver dernier, Germain Vergne avait trouvé au pied d'un buis le corps gelé du vieux Faury, mendiant qui faisait sa tournée aux Couteilles depuis vingt ans. Il y avait toujours une place dans la grange pour ce traîne-bissac et chaque fois qu'il y avait noce, on le voyait mystérieusement rappliquer. « J'aime mieux un verre de vin qu'un coup de pied au c... », aimait-il rappeler. Aussi, quand il avait fallu le porter au cimetière de Maisonnisses, quatre ou cinq femmes du village avaient suivi sa caisse car il n'avait jamais fait de mal à personne. Alexandre regardait la pauvre Louise et se demandait combien de temps encore elle tiendrait avec ses deux enfants, sans devoir mendier sur les chemins.

— Fais-moi chauffer les sabots, Joséphine. Je vais y aller.

Alexandre enfilait sa lourde veste d'hiver en grosse toile noire. Joséphine avait hésité mais, devant la détermination de son mari, avait cueilli des tisons qu'elle avait passés dans les sabots. Dehors la tempête de neige redoublait. Depuis que Louise Pelaud avait franchi le seuil, la neige voltigeait plus dru qu'au lever.

— Laissez, père. Je connais bien le chemin. Je vais aller à Sardent, proposa François d'une voix ferme. La Louise peut avoir besoin de vous pour le retour.

Alexandre n'avait pas insisté. Depuis les pluies de septembre, les rhumatismes ne lui laissaient aucun repos. Il avait les plus grandes difficultés à remonter le seau du puits, tant la rouille avait dévoré son épaule gauche. Il avait regardé Joséphine d'un air interrogateur, puis avait hoché la tête.

François s'était couvert chaudement. Il avait enfilé deux gilets l'un sur l'autre, sous une veste épaisse que sa mère avait faite avec la laine de ses brebis. Lorsqu'il avait ouvert la porte, une volée de flocons avait étoilé ses épaules, se posant sur ses joues pour fondre comme des larmes.

Rapidement, il était sorti des Couteilles et le commun de châtaigniers lui avait apporté le répit d'un couvert. Comme il avait marché d'une traite, il s'était arrêté pour reprendre son souffle. Sous la neige, les Couteilles étaient frappées d'ensorcellement. On n'entendait même pas le râle des animaux qui s'ennuient à l'étable ou des chiens qui jappent avec insistance dès que la neige brouille les traces. En repartant vers Sardent, il aperçut les silhouettes de Joséphine et d'Alexandre qui raccompagnaient Louise chez elle.

François gagna péniblement la route Sardent-Pontarion. La chaussée disparaissait sous la neige. Il avait levé le nez vers les nuages sans pouvoir distinguer le soleil. A l'oreille, il retrouva le chant du ruisseau de Vauve qui froissait la glace sous les congères. Il marchait d'un pas profond, s'enferrant dans la neige comme les malheureux chevaux qui tirent les charrois de pierre dans les boues des chantiers de bord de Seine.

Il mit plus d'une heure et demie pour arriver en vue de Sardent. Le gros bourg, rassemblé autour de son église au clocher étroit, dormait d'un sommeil maléfique. La rue principale était déserte. Des broderies de givre pendaient aux fenêtres. Seule, la vitre de la boulangerie ruisselait de la chaleur du four. François était exténué. La neige montait à mi-cuisse et il ne sentait plus ses pieds dans ses galoches.

L'épouse du docteur Villevet, une femme d'une cinquantaine d'années au chignon blond tressé haut derrière la nuque, lui avait servi à la cuisine une soupe brûlante. Pendant ce temps, le domestique était allé à l'écurie seller le cheval et le docteur, enroulé dans une pèlerine qu'il avait jetée sur une veste d'affût, le chapeau enfoncé jusqu'aux oreilles et retenu par une écharpe de laine, avait pris sa mallette et s'était mis en route sans un mot de protestation.

Ils avaient traversé Sardent comme des fantômes, François tenant le cheval par la bride et le docteur dodelinant sa grosse silhouette striée par les flocons. Dès les dernières maisons, François avait remarqué que la trace de ses pas était effacée, et qu'il lui faudrait toute son attention pour retrouver le chemin des Couteilles. Il chercha un vol de corbeaux qu'il avait vus tournoyer en direction de l'ouest. Mais les oiseaux avaient disparu.

Il prit par la forêt dans laquelle s'enfonçait la route de Pontarion. Les hêtres clairs tiraient leurs fûts zébrés par l'écume du ciel. Le cheval, la tête à hauteur du visage de François, se laissait guider en soufflant une haleine de givre. La glace avait pris dans les poils qui entouraient ses naseaux et les flocons sur son chanfrein fondaient en une marque argentée. A tout instant le jeune homme cherchait des repères. Il vit un tronc éventré qui donnait naissance à deux rejets formant une fourche. Il essaya de se convaincre qu'il était passé par là et continua, accroché aux brides du cheval.

Le docteur Villevet ne desserrait pas les dents. L'homme avait l'habitude de ces sorties quand l'hiver foudroie le pays et que seuls les paysans aguerris se risquent à travers la campagne. Le vieil homme ne redoutait guère de se perdre. S'il avait dû mourir gelé dans quelque chemin creux, cela se serait produit depuis longtemps. Et puis, François lui inspirait confiance.

Au sortir de la faculté de Clermont, il avait effectué ici son premier remplacement. Il ne se doutait pas alors que trente ans plus tard, il continuerait à sortir par tous les temps pour guérir des malheureux qui n'avaient recours à ses services qu'aux dernières extrémités. Et encore, lui fallait-il compter sur la concurrence des rebouteux, guérisseurs, jauvents, mages, meneurs de loups et autres devins. Mais finalement, le docteur Villevet en faisait son affaire. Avec l'âge, il les considérait avec amusement comme des sortes de confrères, peu intéressés, et qui au fond en savaient parfois bien plus que certains de ses éminents collègues de la faculté. A plusieurs reprises, il avait admiré l'habileté de rebouteux au tour de main fort enviable. Et puis seul le résultat comptait ! Au fond, l'idée du docteur Villevet était qu'il ne servait à rien de prendre les paysans de front à propos de leurs croyances. S'ils continuaient à faire sucer leurs doigts par une grenouille quand ils étaient atteints d'un panaris ou à servir à dîner un rat d'eau aux gosses énurésiques, quel mal y avait-il ? A tout prendre, cela leur apportait au moins quelque consolation. Que de fois, appelé en toute urgence pour une hémorragie, avait-il constaté que son patient n'avait dû le salut qu'à un emplâtre de toiles d'araignées appliqué sur la plaie ? Non, sur les petits maux, le docteur voulait bien passer. D'ailleurs, il n'avait guère le choix.

Avant de s'installer définitivement ici, il avait exercé trois ans au service de médecine coloniale d'Afrique noire occidentale. Là-bas, à quelques détails près, il avait éprouvé le même sentiment d'impuissance devant les pratiques indigènes. « Toutes les pharmacopées doivent se ressembler quelque part lorsque la Lumière de la Raison et de la Science n'a pas éclairé suffisamment les esprits », songeait le vieux philosophe bien trempé d'humanisme.

Quand il se retournait sur son passé, le docteur Villevet était conscient d'avoir connu deux événements décisifs qui s'étaient traduits par un bonheur intense. Le reste n'avait été qu'une mise en cohérence entre ces deux éclairs. Le premier s'était produit quand la jeune et jolie Mathilde de Lalande, fille unique et aimée du vieux docteur Victorien de Lalande, avait répondu « oui » à sa demande en mariage. Chaque minute de ce jour-là restait parfaitement en mémoire du vieil homme. Il avait décidé de le mettre hors de portée du temps comme on place dans une argentière les menus objets dérisoires si chargés de sentiments et qu'on ne veut pas voir se voiler de poussière. Le vieux docteur de Lalande, qui tout au long de sa carrière n'avait guère fait plus de mal à ses malades que ses concurrents magiciens, avait fini par laisser à son gendre l'amour de sa fille ainsi que sa clientèle, fort disséminée mais magnifiquement malheureuse. Le docteur Villevet avait vu là un appel de son destin et s'était engagé corps et biens dans l'affection pour sa femme que trente années plus tard il chérissait comme au premier jour et dans le soulagement de cette infinité de misères qui s'ouvrait devant lui. Le pressentiment du jeune docteur avait été le bon : l'amour de son épouse comme le dénuement des populations qu'il s'était donné pour mission de soigner étaient tous deux de nature inépuisable.

Le second événement qui avait illuminé la vie de cet homme juste avait eu lieu le 4 mars 1848. C'était en effet ce jour-là que les esprits les plus éclairés de la nation, au sein d'un gouvernement provisoire, avaient proclamé l'abolition de l'esclavage. Le docteur Villevet en avait été remué profondément. Pour avoir observé les méfaits du marchandage des hommes sur les rives africaines, il avait la conviction qu'aucun trafic n'était plus insupportable. Le soir où il avait appris la nouvelle, il avait interrompu tôt ses consultations et avait dégusté une fine en tête à tête avec Mathilde. La victoire de Victor Schoelcher, grand libéral philanthrope auquel Edmond Villevet portait une admiration sans bornes, brillait dans le verre qu'il tendit à son épouse. Les beaux yeux noirs de Mathilde exerçaient la fascination des côtes d'une Afrique enfin libérée.

Lorsqu'il retrouva la trace blanchâtre du petit étang de la Genête, François reprit courage. Le plan d'eau était couvert de glace. Il distingua la motte sur la terre de Lou Jassou. A l'extrémité de son pré, ils l'aperçurent qui fauchait les roseaux prisonniers de l'eau gelée et dont les tiges ne fuyaient pas le tranchant de son fauchou.

— Bonjour, confrère ! lança aimablement le docteur Villevet en portant la main à son chapeau.

Lou Jassou se retourna. Quand il reconnut la silhouette du docteur, il retira son bonnet et articula cérémonieusement :

— Bonjour, docteur Villevet.

Ils parvinrent aux maisons de la Genête. La dernière fois qu'il était passé par là, François était avec son père, une poule sous le bras. Il pensa au docteur Villevet, le vrai médecin, et eut un moment de honte. Ils traversèrent le village désert. Dans les étables, les bêtes étaient silencieuses. Seule la fumée qui sortait des trois chaumes laissait imaginer une vie groupée autour de l'âtre et qui attendait dans la langueur d'un jour frappé d'immobilité.

François connaissait bien le chemin entre la Genête et les Couteilles. Bien que ses traces en fussent effacées, il retrouva le sentier qui filait sur Tressagne en s'appuyant à l'est sur les bois de la Pierre Plate. La lisière qui flanquait le sentier leur apporta un moment de répit. Des corbeaux survolaient le hameau de la Royère, lâchant leur cri rauque dans le ciel. Le cheval du docteur Villevet avançait, de la neige jusqu'aux sous-ventrières. Parfois, il faisait un écart, quand ses sabots craquaient la surface gelée d'une fondrière recouverte de neige. François le rattrapait par la bride, le calmait d'un bruit de la bouche et jetait un coup d'œil sur le docteur afin de s'assurer qu'il ne penchait pas trop de sa selle. Mais le vieux praticien était excellent cavalier.

Lorsqu'ils vinrent buter contre les flancs du bois des Vergnes qui abrite le village du Mondoueix, François sut qu'ils étaient rendus. Il repéra le liseré imperceptible d'un muret qui délimitait une terre des Mouret et suivit la trace du bourrelet de neige qui s'était accumulé tout au long. Il connaissait par cœur l'espace qui séparait des Couteilles. Que de fois, accompagné de Louis, il avait gardé les vaches dans le petit pacage qui dévalait vers le ruisseau des Vergnes dont il était impossible aujourd'hui de retrouver les limites.

Ils dépassèrent les Couteilles et descendirent sur Laugère. Les traces de pas de Louise, raccompagnée par la mère et Alexandre, étaient effacées. François leva le bras en direction de la masure. Le docteur Villevet fit un signe. Quelques minutes plus tard, le docteur descendait de cheval et poussait la porte mal jointive.

Il ne prit pas le temps d'ôter son manteau. Au fond de la salle commune, dans le lit de sa mère, gisait le corps brûlant du gamin. Le docteur se pencha sur le malade en retirant son chapeau de feutre qui gouttait, se recula et posa ses gants.

— Mon cheval ?

— Il est à l'étable chez des voisins de Laugère, avec les bêtes, répondit Alexandre. Le fils l'étrille et lui donne du foin.

— Pas trop de foin et de l'eau tiède, suggéra le médecin.

Depuis que son mari l'avait abandonnée, Alexandre n'était jamais rentré chez Louise Pelaud. La salle commune était misérable. Des courants d'air passaient par le chaume et les carreaux brisés d'une fenêtre mal condamnée. Des poules allaient et venaient sur le sol de terre battue jonché de détritus. La fille Pelaud, une gamine de quinze ans, enroulée dans des hardes, restait en retrait dans l'ombre d'une armoire bancale. Louise était debout au chevet du gamin et sanglotait. Le docteur Villevet avait d'un coup d'œil rapide jugé de l'état de maigreur de la malheureuse, qui retenait mal des quintes de toux de ses mains aux poignets gonflés. Femme de peine, elle revendait à la foire de Pontarion des hottes de feuilles, de gui, d'herbes de la Saint-Jean. Aux temps des moissons ou des travaux les plus durs, elle se louait à la journée. Le meilleur se produisait quand les Duvaucel séjournaient au château des Bruges. Elle prêtait la main à Angèle leur cuisinière, avec qui elle était en famille. Au soir des réceptions, elle rentrait à Laugère, seule et de nuit, quelques reliefs abandonnés dans les poches.

— Quel âge ? demanda-t-il.

— Il va sur ses dix, marmonna Louise.

La maigreur du gamin en disait long. Depuis une semaine la fièvre le laissait dériver vers l'inconscience. Il avait les yeux clos et sur le visage un voile livide. Le docteur souleva le gros drap de chanvre et s'assit sur le bord du lit. Brusquement, en montrant la gorge du gamin, il s'exclama :

— Et ça ? Qu'est-ce que c'est encore ?

Louise s'approcha.

— C'est la mâchoire de la taupe. C'est Léobon qui me l'a tuée. On a toujours accroché une mâchoire de taupe pour protéger des fièvres...

Le vieux médecin reposa le pendentif en maugréant.

— Comment l'avez-vous soigné avant de me faire chercher ? demanda-t-il.

— Au début, j'y ai pas trop prêté attention. Comme il avait toujours la fièvre, je l'ai porté à celui du Masbolle qui lui a fait prendre chaque matin une limace crue. Ça a fait de l'effet, pour sûr. Et puis il est retombé. J'ai craint les convulsions, docteur, parce que mon frère était parti de ce mal. Je l'ai conduit à la fontaine des Renardières. Depuis, ça ne va pas mieux. Pourtant j'y ai pas changé sa chemise depuis qu'il est tombé en maladie...

La pauvre femme éclata en sanglots. François, qui s'en revenait de l'étable où il avait dessellé le cheval, rentra dans la chaumière. La tempête s'était calmée. Un silence feutré, déchiré de temps à autre par la plainte d'un chien, retranchait le village du monde.

— Des grosses fièvres, il en a souvent. Et puis ça repart, c'est cela ?

Louise opina.

Le médecin jeta un coup d'œil vers la souillarde. Malgré le froid, une odeur rance montait de la pierre creuse. Il leva la tête. Au-dessus du lit, une poule était perchée à l'aplomb du malade.

Il se releva, le visage découragé plus que las. Il fouilla dans sa mallette et en sortit une fiole.

— Il faut me faire confiance. Je suis médecin, vous comprenez ?

Il chercha, parmi les visages qui entouraient Louise, quelqu'un à qui faire les recommandations. Marthe Vallade était descendue des Couteilles pour assister la malheureuse. Alexandre et Joséphine se tenaient en retrait, près de la cheminée. S'adressant à la mère de François, il poursuivit :

— Il ne faut plus courir les mages. Dites-le-lui. Sinon, le petit va être emporté.

La mère baissa la tête.

— Tout d'abord, il faut faire sortir les bêtes qui croupissent l'air dans cette pièce. Il faut faire du feu, changer le gamin qui est souillé.

Louise sanglotait en grommelant :

— C'est les employés des impôts qui ont empoisonné les eaux et mon petit va mourir !

Le docteur Villevet se retourna vers elle.

— Non, Louise. Ce ne sont pas les employés des impôts qui ont empoisonné l'eau ! C'est du paludisme que souffre votre petit. Le paludisme, vous comprenez ?

Se désintéressant de la malheureuse, il reprit ses conseils auprès de la mère de François qui écouta avec attention.

Au moment de partir, alors qu'il attendait son cheval, le docteur Villevet s'approcha de Louise.

— Je vous paierai aux beaux jours, docteur. Je dois me louer chez les Duphot. Vous pourrez attendre ?

Le vieil homme eut un mouvement de la tête. Il avait remis son chapeau, sa cape, et on distinguait à peine son visage enfoui dans le cache-nez tricoté par sa femme.

— Il n'en est pas question. Tenez, prenez ça.

Et il tendit cinq francs.

Comme elle se jetait à ses pieds en larmoyant, il la releva et murmura :

— Ce n'est pas pour vous, Louise, que je fais l'aumône. C'est pour moi. Pour être en paix avec l'idéal qui gouverne ma raison et ma conscience.

Il murmura ces paroles si faiblement que personne ne comprit ce qu'il venait de dire.

Il fut convenu que François le raccompagnerait jusqu'en vue de Villevegoux, où il devait visiter la famille Lavaud dont le dernier-né souffrait du mal des éblouis.

Lorsque François reprit les rênes du cheval, le ciel diffusait une lumière blanche qui forçait à cligner des yeux. Il avait avalé une soupe chaude que Joséphine lui avait servie au moment où il repassait aux Couteilles. Le docteur Villevet s'était contenté d'un bol de lait que Louis était allé traire et qui fumait dans la pièce froide. Lorsque l'équipage était arrivé devant la ferme des Gerbeau, François avait regardé en direction de la fenêtre. Mais son espoir d'apercevoir Marie n'avait pas été récompensé.

La fin de la matinée s'annonçait ensoleillée. Seul le bruit de la neige qui cédait sous les pas troublait le silence. Le cheval bien étrillé et auquel François avait donné une ration de foin avait repris le chemin d'un pas sûr. Il soufflait une buée blanche par les naseaux qui se mêlait à l'haleine de François.

Le garçon prit la direction de Villevegoux. A moins de deux kilomètres des Couteilles, un calvaire marquait le croisement des chemins que, malgré la hauteur de neige, on avait peu de chances de manquer.

— Comment t'appelles-tu ? demanda le docteur Villevet, juché sur sa selle.

— François, François Ribière, docteur.

— Tu es le fils de Joséphine, c'est bien cela ?

François se retourna et leva la tête vers le médecin.

— Tu sais que j'ai sauvé ta mère de la variole, remarqua gaiement le docteur Villevet. J'étais plus jeune que tu ne me vois, à cette époque. Mais la variole et le paludisme faisaient des ravages. Les gens n'avaient recours au médecin qu'au dernier moment et je te prie de croire qu'il était plus souvent trop tard qu'à son heure. Quand je vois ce qui se passe aujourd'hui, je me demande si les choses ont tellement changé...

Villevet s'interrompit :

— Tu vas limousiner à Paris, n'est-ce pas ?

Alors tu vois combien nous sommes en retard au pays pour l'hygiène. Sais-tu que j'ai mis trente ans pour commencer à faire comprendre aux commères que les poux dans les cheveux n'avaient pas de valeur prophylactique ? Pauvre victoire, hein !

Le vieil homme avait repris des forces. Un pâle soleil perçait les nuages. Les branches craquaient sous le poids de la neige et cédaient avec fracas. Ils étaient en lisière de la Favillade. Le sentier que suivait François n'était semé d'aucune trace. Les animaux s'étaient terrés et reprenaient des forces.

— Connais-tu Julien Coudert, François ?

François sursauta. Comment le docteur Villevet, que tous dans le pays appelaient le docteur des pauvres, pouvait-il savoir qu'il avait été présenté à Coudert ?

— Oui, docteur, bredouilla François.

— Je me suis laissé dire, François, que tu étais un jeune homme de bonne volonté. As-tu remarqué comme les gens du pays sont attachés à l'Empire ? Pourvu qu'ils aient leur pitance, il semble qu'ils en oublient les idéaux républicains.

— C'est que le travail marche pas trop mal en ce moment, répondit prudemment François. Alors ils n'en demandent guère plus...

— Et toi, François, est-ce que tu en demandes plus ?

Le jeune homme avait la tête en feu. Constant lui avait répété qu'il fallait toujours être sur ses gardes. « La fête impériale, c'est d'abord des mouchards qui vont tous les jours au rapport », lui avait-il dit un jour aux abords du Louvre.

— Moi, docteur, je suis pour la République,

répondit François en regardant le médecin dans les yeux.

— Je savais ! Je le savais... jubilait le médecin. Il sauta de cheval et prit le jeune homme dans ses bras.

— Quel bonheur de rencontrer un homme qui partage les mêmes idéaux ! Sais-tu que nous sommes de plus en plus nombreux dans le pays ? J'ai espoir que la République triomphera.

Le vieil homme pressait François sur sa poitrine. La voûte des grands arbres striés d'une lumière ocrée les protégeait comme un temple.

— Je te ferai découvrir la libre pensée, proclama le médecin. Tiens, prends déjà cet exemplaire.

D'une des basques accrochées à sa selle, il sortit un journal.

— *Le Libre Penseur du Centre*, c'est notre journal. Lis-le et à l'occasion tu me diras ce que tu en penses !

François prit le journal et le plia dans une poche sans avouer qu'il ne savait pas lire. Le médecin marchait à son côté.

— Un républicain doit être probe, fier de son état d'homme libre, respecté dans la cité, et de bonnes mœurs. Il n'a qu'à suivre son cœur pour ne pas se tromper. Tu me comprends ? Il doit donner l'exemple du travail.

François n'osa pas l'interrompre.

— La justification de toute chose publique, c'est la morale laïque. Elle précise à chacun l'idéal de justice et de vérité. C'est de cela qu'il faut arriver à faire prendre conscience les couches prolétariennes de notre population...

Le médecin peinait et ses bottes de cavalier

s'enfonçaient dans la neige. Il soufflait, appuyé sur l'épaule de François.

— Pourquoi penses-tu qu'à mon âge je cours encore les chemins sous la pluie et la neige ?

Comme François restait muet...

— C'est parce que je crois en l'homme. Un homme nouveau qui se libérera de ses chaînes !

— Vous devriez remonter en selle, docteur. La marche est trop pénible.

Villevet s'exécuta tout en continuant à parler :

— Nous avons besoin de gens comme toi, François. Aimerais-tu rencontrer d'autres hommes de bonne volonté, qui ne pensent qu'au bien de l'humanité débarrassée du fatalisme de la religion ? Aimerais-tu ?

— Oui, docteur.

Ils étaient parvenus en vue de Villevegoux. Du village abîmé dans la neige ne surnageaient que quelques toitures de chaume d'où s'échappait de la fumée bleue. François arrêta le cheval qui soufflait en sentant les écuries. Les traces d'un renard traversaient le sentier et disparaissaient en lisière d'un bois. Les plumes d'une mésange morte de froid et dévorée par quelque petit carnassier faisaient une marque jaune et bleu sur la neige.

François tendit la main au médecin. Celui-ci la serra chaleureusement.

— Je suis content que le hasard t'ait confié ma route, François Ribière. Sache que Julien Coudert est un grand homme. Aux élections présidentielles du 10 décembre 48, la candidature de Julien avait été envisagée. Il est le maillon dont a besoin la nation, entre le peuple de la terre et celui des villes...

Le médecin avait pris un ton exalté qui lui faisait oublier la souffrance du froid.

— Nous avons besoin d'hommes de confiance comme toi. Si tu en es d'accord, bien sûr.

— Je suis d'accord, répliqua François tranquillement.

Il resta un moment à surveiller la silhouette du libre penseur ballotté sur sa monture enfoncée dans la neige jusqu'au poitrail. Lorsqu'il vit un homme sortir du village et aller au-devant du médecin il reprit sa route vers les Couteilles.

A mi-chemin, le ciel se couvrit de nouveau et de gros flocons voltigèrent serré. François pressa le pas, ennuyé par la reprise de la tempête, d'autant qu'un vent d'est violent s'était levé. Bien vite, il dut interrompre sa marche pour se blottir sous l'abri de grosses racines dénudées d'un vieux châtaignier abattu en lisière de la Favillade. Bien que la gelure se fût infiltrée jusque dans la terre, il trouva grâce en se serrant tout au creux, au bord d'un trou de blaireaux. De sa cache, il voyait la forêt s'enfoncer en silence sous la glace. Il se mit à souffler dans ses doigts, pour retrouver un bruit auquel rattacher sa vie.

Il était ainsi, assis sur les talons, quand il entendit le hurlement.

François ne connaissait aucun cri qui arrachât plus de frissons que le hurlement des loups. Il jeta un rapide coup d'œil autour de lui, mais la neige brouillait les arbres à la lumière, la brume aux pentes. Son cœur battait si fort qu'il essaya de se calmer en freinant sa respiration. Mais quand le hurlement se fit de nouveau entendre, plus proche, auquel répondit un autre, son corps se détendit comme un arc et il se lança à grandes enjambées empêtrées de neige sur le chemin des Couteilles.

Il arriva en lisière d'un brouillard qui dérivait dans la lande déserte séparant le Condrot des Couteilles. Dans son dos éclata un long hurlement. Il s'immobilisa, les muscles bandés, prêt à faire face, son couteau au poing. Il distingua une silhouette grise qui bondissait à la crête d'un front de neige qui dérivait à trente pas.

Il reprit sa course, se retournant sans cesse pour s'assurer de n'être pas surpris. Ses sabots s'enfonçaient et il lui fallait déployer toute son attention pour ne pas s'égarer dans la tourmente. Il commençait à douter quand il reconnut la maison de Chopineau qui marquait l'entrée des Couteilles. A bout de souffle, il traversa le village et se précipita chez lui.

— Père ! Les loups ! Je les ai vus sur la lande au pied de la Favillade.

Alexandre, qui était assis devant la cheminée, se dressa.

— On va organiser une battue. Vite ! Il faut prendre les fusils !

François se rendit d'abord chez les Vergne qui se préparèrent immédiatement. Germain saisit son arme accrochée en permanence sur le manteau de la cheminée.

— Va prévenir Gerbeau pendant que je cours chez les Mouret, cria François en s'adressant à Germain.

Bientôt les paysans, caparaçonnés de leurs blaudes les plus chaudes, arrivaient le fusil de chasse à la main. Ils se retrouvèrent neuf fusils. Il y avait Germain Vergne, Gerbeau, Roland Mouret et son gendre Tonin, Chopineau, Justin Vallade et son fils Marcel, Alexandre et François.

— Ils vont tourner autour des Grandes Besses et se rabattre sur Vauve, prédit Gerbeau qui était l'homme de plus grande expérience.

— Avais-tu retourné tes litières dans tes sabots quand tu as vu le sauvage ? s'inquiéta Germain auprès de François. Et comme le garçon secouait la tête, l'autre ajouta : « Ah ! Malheureux. »

La neige tombait toujours dru. Les chiens jappaient autour des hommes.

— Nous allons nous déployer le long de la terre de Chopineau. Nous ne parlerons pas. Laissez les chiens chercher le pied et surtout rappelez-les régulièrement car les autres savent comment les tirer vers eux pour les saigner.

— On aurait dû demander à Lou Jassou ! Il est meneur de loups. Il sait les incantations, remarqua sur un ton amer Marcel Vallade.

Les autres acquiescèrent. Lou Jassou avait à plusieurs reprises protégé des loups les troupeaux de grandes fermes. Il lui suffisait de faire le tour des pacages où allaient paître les bêtes pour que la ligne qu'il suivait soit infranchissable aux loups. Le gros propriétaire Dupin l'avait employé jusqu'à ces dernières années. Lou Jassou avait décrété qu'il avait rendu le don et il n'avait plus voulu travailler pour le hobereau. L'autre n'avait pas insisté car il eût été délicat d'indisposer un devin, fût-il jauvent.

La battue s'ébranla dans la tempête. Des hurlements faisaient écho aux aboiements des chiens. Les grosses mains se serraient sur les canons, l'index sur la détente. Parvenus sur la lande, les hommes se déployèrent. Les chiens détachés s'engloutirent dans la brume. A leurs jappements répondaient, infiniment plus lointains et comme moqueurs, les loups.

François, une canardière branlante en main, fixait devant lui l'opacité de neige. Soudain il sentit dans ses jambes la présence d'un chien.

— Fleurette ! Mais qu'est-ce que tu fais là ?

La petite bergère s'était échappée de l'étable où Joséphine l'avait attachée quand ils étaient partis. La chienne sautait après François, toute à la joie de l'avoir retrouvé. Contrarié, François s'agenouilla et la caressa.

Le front de battue s'étendait sur toute la largeur du plateau. A plusieurs reprises, les loups contournèrent en se jouant des hommes. On entendait la course des chiens qui étaient remontés dans la Favillade pour redescendre sur les chasseurs. Mais les bêtes les avaient embarqués. Alors qu'il marchait depuis une demi-heure et que la neige redoublait, François entendit un coup de feu vers l'est, tout aussitôt ponctué d'un hurlement. Un concert d'aboiements marqua le tir.

Lorsqu'il arriva sur les lieux, Gerbeau et Justin Vallade observaient la dépouille du loup. C'était une femelle aux grands yeux révulsés, claire de pelage et les pattes démesurément longues. Justin montra le ventre gonflé de lait.

— Elle a les tétines sucées.

Les autres traqueurs arrivaient. Germain s'agenouilla et passa la main dans le pelage, pour conjurer la peur.

— Tu l'as touchée ici, remarqua-t-il en indiquant une plaie au-dessus de la patte avant droite.

Gerbeau ne répondit pas. François se risqua à croiser ses yeux, histoire de mesurer le fossé qui les séparait à présent qu'ils étaient brouillés. Mais Gerbeau ne lui rendit pas son regard.

— Les autres sont partis sur la Genête. Nous ne pouvons plus rien maintenant, remarqua Roland Mouret.

Au moment de repartir, ils se dispersèrent pour s'assurer qu'aucun loup ne rôdait encore autour des Couteilles. François choisit de rentrer seul par le Puy de la Faye, sur un chemin qu'il connaissait bien pour y avoir mené les bêtes. Fleurette reconnaissait le sentier sous la glace et marchait devant. François avait rabattu le chien de son fusil. Le froid mangeait ses pieds. Un désir de pain et de lard arrosé d'un bol de vin chaud lui trottait dans la tête. Il repensait à la grande louve étendue dans la neige, la langue pendante par côté de son museau, et à ses petits qui allaient mourir. Malgré la répulsion que lui inspirait la bête, il se sentait attiré par la force qui se dégageait de sa silhouette efflanquée. Il n'ignorait pas que bien des promeneurs, la nuit, avaient vu leur route barrée par un loup et qu'ils n'avaient dû leur salut qu'au bruit de leurs galoches tapées l'une contre l'autre. Les anciens l'affirmaient : les mages ne se déplaçaient la nuit qu'accompagnés de la bête de Satan. Et pourtant, tout cela avait-il un sens ? A Paris, les dangers ne ressemblaient en rien à ceux qui obsédaient les gens d'ici. Le travail sur les chantiers était tout autant risqué que celui dans les fermes et à tout prendre il était plus délicat de monter la pierre sur un échafaudage branlant que de moissonner...

Une fois, Constant avait surpris François

s'évertuant à marcher sur les traces d'une mule, près des fortifications. Il était parvenu à lui faire avouer que c'était pour guérir ses engelures et s'était moqué à n'en plus finir :

— Et tu veux devenir un homme de ton siècle, socialiste et confiant dans la science ! Mais tu n'es qu'un pauvre paysan abruti de croyances pires que la religion !

Constant disait les choses les plus dures sans qu'il soit possible d'y lire de la méchanceté. François n'avait pas pipé. Il savait que Constant était ainsi. C'était ainsi qu'il l'aimait.

La bête lui apparut au fond du chemin creux, en lisière de lumière. C'était un grand loup gris, aux aplombs superbes et dont les yeux pâles fixaient devant eux sans ciller. François sentit le cœur lui manquer. L'animal était trop loin pour le tirer. Fleurette, trois pas en avant, s'était mise à aboyer furieusement.

— Reste là, Fleurette ! Pouchou ! Pouchou !

La petite bergère avançait en grondant. Le loup n'avait pas bougé.

— Fleurette !

François se rappela la recommandation de Gerbeau. Bien que certain de ne pas atteindre le loup, il épaula et tira. La bête recula dans la brume. Alors qu'il rechargeait fiévreusement son fusil, elle réapparut, s'aplatissant sur ses pattes en faisant mine de jouer. Fleurette s'élança.

François l'appela de toutes ses forces. La chienne s'arrêta en frontière du jour et de la mort, minuscule aux côtés de l'autre. Elle regarda son maître et s'engagea derrière l'écran de neige.

François cessa de recharger le fusil. Il avait des larmes plein les yeux et avant même que le cri de la petite bergère n'éclatât dans le déval de la forêt, il se demandait, écrasé par le chagrin, qui viendrait l'attendre au milieu du chemin quand il s'en reviendrait de limousiner.

5

Les promesses du printemps

La première chute de neige dans la nuit du 4 décembre tint jusqu'à la lune pleine. Une semaine avant Noël, le temps se couvrit et les températures remontèrent au-dessus du gel. En moins de trois jours la neige partit par plaques entières. Seuls les versants mal exposés conservaient des congères. Au milieu du jour, lorsque le soleil de décembre parvenait à dégeler le sol, des fondrières se formaient et les chemins dans lesquels trépignait le bétail se couvraient de boue et devenaient impraticables. L'eau suintait des pentes, dévalait des sentiers creux et gonflait les rigoles qui descendaient vers le ruisseau de Vauve. Le petit pont de pierre plate des Couteilles, large d'une enjambée, était recouvert d'eau. Deux jours avant Noël, le temps s'était remis au froid et il avait gelé serré sans pour autant que le « Bon Dieu ne se remette à plumer ses oies ».

La fête de Noël, pour les Ribière, s'était réduite à un repas à peine plus copieux. La veille, la mère avait cuit le pain de Noël. Avant de le mettre au four, Joséphine avait imprimé sur la pâte une croix taillée dans une rave. Une fois cuit, elle avait mis de côté deux tourtes de cette fournée qu'elle réservait aux bêtes dont les mises bas pourraient s'avérer difficiles. Le soir du réveillon, elle avait servi des boudins aux châtaignes et Alexandre s'était permis une petite cruche de vin rouge.

— Que si l'on n'est pas plus l'an prochain, on ne soit pas moins, avait-il dit gravement.

Il avait placé la bûche de Noël dans le feu. C'était un tronc long de plus d'un mètre trente qui faisait toute la largeur de la cheminée. La veille, aidé de ses deux fils, il était parti le tailler dans une belle et forte aubépine qu'ils possédaient près des Vergnes. Cette année Alexandre, en raison du coup du sort qu'avait représenté la perte de la campagne de François, avait choisi la bûche dans un arbre particulièrement jauvent : l'aubépine. Il avait longuement tourné autour du massif, repérant une branche suffisamment importante pour tenir le feu plusieurs jours. Il avait fini par découvrir ce qu'il cherchait et l'avait attaqué à la hache en prenant soin de ne pas éclater un trou qui perçait le rondin à l'endroit d'une vieille branche morte.

— La mère sera contente. Les poules auront des œufs toute l'année, avait marmonné Alexandre en montrant la cavité dans le bois.

Louis et François s'étaient chargés de ramener le tison de Noël qui pesait son poids. Alexandre avait répété à plusieurs reprises à Louis qu'il ne devait pas enjamber le billot, ni s'y asseoir sous peine d'attraper des furoncles.

Deux jours plus tard, lorsque la bûche fut entièrement consumée, Joséphine rassembla les cendres et les plaça dans un toupi. L'année prochaine elles seraient jetées dans le premier sillon de blé, en même temps que la semence.

Un matin, François rencontra Germain qui s'en revenait des Peux où il était allé vérifier l'état des rigoles après le gel.

— Salut, Germain... Comment ça va chez vous ?

L'autre avait tapé des mains en signe d'onglée.

— Je viens des Peux. Il reste de la neige sur les pentes. Elle en attend d'autre...

François se tourna du côté de la Favillade. La journée d'hiver s'annonçait triste. Le chemin qui descendait de la ferme de Gerbeau jusqu'à la route n'avait pas dégelé.

— « Le sixième jour de la lune il est permis de connaître le temps pour la lunaison », observa Germain. Ce qu'il faudrait, dit-il, c'est qu'il continue à bouziner.

— Ah oui ? répondit distraitement François.

— « Noël gelé, peu de paille, beaucoup de blé. Noël mouillé, beaucoup de paille, peu de blé... », répliqua l'autre sur un ton savant.

Les deux garçons restèrent silencieux. Les champs qui entouraient les Couteilles étaient déserts et les bêtes aujourd'hui encore resteraient à l'étable. Les travaux agricoles étaient à l'arrêt et d'ailleurs personne ne se serait risqué à lier les vaches ou à fouiller la terre en cette période de l'année.

— Tu as entendu dire qu'il se préparait une veillée ? demanda François, le regard porté vers la ferme des Gerbeau.

Germain parut évasif.

— La dernière, c'était chez les Mouret il y a une semaine.

Son visage parut s'éclairer.

— Si on en préparait une pour ce soir ! Ce serait une idée ! Tu es d'accord ?

Bien sûr qu'il était d'accord, François ! Depuis le retour de Paris, il n'avait jamais pu rencontrer Marie à la veillée. La semaine passée, il s'était présenté chez les Mouret, avec sa bûche pour entretenir le feu. Marie n'était pas venue. Mais depuis, un événememt s'était produit. Hier matin, alors qu'il était dans la grange, en train de remplir les mangeoires de foin, François avait épié par l'encoignure de la porte la cour des Gerbeau. Il aimait à rester là, guettant le passage de Marie, ou le son de sa voix qui criait à sa mère : « Je remonte l'eau du puits ! Attendez-moi ! » Ce matin-là, il avait vu Léonie qui jetait les épluchures aux poules. Quelle n'avait pas été sa surprise et sa joie de constater qu'elle avait retiré sa mante noire ! Elle avait repris sa coiffe qui lui tenait les cheveux serrés, comme avant. François n'en croyait pas ses yeux ! Marie allait être libérée du grand deuil qui l'empêchait de sortir et de participer aux festivités.

— Où ça ? demanda Germain Vergne que la perspective d'organiser une grande veillée intéressait...

Les deux garçons hésitaient. L'accueil était toujours agréable chez les Mouret, mais il n'était pas raisonnable de retourner chez eux, une semaine après. Germain songea un moment aux Tissier, mais la vieille Adeline était alitée. Elle souffrait, disait-on, de courbatures. Sa bru, Jeanne, lui avait bien entouré les reins d'un sac empli de grains de foin. Mais la pauvre grand-mère se plaignait toujours. Le fils était parti consulter Lou Jassou, au matin.

Ils en étaient là quand ils virent Robert Chaumont qui descendait droit sur eux du Mondoueix. Lui aussi, au comble de l'ennui, faisait le tour des terres. Comme il était chasseur, il prenait le temps de repérer les traces du gibier. Ils lui firent des signes.

— Avec François, on se disait que ce serait bien d'organiser une veillée ce soir, entreprit Germain. Je parie que les filles s'ennuient aussi.

Les trois garçons rirent. Robert Chaumont était un joyeux luron. Il savait animer les bals, ou les farandoles les soirs de Saint-Jean. Il connaissait des niorles pour tous les goûts et la perspective d'une veillée l'enthousiasma. C'était un gentil garçon de vingt-cinq ans, râblé et sec comme un pied de houx, d'une force prodigieuse qu'il tenait de son père. Dans la famille des Chaumont, les hommes avaient toujours été ainsi. Les histoires les plus incroyables circulaient sur leurs tours de force et quand les bandes de jeunes s'affrontaient, il faisait bon se trouver à ses côtés. D'un naturel enjoué, il détestait agresser les autres. Mais quand on le cherchait, il ne fallait guère attendre la réponse. Le Mondoueix, situé tout en haut du puy des bois de la Vergne, n'était accessible que par un chemin creux qui serpentait sur les flancs d'une colline de châtaigniers et de hêtres. Son isolement était tel qu'il fallait connaître le pays pour repérer son accès. Les gendarmes ne s'y rendaient que par extrême nécessité bien que les Chaumont fussent de hardis braconniers. Jamais encore un représentant de la maréchaussée ne s'était aventuré à leur poser la main sur l'épaule, en prononçant les paroles rituelles : « Au nom de la loi, je vous arrête. » Robert Chaumont était capable de renverser un cheval, aussi aisément qu'il soulevait au-dessus de sa tête l'enclume du forgeron de La Chapelle-Saint-Martial en riant de toutes ses dents.

— On va faire veillée chez nous ! décida Robert.

Les deux autres se félicitèrent. On était toujours bien reçu au Mondoueix. Germain pensa à la sœur de Robert, la gentille Émilie, qui allait sur ses dix-sept et qui n'avait pas de galant.

— On s'occupe de le dire aux Couteilles, s'enflamma-t-il.

— A ce soir, répondit joyeusement Robert Chaumont en leur serrant la main.

Ils le virent qui remontait directement par les bois, le regard porté au sol. Quand il disparut derrière les ramures sans feuilles, Germain Vergne et François Ribière surent que la journée serait moins ennuyeuse qu'ils ne le craignaient.

Germain et François se répartirent la charge de prévenir ceux des Couteilles qu'il y aurait grande veillée ce soir au Mondoueix, chez les Chaumont. Ils s'étaient partagé les maisons, si bien que, naturellement, Germain se rendit chez Gerbeau. Celui-ci était justement à table quand le garçon se présenta.

— Entre, Germain. Ne laisse pas le froid pénétrer. Assieds-toi, lui avait servi Gerbeau d'un air avenant.

Germain s'était exécuté en saluant les femmes.

Gerbeau mangeait assis et Léonie comme Marie se tenaient debout, le dos à la cheminée et l'écuelle à la main.

— Qu'est-ce qui t'amène, Germain ? Tu as fait un tour du côté des Vergnes ?

Germain acquiesça. Gerbeau l'impressionnait. Bien qu'il soit parti à cinq reprises limousiner avec lui, de retour aux Couteilles, il éprouvait une sorte de gêne respectueuse. Sur les chantiers ce n'était pas pareil. Germain avait vu Gerbeau se faire réprimander sévèrement par un architecte, rue Marbeuf, et Gerbeau n'avait eu qu'à baisser le nez.

— Je parie que chez toi, on tue le temps comme là, reprit Gerbeau en avalant bruyamment une gorgée de soupe.

— « Le temps est plus long que large », répondit Germain.

Ils restèrent silencieux. La pendule marqua la demie et ils accrochèrent leurs pensées à l'écho de la sonnerie. Léonie posa son écuelle sur le rebord de la maie. Elle prit celle de Gerbeau et la remplit à la grande marmite une seconde fois. Germain lança un regard à Marie. François avait raison : elle ne portait pas la coiffe de deuil et le garçon s'attarda sur les beaux yeux verts de la fille de la maison qui lui sourit. « François a de la chance », songea Germain. « A moins que le père Gerbeau ne la lui refuse... »

Il était assis depuis une demi-heure, et ils n'avaient échangé que peu de paroles. On disait que Gerbeau avait rendu visite la veille aux Gaumet qui étaient dans le besoin et qu'il leur avait fait promettre la vente de la belle terrade convoitée depuis toujours. Les langues avaient commenté la transaction. Certains, comme Léobon, critiquaient l'empressement de Gerbeau à visiter les Gaumet, en cette semaine de Noël. Le vieux révolutionnaire avait même ajouté : « Trop aimer l'argent fait damner les gens » ; d'autres comme Marcel Vallade prétendaient que c'était en souvenir de Sébastien qui avait toujours répété à qui voulait l'entendre qu'il n'aurait pas de plus grande joie que de labourer ces trente-cinq ares de fertilité. Toujours est-il que Gerbeau avait l'air de bonne humeur, et Germain ne douta pas un instant que la vente avait été réglée dans des conditions avantageuses pour lui.

— Ce soir il y a grande veillée chez les Chaumont du Mondoueix. Je suis venu vous le dire...

Un long silence ponctua la phrase. Gerbeau, bien qu'il fût en gaieté, ne pouvait prendre la décision de lâcher Marie comme cela après un grand deuil. Un voile soucieux obscurcit ses traits. Il se tourna vers sa fille.

— Ça te dirait d'y monter au Mondoueix, Marie ?

La jeune fille ne marqua aucun empressement. Elle eut une mimique qui signifiait qu'elle ferait ce que le père déciderait. Gerbeau jeta un regard à Léonie qui remplissait son verre de lait. Il ne put lire sur le visage de sa femme le moindre signe.

Germain se tortillait sur le banc en attendant la réponse. Dans l'âtre, le feu crépitait car Léonie avait placé une bûche de châtaignier qui pétait des étincelles jusque sur les grandes dalles du cantou. Gerbeau avala lentement une cuillerée de soupe qui fumait dans son écuelle. Il prit un morceau de pain et en trancha une part. Il regarda Marie qui replaçait à l'aide des pinces un coin de bûche sur les chenets.

— Eh bien, Germain, je pense que la petite pourrait y aller. La mère et moi, tu dois comprendre que nous ne souhaitons pas veiller...

Germain songeait à la veillée qui prenait bonne tournure. Lorsqu'il quitta les Gerbeau, il promit :

— Je passerai la prendre à sept heures.

Puis il fila manger car l'après-midi il devait encore se rendre chez les Mouret, chez les Tissier ainsi que chez Chopineau. Mais là, il avait le temps car le vieux célibataire risquait de l'entraîner à boire.

La nuit recouvrit les Couteilles dès les six heures sonnées. Le sol craquait sous le gel et chacun s'était dépêché de soigner les bêtes afin de ne plus avoir à traîner dehors. Chez les Ribière, François et Louis se préparaient à monter au Mondoueix. Ils devaient passer prendre les Vallade, Lucie et Roland Mouret. La joie de se retrouver tous brillait dans les yeux. Au moment de partir Alexandre et Joséphine demandèrent aux deux jeunes gens de bien se tenir et de saluer pour eux les Chaumont.

Quand ils se retrouvèrent sur le seuil, François et Louis restèrent saisis par le froid. Le gel faisait grincer les charpentes. Dans le grand abreuvoir devant les étables, l'eau était prise à cœur. Les deux gars tapèrent des sabots pour se donner du courage. On entendait de partout des claquements de galoches et des éclats de rire. François et Louis en conçurent une joie intense et Louis lança le cri limousin qui en raison de son âge s'érailla quelque peu vers les aigus. François le brocarda en lui faisant remarquer qu'il était encore un peu jeune pour faire le mâle. Les deux frères échangèrent quelques bourrades autant pour se réchauffer que pour calmer leur attente.

Chez les Vallade, ils trouvèrent Marcel et Marthe, déjà emmitouflés et prêts à partir. Leurs parents, Justin et Simone, s'habillèrent à la hâte. Marthe avait soigné sa coiffure et portait une belle limousine qui tombait jusqu'à des sabots neufs. Elle savait que son promis, Léopold Maisonneuve, serait de la veillée. Le garçon, bien que venant du Grand Chiroux, devait se détourner par les Couteilles pour cheminer avec elle.

— Passe prendre une belle bûche, commanda Justin à Marcel.

Ils se dirigèrent vers la ferme des Mouret. Sans entrer, Marcel, qui avait la voix mieux posée que Louis, lança le cri. La porte des Mouret s'ouvrit aussitôt et Roland et Lucie, confiant la maison à la grand-mère Mouret, apparurent. Roland portait aussi une grosse bûche.

— Ça serre, grommela-t-il en guise de salut, faisant allusion à la température.

Le groupe se mit en marche. Parce que le ciel était sans nuage et les étoiles nettes comme des grains de riz, la lune décroissante éclairait le chemin. Chacun se taisait. Et puis, comme les chiens aboyaient chez Gerbeau, Roland Mouret qui était en gaieté, cria :

— Viso ! Les Gerbeau sont de la fête aussi !

Tous tournèrent la tête vers la lumière jaune qui s'était incrustée dans la nuit, le temps pour Germain d'ouvrir et de refermer la porte des Gerbeau. Le cœur de François battit en pensant à Marie qui allait les rejoindre.

— Est-ce que la petite Marie a toujours d'aussi beaux yeux ? lança Roland en donnant un coup de coude dans les côtes de François.

— Laisse-le donc tranquille, grand nigaud ! reprit Lucie qui n'aimait pas que l'on plaisante avec les choses du cœur.

Le groupe ralentit pour attendre Germain et Marie, accompagnés de Chopineau qui chantait à tue-tête une vieille romance, « Le seigneur et la Bargeiro », où il était question d'un homme riche qui voulait corrompre une jeune bergère.

— Le Chopineau est bien parti, plaisanta Marthe.

Aux Couteilles, on aimait bien le vieux célibataire. Bien que vivant à l'écart du village et de manière peu régulière, il n'avait jamais porté préjudice à personne et était de bon service. Il n'avait jamais été très attiré par le travail. Germain disait de lui, sans méchanceté : « Les paresseux ont toujours envie de travailler mais ils n'ont jamais le temps. » Et le bougre de Chopineau, dans sa naïveté, répondait de sa bouche édentée : « C'est tout à fait vrai ça. »

Les deux groupes se rejoignirent près du petit pont des Vergne. Chopineau lança un salut débonnaire et tout le monde éclata de rire. Germain fermait la marche et discutait avec Marie. Les parents Tissier, qui avaient pu confier la vieille Adeline à une cousine du Masbolle, tenaient la tête, portant chacun leur bûche. Marthe avança vers Marie et les deux jeunes filles s'embrassèrent avec effusion. Le groupe entreprit la montée vers le Mondoueix.

Sitôt franchi le pont, ils bifurquèrent à main gauche. Le sentier se raidissait. Les marcheurs soufflaient. Parvenu sur un plat au bord d'une petite terre, par respect pour les anciens et les femmes, Germain s'arrêta et se tourna vers les Couteilles. On distinguait les toitures sombres dans le creux du vallon et plus loin, le plat des pacages qui menaient vers le Grand Chiroux et Villevegoux.

— Regardez, c'est allumé chez Léobon ! Je parie que la Zénaïde n'a pas pu le retenir de monter au Mondoueix, remarqua Marcel Vallade en indiquant la ferme du vieux.

— Pour sûr ! reprit Germain. Je crois bien que c'est lui qui arrive. Et il n'est pas seul !

Deux marcheurs franchissaient le ruisseau. On décida d'attendre. Marcel lança un beau cri limousin qui résonna dans le vallon. Les filles tapaient du sabot sur le rocher pour se réchauffer. Un cri répondit, tout aussi puissant.

— Ça pourrait bien être Léobon et... Léopold, hein Marthe ! ricana Roland Mouret.

— Regardez les petites lunes ! s'extasia Germain en levant le nez au ciel étoilé.

— Les petites lunes ? demanda Louis.

— Oui, répondit Germain. Quand la lune est vieille, elle est usée. Alors on la casse et ça fait tous ces petits morceaux qui brillent. Comme ça dure depuis toujours, il y en a tant qu'on ne peut les compter.

Le groupe se sépara. Marthe et Marie, flanquées de Louis, restèrent à attendre Léopold et Léobon. Les autres, Marcel Vallade en tête, continuèrent l'ascension.

Quand ils parvinrent en vue des maisons, ils n'avaient plus froid. La côte avait chauffé les muscles. François, à la traîne du premier groupe, espérait apercevoir Marie. Mais l'attente de Léobon et de Léopold les avait retardées. Les chiens du Mondoueix aboyèrent à l'approche des veilleurs. Ce fut bientôt un concert de jappements, ponctués de : « A tu chaba ! »

La ferme des Chaumont était la première en arrivant. Le granit sombre de sa belle façade en pierre appareillée, sous la lune, avait des reflets de métal. La toiture d'un grand puits qui occupait le centre de la cour jetait une ombre sur les étables. Le fournil, séparé de la grange comme chez les Gerbeau, versait au sud sa frisure de tuiles rondes. « Voilà une belle ferme », songea François comme chaque fois qu'il venait au Mondoueix.

La porte s'ouvrit sur la salle commune déjà pleine. Les Coutisson du Masbolle, tous les quatre, les Renard et les Volondat de Laugère étaient déjà assis autour de l'immense cheminée. A l'arrivée des veilleurs, tout le monde se leva et les uns et les autres échangèrent des saluts.

— Est-ce que la mère va mieux ? s'inquiéta la femme Coutisson auprès de Jeanne Tissier.

— Guère, guère. Les tisanes de fleurs de sureau ne la soulagent guère...

Au plus près de l'âtre, dans leurs deux fauteuils de châtaignier, étaient installés les grands-parents Chaumont :

Edouard et Eugénie. La sœur de Robert vint à la rencontre de Marthe et de Marie et les jeunes filles s'embrassèrent. François prenait garde de saluer ses hôtes tout en surveillant la place qui lui serait proposée dans le cercle autour du feu. Les Chaumont avaient fait une belle flambée et chacun en arrivant déposait sa bûche. Ceux qui étaient déjà assis écartèrent le cercle des chaises.

On plaça les enfants Volondat et Renard de l'autre côté du feu, au plus près du foyer.

— Viens donc te mettre à côté de moi, Léobon ! proposa Eugénie Chaumont en gardant une place près du feu. Dans ton jeune temps tu essayais bien toujours de me serrer, vieux coquin ! C'est-y que tu aurais peur d'Édouard maintenant. Tu sais, il n'est plus guère jaloux !

Tous partirent d'un éclat de rire. La veillée s'annonçait plaisante.

— Fais donc brander le feu qu'il éclaire un peu, demanda Alice Chaumont à sa fille Émilie.

La jeune fille saisit un grand tisonnier et secoua les braises qui léchaient un fagot apporté par les Volondat. Alors que certains des hommes s'étaient mis en retrait dans la pénombre de la pièce, accoudés à la table, le reste des participants se disposa dans le cercle. François, sans paraître, réussit à se placer au côté de Marie. Le bonheur d'être tout contre la jeune fille lui faisait battre le cœur. Marthe était assise près de Léopold. Germain avait trouvé une place entre Émilie et la fille Renard. Robert Chaumont était avec Étiennette Coutisson qui avait bien jolie frimousse sous sa coiffe blanche.

Ils restèrent ainsi un long moment, tous silencieux à fixer le feu.

La première à sortir son fuseau fut Émilie Chaumont. Marie, Lucie Mouret, Simone Vallade, la mère Coutisson, Étiennette l'imitèrent. Elles tirèrent de leurs poches la filasse et portèrent à la bouche une noisette qu'elles gardaient entre la gencive et la joue, afin de saliver pour humecter leurs doigts quand elles saisissaient le fil. Bien vite, les fuseaux tournèrent. La veillée pouvait commencer, le geste des femmes excusait les mots.

— Qu'est-ce que tu as fait aujourd'hui, Chopineau ? cria Germain.

Chopineau passa le revers de sa main sur les lèvres :

— Pardi ! Je me suis levé tard !

Tout le monde rit pour encourager Chopineau qui, ce soir, était bien gai. Justin et son fils Marcel s'étaient joints à Alice Chaumont pour peler les châtaignes. A côté de François, Marie, les yeux tournés vers le feu, tirait sur le chanvre. François la regardait ; la jeune fille s'offrait à son regard avec complicité.

Aux côtés de Camille Chaumont qui réparait un palissou, Léobon brocardait sa vieille connaissance Eugénie.

— Dis-nous, Léobon, ce que tu as appris dans les journaux que je t'ai ramenés ? demanda Marcel Vallade. Ils datent un peu, mais tant pis !

Léobon prit un air d'importance. Les plus bavards se turent.

— J'ai lu l'allocution de Pie IX sur la politique de la France. Et ça ne m'a rien appris que je ne sache déjà sur la calotte ! gronda le vieil anticlérical.

Un éclat de rire ponctua sa remarque.

— Par contre, surenchérit Léobon, j'ai lu un article qui m'a bien intéressé : le gouvernement a jugé bon de supprimer *L'Univers,* ce torchon de la presse catholique. Et ça, j'applaudis des deux mains ! Comme à la dissolution de la Société de Saint-Vincent-de-Paul !

Les femmes ne suivirent pas les hommes dans l'explosion de rires.

— Tout ça n'est pas bien grave, mes enfants, reprit Léobon. Si vous aviez été comme moi à Waterloo, vous auriez vu autre chose !

— Raconte-nous Waterloo, Léobon, supplia Louis. Raconte-nous !

Un voile passa sur le visage buriné du vieil homme.

— Si vous nous aviez vus charger aux côtés des « cavaliers du patatras », commandés par des officiers rappelés de la retraite qui souffraient de la goutte !

— C'était quoi les patatras ? interrompit Louis.

Léobon se tourna vers lui et toute la tristesse qui l'avait entraîné un instant s'évanouit.

— Ils étaient tellement jeunes qu'ils tombaient sans cesse de selle ! Mais quand la musique sonnait la charge, ils mouraient aussi bien que les autres, mon petit Louis.

Quand Alice Chaumont servit des châtaignes grillées, Chopineau sortit de sa blaude une bouteille de vin et Léopold Maisonneuve posa sur la table deux cruchons de cidre. Les hommes qui avaient limousiné racontaient leurs histoires de chantier. Les femmes se taisaient à l'évocation de ce monde qui leur échappait et sur lequel ne s'étendaient pas leurs pouvoirs.

Alors qu'elle ne s'y attendait pas, l'espiègle Robert Chaumont, en passant près de Marie, lui donna une bourrade qui lui fit échapper son fuseau. La pièce de bois vola sur les dalles du cantou et François se baissa promptement pour la ramasser. Dans un silence qui lui parut interminable, il tendit le petit objet de bois à Marie. La jeune fille hésitait. Le cercle autour de la cheminée guettait sa réaction.

— Il faut payer le gage ! proposa Robert que l'affaire amusait.

Alors qu'elle aurait dû se faire prier, Marie se pencha vers François et déposa sur la joue du garçon un baiser doux comme un coquelicot.

La veillée s'était poursuivie jusqu'à onze heures. Les châtaignes grillées, accommodées de cidre, avaient un goût délicieusement sucré. Léobon avait chanté une chanson patriotique où il reprenait en refrain les vers : « Je ne veux pas de rubans, je ne veux qu'une épée et un baudrier... » Sa voix était forte et le silence qui suivit la dernière strophe marquait l'émotion qui avait soufflé sur les cœurs.

— Et toi, Marthe, tu nous chanteras bien quelque chose de sentiment ? proposa Camille Chaumont pour réchauffer l'atmosphère soudain chargée de nostalgie.

Marthe se fit un peu prier. Enfin elle lança un beau regard tendre à Léopold et, restant assise sur sa chaise, interpréta : « Rossignolet des bois. » Toute l'assistance resta accrochée à la voix merveilleusement haute de la jeune fille. Léopold la regardait intensément. Pour trouver son souffle, Marthe se tenait droite, les mains sur sa pelote de chanvre et sa poitrine gonflait régulièrement sa robe noire. Dans l'âtre, les flammes qui repartaient contre un nœud de frêne éclairaient son visage mat, dont les yeux braqués sur les braises avaient la beauté de la porcelaine. Marthe était de ces bergères qui aimaient faire la haula quand elle gardait ses bêtes et qu'une autre jeune fille, sur une colline proche mais inaccessible, surveillait elle aussi son troupeau. Leurs chants partiellement improvisés emplissaient les vallons. François n'avait jamais pu surprendre cette manière de se héler sans émotion. La voix des jeunes filles traversait les prés, ricochait sur les gros rochers et s'envolait au plus aigu du ciel.

Lorsque la pendule des Chaumont avait sonné les onze coups, les Volondat et les Renard de Laugère s'étaient levés pour prendre congé. Ceux des Couteilles les avaient imités et bientôt tous étaient debout à chercher leurs vêtements posés sur un lit.

— Merci pour cette belle soirée, Alice. Nous ferons chez nous quand vous voudrez, disait Lucie Mouret. C'est les jeunes qui décideront...

— Couvrez-vous bien surtout.

Ceux qui étaient le plus près de la cheminée, le visage rouge, reçurent la morsure du gel en pleine face.

— Il y a bien des malheureux dehors, dit à haute voix Simone Vallade, en songeant à tous les mendiants. J'ai oublié de vous demander des nouvelles du petit Pelaud, dit-elle à la mère Volondat.

— Il irait mieux depuis le passage du docteur Villevet. Mais vous savez, c'est bien la misère.

Ceux de Laugère et du Masbolle firent un bout de chemin avec les Couteilles. Au début, les conversations de la veillée semblaient vouloir se prolonger. Puis le gel serra les visages qui, bien que protégés sous les capes ou cachés dans les écharpes, se figeaient sous le froid. François marchait à côté de Marie. Marthe, se rendant compte de son manège, avait pressé le pas pour retrouver

Léopold qui descendait avec son futur beau-père. Dans le noir, Marthe lui avait saisi la main. François et Marie, sans rien dire, se laissèrent distancer. Quand les autres furent à vingt pas, François se risqua :

— J'ai eu bien du plaisir à te retrouver, Marie.

La jeune fille ne répondit pas. François marqua un temps et ajouta :

— Je regrette tellement la brouille entre nos pères. Gerbeau n'y est pour rien si je me suis fait voler ma campagne.

D'une voix claire, Marie répondit :

— Moi aussi je regrette. Mais ça n'a rien changé.

François sentit son cœur s'emballer. Il ne trouvait plus les mots. Marie avançait du même pas que lui sur les pentes du Mondoueix. Le gel faisait chanter les pierres sous leurs sabots et, devant eux, les veilleurs serrés les uns contre les autres se déplaçaient comme les ombres d'un cortège. La main de François partit dans la nuit et ses doigts gelés saisirent les doigts de Marie. Leur contact était merveilleux. Tout le temps que dura cette étreinte, il sembla au jeune homme que le bonheur le gagnait pour la première fois de son existence. Jamais il n'avait espéré pareille joie. Il tenait un trésor.

— Pour faire un bon mariage, cherche dans ton voisinage ! vociféra Germain, très loin en avant.

— Vas-tu te taire, grand coquin ! gronda Lucie Mouret.

Marie ne lâcha pas la main de François.

Arrivés aux Couteilles, les veilleurs se saluèrent et repartirent vers leurs fermes en houspillant les chiens qui ne les avaient pas reconnus. Marie et François se séparèrent. Malgré le gel, leurs mains étaient brûlantes.

François rattrapa Louis et le saisit par les épaules.

— Tu te rends compte, Louis ! Tu te rends compte ?

Le frère cadet baissait le nez car la nuit lui pesait. Il rentra le premier dans la salle commune et fila au lit. Il avait pris sa décision : demain il monterait trouver Léobon et lui demanderait de lui apprendre à lire.

Au village, très rares étaient ceux qui savaient lire et écrire. La loi Guizot de 1833 n'avait fait qu'entamer un processus d'alphabétisation qui était loin d'avoir profité à tous. L'Empire, depuis la loi du 14 juin 1854 sur l'enseignement, avait tout au plus favorisé les congrégations, leur abandonnant pratiquement l'enseignement des filles. Dans un pays comme la Creuse ceci expliquait largement le fait que ni Marie, ni Marthe, ni aucune des jeunes filles des Couteilles ne savait lire. L'Empire cependant avait tenté de susciter de la part des conseils municipaux la création d'écoles. La construction d'une école normale à Guéret, magnifique bâtiment aux proportions majestueuses et doté d'un clocheton qui donnait l'heure à toute la ville, permettait la formation progressive d'un corps d'instituteurs. A Pontarion, les élus n'avaient guère encouragé l'effort de scolarisation. Les fils des familles nanties étaient mis en pension à Guéret. Les gros propriétaires avoisinant le bourg ne voyaient guère l'intérêt de faire instruire leurs enfants alors qu'il y avait tant de travail à la ferme. C'est ainsi que le maire, tenu malgré tout d'ouvrir une école, avait loué une masure lui appartenant à un pauvre bougre qui faisait office de maître d'école et qui bien évidemment ne sortait pas de l'école normale.

Louis avait pris le chemin de la ferme de Léobon sans prévenir François ni les parents. Ce lendemain de veillée au Mondoueix, les Couteilles paressaient. On entendait le crissement de la manivelle du puits des Mouret. La porte de l'étable des Vallade claqua. Le village reposait sous une gangue de gel.

La maison de Léobon était à l'écart du village. Une fois le ruisseau des Vergnes franchi, il fallait prendre par un raidillon escarpé qui donnait en surplomb sur les toitures des Couteilles. Au sommet d'une prairie tendue d'une gelée blanche se dressait la maison, toute en pierre de taille. Il l'avait construite de retour de ses campagnes à Paris, au cours de sept hivers.

Quand Louis se présenta devant la petite ferme, Léobon était dehors, les mains dans les poches, regardant les Couteilles. Il avait voulu sa maison hors du village car il ne supportait guère la présence des autres. « Un bon voisin vaut mieux qu'un bon cousin », répétait souvent Germain Vergne. Et le vieux Léobon ajoutait malicieusement :

— C'est justement, mon petit Germain. C'est justement.

La terre sur laquelle il avait implanté sa ferme appartenait à sa famille depuis toujours. Tout enfant déjà, Léobon rêvait d'y construire un jour. Elle donnait plein sud. En face le versant des bois de la Vergne au sommet desquels se cachait le Mondoueix faisait un glacis de végétation qui prenait toutes les nuances de vert avant de passer à ce beau mauve des ramures dénudées, à la fin de l'automne et en hiver. Léobon, depuis trente-cinq ans qu'il vivait là, ne pouvait se lasser du spectacle. Lorsque le soleil levant se dégageait des pacages qui filaient jusqu'aux toits de la Chaise, ruisselant de lumière sur les herbes hautes, argentant la lanière d'eaux vives du ruisseau de Vauve, il interrompait sa tâche pour regarder. Les soirs d'été, l'embrasement interminable du couchant au-dessus de Villevegoux lui faisait penser qu'après toutes les mauvaisetés que lui avait réservées l'existence, il vivait une chance. Mais ce bonheur n'aurait jamais été complet sans la présence de Zénaïde.

— Que viens-tu faire ici, Louis ? lança jovialement Léobon.

Louis hésitait. Outre que Léobon était un ancien respecté, sa grande corpulence et son tour de taille de barrique impressionnaient le gamin.

— Tu viens profiter de mon air pur... Regarde comme c'est vilain aux Couteilles. Tous ces toits qui fument. Vous êtes les uns sur les autres. On dirait que vous avez peur. Regarde-moi ! Je n'ai peur de rien. Et surtout pas des corbeaux !

Léobon cracha au sol. Son anticléricalisme était légendaire dans un pays où, pour se faire remarquer dans ce domaine, il fallait être de première force. Léobon avait appartenu à l'Association des libres penseurs de la Creuse. Il y avait un an, s'était tenu en septembre à Pontarion le congrès départemental. Le choix de Pontarion n'était pas innocent. Un des membres de la digne association possédait une maison placée juste en face de l'église. Quand le curé, le père Thomas, avait appris la nature de la réunion qui avait lieu en face de l'église, il n'avait pas trouvé d'autre moyen que de carillonner à toute volée pour exorciser les diables qui se moquaient de lui. Il se disait que le pauvre homme avait dû s'interrompre, les mains en sang, les larmes aux yeux en priant Dieu de le secourir. Les autres rouges riaient aux fenêtres, Léobon en tête.

Louis serra la main du vieil homme.

— Je suis venu parce que...

Léobon regardait Louis avec curiosité. Le jeune garçon de quatorze ans était d'une beauté sombre. Léobon songeait qu'il aimerait avoir son âge, avec tous ces regards de femmes à venir comme un trésor dont le gosse ignorait encore l'importance.

— Allez, rentre, mon lascar... La Zénaïde va te faire un café et moi je prendrai un coup de rouge. Passe devant, mon petit.

Zénaïde reposait le tisonnier. Une belle flambée illuminait le foyer. L'odeur de la soupe, dans laquelle devait tremper un bout de lard, emplissait la salle commune. Louis aimait cette pièce mieux tenue que dans les autres maisons des Couteilles. Avant de se marier avec Léobon, Zénaïde était placée à Pontarion chez Me Fromentin. Elle avait appris les rudiments de la tenue d'une maison bourgeoise. Mais quand les Fromentin avaient su qu'elle s'était promise à ce rouge de Léobon, ils l'avaient renvoyée brutalement. La plus belle des granges de la métairie de Puychaumeix, qui appartenait au notaire, avait brûlé une nuit, trois semaines après le renvoi de Zénaïde. Les dégâts avaient été considérables et l'exploitation ruinée pour au moins deux ans. L'incendiaire n'avait jamais été retrouvé. Il s'était dit à l'époque que c'était le cadeau de mariage de Léobon à Zénaïde.

— Sers-lui un café, Zéna, commanda Léobon.

Le vieux posa un verre sur la table et apporta un pichet de vin.

— A la tienne, Louis Ribière! s'exclama le vieux révolutionnaire.

Zénaïde avait posé devant Louis un bol fumant de café. Chez les Ribière, on ne buvait qu'exceptionnellement du café. Louis respirait le parfum du liquide brûlant avant d'y tremper les lèvres. Zénaïde le regardait attentivement.

— Il a encore grandi, lui adressa Léobon. Tu ne trouves pas, Zéna?

— Si. Et je pense qu'il n'a pas fini de faire tourner des têtes, murmura la vieille, tout attendrie.

En cette fin de vie, Léobon et Zénaïde auraient pu s'estimer comblés s'ils n'avaient vécu le drame de perdre leurs deux enfants. Le premier, annoncé sitôt leur mariage, était mort à la naissance. Léobon ne repensait jamais sans rage au curé qui voulait interdire l'accès du cimetière au petit corps dans sa caisse grande comme une boîte à chapeau. La fille qui était arrivée un an après, comme une consolation, avait été emportée d'une mauvaise toux à l'âge de huit ans.

— Est-ce qu'il s'est bien tenu, hier au soir chez les Chaumont? demanda Zénaïde en montrant son bonhomme.

— Pour sûr, madame Zénaïde. Il a même chanté!

— Cela fait longtemps que tu ne chantes plus pour moi, Léobon. Et tu vas au Mondoueix pour pousser ton refrain. Ah ! grand pendard !

Quand il vit que Louis prenait ses aises, Léobon se risqua :

— Alors mon petit, qu'est-ce que je peux faire pour toi ?

Zénaïde s'en était retournée vers son vaisselier. Après bien des hésitations Louis finit par dire :

— J'aimerais que vous m'appreniez à lire, Léobon.

Le vieil homme reposa son verre. Il attrapa la main du gamin dans sa grosse pogne et dit :

— Je ne suis qu'un vieux grognard qui ne saurait pas s'y prendre. Pour moi, c'est déjà bien difficile, tu sais. Je ne crois pas que j'y arriverais...

Comme le gamin lui lançait un regard suppliant, il demanda :

— Tu en as parlé à tes parents ? Qu'est-ce qu'il en pense François ? Il ne peut qu'être d'accord. A Paris, il a bien compris que seuls ceux qui savaient lire, écrire et compter pouvaient espérer une amélioration de leur vie. Moi, si je n'avais pas su le peu que je sais, je n'aurais jamais pu commissionner et faire le beau sur les chantiers pendant que les autres s'esquintaient à lever les pierres. Ton père et François savent qu'il vaut mieux faire le bordereau des entrées de charrettes de plâtre que de les décharger.

Louis hésitait.

— C'est la mère qui n'est pas d'accord. Je crois qu'avec le père ça s'arrangerait. Mais Pontarion c'est loin. Il faut payer. Et la mère dit que je fais besoin pour garder les bêtes.

Léobon réfléchissait. Zénaïde lui lança un coup d'œil.

— Écoute, je veux bien commencer une première leçon. Mais apprendre aux autres, je ne l'ai jamais fait. Tout ce que je sais, ce sont des plus instruits que moi qui me l'ont donné. Et je leur en suis encore reconnaissant à ce jour. Puisque tu me le demandes, je ne vais pas interrompre la chaîne. Seulement, tu vas me promettre d'en parler à tes parents. Quand je verrai Alexandre, je lui en causerai. Il vaudrait mieux que tu ailles à Pontarion. Le maître n'est pas fameux à ce que l'on dit, mais il ne peut guère être plus mauvais maître que moi...

Léobon se leva et alla chercher un journal qu'il déplia sur la table :

— Voilà un journal que je lis tout entier. J'y suis même abonné. Viens t'asseoir à côté de moi.

Louis sauta du banc et vint se placer à côté du gros homme. Son cœur battait. Pour la première fois, il allait percer le mystère de ces milliers de signes qui dansaient devant ses yeux. Il avait le tournis.

— Nous allons commencer par cet article. Celui-là. Tu vois, il est encadré.

Léobon plaça son doigt sous les premiers mots. D'une voix que Louis ne reconnaissait pas et qui avait glissé vers l'enfance, le vieux commençait à lire, en décomposant l'assemblage des lettres :

— « S » et « i » « Si »... « e » et « n » ça fait « en ». « Si en-core »... « Le »... « o » et le « u » ça se lit « ou ». Avec un « b » devant et un « c » après tu lis « bouc ». « d » et « e » cela fait « de »... Ce mot-là se lit « cette ». « Ch » c'est difficile. Tantôt cela fait « che » tantôt cela fait « que ». Ici c'est « che », « charm », « a » et « n » se lisent « an » mais des fois autrement comme dans « année »...

Et puis Léobon se laissa emporter par la teneur de l'article et continua à lire sans découper les mots :

— « Si encore le bouc de cette charmante commune du canton se contentait d'être l'amant de cœur des femmes au fond de l'obscure boîte à ordures du confessionnal — tu vois, Louis, deux s et deux n ! — passe encore cet hideux espionnage. Mais le corbeau qui devrait méconnaître l'œuvre de chair est le premier à la mettre en pratique en jouant à l'archange Gabriel avec des femmes mariées... »

Léobon releva la tête. Sur un ton dégagé et savant à la fois, il confia à son jeune élève :

— Ce journal s'appelle *La Calotte*. Tous les articles sont aussi intéressants que celui-là.

Louis redescendit la tête enflammée. Le découragement s'emparait de lui en même temps qu'une furieuse envie de continuer. Lorsqu'il arriva pour manger la soupe, il ne put s'empêcher plus longtemps de raconter son expédition chez Léobon. La mère en fut aussitôt fâchée.

— Pourquoi être allé chez le vieux Léobon, l'ennuyer avec tes idées ! Fallait nous en parler d'abord. C'est pas des manières.

François, tout à la pensée de Marie, n'avait pas réagi. Alexandre, qui depuis longtemps souhaitait envoyer Louis à Pontarion, avait saisi l'occasion.

— C'est une idée qui fait son chemin. Tu ne peux pas comprendre, Joséphine, mais si le gosse savait lire, il souffrirait moins sur les chantiers. J'ai vu le Mathurin Drouillet — tu l'as connu, souviens-toi ! — qui n'était pas courageux. Seulement, il savait lire, écrire et tracer les chiffres.

C'était un colporteur à qui ses parents avaient trempé la soupe tout un hiver qui lui avait appris. Sur les chantiers, il passait avec un cahier et relevait les entrées et les sorties, le nom des limousins et toutes sortes de choses qu'il remettait à l'entrepreneur le soir. Je peux t'assurer, ma pauvre Joséphine, qu'il suait moins que moi.

— J'ai besoin de lui pour garder les vaches, s'entêtait Joséphine. Et que va-t-il apprendre de plus qui lui servira à faire le paysan ?

Alexandre cherchait un argument.

— Vous ne savez ni lire ni écrire et cela vous a-t-il empêché de manger chaque jour que Dieu a fait ? Et comment paierez-vous la rétribution dans la gêne où nous sommes ?

— Apprendre à lire, ça ne sert pas qu'à porter le livre de messe ! répliqua Alexandre.

Les deux fils avaient rarement entendu la mère tenir tête ainsi au père. Celui-ci, à bout de patience, avait fini par s'emporter.

— Tu n'es qu'une sotte qui n'a rien compris à rien ! J'ai espoir que Louis ait une meilleure vie que la nôtre. Il nous aidera dans nos vieux jours et son frère aussi ! Pour cela, il faut qu'il apprenne à lire. Regarde les enfants des richards ! Crois-tu qu'ils n'y vont pas à l'école, eux ?

— Vous vous prenez pour un gros, à présent ! Faudra-t-il que nous mangions des châtaignes pour payer les cahiers ! Et qui fera le travail à la maison ? Vous n'êtes guère en état de m'aider.

Alexandre accusa le coup. Joséphine ne lui avait encore jamais reproché aussi clairement le peu d'aide qu'il apportait. Devant la mauvaise tournure que prenait la discussion, Louis interrompit :

— Léobon va m'apprendre et il ne se fera pas payer. Il me l'a dit ! Ce matin il m'a fait lire dans le journal qu'il reçoit : *La Calotte*. Dans l'article il était dit que le curé faisait le bouc avec les femmes mariées.

La stupeur qui frappa Joséphine lui fit tomber les bras le long du corps. Elle faisait partie des femmes des Couteilles qui avaient gardé discrètement quelque pratique religieuse. Au mois de Marie, elle filait à l'église, un bouquet de mauves à la main, disant : « Je vais tailler une bavette avec la Lucie Mouret ! » pour ne pas fâcher Alexandre. Mais cela ne trompait personne. Elles n'étaient que quelques-unes encore à pascaliser aux Couteilles : Lucie Mouret, Julie Vergne, Marthe Vallade ainsi que Léonie Gerbeau. Et parce que, dans le village, l'entente était assez bonne, elles ne se voyaient pas chassées à coups de pierres par des enragés qui guettaient les femmes se rendant à l'église, comme dans certains hameaux alentour.

Ce jour-là, il ne fut plus question de Louis et de son goût pour l'apprentissage de la lecture. Le soir, Alexandre et Joséphine parlèrent longuement dans leur lit à quenouilles, les rideaux bien tirés. François et Louis essayèrent de deviner leurs propos, sans y parvenir. Les deux jeunes garçons dormaient déjà quand Joséphine laissa échapper un profond soupir de cette tendresse qui efface les mots blessants du jour.

Le lendemain, la chose était entendue : Louis serait inscrit à l'école de Pontarion.

— François, tu le conduiras le premier jour, avait demandé Alexandre sur un ton solennel. Je souhaite ainsi que ton frère, quand il aura acquis une position, n'oublie pas qui lui tenait la main et grâce à qui il a pu devenir ce qu'il est.

Alexandre se rendit l'après-midi à Pontarion, en compagnie de Léobon, pour inscrire l'enfant auprès du maître d'école, un dénommé Ballatange. Le montant de la contribution avait été négocié âprement et Alexandre avait obtenu qu'une partie de la somme soit payée par la municipalité. Léobon, touché par la démarche de Louis, avait participé au premier versement.

— Ce sera ma façon de ne pas trahir la confiance qu'il avait mise en moi, avait dit le vieil homme.

Léobon et Alexandre étaient ensuite passés au cabaret, chez le père Larigaudrie. Dehors il gelait à pierre fendre. Cela faisait des semaines qu'Alexandre ne s'était pas rendu à Pontarion. Léobon, quant à lui, n'était pas revenu ici depuis l'assemblée des libres penseurs, jour mémorable au cours duquel le curé avait sonné les cloches à en décoiffer l'église. Alexandre était en gaieté de savoir que Louis était inscrit. Léobon avait fait le pitre au café en racontant des histoires de l'ancien temps. Toutes les rasades de vin chaud qu'ils avaient bues avaient le goût de la fraternité.

Ils rentrèrent aux Couteilles, en ajoutant quelques lacets supplémentaires au chemin qui n'en manquait pas. Léobon chantait une complainte de grognard et Alexandre marquait la mesure. Quand ils étaient passés devant la porte en pareille disposition, Joséphine avait happé son mari en le houspillant, l'avait flanqué au lit et avait incité vertement Léobon à continuer son chemin jusqu'à sa ferme, si encore il était en état de monter le gratou.

Jamais études ne s'étaient présentées sous de meilleurs auspices.

Le 12 janvier 1861, François quitta les Couteilles en compagnie de Louis. Il était sept heures. La neige menaçait depuis plusieurs jours, guettant le moindre redoux. Ils prirent la direction de Pontarion. François portait une bûche et Louis un panier d'osier dans lequel Joséphine avait préparé son repas de midi. Les deux garçons s'enfoncèrent dans la nuit.

Depuis la veille, Louis n'avait pas trouvé le repos tant il était excité à l'idée d'aller à l'école. Il ne voyait pas précisément la condition meilleure que devrait lui apporter plus tard le fait de savoir lire, écrire et compter dont son père parlait avec tant d'insistance. Ce qui l'intéressait, c'était le savoir. « Une fois que l'on sait lire, on n'a pas besoin des autres et on peut continuer par soi-même à s'instruire », songeait-il. Le gamin imaginait confusément une sorte de mouvement perpétuel que le maître d'école Ballatange allait déclencher à l'aide d'un simple abécédaire.

Ils arrivèrent à Pontarion sur le coup des huit heures. Ils allèrent droit vers la maison d'école contiguë à une auberge. La masure au toit dangereusement ensellé appartenait au maire qui l'avait louée à la commune pour y installer Ballatange et sa fille.

Les deux jeunes gens restèrent un moment devant la porte de l'école. Dans un espace qui servait de cour, des gamins jouaient bruyamment. Louis, qui n'avait pas l'habitude aux Couteilles de rencontrer autant d'enfants, avait marqué un mouvement de recul.

Des garçons pratiquaient un jeu dont Louis avait entendu parler et qui s'appelait « l'ours ». Au centre d'un grand cercle, des enfants, la tête baissée, tenaient le rôle des moutons. Des sauteurs devaient les franchir mais un ours saisissait ceux qui avaient les deux pieds au sol. Il s'ensuivait un remue-ménage indescriptible. Dans un coin, des gosses plus sages jouaient aux billes. Plus loin Louis observa deux gamins qui s'évertuaient à faire ronfler leur toupie. Éloignées des garçons, les fillettes faisaient une ronde en chantant.

— Je vais te laisser, Louis, dit François. Il faut y aller. Courage !

François remit la bûche à Louis qui hésitait encore. Quand il vit son aîné s'en retourner, il se décida à avancer vers le groupe des garçons. Ceux-ci interrompirent leurs jeux qui tournaient à la franche bousculade et le dévisagèrent d'un air goguenard. Louis restait en retrait, intimidé. Soudain un garçon de sa taille s'approcha et lui donna une forte bourrade qui fit tomber la bûche.

— Qué lou pouillou ! Qué lou pouillou ! crièrent en chœur d'autres enfants qui surveillaient la scène.

Au moment où Louis ramassait le rondin, prêt à faire face, les poings tremblants, un juron monta de la masure. Les garnements tournèrent les talons. Louis se releva en saisissant son panier d'osier.

La quinzaine de gosses s'engouffra par la porte étroite dans l'unique pièce qui occupait le rez-de-chaussée de la maison d'école. Les plus hardis jouaient des épaules malgré les coups de baguette de noisetier que leur assenait avec application un grand homme sombre, aux cheveux ras et aux mains terriblement larges.

— Allez-vous vous tenir tranquilles, sales garnements !

Louis fit un pas, les lèvres sèches. Une peur insidieuse le paralysait. Il eût préféré avoir à se battre contre tous ces gamins qu'il ne connaissait pas plutôt que de passer devant l'homme taciturne. Pour se donner des forces, il songea à son père.

— C'est toi, Louis des Couteilles ? grogna le maître d'école d'une voix grave.

Il s'était penché sur Louis en battant dans la paume de sa main la baguette qu'il tenait fermement.

— Oui, monsieur.

— C'est-y bientôt qu'il va me payer ce qu'il me doit, ton père ?

Les autres garnements s'étaient tus. Chassagne, le noiraud qui avait envoyé rouler la bûche de Louis, s'était esclaffé :

— Qué malérou coume la pere é ca va na à l'école !

La baguette de Ballatange s'était abattue avec précision sur les oreilles du gamin qui avait arrondi les épaules.

— Pas en patois, Chassagne. Tu veux me faire retirer mon brevet ? En dehors de l'école, tant que tu veux !

Lorsque les gosses se furent calmés, Ballatange, d'une voix caverneuse, lança :

— Installez-vous !

Ce fut une cavalcade des garçons. Les filles les

laissèrent passer et se placèrent dans un recoin de la grande salle. C'était une pièce sombre, de terre battue, et percée d'une seule fenêtre. Il régnait à l'intérieur une obscurité de cave. Un coin de la salle de classe était aménagé d'une souillarde, de deux lits, d'une étagère et d'une table de cuisine près d'un fourneau. Dans un des lits, une fille somnolait, les traits livides et le corps secoué de quintes de toux.

— C'est la Géraldine, la fille de Ballatange, susurra un garçon au visage moins fermé que les autres. Tu viens des Couteilles ?

— Oui. Et toi ?

— Moi je suis du Liège. Je m'appelle Nicolas.

— Le Liège d'en Haut ?

— Non, le Liège d'en Bas...

Mais déjà Ballatange tapait dans ses mains en poussant des rugissements. A l'opposé de l'appartement de Ballatange, un tableau noir tendait sa surface crayeuse. Les enfants s'assirent sur des petits bancs. Ballatange alla chercher dans un coin de la salle une série de cartons qui représentaient les lettres.

— « i » lança-t-il en levant le carton à hauteur de ses yeux. Allez, chacun son tour !

Chassagne commença en lançant un cri qui faisait songer au braiment de l'âne de Gerbeau quand celui-ci l'attelait à sa petite voiture. Louis étouffa un pouffement de rire. Chassagne se tourna vers lui, triomphant. Ballatange reposa lentement le carton et ordonna à Louis d'approcher. Comme il avançait, la tête basse, Ballatange lui ordonna de mettre les mains dans le dos et lui décocha une gifle. Louis reprit sa place, la joue en feu, dans le silence des gamins rendus prudents par ce rappel à l'ordre. Quand tous eurent lu la lettre, ils reprirent en chœur « i, i... » jusqu'à ce que les premiers braiments se fassent de nouveau entendre. Ballatange invita alors quatre élèves à venir tracer la lettre sur l'unique table tandis qu'il demandait aux autres, individuellement puis collectivement, de réciter leurs nombres de un jusqu'à cent, à l'endroit, puis à l'envers.

La matinée parut interminable à Louis. L'obéissance aux consignes de Ballatange l'épuisait. Deux fois, Chassagne et d'autres garnements de son accabit s'étaient fait frotter les doigts à coups de règle, tandis qu'un dénommé Baptiste avait passé trois heures debout derrière le tableau, un gros livre en équilibre sur la tête. Ballatange, dès que les enfants en eurent terminé avec les consonnes, s'était régulièrement éclipsé de la salle de classe pour aller au cabaret. Chaque fois qu'il revenait, il lançait un regard suspicieux vers ceux qui ne se trouvaient pas à la place exacte qu'ils occupaient au moment de son départ.

Quand midi sonna au clocher de Pontarion, Ballatange tapa dans ses mains et ce fut la débandade vers la sortie. Louis, surpris par la précipitation des autres à quitter les lieux, se retrouva le dernier dans la salle. Géraldine tournait la soupe sur le fourneau au fond de la classe. Comme Ballatange était encore au cabaret, Louis s'approcha de la jeune fille. Elle avait les traits pâles et les bras d'une blancheur étrange. De temps à autre elle plaçait la main devant sa bouche et étouffait un toussement rauque. Elle tourna la tête vers Louis et lui sourit.

Le recoin de la salle de classe était aménagé sans grâce et laissait transparaître la gêne. Deux chaises bancales encadraient une table étroite et graisseuse contre les lits défaits. Un buffet grossier complétait le mobilier.

— Tu ne manges pas, toi ? demanda Géraldine, d'une voix douce.

Louis songea aux crêpes de froment et au morceau de fromage que sa mère avait glissés dans son panier. Il tourna les talons, troublé par le visage de la jeune fille, et alla s'asseoir au bord de la route en mastiquant lentement la nourriture.

L'après-midi parut moins long car Ballatange était revenu en gaieté de son déjeuner. Nicolas, qui s'était assis aux côtés de Louis, avait donné du coude en murmurant :

— Ça y est, il est parti. Tu vas voir comme il peut être disposé.

Le maître avait sorti d'un placard qu'il fermait à clef trois livres autour desquels il fit grouper les élèves qui lurent chacun leur tour puis en chœur, une multitude de fois. Ballatange battait l'air avec ampleur et n'accordait plus la moindre importance aux écorchures subies par le texte tiré d'une doctrine chrétienne.

C'était le premier livre que touchait Louis. Il fut saisi par cette odeur étrange de papier moisi, une odeur qu'il ne connaissait pas et qui l'enivrait. Il avait eu envie de plaquer son visage entre les pages pour en respirer le parfum, avec l'espoir d'en comprendre le sens. A un moment, Ballatange interrompit le concert d'un coup de baguette qui frôla Chassagne, et alla au fond de la salle, vers son gourbi. Il revint, une bouteille de vin blanc et un verre à la main, et commença par se servir trois rasades.

Lassé par l'exercice collectif, il demanda à certains de reprendre le même texte, à haute voix. Ce fut bientôt le tour de Nicolas qui s'embourba. Curieusement, alors que Louis craignait que Ballatange ne mît à mal son camarade, il vit le maître s'approcher d'un air conciliant et tendre un verre plein. Le gamin, sans hésiter, avala d'un trait le breuvage, reprenant sa lecture en prenant soin de sauter le piège dans lequel il était déjà tombé.

Géraldine, qui s'était absentée après le déjeuner, était revenue à trois heures. De son banc, sans tourner la tête, Louis avait aperçu la jeune fille qui s'étendait. Et tandis qu'il continuait à lire en chœur, il imagina le corps livide et doux couché près de lui, qui de temps à autre étouffait une quinte de toux ou se tournait doucement, les cheveux blonds éparpillés sur les draps gris.

Ballatange se lassa de l'exercice de lecture. Il en était à sa deuxième bouteille de vin et un coin d'écume ourlait ses lèvres. Chassagne ne prenait plus garde à la classe, les yeux mi-clos sur un profond ennui. Une torpeur indicible s'abattait sur les enfants. Les plus proches du poêle, qui ronflait, avaient les joues rougies. Ballatange sentit le danger et s'en alla fouiller derrière le tableau. Il réapparut brandissant l'unique carte de géographie qu'il possédait. Il l'accrocha au tableau et commença la récitation des départements, des préfectures et sous-préfectures, sa baguette de noisetier vigoureusement en main.

Le soir allongeait les ombres sur le chemin qui ramenait aux Couteilles. Louis, son panier ballottant à son bras, traînait le pas entre les fougères gelées qui lui arrivaient au visage, exténué par la tension de ce premier jour d'école. Les souvenirs s'embrouillaient dans un sentiment de fierté d'avoir triomphé des événements. Le visage aimable de Nicolas, la frimousse tendre de Géraldine, l'air ivrogne de Ballatange flottaient devant ses yeux. Seule la méchanceté de Chassagne l'inquiétait encore.

A la sortie de Pontarion, le sentier inclinait vers les rives du Taurion dont Louis devinait l'approche par un rafraîchissement de l'air et le bruissement imperceptible de l'eau filant sur les gravières dorées. Une heure plus tard, il était en vue des Couteilles. Il s'arrêta en lisière du commun. Au fond du vallon, les toits du village tiraient leurs chaumes gris et noirs. Il devina la silhouette minuscule de Tissier qui traversait la sagne pour s'en aller donner aux poules. Les trois vaches de Gerbeau faisaient des taches rouges derrière la haie de noisetiers qui entourait leur pré. La pêcherie couverte de cresson marquait un rond foncé au milieu du pacage de Germain. Louis redécouvrait les Couteilles après un premier jour d'absence.

Il vit Marie, venant dans sa direction, accompagnée de Mira. Le chien gambadait autour de la jeune fille qui marchait d'un pas régulier en balayant de la main les herbes hautes. En passant sur le petit pont, elle s'arrêta pour regarder l'eau et caressa Mira qui se laissa faire.

Louis sortit de la châtaigneraie et alla au-devant de la jeune fille. En le voyant, Marie passa un mouchoir sur ses yeux. Elle avait pleuré. Ce fut elle qui demanda :

— Alors, Louis, cette journée d'école ? Ça s'est bien passé ?

Et comme il ne répondait pas, elle ajouta :

— Tu te doutes pourquoi je pleure ?

Il secoua la tête d'un air ébahi.

— Le père a appris que j'avais François pour galant. Et il m'a grondée sévèrement.

Il ne savait que répondre. Marie le regardait avec tendresse. Les yeux verts de la jeune fille étaient un mystère devant lequel il tremblait.

Lorsque Gerbeau avait su que Marie se laissait courtiser par François, il s'était mis dans une colère noire.

— Après la façon dont sa famille m'a traité, tu cherches à me faire honte !

Marie avait éclaté en sanglots. Léonie s'était avancée pour dire :

— Écoutez, Gerbeau. Vous n'êtes pas juste. Je vous le dis. Jusqu'à cette malheureuse histoire, vous ne juriez que par ce garçon. Vous m'avez bien dit qu'il était vaillant à l'ouvrage. Ce n'est quand même pas sa faute ce qui est arrivé !

— C'est la mienne alors ! Ah ! Si vous êtes de leur avis !

Léonie n'avait pas fléchi.

— Il n'est pas question d'être de leur avis. Regardez dans quelle peine est notre fille.

— « L'eau gâte le vin, la charrette le chemin et la femme le voisin », maugréa Gerbeau, se raccrochant à ce proverbe que Germain lui avait déballé le matin même avec un air entendu.

— Et moi je vous dis qu'« il vaut mieux garder cent moutons près du blé qu'une fille quand son cœur a parlé » !

— Ah ! répliqua Gerbeau qui sentait qu'il n'aurait pas le dessus.

Marie était restée à la maison toute la journée. Depuis la veillée et son retour de chez Chaumont où elle s'était laissé prendre la main par François, tout son être la poussait vers l'amour. Du réveil jusqu'à l'endormissement, le jeune homme accompagnait ses pensées. En filant le chanvre, assise devant la cheminée, elle sentait la présence de François contre elle. Cette douceur de n'être plus seule, d'avoir retrouvé le complément qui donnait un sens à sa vie, la transportait. La métamorphose était évidente. Non point qu'elle eût changé de vêtements. Elle portait toujours avec la même modestie son corsage de laine, son tablier qui recouvrait sa grosse jupe noire. Elle jetait sur ses épaules son châle croisé sur la poitrine quand il lui fallait sortir. Pour apaiser son père elle avait même préféré, au barbichet tout en dentelle et mousseline, sa coiffe la plus ordinaire. Mais malgré la modestie de sa mise, elle rayonnait. Léonie la guettait en coin, surprise par la volupté qui avait touché les traits déjà si fins de sa fille. Elle rêvait au temps passé où pour Gerbeau elle s'était retrouvée aussi jolie qu'un bouton d'églantier, tout en redoutant le maléfice de la passion.

— Marie, tu es bien jeunette pour prendre un seul galant. Tu sais que j'ai de l'estime pour François. Mais crois-moi. Tu devrais choisir d'autres fréquentations. Non pas pour faire la coquette, mais pour prendre le temps de choisir. Quand on est aussi jolie que tu l'es, le temps ne presse pas.

Immanquablement, ces remarques faisaient éclater Marie en sanglots. Léonie se retrouvait très embarrassée et la prenait entre ses bras pour la consoler.

Marie ne parvenait pas à comprendre la soudaineté de son sentiment pour François. Ils se connaissaient depuis toujours ; ils avaient partagé les mêmes jeux, farandolé ensemble dans les prés fraîchement fauchés. Et jusqu'au départ de François pour limousiner, elle n'avait eu pour lui que des sentiments d'enfance. Pourtant, lorsqu'elle cherchait bien dans son cœur, Marie se souvenait de la petite noix chez les Tissier et du baiser qu'elle avait donné à François. Mais il n'y avait pas là bien grand épanchement. Non, se disait-elle, c'était l'absence qui avait révélé son sentiment. Marie songeait à ces fins d'été où le ciel est invariablement bleu et où la sécheresse menace les puits comme les plantes. On en vient à espérer la pluie. Mais au premier jour de brumes, c'est le regret de l'azur.

Le lendemain de la veillée chez les Chaumont, Marie était partie niveler les taupinières dans une petite terre éloignée vers Villevegoux. Elle était passée devant chez les Ribière, sa petite pioche sur l'épaule, certaine que François l'avait observée. Gerbeau était parti dans l'autre direction, revoir la terrade qu'il venait d'acheter, pour récurer les levades à l'aide d'une tranche.

Alors qu'elle égalisait les petits monticules de terre sortis par la taupe, Marie avait vu François, un fagot sur le dos. Le garçon s'était tenu à distance, puis comme ils restaient silencieux tous les deux, il s'était approché d'elle et avait déposé un baiser sur sa joue. Ne sachant que dire, il avait jeté son fagot de noisetier sur le sol et ils s'étaient assis tous les deux sur les branches en regardant la vallée au fond de laquelle coulait le ruisseau des Vergnes. Ils étaient deux enfants écrasés d'amour.

Depuis ce jour ils s'étaient retrouvés, découvrant l'anéantissement que procure le bonheur d'être réunis. Le lendemain, Marie avait rencontré François à la chenevière des Ribière. Et puis, près de la terre de Vauve. Une autre fois, ils avaient profité de l'élagage et du rebouchage de la haie qui entourait la terrade. A chacune de ces rencontres leur tendresse grandissait. Au moment de se séparer, le baiser que François laissait sur la joue de Marie faisait une marque brûlante sur sa peau. Mais tous les amoureux du monde oublient que le monde les épie. C'était ainsi que Gerbeau avait eu vent de l'affaire.

— Je ne veux plus qu'elle sorte veiller ! avait décrété Gerbeau.

La mère avait haussé les épaules. Elle savait qu'il n'était pas question de pousser son mari plus loin. « Tout ce qui fleurit ne mûrit pas », pensa-t-elle tristement en voyant la détermination de Gerbeau.

Quand il apprit qu'il ne reverrait plus Marie à la veillée et que désormais la jeune fille était surveillée, François tomba dans le plus complet abattement. Tout le jour il traînait sa peine, se donnant peu à l'ouvrage. Les rares moments de bonheur, il les passait à se confier à Louis. Mais celui-ci rentrait fatigué de Pontarion et s'endormait avant même que François n'ait commencé à parler de la jeune fille. Afin de tromper son ennui,

François avait décidé d'accompagner matin et soir son frère sur une partie du chemin de l'école. A l'aller, il portait la bûche que Louis remettait quotidiennement à Ballatange. Le soir, il attendait près des berges du Taurion et ramenait le panier vide ainsi que les cahiers dans le sac de toile cousu par Joséphine.

Pour attendre Louis, François se plaçait sur un gros rocher qui surplombait la rivière. De ce promontoire élevé, il découvrait une vaste étendue d'herbes rases. Un chemin à découvert traversait cette lande d'ajoncs et de genévriers. Le soir, bien que la nuit tombât très vite et jetât avec la vivacité de l'hiver un voile terne sur les herbages, François guettait la silhouette de Louis qui surgissait des rives ensaulées de la rivière.

A plusieurs reprises il avait aperçu Mme Duvaucel, galopant sur son cheval noir. La propriétaire du château des Bruges aimait caracoler dans les campagnes, seule ou en compagnie de son mari quand celui-ci descendait de Paris. François suivait la course de l'écuyère qui lançait sa monture dans l'oblique de la pente, au petit galop.

A la fin de février, en rentrant aux Couteilles, François et Louis apprirent la mort de Léobon. A l'annonce de la nouvelle, Louis avait éclaté en sanglots. Depuis ce jour où le vieux ne l'avait pas repoussé, il vouait une amitié profonde au libre penseur. Dès qu'il avait fait quelques progrès en lecture, il montait chez Léobon ânonner les phrases nouvelles qu'il savait déchiffrer. Il n'avait pas plus grand plaisir que de lui réciter son alphabet et ses nombres. Léobon avait témoigné de l'intérêt pour son jeune ami et aidait discrètement les Ribière à payer la rétribution à Ballatange.

Au soir du 25 février Alexandre et François s'habillèrent chaudement pour monter veiller le corps de Léobon. Ils se retrouvèrent dehors, laissant à Louis, qui avait protesté, le soin de garder les biens et la mère. Autour d'eux, les toits des chaumières se fondaient à la nuit, bas et retombant sur les murs de granit comme un vallonnement de champs brossés par la faux. Alexandre se racla la gorge. Ses sabots nouvellement ferrés claquaient sur le chemin et des étincelles s'accrochaient à ses pas. Il s'arrêta devant la maison de Germain Vergne. En passant devant la porte de la grange il entendit un froissement d'ailes. Comme il approchait, il vit une chouette aux ailes écartées qui se débattait, clouée au vantail. Alexandre croisa le regard de l'animal.

Le chien des Vergne donnait déjà dans la maison.

— A tu chaba ! cria une voix aussitôt ponctuée d'un gémissement.

La porte s'ouvrit.

— C'est toi ? Je suis prêt... Allons-y.

Germain enfila une veste et referma la porte sur lui. Il faisait une nuit épaisse. Les marcheurs ne pipaient mot. La forêt enveloppa les hommes de son haleine de feuilles et d'humus. Les cimes se refermaient sur la route comme l'arche d'une cave. Après le petit pont, ils arrivèrent à l'embranchement du chemin qui montait chez Léobon. Une croix branlante marquait la croisée.

— Tu sais que le curé envoie encore ses vieilles réciter leurs pénitences ici la nuit ? s'amusa Germain.

— Je leur ferais bien le lébérou pour leur passer l'envie de sortir, proposa Alexandre.

— C'est pas une mauvaise idée, ça...

Les hommes ne s'attardèrent pas. Un chemin grimpait sur la droite. Ils commencèrent l'escalade. Ils arrivèrent sur un escarpement qu'enjambait un ouvrage en moellons montés au mortier. Alexandre toucha le parapet.

— Il avait quel âge, Léobon, quand il a entrepris le pont ?

— Pas loin des soixante. Je le revois qui mangeait son morceau de pain, tout seul, la pioche et la pelle à ses pieds. C'était un sévère, le vieux.

— Il a limousiné quarante-deux ans.

La nuit donnait envie de parler. Alexandre regardait en contrebas les toitures sombres des Couteilles. Immobile, il respirait la nuit à côté de Germain dont les jointures craquaient à chaque mouvement. En retrait, François se taisait. Le vallonnement engloutissait les maisons. Par cette nuit d'hiver, il était impossible de deviner une autre présence sur tout l'horizon. Alexandre brisa le silence.

— Sa fin m'a étonné.

Germain s'assit sur le muret.

— Moi aussi. Chez un vieux républicain comme lui, à la fin de sa vie, ça a dû correspondre à un besoin du cœur.

— Pourtant, il avait le dégoût de la robe noire. Alors, se faire enterrer à l'église, c'est à n'y rien comprendre !

— Il avait ses raisons, Alexandre. Et puis ça n'empêche pas. Pour toutes les choses importantes, il faut bien un intermédiaire.

Alexandre secoua la tête sur un air à ne toujours pas admettre. Il reprit son chemin, Germain et François à ses côtés, réglant leur pas sur la côte qui conduisait à la demeure du mort.

Dix minutes plus tard, ils étaient en vue.

— De la belle ouvrage, remarqua Alexandre en indiquant la maison de la pointe de son barou.

Zénaïde leur ouvrit. Sitôt qu'elle les vit, elle s'effondra en sanglots. Marceline, qui était montée depuis l'après-midi, s'approcha d'elle et la prit par les épaules.

— Zénaïde, on est venus pour le tien, murmura Alexandre.

— Mes pauvres petits, répétait-elle inlassablement. Finissez d'entrer.

— « Ce n'est pas le mal qui tue, mais la mort », remarqua Germain.

Dans la grande pièce, quatre bougies brûlaient aux coins du lit qui avait été tiré de l'alcôve. Sur une table de nuit recouverte d'un drap se consumait une chandelle. Contre la cheminée éteinte des silhouettes se tenaient debout. Alexandre avança vers le défunt.

Léobon était étendu, le visage cireux et les mains posées sur le drap. Il avait la chemise à col haut du jour de ses noces, que Zénaïde avait conservée dans l'armoire quarante-trois ans. Comme Alexandre, Germain et François demeuraient interloqués, elle s'approcha.

— Il a voulu porter la blouse de peine qu'il avait sur les chantiers. Et surtout le bonnet ! Ah ! ça, le chapeau ! Mais quand il avait quelque chose dans le crâne...

Effectivement, le corps ne manquait pas d'allure avec le chapeau phrygien d'un rouge éclatant. Alexandre crut bon de faire remarquer.

— Mais, Zénaïde, toute sa vie il l'a porté sur les chantiers. Et il n'était pas le seul, ça, Dieu non ! C'était leur façon à eux de rappeler les idéaux de 1789.

— Même qu'il avait du courage pour s'afficher ainsi, commenta Germain.

Il s'interrompit car Zénaïde redoublait en sanglots.

— J'étais sûre que ça lui porterait malheur. Je lui avais bien dit. Cela faisait trois jours qu'il était alité. Car vois-tu, mon petit Alexandre, on a entendu la poule qui chantait au poulailler en se prenant pour un coq. J'ai dit à Léobon : « Écoute-la donc qui chante comme le coq. » Lui, il n'a pas répondu, tu sais comme il était. Moi, je me suis empressée d'occire la poule et d'en faire un bouillon, pour lui redonner des forces. Il n'a pas eu le temps d'y goûter.

Elle montra une marmite sur les landiers.

— C'était la seule poule noire du poulailler.

Elle avait saisi Alexandre par le bras et le prenait à témoin.

— Lui, il a senti que les choses filaient. Alors il m'a dit : « Quand je serai passé, tu me mettras ma blouse de travail et mon bonnet rouge que j'ai gardé dans la malle à outils qui est au grenier. Il est en état. »

Alexandre jeta un coup d'œil vers les autres. Germain s'était reculé et parlait à voix basse avec deux gars du Masbolle. François se tenait debout dans un coin de la cheminée. Une femme qu'il ne connaissait que de vue et qui était en famille avec Zénaïde, du côté de sa mère, restait à l'écart près du fauteuil vide.

— Pour sûr, ça lui a été fatal ! On a bien

essayé, avec la Marceline, de lui faire renoncer, mais rien à faire. D'ailleurs à la fin, il s'est laissé emporter. Pour atténuer sa souffrance, on a posé le joug sous la tête. Et puis, ç'a été fini...

Alexandre cherchait sur les traits de Zénaïde la grâce qu'il avait connue quand elle était jeune. Elle avait certes quinze ans de plus que lui et il n'était qu'un enfant. Mais quand Léobon l'avait ramenée du Mondoueix dans sa charrette, jeune épousée aussitôt délaissée pour s'en aller limousiner, Zénaïde était bien jolie.

— Mais assieds-toi. Asseyez-vous tous ! La nuit va être longue. Oh ! c'est bien gentil d'être venus.

Ils s'installèrent sur le banc et les chaises, le dos à la table, tournés vers le lit mortuaire.

— Il t'aimait bien, mon petit, murmura Zénaïde en tapant sur le bras d'Alexandre.

Alexandre se souvenait parfaitement de leur retour bien arrosé de Pontarion, le mois dernier, quand Joséphine l'avait mis au lit et avait grondé Léobon en lui reprochant de faire boire les « jeunes ». Alexandre était heureux d'avoir partagé la dernière cuite du vieux grognard. Personne ne pourrait dire mieux que lui : « C'est avec moi que Léobon a bu son dernier canon. » Il n'empêchait qu'Alexandre s'en voulait de ne pas lui avoir rendu visite plus souvent. Surtout à la fin. Le complimenter sur son pont que bien des terrassiers de maintenant ne voudraient pas entreprendre en force et que lui, seul avec sa tranche, sa truelle et son auge, avait monté à force de savoir et de patience.

— La première fois que je l'ai vu à Paris, c'était sur un chantier pour un bourgeois, rue de la Contrescarpe. Mon oncle Ferrand était maître maçon et moi j'arrivais comme gougeat, commença Germain. Vous me croirez si vous voulez, mais je ne l'ai pas reconnu ! Avec sa blouse blanche, son air sérieux et son bonnet. Et ça l'a bien fait rire, car au village cela faisait quatorze ans que je le croisais en menant les vaches ou en volant ses pommes.

Germain baissa le nez. L'évocation du vieux lui tirait une émotion qui avait cassé la voix. Son visage plongea dans la pénombre. Alexandre chercha des yeux le cadran de la pendule. Les aiguilles marquaient trois heures, l'instant où le vieux maçon avait passé. Son regard triste retomba sur le visage inexpressif de Marceline. Derrière elle, l'unique miroir de la maison était voilé de crêpe.

La nuit enlaçait la ferme isolée. Plus fort encore qu'au village, c'était la présence de la forêt et des bêtes qui cognait aux murs. Alexandre tendait l'oreille. Un craquement de bois sec sortit du coffre à linge. Aussitôt Zénaïde et les deux autres femmes se signèrent en remuant les lèvres. Marceline ajouta à voix basse, sur un ton de reproche, en se tournant vers le meuble :

— C'est bien temps de craquer maintenant que le mal est fait.

Zénaïde reprit :

— C'est pourtant pas les signes qui ont manqué, si vous saviez, mes enfants. Quand il s'est vu sans force, j'ai tout de suite pensé à lui faire enlever le sort. Un homme fort comme c'était pas possible ! Personne ne pourra dire qu'on a pas tout fait...

Elle étouffa un sanglot, avant d'ajouter :

— La Marie du Masbolle est venue jeter ses branches de noisetier enflammées dans la bassine d'eau. Mais il faut croire que ce n'était pas suffisant.

Alexandre interrompit.

— Vous savez, Zénaïde, contre les traînaisons il n'y a pas grand-chose à faire.

— Ceux du Mondoueix m'avaient prêté leur pierre. Tiens ! Je la lui ai bien mise sur la poitrine. Mais c'était déjà trop tard.

Elle tendit la main en direction d'une pierre plate, posée au bout de la table. Les deux du Masbolle hochèrent la tête. L'un d'eux remarqua :

— Quand l'heure est venue, il n'est plus temps de reculer.

— J'ai ma tante du Mas Rivet qui a vu la mort de près exclusivement parce qu'elle avait croisé les yeux d'un mage dont je ne dirai pas le nom, remarqua le second.

Et il cracha par terre.

— Elle était au plus mal, poursuivit-il, quand mon père s'est souvenu qu'il avait toujours une araignée vivante dans la poche pour se protéger. On a vidé une noix et on y a mis l'araignée. Avec un fil, on a accroché la noix autour du cou de la Rosalie et le soir même elle donnait à manger à ses lapins.

L'assemblée approuva.

Les joues de Léobon s'étaient creusées. Les bougies accentuaient l'ocre de son teint. Les veilleurs baissaient le front et attendaient. De temps en temps le banc ou une chaise craquait. Dehors, un chat gratta à la porte. Zénaïde, inquiète, alla ouvrir et chassa l'animal à coups de balai. Les paupières se faisaient lourdes. Alexandre avait envie de parler, ne serait-ce que pour dissiper le sommeil.

— Il n'avait pas son pareil étant jeune pour jouer des tours...

Zénaïde secoua la tête avec un air attendri.

— Tu sais comme il voulait mal à ceux du Grand Blessac, continua Alexandre. Une nuit sans lune, moi je n'étais pas né, mais on m'a raconté, il est allé au Grand Blessac et il a défait toutes les roues de leurs tombereaux pour les accrocher dans les arbres du petit bois, en face de notre terre !

Zénaïde prit un air ravi à pardonner l'espièglerie.

— Il était fort, pardi. Monter les roues dans les chênes ! Il fallait le faire. Mais au travail, il ne plaisantait plus.

Germain, tenaillé lui aussi par le sommeil, remarqua :

— Dis donc, Alexandre, c'est bien lui qui avait ramené ton pépé, la nuit où il est resté piqué au bord du ruisseau de Vauve, les pieds dans l'eau.

— C'est bien lui !

Alexandre prit un ton nostalgique :

— Le pépé revenait de la foire de Pontarion. C'était bien tard et il n'était pas tout seul, le gredin ! Il s'est endormi au bord de l'eau, les pieds dans la rivière. Défunt Léobon l'a ramené à l'épaule comme un sac de grain. Le pépé est parti dix jours après. Rien n'y a fait.

Les mots s'estompaient dans l'accablement du sommeil. La fraîcheur de la nuit tombait sur les épaules. Marceline frissonna. Zénaïde se leva et décrocha dans le râtelier à pain une grosse miche. Sur la claie à fromage elle saisit un morceau à la croûte grise comme un pelage de souris et déposa le tout sur la table.

— Il faut manger, les enfants. Il ne voudrait pas vous savoir là, à ne rien prendre.

Tous se resserrèrent, sans protester, autour de la table. Alexandre sortit son couteau. Germain, entouré des compères du Masbolle, empoigna la miche et, après avoir tracé une croix de la pointe de son couteau, en découpa d'épaisses tranches. François s'installa en bout de table. Zénaïde avait déposé sur la table des verres dans lesquels elle versa un vin rouge, presque noir.

— « Vin sur lait santé, lait sur vin venin », remarqua Germain sur un ton enjoué.

— Oh ! mon petit, je ne risque pas de te donner du lait. Je n'ai pas touché à l'eau ni au lait depuis... On jettera tout ça, à la levée du corps.

Zénaïde se ravisa. Elle lança un coup d'œil sur la marmite en fonte dans laquelle mijotait la poule noire.

— Nous allons y goûter à cette poularde ! Il ne sera pas dit qu'elle nourrira le renard.

Elle sortit des assiettes et les yeux se rallumèrent.

Zénaïde était la meilleure pour accommoder la volaille. Ceux du Masbolle sortirent au bûcher chercher un fagot et de quoi alimenter le feu. François souffla sur les braises et on raccrocha la marmite.

Alexandre, dont Germain remplissait le verre une nouvelle fois, s'était éclairci la voix et avait fini par demander :

— Vois-tu, Zénaïde, il y a quelque chose qui me fait question. Comment a-t-il pu demander un enterrement religieux ?

Il désigna le corps, de la pointe de son couteau.

— C'était un enragé contre la calotte, Léobon. Il ne les a jamais épargnés, les corbeaux ! ajouta-t-il.

Zénaïde eut un sourire. Elle appréciait qu'Alexandre posât cette question qui brûlait les lèvres. Ceux du Masbolle, intimidés, baissèrent le nez sur leur assiette dans laquelle ils trempaient leur pain en ramenant la sauce.

Zénaïde se retourna vers Léobon, comme pour s'assurer qu'il ne pouvait plus l'écouter.

— Vois-tu, Alexandre, c'est une bien étrange chose. Tant qu'il a eu du souffle, il a maronné dans son lit contre les curés. Je lui ai bien dit : « Ah ! ça, Léobon, vous auriez bien besoin du curé, pour qu'il vous soulage un peu. Cela ne peut pas vous faire mal et ça ne changerait pas vos idées. Celui de Maisonnisses n'est pas le plus terrible... » Il se mettait dans des colères noires et j'arrêtais de le tarabuster car c'était précipiter sa fin. Ceci, tant qu'il a eu les yeux qui brillaient, fixés sur son niveau de maçon qu'il avait servi toute sa vie à Paris. Tu le vois, accroché là au-dessus de la cheminée. Jusqu'à vendredi midi. Justement, le vendredi il aimait manger de la viande quand il était en gaieté, lorsque nous avions un plaisir, rien de bien important. Je lui avais donc préparé la poule noire d'autant que cela faisait longtemps que je la reluquais celle-là. Je lui ai dit : « Un vendredi, cela te ferait plaisir un peu de poularde ? » Tu sais comme on s'accroche à des riens, quand on sent que tout file. Depuis le matin, j'avais remarqué qu'il ne regardait plus aussi attentivement son niveau. Il avait tourné la tête vers le mur. La Marie était passée avec ses branches de coudrier. Mais il était contre toutes ces manières et elle avait dû se mettre dans la pièce à côté. C'est peut-être bien pour cela que ça n'a pas marché.

Zénaïde prenait son temps. Les autres continuaient à manger lentement. Le temps filait comme s'il avait fait jour.

— Vers le milieu de l'après-midi, je l'entends ruminer. Je m'approche, car c'était un homme qui ne s'était jamais plaint. Il était dur à la douleur, vous ne pouvez imaginer ! Je me suis approchée et il s'est retourné. Il avait déjà changé et on voyait bien que la Faucheuse le travaillait. Elle avait déjà étendu ses ailes sur la figure et il remontait sans cesse le drap sous le menton.

Zénaïde se signa, imitée par les autres femmes.

— Je me suis penchée et il m'a dit à l'oreille : « Je veux une messe. » J'étais abasourdie. Je me suis relevée d'un coup. Il pleurait. De vraies larmes, Alexandre.

Il pouvait être trois heures du matin. Les hommes avaient refermé leurs couteaux d'un coup sec et les femmes nettoyaient la table. Il ne restait plus qu'à attendre l'aube.

Le cortège funèbre arriva devant l'église de Pontarion à deux heures. La charrette de Dupuy, le menuisier qui avait fait le cercueil, s'arrêta au pied du raidillon qui menait à l'église. En haut, sous le porche, le prêtre attendait, encadré par deux enfants de chœur.

De la foule sortirent six hommes.

Alexandre saisit le cercueil par une poignée. C'était un bel ouvrage de chêne car Léobon avait fait mettre de côté les planches de longue date. Ils balancèrent le cercueil à l'épaule.

Le cortège s'ébranla. Alexandre, d'un pas lent et régulier calqué sur celui de ses compagnons, laissait aller sa peine. Léobon, il l'aimait bien. Il l'avait servi comme gougeat cinq semaines sur la place de la Bastille et bien qu'il bretellât tout le jour sans piper mot, il faisait partie de ces bons maîtres maçons dont l'exemple forme à la peine. Les temps étaient encore plus durs qu'aujourd'hui et le travail rare. Heureux les matins où il ne fallait point quitter la place de Grève sans embauche, un jour entier à ruminer au garni, en espérant trouver un compagnon, le lendemain, qui voudrait bien de vous. Les rumeurs allaient vite... « Le duc d'Orléans fait remonter l'enceinte de son parc ; la mairie du cinquième s'agrandit d'une aile... » Léobon, quand il avait de l'ouvrage, n'aurait jamais oublié un pays.

En tête de la procession, Zénaïde, soutenue par Marceline, avançait, les yeux rougis. Les pieds crissaient sur le tuf. Ils étaient plus de cent à accompagner le vieux maçon, alertés de tous les points du canton, sans oublier ses amis libres penseurs venus de Guéret. L'avocat Mignaton, bien qu'il enrageât contre la calotte, avait tenu à assister aux obsèques.

Ils parvinrent devant l'église. Le cintre rond aux représentations frustes, les contreforts massifs ancrés dans le rocher qui affleurait près du cimetière attenant, le vieux lion de granit aux formes arrondies par le temps et qui gardait le parvis donnaient au bâtiment une allure de forteresse. Le prêtre fit un geste de la main. Les porteurs s'immobilisèrent.

Le cercueil pesait à l'épaule et Alexandre se demanda pourquoi l'autre attendait. La tradition aurait voulu qu'on posât le corps sur la pierre du mort. Le curé se dirigea vers Zénaïde et s'entretint avec elle. La femme éclata en sanglots et s'en retourna vers les porteurs interloqués, tandis que le curé en maugréant se replaçait devant le porche.

Alexandre, qui ne pouvait quitter sa place, tendit le cou vers Zénaïde qui parlait avec Mignaton.

— Qu'est-ce qu'ils foutent ? demanda Germain qui lui aussi avait le cercueil à l'épaule.

Léopold, qui était en arrière, marmonna :

— Il paraît que le curé refuse de faire rentrer le corps à l'église.

— Quoi ! rugit Alexandre.

Mignaton prenait les affaires en main. Vêtu d'un costume de belle coupe, un chapeau haut de forme sur la tête, il s'approcha du prêtre en jouant nerveusement de la canne.

— Que m'apprend-on ? Vous refusez au dernier moment de bénir le corps de ce malheureux ? La victoire que représente sa dernière faiblesse ne vous suffit-elle pas ? Vous voulez encore humilier cet homme qui toute sa vie vous a démasqués ?

L'autre prit un air buté. L'attaque de l'avocat le laissa un moment décontenancé. Mais reprenant le fil de ses convictions, il répliqua :

— Quand Zénaïde est venue m'implorer de bien vouloir accepter le retour dans notre sainte mère l'Église de ce pécheur invétéré, j'ai dû user de toute ma charité pour accepter. Mais quand j'ai appris que la dernière volonté du défunt était de porter le bonnet phrygien jusqu'à la tombe, alors je me suis dit : « Là c'est trop ! » Je sais qu'il l'a, son ignoble chapeau ! cria-t-il en tendant le bras vers le cercueil.

Comme Mignaton allait répliquer, le curé ajouta :

— Inutile de me mentir, il l'a ! Ce révolutionnaire sanguinaire n'entrera pas coiffé dans ce lieu sacré.

Le prêtre recula jusqu'à la porte, en écartant les bras.

Mignaton lança :

— Vous voilà démasqué. Vous n'avez cherché qu'à humilier Léobon et tous ses frères, hommes de raison. Vous êtes pire que tout ce que l'on peut imaginer !

Le curé rougit de colère.

— Qu'est-ce qu'on fait ? demanda un des porteurs.

— On rentre quand même, gronda Alexandre que la mauvaise volonté du prêtre commençait à échauffer. Il n'est pas question de lui retirer sa coiffe !

— Allons-y !

Les porteurs s'élancèrent vers le porche, tandis que le curé et les deux gamins poussaient de leur mieux pour leur en interdire l'accès. La mêlée fut brève et ils déboulèrent au milieu de la travée. Le prêtre bousculé s'esquiva par la sacristie en hurlant :

— Eh bien, bénissez-le vous-mêmes, vous qui êtes tous baptisés sous le poirier. Vous verrez bien si Dieu accepte les animaux près de lui !

Les insurgés se regardèrent, perplexes. Les porteurs déposèrent le cercueil sur le baiart, un brancard noir remisé à cet effet à l'aplomb du clocher.

Mignaton s'enflammait.

— La Lèpre a reculé. Il faudrait construire un hôtel de la Raison, juste en face... Là !

Et il montrait le parvis de l'église avec de grands gestes.

— C'est pas tout ça, mais il faut trouver un curé, remarqua Marcel Vallade.

Zénaïde, qui ne cessait de geindre, trouva la force d'observer :

— Il faut faire selon sa volonté. Sinon son âme va tourner autour de la maison et nous n'aurons jamais la paix.

Les femmes se signaient. Un excentrique proposa de lui retirer le bonnet et de ramener le curé. « Il n'en est pas question », grondèrent des enragés.

Un gars de Maisonnisses eut alors une idée :

— Amenons-le au père Jean. Il est moins coriace que celui-ci et quand il verra dans quelles dispositions nous sommes, il ne fera pas tant d'histoires.

Mignaton dressa l'oreille.

— Excellente idée. Mes amis, tous à Maisonnisses !

Ils replacèrent la bière sur le char et reprirent le chemin des Couteilles. Les rares habitants qui n'avaient pu se rendre aux obsèques, surpris, les virent prendre la direction opposée au cimetière.

— Vous revenez bredouilles ? se risqua un farceur que le passage à l'église avait découragé.

Quand ils parvinrent à Maisonnisses, il était

cinq heures. Dupuy maugréait après sa journée perdue et une si longue marche en avait assoiffé plus d'un. Ils trouvèrent le père Jean dans son jardin, penché sur une planche de choux.

— Père Jean, nous avons besoin de vous pour enterrer religieusement Léobon.

Et comme l'autre restait interloqué.

— Faut faire vite, Père Jean.

Le curé jeta un coup d'œil sur le cortège. Les visages s'étaient d'un coup assombris d'autant que la perspective de s'en retourner au cimetière de Pontarion n'arrangeait personne.

Le vieil homme risqua une question, mais le ton sur lequel il lui fut répondu ne laissait aucun doute sur la détermination des hommes. Il croisa le regard de quelques femmes qui faisaient encore leurs dévotions à Marie en cachette de leur mari et qui prirent une mine suppliante. Pour ne pas perdre la face, il minauda.

— Pour sauver cette âme en péril, j'accepte. Mais en seconde classe.

— Il voulait en troisième ! Il l'avait dit à Zénaïde, c'est sûr et ça ne peut lui faire que du mal. La troisième et dernière classe !

Le père prit un air renfrogné et tourna la tête vers ses choux. Alors que Zénaïde s'inquiétait des différences de tarif, Mignaton, qui avait l'habitude des négociations, intercéda, lyrique :

— Le Bon Dieu est un porte-monnaie bien garni, nous l'avons toujours dit ! Mais qu'importe ! Je paierai la différence.

Quand la file des hommes et des femmes passant devant le cercueil pour y jeter une poignée de terre se fut tarie, quand Zénaïde, soutenue par

Marceline et Joséphine, eut repris le chemin de sa maison, Louis se glissa près de la tombe du vieux Léobon. C'était un caveau sommaire d'un granit bleu qu'il avait fendu seul dans les grands rochers qui hantent le Puy de la Faye. Il avait usé de la poudre noire et avait mis trois semaines à les tirer avec un palan jusqu'ici. Contrairement à la plupart des tombes, celle-ci ne portait pas de croix. Mais sur la pierre était écrit, taillé finement : « Dieu ait son âme ».

Après s'être assuré que personne ne restait au cimetière, le jeune garçon s'agenouilla près de la terre fouillée. Le soir se coulait entre les murs du cimetière et les tombes, de granit ou marquées d'une simple croix fichée en terre, marquaient leurs ombres paisibles. Louis parcourut l'épitaphe en remuant les lèvres et en ânonnant. Sa voix qui lisait était un cadeau au vieux libertaire.

La neige retomba en février avec une lenteur qui brûla la terre. De nouveau, le monde arrêta de battre aux Couteilles et les veillées redoublèrent de fréquence car il n'y avait pas d'autre façon de rompre l'ennui. François se rendit en vain à la plupart des soirées, espérant trouver Marie. Mais Gerbeau tint sa promesse et la jeune fille ne réapparut pas. C'est à peine si tout au long de ce mois le plus rigoureux de l'hiver il la rencontra à deux ou trois reprises. Ils s'asseyaient dans le ressaut d'une haie et restaient jusqu'aux derniers instants, la main dans la main, faisant des projets ou plus simplement se taisant. François quittait la jeune fille très exalté. Depuis qu'ils avaient si pudiquement ouvert leurs cœurs, le jeune homme savait que la vie n'aurait pas de sens l'un sans l'autre.

Dans le déchirement qui suivait ces courts moments, ils sentaient leur être se rompre. Désespéré, François regardait Marie repartir, emmitouflée dans sa grande limousine, petit bout de femme dans la gelure. Les deux adolescents découvraient la maléfique brûlure de l'amour. Et s'ils n'osaient encore nommer le mal dont ils souffraient, ils en connaissaient déjà les tourments.

François n'avait guère de goût pour les travaux de mars qui s'annonçaient. Il fallait transporter à pleins tombereaux le fumier sur les labours de printemps qu'Alexandre, cette année encore, avait voulu mener seul. C'était pitié de voir le père, perclus de rhumatismes, s'accrocher au mancheron et serrer les dents pour ne pas lâcher le cap. Son expérience jouait à plein. François était émerveillé par le doux infléchissement que le père savait donner aux labours, favorisant tout à la fois l'écoulement des eaux et la satisfaction du regard.

A l'approche de mi-mars, ceux des Couteilles ensemencèrent les prés. L'absence de Louis, bien que le sujet fût tabou à la maison, se faisait sentir. Parfois, François se surprenait à envier son frère qui étudiait au chaud. Mais il chassait bien vite ces pensées honteuses car il savait que Louis ne leur disait pas toute la dureté de sa tâche d'écolier.

Un jour, François semait la prairie contiguë à la terrade des Gerbeau. Il portait le panier de semence et lançait son geste régulièrement, croisant avec application. Chaque fois qu'il plongeait la main dans les graines et qu'il lâchait au ciel cette pluie, il lui semblait faire quelque chose d'important. S'il comparait ce travail à celui du plâtre, il ne pouvait en rien trouver le métier de limousinant supérieur à celui de paysan. Que de masures démolies avait-il vues, jetées à bas pour les besoins de l'assainissement ou du percement des boulevards. Et chaque fois, l'enchevêtrement pitoyable des gravats et des pierres ramenait le métier de maçon à ses proportions réelles : celles du provisoire. Jamais l'ensemencement ne connaîtrait telle destinée. Les graines qui allaient germer donneraient de la vie pour toujours. « Si j'avais le choix, se disait François, je ne monterais pas limousiner à Paris. Je resterais ici pour travailler la terre. C'est cela que j'aime. »

Sans qu'il s'en rende clairement compte, ses pensées le ramenaient de plus en plus vers Paris et la prochaine campagne qui s'annonçait. Les semaines étaient comptées. La perspective de ne plus pouvoir limousiner sous les ordres de Gerbeau l'angoissait. Affronter l'embauche place de Grève, seul avec Louis qui allait partir cette année en raison de l'ampleur des dettes, l'effrayait. Certes, il pourrait compter sur la présence chaleureuse des autres des Couteilles. Mais chacun avait sa vie là-bas. Et sans Gerbeau, tout serait plus dur. Bien davantage que cette perspective c'était l'idée de ne plus voir Marie qui l'anéantissait. Sa présence flottait sur les choses, sur les terres, sur les Couteilles. Il n'y avait pas un chemin creux auquel il ne pût associer un souvenir où la jeune fille prenait la place centrale. Pas un pré où il ne puisse se dire : « Je me souviens, elle gardait ses moutons ici. Il pleuvait. Elle avait son grand parapluie noir... » Qu'en serait-il là-bas, où rien n'avait subi son signe ? Où sa marque ne figurait sur aucune chose.

— Pourquoi partir ? s'était-il mis à crier à pleins poumons. Pourquoi ?

C'était alors qu'il l'avait aperçue, dans la terre voisine, aidant son père à planter les topinambours. François aurait eu envie d'enjamber la haie et d'aller vers eux. « Pourquoi cette brouille, Gerbeau ? Vous savez bien que cela fait tort aux deux familles. Acceptez-moi tant qu'il en est encore temps. Car Marie et moi, nous ne changerons jamais. » Voilà ce qu'il aurait voulu dire. Son panier à semer était vide. La mort dans l'âme, il se résigna à rentrer aux Couteilles.

Pour tromper sa peine, il décida d'aller attendre Louis sur le gros rocher plat qui dominait le Taurion. Il arriva sur son belvédère vers cinq heures de l'après-midi. Un vent d'est s'était levé et peignait les herbes folles en donnant des reflets mauves aux touffes d'ajoncs. Les genévriers plus sombres oscillaient comme des sentinelles lasses. Il était là, les yeux dans le vide, quand des aboiements furieux lui firent tourner la tête.

Tout au bout de la lande, Mme Duvaucel avait lancé sa jument au grand galop. Mais sa monture faisait régulièrement des écarts qui obligeaient la jeune femme à s'agripper à sa selle. François se dressa d'un bond. Deux chiens poursuivaient la jument qui, effrayée, s'était cabrée pour se dégager. Mme Duvaucel, désarçonnée, avait roulé dans la pente. Les deux chiens suivirent le cheval sur une centaine de mètres, mais l'animal, débarrassé de sa cavalière, les laissa sur place. Ils renoncèrent et repartirent vers Aurore Duvaucel. Celle-ci s'était relevée et poussait des cris d'effroi. François comprit le danger en voyant la manière de zigzaguer des deux bergers : ils avaient la rage.

Les chiens enragés qui couraient les campagnes, semant la mort autour d'eux, étaient un des dangers les plus redoutés. Une morsure et c'était la fin dans des souffrances horribles. Il existait des moyens de repousser les loups si sensibles aux signes et de leur échapper. Les meneurs les utilisaient. Mais rien n'existait contre les chiens enragés.

Sans hésiter François saisit son barou et s'élança en poussant des cris vers les deux malheureuses bêtes qui, titubantes, se rapprochaient de Mme Duvaucel. Celle-ci ne criait plus. Elle tournait sur elle-même, cherchant à faire face, tentant de se rapprocher du Taurion. Lorsqu'il vit François arriver sur lui, le plus gros des deux chiens, un beauceron aux poils hirsutes, aux yeux fous, et dégoulinant de bave jusqu'au poitrail, fit front. François continua à courir, décidé à profiter de l'effet de surprise, se rattachant aux souvenirs d'obéissance que la pauvre bête aurait pu conserver. Le chien noir retroussait les babines. Ses yeux tournaient, en proie à un délire douloureux. François, tout en surveillant l'autre qui paraissait moins atteint et restait en retrait, se jeta le bâton en avant. En même temps qu'il lui assenait un coup sur la tête, il criait de toutes ses forces :

— A tu chaba !

L'espoir que ce cri de réprimande si commun à tant de pays rappelât quelque souvenir à l'animal fou resta un instant incertain. Puis le chien se replia sur ses pattes arrière et s'esquiva pour fuir, son compagnon aux trousses. Les deux bêtes prirent la direction du Theil et François songea aux malheureux congénères qu'ils allaient mordre et qu'il faudrait abattre d'une décharge de fusil ou d'un coup de hache.

François regarda Aurore Duvaucel. La jeune femme était d'une beauté troublante avivée par l'effroi. Dans sa chute, son chapeau de cavalière avait roulé et des mèches de son chignon couraient sur son visage délicat. Ses yeux, encore irisés de peur chaque fois qu'elle se tournait dans la direction des chiens, jetaient des éclairs sombres. Elle tremblait. Ses mains, portées en croix sur sa poitrine, faisaient des taches blanches sur sa robe de cavalière de velours sombre. Quand elle eut repris son calme, comprenant que les bêtes ne réapparaîtraient plus, elle se tourna vers François. Elle leva les yeux vers le garçon.

— Vous m'avez sauvé la vie, jeune homme.

Il resta le visage fermé.

— Sans vous, ils m'auraient mise en pièces. Ils étaient enragés, c'est cela?

Sa cravache traînait à ses pieds. Son chapeau avait roulé dix pas plus bas. Elle reposa les mains le long de ses hanches.

— Ils étaient enragés, répondit-il.

Aurore Duvaucel reprenait ses esprits. Elle fit mine de s'inquiéter de son chapeau et François, comprenant son regard, descendit dans la pente pour le ramasser.

— Merci, jeune homme.

A cent mètres de là, la jument broutait, apaisée par la disparition des chiens.

— Je suis pourtant bonne cavalière. Elle a marqué le pas...

François tendit le chapeau et s'en alla vers la bête qu'il flatta par des paroles douces. Quand il eut saisi la bride, il la ramena vers sa propriétaire. Mme Duvaucel avait ramassé sa cravache. La jument remuait les oreilles.

— Elle n'y est pour rien, remarqua François. Aucun animal ne tient tête à un chien enragé. Ils ont peur d'être mordus.

Sans répondre, Aurore Duvaucel reposa sa cravache le long de sa jambe. François, tout en maintenant la bête, l'inspectait afin de s'assurer qu'elle n'avait pas été mordue.

— Elle n'a rien. Ils n'ont pas pu l'attraper. Elle a un beau galop.

Aurore Duvaucel sourit.

— Vous me connaissez ? demanda-t-elle.

François détourna les yeux. Il fit signe que oui.

— Vous savez que j'habite le château des Bruges. Là-haut, de l'autre côté du Taurion... Un de ces jours, passez au château. Mon mari sera de retour de Paris. Nous parlerons de reconnaissance.

François poussa la jument vers Aurore Duvaucel. Comme elle montait en amazone, il lui tint le pied, jusqu'à ce qu'elle passât sa jambe droite sous le crochet de la selle. Au moment où elle allait de nouveau emballer son cheval, elle dit :

— Savez-vous ce qui m'est venu à l'esprit, tout à l'heure, quand je voyais ces deux monstres couverts d'écume et les crocs comme des poignards ?

Il ne répondait pas. Elle ajouta :

— Je me récitais ces vers de mon ami Lamartine :

« *Jusqu'à ce que la Mort, ouvrant son aile immense,*
Engloutisse à jamais dans l'éternel silence
L'éternelle douleur! »

« Voilà ce qui me hantait au moment de mourir, jeune homme.

Elle fit claquer sa cravache et s'engouffra dans la lande. Les sabots de sa jument jetèrent au ciel une volée de terre. La longue robe de velours vert flottait au vent. Bientôt elle franchissait le pont sur le Taurion, au grand galop.

— Pourvu qu'elle ne renverse pas Louis, se dit François en crachant par terre.

Aux Couteilles, personne n'aurait eu connaissance du sauvetage de Mme Duvaucel par François si celui-ci ne s'était confié à Louis. Le gamin n'avait eu d'autre empressement que de rapporter les faits à la mère. La rumeur avait circulé bon train. Les dégâts provoqués par les deux enragés avaient étayé l'histoire : au Theil ils s'en étaient pris à cinq chiens de berger qu'il avait fallu tuer. Une battue avait été organisée vers l'étang de La Chapelle-Saint-Martial. Après bien des efforts les deux malheureux déments avaient été achevés alors qu'ils s'abreuvaient dans les eaux glacées.

François regrettait que l'aventure se sût. Non par modestie mais pour des raisons obscures qu'il n'arrivait pas à exprimer. L'idée de se rendre au château dans l'attente de quelque remerciement lui était odieuse. Aussi, malgré l'insistance de

Joséphine, s'était-il résolu à ne jamais céder. François avait conscience d'avoir été malmené par Mme Duvaucel, tant du fait de sa condition supérieure qu'en sa qualité de femme. Le jeu le dépassait. C'était un sentiment d'impuissance qui poussait au silence. Toute autre bergère qu'il eût secourue aurait su lui dire sa reconnaissance par des mots dont il aurait compris le sens. Là, François se sentait encore redevable de quelque chose. Et cette idée lui était tellement désagréable qu'à l'évocation de l'histoire, il se mettait en colère. Plus personne n'en reparla devant lui.

Si au moins son courage lui avait valu de la considération de la part de Gerbeau ! Mais il n'en était rien. A l'approche des départs pour Paris, le père accentuait la surveillance sur Marie. François ne l'avait retrouvée que le deuxième jeudi de mars lorsque Gerbeau s'était rendu à la foire de Pontarion. Marie était au jardin potager, distant de quelques centaines de mètres de la ferme, bien abrité des mauvais vents par le pignon de la grange des Mouret. Dès qu'il avait vu Gerbeau charger un cochon dans le tombereau, François était parti la retrouver.

Cette année, le mois de mars était favorable aux semis. Les dernières neiges de février avaient fondu tôt en saison. Seules quelques gelées blanches qui annonçaient des journées ensoleillées étendaient leur tulle sur les pacages et les toitures. Germain, qui redoutait la neige en mars plus que tout autre fléau, ne cessait de répéter : « Mars poudreux, année malheureuse. » Et il ponctuait le dicton d'une grimace qui signifiait : « Nous ne sommes pas encore sauvés. » Il gardait également l'œil sur le jour des Rameaux en craignant la pluie, sur la Saint-Joseph en raison de l'arrivée des hirondelles et surtout sur le chant des rainettes qui ne devaient en rien « coasser avant le 25 du mois ».

Quand François poussa le clédou qui fermait l'entrée du potager entouré d'un muret de pierre sèche, Marie préparait le sol pour planter les haricots. Dès qu'elle le vit, elle se redressa. Elle était à la peine depuis deux heures et ses joues étaient rougies par l'air frisquet. François referma le portillon de châtaignier et avança vers elle. Depuis l'aventure des chiens enragés, ils n'avaient pas eu l'occasion de se parler. Marie s'approcha et lui prit les mains. Elle posa sa tête sur son épaule et ils restèrent ainsi, debout dans l'allée du jardin. François baissa les yeux sur sa coiffe. La nuque blanche de Marie plongeait dans le col d'un vieux tablier qu'elle avait passé pour ce travail salissant. Les doigts de la jeune fille se serrèrent sur ceux du garçon. Quand elle leva vers lui son visage, des larmes coulaient de ses yeux verts.

— Pourquoi ? demanda-t-il après un long silence.

Elle mordilla ses lèvres. François pouvait lire sur sa bouche tout ce qu'elle ne voulait pas dire. Les mots étaient inutiles. La peine, qui affleurait à la surface des yeux de Marie et éclaboussait de larmes, plongeait dans le cœur de François comme dans tous les cœurs des Couteilles et des trente-cinq mille Creusois qui allaient partir limousiner. Depuis plusieurs semaines François retournait jusqu'à s'en rendre fou les mêmes questions : « Pourquoi faut-il partir pour survivre ? Pourquoi n'est-il pas possible de rester ici, parmi ceux qu'on aime, dans les terres qu'on vénère ? »

Il passa le dessus de son index sur la joue de Marie afin d'y recueillir une larme. Le souvenir de Mme Duvaucel, dans toute la force de sa féminité dominatrice, s'immisça en lui. Il aurait voulu chasser de sa mémoire ce temps de flottement où, si près du danger, une femme lui était apparue si belle, escamotant toutes les autres femmes. Il aurait voulu avouer à Marie que, lorsqu'il avait rencontré la châtelaine, pour la première fois elle avait été absente de lui. Et combien il s'était senti misérable.

— Comment allons-nous faire, quand tu seras parti ? finit par dire Marie.

François détourna les yeux. Il regarda, au-delà du mur du jardinet, le verger des Mouret. Des pies bâtissaient leur nid au sommet d'un grand prunier. Il ne savait que répondre.

— Je reviendrai, trouva-t-il à dire.

Marie reposa la tête contre la poitrine de François. Par le chemin qui longeait le potager, ils entendirent un bruit de sabots. Ils s'écartèrent l'un de l'autre. Justin Vallade montait voir ses bêtes, un bâton de noisetier à la main, l'air pensif.

— Bonjour, Justin ! cria Marie.

— Bonjour, Marie, Té ! Bonjour, François. Ça va ?

— Ça va...

Le vieil homme les regardait avec plus de compassion que d'ironie. Il donna quelques coups de la pointe de son barou sur la tête des cailloux ronds qui affleuraient et repartit silencieusement, le bras gauche plié dans le dos comme il en avait l'habitude en marchant.

Lorsque François quitta Marie, il était onze heures trente, l'heure de la soupe. Léonie, du seuil de la ferme, criait : « Marie ! » et l'écho du nom de son aimée résonnait entre les murs des fermes enclavées. François avait embrassé la jeune fille et elle lui avait rendu un baiser au coin de ses lèvres. Ils s'étaient séparés.

— Mon père parle de partir lundi ! avait crié Marie au dernier moment. Et toi, tu sais quelque chose ?

— Il est question aussi que je parte lundi avec Germain, Léopold, Marcel, Francœur et ton père. J'emmène Louis.

Lorsqu'il était rentré de la foire de Pontarion, le tombereau vide et satisfait de la vente du porc, Gerbeau avait dû faire face à Léonie. Marie avait confié à sa mère son inquiétude de savoir que François ne pourrait plus compter sur son père pour l'assister.

— Germain, Marcel sont des Couteilles. Bien sûr ! Mais aucun n'est aussi proche que nous des Ribière. Le père était une sécurité pour François. Et c'est la première campagne de Louis. S'il savait comme cela me rend malheureuse ! protestait Marie.

La mère partageait les inquiétudes de sa fille. Au fil des semaines, depuis le retour de François, elle avait vu s'édifier l'attachement de Marie pour le fils d'Alexandre. Cela ne trompait guère. Elle avait renoncé à lui conseiller de rencontrer d'autres garçons. Un soir, Gerbeau avait prononcé le nom d'André Leprat dans des termes élogieux. Son travail à la fabrique de porcelaine de Bourganeuf lui rapportait de l'argent frais qui avait permis à sa famille d'acquérir une belle pièce de terre qui valorisait leur propriété du Grand Blessac.

— Voilà un gars qui n'aura guère de mal à trouver chaussure à son pied. Les accordailles ne devraient guère faire souci aux parents de la fille.

L'allusion était si claire que Marie avait pâli. La jeune fille qui mangeait sa soupe, debout à côté de la cheminée, avait posé son écuelle sur la table et était sortie sans châle malgré le froid. Les deux époux étaient restés face à face et Léonie avait jeté un regard furieux à Gerbeau avant de se couvrir et d'apporter sa pèlerine à Marie qui pleurait dans le parturadour.

Alors qu'il arrivait gaiement de la foire, Gerbeau avait vu au visage de sa femme qu'il ne terminerait pas aussi agréablement la journée qu'il l'avait commencée.

— J'ai à vous parler, Gerbeau, avait entamé Léonie.

Il avait fait mine de ne pas entendre et était allé se changer. Comme il ne trouvait pas son pantalon de tous les jours, Léonie avait lancé :

— Vos braies sont sur le coffre. Mais allez-vous m'écouter à la fin ?

Gerbeau n'avait pas répondu.

— Sers-moi un verre de vin, avait-il fini par dire.

— Ce n'est pas d'un canon dont vous avez besoin dans l'état où vous êtes. Plutôt de soupe !

Elle avait attrapé un bol qu'elle avait rempli à

la marmite pour le poser vigoureusement sur la table. Gerbeau n'avait pas protesté.

— Gerbeau, notre fille est malheureuse. Nous venons de perdre notre Sébastien et cela nous a fait un mal qui ne se refermera jamais. Nous n'avons plus qu'elle, et vous le savez bien !

Gerbeau ne leva pas le nez de son bol. La soupe chaude lui faisait du bien, car le retour avait été frisquet.

— Elle éprouve du sentiment pour François.

— « Femme, lune et vent changent souvent », souffla Gerbeau entre deux gorgées.

Léonie eut un mouvement d'exaspération. C'était une femme de haute stature, corpulente et qui avait été très belle. On disait qu'elle avait un port de reine. Marie avait hérité de la beauté de ses traits que l'âge avait rendus plus altiers que doux. D'une famille de petits propriétaires bien organisés, elle avait hérité d'une ténacité et d'une volonté peu communes. Son père, qui avait voyagé avant de s'établir, se démarquait, malgré leur train de vie bien modeste, des autres paysans. Il savait lire. Et bien que pauvre, les autres l'avaient couronné par dérision mais sans grande méchanceté du surnom de « marquis ».

— Essayez de vous souvenir, mon pauvre mari, dans quelles dispositions de sentiments nous étions l'un envers l'autre à leur âge. Croyez-vous que défunt mon père aurait pu me faire changer d'avis ? Le croyez-vous ?

Un moment attendri, Gerbeau répondit :

— Certes non, Léonie.

Puis il se ressaisit.

— Mais là n'est pas la question.

— Comment « là n'est pas la question » !

Nous nous étions échangé nos promesses bien avant que mes parents n'aient accepté l'idée de nos noces. Rappelez-vous du Fernand Lourdeix. Mon père ne parlait que de lui à table ! Leur propriété jouxtait la nôtre et ils étaient gentils, les Lourdeix. Nous avions toujours eu du bon voisinage avec eux ! Vous avez oublié tout cela ?

Gerbeau ne répondit pas. Quand Léonie faisait front ainsi, il ne savait comment se défaire du déroulement implacable de ses arguments.

— Tu parles comme un avocat ! Ça suffit à la fin !

— Non, ça ne suffit pas ! Vous allez m'écouter et devenir raisonnable. Vous partez limousiner dans trois jours. Marie est morte d'inquiétude à l'idée que vous laissiez François et son frère sans secours. Je vous demande de lui promettre de ne pas les abandonner.

Gerbeau eut un sursaut de révolte.

— T'imagines-tu comme il m'a traité, l'autre ? Il m'a porté la honte et je ne lui pardonnerai pas. Plutôt que de se griller devant la cheminée, il n'a qu'à les conduire lui-même, ses petits anges.

— Vous n'aimez pas François ?

— Ah ! ça, il ne m'a jamais porté tort, lui. Mais sa famille, si. Je ne veux pas discuter.

Léonie, qui vit qu'elle ne tirerait rien de plus de son mari, tourna les talons en répliquant :

— A l'avant-veille de votre départ, vous avez tort de me mettre dans ces dispositions, Gerbeau. Nous en reparlerons.

Gerbeau effaça le fond de soupe qui baignait son bol à l'aide d'un morceau de pain. Cette journée de foire, qui aurait pu être si belle, se terminait en quenouille.

6

Paris-sur-Creuse

Ceux des Couteilles partirent le 28 mars 1861. Il y avait Germain Vergne et son beau-frère Francœur, Léopold Maisonneuve le fiancé de Marthe Vallade, Marcel Vallade son frère, Gerbeau, François et Louis. Le petit groupe avait rejoint ceux du Masbolle, Martial Coutisson, ainsi que Jacques Renard et Ricou Volondat de Laugère. Sur les rives de l'étang de la Genête, à une portée de fusil de la masure de Lou Jassou, ils avaient rejoint d'autres pays, de Tressagne, de la Vedrenne, de la Cour et de Lécuras. Ils avaient espéré apercevoir Lou Jassou dont le signe d'encouragement, même lointain, aurait été un bon présage. Mais ils ne virent personne près de la motte.

Il pleuvait depuis le matin, une pluie glacée qui, dès les premières heures du jour, avait imprégné les vestes et couvrait les épaules. Il fallait avancer, les dents serrées, sans parler tant la marche était pénible. Lorsqu'ils étaient arrivés plus au nord, les limousins s'étaient joints à d'autres groupes de marcheurs qui descendaient du plateau de Millevaches et qui, partis de la veille, marquaient déjà des signes de fatigue. Les hommes toussaient et des groupes de traînards se laissaient détacher pour reprendre des forces l'espace d'une demi-journée.

François et Gerbeau ne s'étaient pas adressé la parole. Lorsqu'ils s'étaient retrouvés sur le petit pont, à la sortie des Couteilles, cela avait provoqué une gêne. Quand François avait tendu le bras, Gerbeau avait fait mine de l'ignorer dans un silence réprobateur.

Ce qui inquiétait le plus François, c'était de savoir si Louis tiendrait la première étape. Il avait pris soin, depuis plusieurs jours, de faire porter au gamin ses brodequins neufs, au grand regret de la mère qui voulait qu'il les étrennât le jour de son départ. Le cuir s'était assoupli d'autant qu'il l'avait graissé. Pour le reste, il ne pouvait guère compter que sur l'énergie de Louis. Celui-ci, depuis qu'il allait à l'école, n'avait guère forci. Épargné par les fatigues des premiers travaux de printemps, il s'était quelque peu étiolé dans l'atmosphère confinée de la classe de Ballatange. Il n'était resté que trois mois sur les bancs de l'école. Les progrès avaient été sensibles car Louis « avait oublié d'être sot » comme Ballatange l'avait annoncé un jour à Alexandre venu payer la rétribution. Il n'était bien sûr pas encore question pour le garçon de lire à haute voix le journal. Cependant, si on lui donnait le temps, il parvenait à déchiffrer le sens général d'un article. Encore fallait-il que le texte traite d'une question sur laquelle il avait déjà quelques lumières.

Au dernier soir de classe, Louis était revenu mélancolique. Il n'avait jamais protesté contre l'injustice qu'il y avait à abandonner des études si péniblement commencées. Pour lui, la question ne se posait pas : il allait avoir quinze ans. Louis, bien que se sachant fort peu savant, avait eu le temps d'observer le changement que lui avait procuré sa position d'écolier. Marie, par exemple, qui le traitait en enfant, depuis qu'il allait chez Ballatange, s'adressait à lui différemment. Il avait cru discerner dans sa façon d'être un mélange de respect et d'humilité. C'était avec François qu'il avait vu le plus grand changement, lorsque, le soir avant de s'endormir, il essayait de l'intéresser à ce qu'il apprenait. Lui qui avait la tête pleine de l'alphabet aux lettres rangées comme une colonne militaire dont les soldats arrondissaient leurs ventres ou étiraient leurs jambes, il aurait voulu partager son savoir. Il épelait dans la nuit les premiers assemblages appris par cœur, jusqu'à mélanger les lettres siamoises au moment où le sommeil l'emportait, avec le regret de ne pouvoir sortir de la confusion. Un soir, il avait bien essayé de prendre la main de François et de tracer au-dessus de leurs têtes, dans la nuit, des calligraphies mystérieuses et approximatives. Mais François avait retiré son bras et s'était tourné.

Au fur et à mesure de leur montée vers le nord, la pluie avait redoublé. Dès les limites du Berry franchies, les chemins s'étaient révélés boueux et il n'était pas rare de faire un long détour pour éviter des fondrières. Louis avait résisté jusqu'à la première étape. Leur marche ralentie par les conditions météorologiques permettait au gamin de tenir. A condition, se disait François, qu'il ne prenne pas froid. Malgré l'accablement qui était le leur, les Creusois commentaient sur leur passage l'avancée des cultures. Dès qu'on quittait la Creuse, les travaux des champs étaient en avance d'une bonne quinzaine de jours. Le climat plus humide et plus doux forçait l'hiver sur sa fin. Certains signes ne trompaient pas quant au triomphe du printemps. Dans des terres immenses et détrempées, des équipages de plusieurs paires de bœufs débutaient des labours de printemps. Les hommes songeaient aux femmes qui, restées au pays, allaient se charger de toutes ces peines.

Ils mirent quatre jours pour rallier les bords de Loire. Louis, grâce aux soins que François avait pris de ses godillots, avait suivi. Barouty avait cette année encore soulagé François en partageant avec lui la charge du sac de Louis. Ainsi encadré, le jeune garçon était arrivé à la dernière étape qui allait se faire en voiture publique. Tout le temps qu'avait duré la marche, Gerbeau, qui était en tête, avait pris garde d'éviter François. Ils étaient passés sans échanger un mot sur les lieux de leur agression dans la forêt de La Berthenoux qui, même de jour, inspirait à François une inquiétude latente. Il avait reconnu l'embranchement où les frères Crénau l'avaient dévalisé. La colère lui infectait encore les veines.

La voiture publique les laissa de nuit sur les pavés d'un quai, du côté de Bercy. Gerbeau, avec un compagnon retrouvé à Orléans, avait ramassé son sac et s'était enfoncé dans la nuit. François, sans vouloir marquer le coup, avait jeté un regard vers la silhouette du bonhomme qui, tout en discutant avec son collègue, les abandonnait. Germain, Francœur, Marcel Vallade et Léopold Maisonneuve, voyant le désarroi des deux garçons, les invitèrent à se joindre à eux. Ils poussèrent jusqu'à la rue de la Vannerie dans la chambrée où François et Gerbeau avaient vécu l'an passé. Mais le dortoir d'une quinzaine de paillasses était occupé par des peigneurs de chanvre et des peintres affairés tout le jour sur un chantier rue Maubert : il ne restait que deux places. Germain Vergne et son beau-frère Francœur restèrent. Le temps qu'avait duré la discussion, François avait revu, la gorge serrée, la cuisine où il tenait compagnie à Alphonsine. La mémoire de Marie le rappela à l'ordre et quand il fut proposé par Léopold et Marcel Valade de rechercher un toit du côté de la rue Mouffetard, François s'en trouva soulagé.

Il était minuit. Louis titubait et grelottait. Ils arrivèrent dans la chambrée, à l'intersection de la rue Mouffetard et de la rue de l'Arbalète. Les paillasses n'avaient rien à envier en saleté à celles de la rue de la Vannerie. Le mari de la patronne était de Vallières. Quand il sut à qui il avait affaire, il demanda à sa femme d'accepter les hommes. L'état de Louis s'étant brutalement dégradé, François avait dû le coucher, presque inconscient. Le gamin payait les efforts déployés pour venir jusqu'à Paris. La première nuit, François l'avait veillé, attentif aux élans brusques qui soulevaient son corps en lui faisant pousser des soupirs. Vers deux heures, il était descendu à la cuisine chercher un bol de lait et avait forcé Louis à boire. Dans la chambrée, l'odeur de crasse et de sueur rendait pénible la respiration du jeune garçon. Les hommes gémissaient avec des accents d'enfance et les plus vieux râlaient comme à l'article de la mort. François, abattu par la fatigue et le découragement, assis courbé sur le bord de la paillasse, le visage enfoui entre ses mains, restait prostré. Au-delà de l'anéantissement qui s'immisçait en lui, il éprouvait un sentiment d'injustice. Les paroles de Julien Coudert, la silhouette révoltée de Constant repassaient devant ses yeux.

Louis resta trois jours alité. La maîtresse du garni vint à plusieurs reprises lui porter des bols de tisane ainsi qu'une mixture qui, disait-elle, avait sauvé plus d'un malheureux. Elle se faisait aider par deux filles de peine, gamines arrachées au ruisseau et qui devaient avoir dans les quinze ans. Annette et Antoinette, l'une blonde et l'autre rousse, avaient cette frimousse des filles qui ont eu pour ciel de lit le ciel de Paris et pour appartement la rue. Battues par leurs pères et retirées de leurs familles depuis l'âge de sept ans, elles avaient conservé cette gaieté qui est une raillerie devant le destin.

La patronne avait insisté auprès de François :

— Regarde ton frère. Il meurt de faim ! Va lui acheter un morceau de bœuf et ramène-le. Je le lui ferai bouillir. C'est la seule manière de lui redonner des forces.

François et la logeuse avaient tenté à plusieurs reprises de nourrir le gosse. Mais, soit qu'il éprouvât de la répugnance à avaler la viande, soit qu'il n'eût plus guère de force, ils n'étaient parvenus à rien. Ce furent Annette et Antoinette qui, à force de patience, réussirent à lui faire ingurgiter ses premières bouchées. Dès lors qu'il commença à s'alimenter solidement, Louis parut sauvé. A la fin de la semaine, il était suffisamment rétabli pour se rendre avec son frère place de Grève. Entre-temps, il était devenu la coqueluche des deux filles qui guettaient ses boucles noires et son sourire fatigué.

François et Louis se présentèrent place de Grève le 11 avril 1861. Il y avait foule. La multitude des limousins, simples gougeats ou compagnons, s'étendait des quais jusque vers l'Hôtel de Ville. François chercha vainement quelques figures connues. Certains visages lui disaient quelque chose, sans qu'il pût placer un nom sur les figures renfrognées ou chaleureuses. La première chose à faire était de vêtir Louis d'un habit de peine et de se procurer des outils de gougeat. Lorsqu'ils eurent procédé à ces achats, les deux garçons s'en retournèrent sur la place. Des entrepreneurs discutaient de l'embauche avec des maçons qui, dès qu'ils seraient pris, se mettraient en quête d'un garçon. François ordonna à Louis de rester sur place, à côté d'un groupe qui négociait un chantier vers le Panthéon.

— Surtout, tu dis que nous sommes deux. Nous n'allons pas nous séparer au début.

L'aîné fila demander à un homme originaire de Maisonnisses s'il avait des nouvelles de Lefaure. L'autre lui indiqua que Lefaure, occupé rue des Lombards, avait déjà embauché un gougeat et qu'il ne pouvait songer à prendre quiconque de plus. Lorsqu'il revint vers Louis, déçu, il aperçut Marcel Vallade et Léopold Maisonneuve qui partaient arroser leur embauche chez un marchand de vin. Les deux gaillards avaient trouvé de l'ouvrage place du Trocadéro. Le chantier de consolidation de murs de soutènement était assez considérable pour qu'ils puissent espérer tenir la saison entière.

— Venez avec nous ! On vous paie le canon, cria Marcel.

François déclina l'invite. L'heure avançait et personne encore ne leur avait proposé le moindre travail. Alors qu'il n'avait connu l'an dernier aucun temps de chômage, le garçon voyait se profiler la perte de tout un jour. Le sentiment de l'argent qui file entre les doigts, l'air faible de Louis qui n'incitait guère à l'embauche poussaient au découragement. Il ne restait que des groupes d'hommes aux airs sombres. Des filles descendues de la rue de la Mortellerie traînaient en lisière de cette marée d'ouvriers sans labeur. Certaines s'enfonçaient dans la multitude au-devant des délaissés. On pouvait suivre leur avancée aux rires grossiers.

Quand il réalisa qu'il n'y avait plus rien à espérer, François s'en ouvrit à son frère :

— Viens. Nous allons rentrer au garni. Aujourd'hui c'est fini. Demain nous aurons peut-être plus de chance.

Louis ramassa sa pelle et suivit son frère. Au moment où ils tournaient les talons, François aperçut à l'autre bout de la place la grande silhouette de Gerbeau qui venait de ramasser un gougeat et l'entraînait sur un chantier.

Lorsqu'ils rentrèrent à la chambrée deux policiers étaient en grande discussion avec la patronne au sujet d'Annette et d'Antoinette. Le plus âgé des deux demandait avec la plus vive insistance le carnet de bonnes mœurs qui devait être visé trimestriellement par le commissaire. Le recours par un logeur à des filles de peine était étroitement surveillé par la police. Les agents de l'administration vivaient dans la hantise du désordre, qu'il fût social ou sanitaire.

— Elles ont été abandonnées par leurs familles ou retirées ?

La patronne, que la discussion échauffait, répondit vertement :

— Qu'est-ce que vous croyez ? Qu'elles font les filles publiques ?

— C'est vous qui venez de le dire... Vous devriez surveiller vos paroles. Sinon on fait fermer votre bouge. Et les deux, on les envoie à la visite. Alors, leurs carnets, vous les avez, oui ou non ?

François et Louis passèrent par le couloir. Les deux policiers leur jetèrent un regard inquisiteur. François craignit que le plus jeune, qui laissait conduire l'affaire des deux filles par son supérieur, ne demandât leurs passeports. Mais à ce moment la logeuse qui fouillait dans une commode s'écria :

— Je les ai ! Ah ! Ça, on m'y reprendra de tirer deux pauvrettes de la rue !

Louis et François en profitèrent pour se glisser dans la chambrée vide. Ils entendirent les policiers qui, en s'en allant, menaçaient la tenancière :

— Et surveillez-les bien, vos limousins. C'est tout juste bon à amener le choléra, la tuberculose et l'émeute ! Sinon on ferme la baraque !

— Ils se tiennent bien, mes locataires ! Il n'y a jamais eu la moindre plainte dans le quartier.

— Les plaintes, des fois, il en arrive plus vite

qu'on ne croit. Tenez, en rentrant au commissariat, je pourrais en trouver une sur mon bureau. Alors on serait obligés de revenir.

Les policiers partirent en claquant la porte. Depuis quelque temps, les ordres de la préfecture de police étaient de surveiller de très près la main-d'œuvre limousine. Louis Bandy de Nalèche avait proposé, dès 1859, la constitution de cités particulières réservées aux migrants. Ayant observé que les limousins venaient à Paris pour économiser, l'auteur des *Maçons de la Creuse* remarquait que les Creusois n'auraient besoin dans ces cités, « comme dans les communautés religieuses, que d'une cuisine, d'un vaste réfectoire et d'un grand nombre de cellules ». Surveiller et punir devenait l'obsession d'une société sur la défensive.

La journée fut longue et d'un mortel ennui pour les deux garçons. Afin de tromper leur anxiété, ils sortirent l'après-midi. Louis, depuis son arrivée, s'était refermé sur lui-même. François put à peine lui arracher dix phrases. L'incident des policiers dans le garni l'avait particulièrement frappé. Il courait sur les épaules des maçons creusois l'opprobre et l'hostilité. Depuis la recrudescence des maladies vénériennes, il n'était pas rare, dès lors qu'ils étaient reconnus dans leur accoutrement de peine, qu'ils soient traités de « syphilitiques ». Au cours des épidémies de choléra de 1832, 1849 et 1854, les bourgeois s'écartaient dans la rue, craignant la contamination. Depuis que certains journaux bien-pensants avaient décrit les garnis et la promiscuité des corps dénudés des maçons qui, pour des raisons d'économie, couchaient à deux par lit, il s'en était suivi d'interminables diatribes contre cet outrage aux bonnes mœurs. Depuis quelques années enfin, les médecins avaient fait du maçon creusois l'alcoolique type.

François et Louis marchèrent tout l'après-midi. François profitait de cette trêve forcée pour indiquer des itinéraires que le gamin pourrait être amené à prendre s'ils devaient se séparer. Louis, attentif, essayait de retenir les noms, déchiffrait les plaques. Ils passèrent devant un marchand de vin de la rue des Fossés-Saint-Jacques. Par la porte ouverte, ils virent des pays attablés. Les deux gamins filèrent silencieux par les quais de la Seine. Le souffle froid du fleuve, dont l'eau portait une bise venue d'est, les rasséréna. Ils marchèrent ainsi paisiblement, la nuit sur les talons. Ils remontèrent par la rue de la Montagne-Sainte-Geneviève. François promit à Louis de le conduire un jour au Jardin des Plantes. Quand ils rentrèrent au garni, les maçons revenaient des chantiers. Exténués par leur journée de labeur, ils portaient le masque des efforts. « Au moins, eux, ils ont gagné leur journée », songeait François, la mort dans l'âme.

Deux semaines entières, ils restèrent sans embauche. Chaque matin, ils se rendaient place de Grève et n'en repartaient que lorsqu'ils étaient certains de n'être pas engagés. Leur petit pécule avait permis de tenir une semaine. Depuis, la patronne faisait crédit, sur la bonne mine des deux gamins et sur la respectabilité des Ribière au pays. François tremblait à l'idée qu'elle apprenne par un bavardage dans quel endettement se trouvaient les parents. Mais il fallait tenir, à tout prix, jusqu'au premier chantier.

L'occasion se présenta alors qu'ils avaient perdu la totalité du mois d'avril. François se privait depuis dix jours, se contentant pour le soir d'une méchante soupe et d'un bout de pain. Il forçait Louis à avaler quelques parts d'une viande bouillie achetée au rabais, chez un boucher de la rue Saint-Médard. En cachette de la logeuse, Annette et Antoinette apportaient les reliefs de leur dîner à Louis et en faisaient profiter François. Leur attachement pour Louis, dont elles se disputaient l'attention, agaçait François. Mais les circonstances imposaient d'abord de survivre.

Léopold Maisonneuve avait quitté le garni de la rue Mouffetard pour s'en retourner vivre aux côtés de son futur beau-frère, Marcel Vallade, qui avait rejoint Germain Vergne à la première occasion. Un soir, il était passé, et trouvant les deux fils Ribière allongés sur les paillasses et dans un grand état de découragement, il leur avait dit :

— Venez demain rue de l'École-de-Médecine. Un chantier ouvre et le maître maçon m'a dit qu'il aurait besoin de deux gougeats. J'ai répondu que j'avais ce qu'il lui fallait. Je savais que vous étiez restés sur le carreau.

François ne trouvait pas les mots pour exprimer sa reconnaissance. Il serra longuement la main de Léopold et décida de l'accompagner un bout de chemin. Quand il revint, Louis dormait. Les paillasses étaient toutes occupées et déjà la nuit passait sur les corps endoloris par les efforts. François s'allongea. Il reprenait espoir. Mais, alors qu'il jubilait à l'idée de pouvoir bientôt rembourser ses dettes à la patronne, il commença à se tracasser pour Louis. « Comment tiendra-t-il le coup ? » s'inquiétait François. « Au moins si on lui cherche querelle, je serai là. »

Le lendemain ils se présentèrent à six heures, rue de l'École-de-Médecine. C'était le chantier d'un bel immeuble bourgeois, à la façade festonnée et aux balcons larges et opulents. La construction en était au premier niveau. François en conçut du soulagement. Malheureusement ils ne trouvèrent pas Léopold qui avait été envoyé sur un autre chantier, rue de Rivoli.

Les deux gamins ne furent pas attachés à servir un limousinant en particulier. Ils durent toute la matinée approvisionner les hommes en battant le plâtre et en gâchant la colle. Au fil des heures, les tamis étaient de plus en plus lourds et les battes pesaient au bout des bras. Mais Louis, par une ténacité qui étonna François, parvint sans embûche jusqu'à la pause de neuf heures. Les limousins prirent la direction d'un marchand de vin qui tenait boutique dans les parages. François entraîna Louis pour souper à proximité dans une gargote. Les conditions y étaient si frustes qu'aucun ouvrier parisien ne jugeait digne de s'y arrêter. Dans une marmite, le bouillon chauffait toute la journée. François avait fait un détour pour acheter une part de pain. Ils entrèrent dans la salle, occupée par des tables sur lesquelles des écuelles étaient déjà placées avec une cuillère en bois. Ils s'installèrent et trempèrent leur soupe en coupant leur pain dans le bouillon. Ce fut un moment de bonheur. A mesure qu'il avalait le liquide brûlant, Louis reprenait des couleurs. Autour d'eux les pays parlaient patois. François se laissait porter par l'illusion d'être encore en Creuse : dans une auberge de Pontarion, par exemple. Ils s'en revenaient de la foire. Le maquignon avait bien payé le veau et les jours étaient assurés pour quelque temps. La soupe qu'ils avalaient avait le goût des Couteilles.

— Demain, si on nous reprend, je te paierai de la viande, dit François en regardant Louis dans les yeux.

— Je n'aime pas la viande, répondit l'autre.

— Sauf quand c'est les filles de la chambrée qui te la mettent dans la bouche.

Louis rougit. Ils rirent tous les deux de bon cœur.

La deuxième partie de la journée, jusqu'à quatorze heures, fut pénible pour Louis. Il avait les mains en sang à force de tenir la batte. François s'efforçait de prendre sur la part de travail de son frère afin que l'entrepreneur, sur les deux gamins, ne trouvât rien à redire.

Le pire arriva quand on les mit au déchargement de chars qui approvisionnaient le chantier en gros moellons. Ils étaient cinq gougeats, à grimper frénétiquement sur les amoncellements de pierres, les faisant rouler sans égard pour les autres afin de gagner du temps. Les limousinants s'énervaient sur les échafaudages. Il fallait courir sur les planches branlantes, des pierres d'angle dans les bras. Au premier coup d'œil, François avait compris que Louis n'y tiendrait pas. Il aiguillait son frère sur les blocs les plus à sa portée. Lui-même déployait une énergie qui faisait peine à voir en essayant d'abattre la part de travail de son frère. La pause de quatorze heures les laissa exsangues. L'après-midi, les chariots ayant tous été déchargés, ils revinrent au gâchoir. La rudesse de la tâche leur parut douce.

Le soir, François guetta avec anxiété l'arrivée du maître maçon qui avait la responsabilité du chantier. Celui-ci arriva à six heures. Les gougeats étaient en train de nettoyer les truelles, les seaux, les gâchoirs. François s'avança vers l'homme et lui demanda :

— Êtes-vous satisfait de nous, monsieur ? Est-ce que vous nous reprendrez demain ?

L'homme le regarda longuement. Il pesait le gamin et cherchait à se remémorer l'impression qu'il lui avait laissée dans la journée.

— Toi, oui. Mais pas celui qui est avec toi.

— C'est mon frère, monsieur ! C'est sa première campagne. Je ne peux pas le laisser. Demain, il saura mieux s'y prendre.

— Toi tout seul ! Mais si ça ne te va pas, je ne te retiens pas.

François comprit qu'il ne devait pas insister.

— C'est d'accord. A demain, monsieur. Merci.

Il s'en retourna aider les autres gougeats. Louis lui avait lancé un regard inquiet auquel il avait répondu en baissant la tête.

Ils rentrèrent au garni en traînant. Les derniers jours d'avril balayaient Paris d'un air tiède. La ville était une île et la campagne alentour la pressait de toute part tel un océan remué par le printemps. Des parfums acidulés d'herbes rôdaient jusque vers la Cité. Sur la montagne Sainte-Geneviève passait une odeur de terre retournée. Les jardins lançaient des faveurs de bois vert travaillé par la sève.

— Ils doivent semer les betteraves aux Couteilles, remarqua François.

— Je crois que le père voulait rentrer les fagots du Puy de la Faye, continua Louis.

Avec l'argent de leur première journée, François acheta une part de pain et de fromage. Ce soir, il avait décidé de manger la soupe que trempait la patronne du garni.

— C'est ton premier argent, petit frère, avait dit François en remettant les deux pièces à Louis.

— Garde-les, répondit le gosse. C'est toi le patron.

La chaleur du garni leur parut un doux réconfort. Après une journée de peine, ils retrouvaient les limousinants qu'ils apprenaient à connaître. Les jours de chômage les avaient fermés aux autres. Ils éprouvaient le besoin de parler.

— Cette chambrée, c'est nos Couteilles, soupira François.

Les yeux de Louis brillèrent.

François avait réfléchi toute la nuit. Sa décision était prise : il n'enverrait pas Louis place de Grève alors qu'il serait rue de l'École-de-Médecine. Il laisserait son frère au garni. La journée de travail avait montré le cadet encore faible et mal remis des fatigues du voyage. Il s'agissait de s'organiser pour que rien de grave n'arrivât.

A cinq heures et demie, François secoua Louis qui dormait profondément.

— Aujourd'hui, tu restes ici. Je rentrerai ce soir. Surtout ne sors pas plus loin que les rues alentour. Tu as bien compris ?

Le gamin acquiesça par un grognement et se rendormit. Autour, les hommes se levaient dans la douleur d'un réveil trop matinal. Dans la pénombre, des silhouettes grises, assises sur les paillasses, se penchaient pour enfiler les godillots. D'autres écartaient les bras pour passer leurs blouses de peine aux couleurs de plâtre. La file d'attente à l'unique cabinet d'aisance commençait. Seul réconfort monté des cuisines, l'odeur de la soupe de l'hôtesse s'engouffrait dans la chambrée et réanimait les plus las.

François était à l'heure rue de l'École-de-Médecine. Il guetta en vain Léopold qui travaillait toujours rue de Rivoli. La journée fut tout aussi rude que la précédente. François avait bien fait de laisser Louis au garni. Il essaierait de trouver une embauche pour deux, dès qu'il aurait assuré ses arrières. Il quitta le travail à sept heures. Le boulevard Saint-Germain charriait un flot ininterrompu de fiacres et de cabriolets. La douceur des premières journées ensoleillées poussait les Parisiens dehors. Les nantis sortaient, leur bourgeoise au bras. Dans ses habits de travail, François, au milieu de cette foule bien nippée, se trouvait misérable. S'il avait pu, il leur aurait crié le mépris dans lequel il les tenait. Ils pouvaient la garder, leur ville ! Lui, pauvre gougeat, il avait la Creuse au fond du cœur, comme une douceur dans une gangue de dureté, comme le chagrin qui va si souvent avec la passion.

Il rentra vers huit heures à la pension. Quelle ne fut pas sa surprise quand il n'y retrouva pas Louis ! Au comble de l'inquiétude, il descendit dans la cuisine interroger son hôtesse.

— Non, je ne l'ai pas vu sortir...

C'est alors qu'Antoinette, qui rôtissait une part de bœuf, intervint :

— Il est sorti vers trois heures cet après-midi. Quelqu'un est venu le chercher. Un type je crois. Je ne l'ai vu que de dos...

François monta dans la chambrée et interrogea vainement les quelques limousins. Il descendit dans la rue Mouffetard. N'osant partir à la recherche de son frère, il s'assit au pied des marches du vestibule et attendit. A dix heures enfin, Louis réapparut, l'œil allumé, en compagnie d'un type que François ne reconnut pas immédiatement parce qu'il était resté en retrait dans l'ombre.

— Louis ! s'écria François sur un ton de reproche où perçait la joie de le voir rentrer sain et sauf.

— Rue Choiseul ! cria le garçon qui suivait Louis.

François resta hébété. Une fois de plus, alors qu'il le croyait au diable Vauvert et bien loin de penser à lui, Constant réapparaissait par enchantement.

— Toi, on en reparlera... dit sèchement François à Louis.

Puis il alla au-devant de Constant et lui serra la main.

— Comment tu as su ? Pour nous retrouver...

— Paris n'est qu'un village pour celui qui sait, répondit en riant Constant.

Ils ne s'étaient pas vus pendant six mois. Sa tête ronde, toujours fendue d'un large sourire mais qui savait se faire si inquiétante, avait le même regard moqueur. François se sentait mal à l'aise devant Constant. L'épisode au cours duquel il l'avait sauvé d'un passage à tabac par les gougeats de la rue Choiseul était bien loin.

— Tu as rasé ta barbe, c'est ça ? interrogea François.

— Et la tienne, pousse-t-elle ? rigola Constant en lui prenant la joue.

— Comment tu as su que c'était mon frère ?

Constant eut un air évasif.

— Je sais assez bien m'y prendre avec les dames.

François n'en doutait pas.

— Et qu'est-ce que vous avez fait tout l'après-midi ?

Constant ne laissa pas Louis répondre. Celui-ci fila à la cuisine où Antoinette servait la soupe à une dizaine de limousinants. Les hommes, assis sur les bancs, coupaient leurs croûtons de pain. La gamine posa son faitout et vint embrasser Louis sous les quolibets des autres.

— Nous avons fait connaissance. Il m'a raconté ton retour mouvementé. Tu vois, j'avais raison !

— Comment ça « raison » ?

— Si tu avais su te battre, tu l'aurais ramenée, ta campagne. Si tu veux, on commence la semaine prochaine. Rue Pernelle, il y a une salle de chausson. Je connais bien le maître d'assaut. Il te recevra au mieux.

François n'écarta pas l'idée. Il avait trop souffert dans la forêt de La Berthenoux pour oublier la leçon. Et puis, dans la rue, il aurait moins de scrupules à corriger les moqueurs.

— Ton frère, qu'est-ce que tu comptes en faire ? demanda brutalement Constant.

Comme François restait évasif, Constant se frappa le front.

— Tu devrais aller voir Jean-Baptiste Desgrange. C'est un de tes pays. On m'a dit qu'il dirigeait un chantier où les gars ne marnaient pas trop, du côté de la Motte. Je suis sûr qu'il pourrait employer Louis. Ton père le connaissait, hein ?

François approuva.

— Seulement, comment faire, je suis pris toute la journée ?

Constant lui prit le bras.

— Demain matin, je n'ai rien de prévu. Je conduirai Louis. Ça te va ?

— Ça me va. Merci.

L'autre eut un signe de modestie et partit en sifflotant une chanson des rues.

Comme convenu, le lendemain matin Constant passa à la pension afin d'emmener Louis sur le chantier que dirigeait Desgrange. Il s'agissait de l'aménagement d'un parc entourant un hôtel particulier aux abords du Champ-de-Mars. L'édification des murs d'enceinte, dans un terrain instable, nécessitait la présence d'ouvriers avertis. En particulier, la descente des libages, entre les deux flancs des fouilles profondes, exigeait toutes les précautions du monde. Desgrange avait été choisi en raison même des dangers encourus. Comme Desgrange était de Saint-Georges-la-Pouge, tous, du gougeat jusqu'au maître compagnon en passant par les appareilleurs, étaient des Bigaros. Aussi l'ambiance sur le chantier était-elle des plus chaleureuses, sans ces innombrables conflits qui empoisonnaient le bâtiment, l'alcool aidant.

— Attends-moi là, avait dit Constant à Louis, le plantant à vingt mètres de Desgrange en train de toiser un arrivage de moellons.

Louis avait vu Constant s'expliquer avec le maître maçon. L'autre écoutait en tournant de temps en temps la tête. A plusieurs reprises, Constant avait été sur le point de laisser le morceau, faisant mine de partir et revenant pour reprendre la discussion. A la fin, il avait fait signe à Louis de venir.

— Louis, je te présente ton nouveau patron : Jean-Baptiste Desgrange.

— Tu es des Couteilles, mon garçon ?

— Oui.

Louis n'osait trop regarder Desgrange en face. Le bonhomme était paré d'une telle réputation qu'il lui semblait être indigne de travailler pour un tel maître. Aux Couteilles, distantes tout au plus de huit kilomètres de Saint-Georges-la-Pouge, on connaissait bien la belle maison bourgeoise que Desgrange avait construite. Rien n'y manquait et il disposait même d'une pompe à bras qui amenait l'eau dans la cuisine. Louis avait du mal à imaginer un tel confort. Mme Desgrange faisait partie de ces rares épouses de Creusois à accompagner leur mari quand il montait à Paris. Ils louaient une petite chambre du côté de l'Hôtel de Ville. Mme Desgrange trouvait à s'employer comme femme de ménage. Il lui était arrivé de tenir les rôles d'un marchand de matériaux, car elle savait lire, écrire et compter. Lui apprendre avait été une des premières préoccupations de son mari.

— Tu ne m'as pas l'air bien costaud, Louis Ribière ?

S'entendre appeler par son nom fit plaisir à Louis. Sur les chantiers, François lui avait expliqué que « moins on en disait, mieux on se portait ». L'usage des surnoms, destinés surtout à brouiller les pistes, était largement répandu.

— Je suis courageux, répliqua Louis en regardant Desgrange en face.

— Hein ! Je vous l'avais bien dit ! vociféra Constant en prenant Desgrange à témoin. Il en veut le petit !

— Ton père, c'est bien Alexandre Ribière ?

Desgrange hésitait. Constant avait certainement voulu lui forcer la main et il n'était pas dans les habitudes d'un monsieur comme lui de se laisser souffler ses décisions. Il paraissait songeur. C'était en 1847, il y avait près de quinze ans. Desgrange travaillait sur un chantier rue Saint-Honoré. Il se trouvait au troisième étage d'un immeuble qui avait causé toutes les peines du monde à échafauder. Les bardeurs, habituellement chargés de l'approvisionnement du chantier en pierres, étaient en grève. Le maître maçon avait décidé qu'il incomberait aux gougeats de faire ce travail délicat. Les gamins, peu habitués à tirer le binard, sorte de chariot à pierre auquel il fallait s'accrocher à six, n'avaient pas tardé à être en difficulté. Les hallebardiers, qui chargeaient les binards, avaient mis trop lourd pour gêner les gougeats. Un des chariots avait dévalé au pied de l'échafaudage sur lequel se tenait Desgrange. Les écoperches avaient été emportées et Desgrange avait vu le sol lui manquer sous les pieds. Alors qu'il allait plonger dans le vide, il s'était senti rattrapé par une main puissante qui l'avait saisi au col. La blaude avait tenu bon et le bras d'Alexandre Ribière aussi.

— C'est d'accord, Louis Ribière. Je te prends avec moi, avait dit Jean-Baptiste Desgrange.

Louis fut affecté au gâchoir. Il ne manquait pas d'ouvrage mais il avait déjà tenu la place une journée. Aux pauses de dix heures et de quatorze heures, il se ramassa et fila avec les autres dans un bouge uniquement fréquenté par des Creusois. Il s'était installé avec les gamins de son âge. Ses compagnons de tas étaient creusois. Tout devenait plus facile.

— Tu es des Couteilles ?

— Oui.

— Et moi de Lavaud.

— Lavaud, entre Maisonnisses et l'étang de la Chapelle ! s'était exclamé Louis. Mon père m'en a parlé. La mère Adeline, Adeline Tissier, vient de là-bas...

— Adeline Tissier ! C'était la nièce de mon grand-père. Le père Maritaud. Tu en as entendu parler ?

Louis était heureux. La difficulté de vivre était adoucie par le partage de l'exil. Les gougeats, les seuls auxquels il osait s'adresser, étaient tous de villages dont il avait entendu prononcer le nom. L'un était du Puy Chalard où Alexandre un jour avait échangé ses semences pour ne pas appauvrir la récolte ; l'autre était des Graules, dont les gars avaient la réputation de se battre dans les bals ; un autre était natif de Chaussadas où les Vallade avaient de la parenté. Une Creuse invisible, seulement animée des êtres qui la composaient, se tissait sous ses yeux, vivante, en plein Paris. C'était comme si on avait retiré la terre pour ne conserver que les hommes. Comme un nuage, le pays flottait entre deux géographies, faisant s'abattre une pluie d'hommes sur Paris et laissant aux femmes le soin là-bas de conserver les ancrages éternels.

Le soir, Jean-Baptiste Desgrange fit appeler Louis. Celui-ci craignit la même désillusion que sur le chantier de la rue de l'École-de-Médecine.

— Je t'ai vu à l'ouvrage, Louis Ribière. Ton père n'a pas à avoir honte de toi.

Louis s'était senti plein de reconnaissance. Desgrange ajouta :

— Il est vrai que le chantier, s'il est délicat, ne pousse pas à marner trop. Le propriétaire touche un million de francs de rente annuelle. C'est te dire qu'il a son temps... Dans les limites de l'acceptable bien sûr.

Louis acquiesça.

— Tu ne m'as pas l'air sot. Cet après-midi, j'ai observé que tu avais compté les libages qu'on livrait. Tu sais compter ?

— Seulement jusqu'à mille ! Mais il n'y avait pas mille pierres.

Desgrange sourit.

— Et lire ?

— J'ai commencé chez M. Ballatange, à Pontarion. Pendant quatre mois.

Au nom de Ballatange, Desgrange fit une grimace.

— Et ça t'a plu ?

Sans qu'il calculât son enthousiasme, Louis répondit :

— Beaucoup ! J'aimerais tellement continuer !

Desgrange réfléchissait.

— Tu vas dire à ton frère... Comment il s'appelle, ton frère ? Tu vas dire à François que je suis d'accord pour te prendre mais à une condition. C'est que tu t'inscrives à l'école mutualiste rue Bourg-Tibourg. Tant que tu suivras scrupuleusement les cours, tu auras du travail avec moi.

Et ici, la saison ne suffira pas à relever les murs. Tu as compris ?

Louis n'en revenait pas. Alors qu'hier encore il était au fond du gouffre, ce soir tout s'éclairait. Il avait trouvé du travail et en plus ce travail dépendrait de son assiduité aux cours ! Un éclair de joie inonda son visage. Desgrange sourit. Au moment de partir, Desgrange demanda à Louis, sur un ton plus grave :

— C'est un ami de ton frère, ce Constant ?

Louis répondit d'un air évasif et fila le cœur merveilleusement léger.

Quand il apprit le déroulement de la journée, François eut du mal à contenir sa joie. Si avril avait été perdu, mai s'annonçait meilleur. Ils allaient enfin pouvoir économiser. Un seul doute le rongeait : Louis serait-il assez fort pour, une fois sa journée terminée, aller rue Bourg-Tibourg jusqu'à onze heures du soir ? Seuls les plus enragés, dans ces conditions, parvenaient à étudier. Mais ce soir de fin avril 1861, il ne fallait pas en demander davantage à la Providence. Les deux jeunes gens se joignirent aux conversations qui animaient la chambrée. Les hommes se réunissaient et, assis sur les paillasses, parlaient du pays.

— Les agnelles doivent commencer à mettre bas, disait sur un ton nostalgique un appareilleur de Lépinas. Quand j'étais gosse j'aimais aider. Les moutons, c'est ma préférence.

— Moi, c'est le bois. On est seul dans les forêts. Par chez nous, dans les Terriblaudes, il n'y a personne dans un rayon de plusieurs kilomètres. Lorsque tu es seul avec ta hache, les rouges-gorges viennent te rendre visite, répliquait un gars natif de Provenchère.

— Les rouges-gorges... oui c'est vrai, reprenait le voisin de François qui avait de la famille à Villevegoux.

Le lendemain, les deux frères se séparèrent après que François eut fait promettre à Louis d'être prudent. Desgrange avait insisté pour que Louis se rende rue Bourg-Tibourg dès le premier jour. François donna donc rendez-vous à son frère pour l'y conduire.

Sur le chantier proche du Champ-de-Mars, Louis tint sa journée. L'atmosphère entre les maçons était plaisante et les compagnons ne maltraitaient pas les gougeats. Ce jour encore, Louis resta au gâchoir. Son auge n'avait plus l'air du neuf, ni sa pelle et il en concevait une réelle fierté. Les autres l'avaient admis sans difficulté. Au moment de la pause, ils évoquaient le pays et leur admiration pour Desgrange.

Le soir, à six heures, François vint chercher son frère. Timidement, il se risqua à interrompre Desgrange qui, assis sur une auge retournée, remplissait les rôles de l'entrepreneur.

— Je suis François Ribière, monsieur Desgrange. Je vous remercie pour mon frère.

L'autre leva les yeux sur François. Il le détailla et lui répondit :

— Il ne sera pas dit que Desgrange ne ferait rien pour un pays des Couteilles. Où travailles-tu en ce moment ?

— Rue de l'École-de-Médecine.

— Je ne peux rien te proposer en ce moment. Si un des gougeats fait faux bond, je te ferai prévenir.

Ils arrivèrent rue Bourg-Tibourg à huit heures. L'école mutualiste, dans un vieil immeuble sombre, était séparée du trottoir par des grilles qui protégeaient un petit jardin. Par les fenêtres ouvertes, les deux frères entendirent les vociférations d'un maître d'école. Impressionnés, ils poussèrent la porte qui donnait sur un couloir lépreux ouvert au fond sur un carré d'herbe rêche.

Au rez-de-chaussée, derrière une porte décollée par l'humidité, ils entendaient :

— Je m'arrête à chaque verbe et je pose la question : « Qui-est-ce-qui ? »

Un coup de baguette frappé sur une table ponctuait la règle. Puis, comme un chœur d'église :

— Le verbe s'accorde en nombre et en personne avec son sujet. Deux sujets singuliers valent un sujet pluriel !

Ils ne savaient que faire. Se risquer à ouvrir la porte de la classe ne les tentait guère. Ils attendirent. A l'étage, une autre classe résonnait des mêmes accents. Ce qui frappa Louis, c'était l'absence de chahut. Des voix plus graves se mêlaient aux aigus chaque fois que les élèves répétaient la règle. Ils hésitaient et la nuit avançait. Par les fentes dans le placage de la porte, ils virent la lumière jaunâtre des becs. Soudain, la porte d'entrée s'ouvrit. François se retourna et vit Julien Coudert. Le vieux militant républicain, revêtu de sa blouse de peine, marqua un instant d'arrêt. François, surpris, le trouva plus impressionnant que lorsqu'il l'avait vu pour la première fois, avec Constant, prononcer un discours aux côtés de Tollain.

— François Ribière ! s'exclama Julien Coudert.

Puis d'ajouter :

— Qu'est-ce que tu fais là ?

— Je suis venu inscrire mon frère Louis à l'école. Il a commencé à Pontarion mais M. Desgrange lui a demandé de continuer ici.

— Très bien, rugit Julien Coudert. L'ignorance, c'est le Mal. C'est à moi qu'il va avoir affaire !

Louis était paralysé à l'idée de décevoir Julien Coudert dont son frère lui avait tant parlé.

— Suis-moi, nous allons commencer tout de suite.

Ils grimpèrent le vieil escalier sur les talons de Julien. La silhouette blanche du vieil homme s'enfonçait dans l'obscurité du palier. Les deux jeunes gens avaient l'impression de suivre un mage.

— Tu me dis que tu as suivi quatre mois d'école. Tu connais tes lettres ? Les chiffres ? Parfait ! Lis-moi ça pour voir.

Ils étaient rentrés dans une ancienne chambre aménagée en bureau. Il tendit un vieux livre de lecture à Louis. Le gamin ne s'en sortit pas trop mal. Régulièrement, Julien le reprenait sur un mot, lui faisait répéter, sans marquer le moindre signe d'énervement. Il connaissait le texte par cœur. Il avait ouvert une sacoche et parcourait des dossiers tout en prêtant l'oreille à la lecture de Louis. François se risqua à regarder son visage ennobli par le temps. Le front était haut et parcouru de rides qui indiquaient par leur creusement dans quel état de concentration se trouvait Julien Coudert. Le nez perdait sous certains profils de sa droiture car Julien s'était livré au noble art avec sérieux mais sans excès.

Le brouhaha d'une classe qui se vide les fit se retourner. Les élèves sortaient du cours : des jeunes comme Louis, d'autres plus âgés et même des anciens, des compagnons qui se plaçaient aux côtés de leurs gougeats pour rattraper le temps perdu. Ils aperçurent la silhouette du maître d'école. C'était un compagnon maçon que François avait entrevu place de Grève. L'homme, tout comme Julien Coudert, ne s'était pas changé. L'image de ce Creusois en blaude blanche, reposant une craie et effaçant le tableau, remua le cœur des deux gosses.

— Reviens demain soir à huit heures, Louis. C'est moi qui te prendrai dans mon cours. Si tu avances assez vite, tu suivras les leçons de géométrie pratique et d'arithmétique. Huit heures-dix heures. Ça te va ?

— Parfaitement, répondit le garçon.

Ils saluèrent et filèrent sur le palier. Par la porte laissée ouverte, ils jetèrent un regard sur la salle de classe aménagée dans une enfilade de deux chambres. Un tableau noir fixé sur le manteau d'une cheminée désaffectée faisait face à trois rangées de bancs d'un seul tenant. Sur un pupitre haut, à côté du tableau, étaient posés un livre et un encrier. Une carte de France était épinglée au mur. François la regarda avec étonnement.

Les semaines qui suivirent furent heureuses. Louis prenait des forces sur le chantier d'aménagement du parc. Desgrange l'avait confié à un compagnon dont la sœur vivait au Mondoueix où elle avait épousé un cousin des Chaumont. Il s'en était suivi une sympathie réciproque. Ce compagnon était attelé à l'édification d'un bassin alimenté par une source qui provenait d'un puits au fond de la propriété. Le travail avait l'avantage d'être nouveau et demandait des qualités d'adaptation. Au bout de trois semaines, Desgrange s'était montré satisfait de l'ouvrage. Il n'en fallait pas moins pour encourager Louis.

Les journées étaient certes interminables. Levés à cinq heures, les deux frères ne regagnaient le garni que vers onze heures. Au cours des deux heures de classe du soir, Louis se sentait les paupières lourdes. Quand il prenait le porte-plume, ses mains habituées tout le jour à manier le manche de la pelle ou à soulever des moellons se mettaient à trembler. Les premières lettres étaient maladroites. Julien Coudert connaissait bien ce tremblement qu'il avait lui-même éprouvé cinquante ans auparavant.

Très rapidement le jeune garçon avait montré des dispositions. Jusqu'en juin, il avait parfait sa lecture. A Pontarion, Ballatange ne lui avait donné que des bases rudimentaires. Julien Coudert, qui avait longtemps souffert de ses lacunes grammaticales, notamment au cours de son passage à la Chambre, avait beaucoup travaillé cette question. Aussi, demeurait-il intraitable sur l'apprentissage du participe passé ou de la conjugaison au passé antérieur des verbes en *yer.* A la fin du mois, Louis s'était trouvé à la tête de la classe. Julien lui confiait l'initiation des débutants. Certains adultes aux allures bravaches, dès qu'ils avaient l'abécédaire sous le nez ou la plume à la main, se laissaient guider comme des enfants. L'état d'infériorité qui frappait ces rudes limousins avait quelque chose de pathétique qui étonnait Louis. « Comment, se disait-il, peuvent-ils être si courageux dans l'exercice de leur métier et si humbles devant la connaissance ? » Cela renforçait en lui le sentiment de la toute-puissance du savoir.

Julien Coudert reprenait une de ses expressions favorites : « L'ignorance, c'est le Mal. » Certains soirs, épuisé par sa journée de travail, il se laissait aller à quelques considérations philosophiques dans sa foi en la Science. Louis admettait parfaitement ce point de vue.

Bien vite, il apparut à Julien Coudert que Louis méritait mieux que de s'occuper des autres. Il y avait dans l'école mutualiste un appareilleur qui enseignait le trait et des rudiments de géométrie pratique à des élèves avancés. Un jour, Julien Coudert dit à Louis :

— Ton frère vient bien te retrouver chaque soir à dix heures en bas ?

— Oui.

— Dis-lui de monter me voir.

Toute la soirée, Louis éprouva une inquiétude sourde. Ce jour-là, il était question d'arithmétique. La classe répétait :

— « ab » est à « a » ce que « b » est à 1.

Les visages exprimaient par des mimiques douloureuses le peu d'éclairage que leur apportait cette définition de la multiplication de « a » par « b ».

— Cela ne fait rien, répétait avec une patience charismatique Julien Coudert. Apprenez d'abord, vous comprendrez ensuite.

Il s'en était suivi une discussion qui avait passionné Louis à propos du système métrique.

— Quelle belle invention de nos aînés de 89 ! proclamait Julien Coudert.

Toute la classe en était persuadée.

— Concevoir une seule unité de mesure, propre à la nation française, propre à toutes les nations civilisées. Nous le devons à nos glorieux ancêtres de l'Assemblée constituante ! L'uniformité des poids et mesures a toujours été l'objet du désir du peuple français. Il appartenait à la France régénérée de 89 de détruire le chaos affreux des anciennes mesures pour le remplacer par un système inaltérable, régi par la Raison !

— C'est-y plus gros qu'un stère, un mètre cube, Julien ? demanda un limousin originaire de Soubrebost.

— Le stère de Pontarion ou celui de Bourganeuf ? interrogea perfidement un gougeat de Bourganeuf.

— Une corde, chez nous, ça fait quatre stères.

— Chez toi, peut-être. Mais pas chez nous !

Julien Coudert roulait des yeux à l'écoute de la discussion spontanée qui s'engageait sur les bancs.

— On me dit : « Marcelin, va au bois Fourchaud et coupe une corde de bois de chauffage », ça je comprends. Mais en mètres cubes, je ne sais pas par quel bout le prendre, remarqua un limousin de Gentioux.

— Chez nous, c'est la brasse qu'on utilise... Le reste j'y comprends rien.

— C'est où, chez toi ?

— De toute manière, je n'admettrai jamais comment on peut mesurer de la même façon des choses solides et des liquides. Pour les liquides, chez nous, c'est le muid, la baste, le sétier, la pinte, la chopine, remarqua sur un ton découragé un gars d'Aubusson.

Julien Coudert leva les bras au ciel.

— Taisez-vous tous ! En vous refusant à comprendre le système métrique, œuvre capitale de nos illustres prédécesseurs, vous allez dans le sens de la réaction ! Arrêtons là pour ce soir. A demain !

Tous avaient replié leurs petites affaires d'écoliers, honteux d'aller dans le sens des blancs par le simple fait de s'accrocher aux unités que leurs pères avaient toujours utilisées. Julien Coudert, énervé, interpella Louis.

— Fais monter ton frère. J'ai à lui parler. Vite !

Dans le couloir, malgré la colère de Julien, les discussions allaient bon train.

— Chez nous, à Pontarion, la sétérée c'est ce que tu peux ensemencer avec un sétère de grains. Ça vaut dix-huit ares. Et chez toi ?

— En journal de pré, on dit que ça fait dix-neuf ares...

— Ah bon ?

Sur le signe de Louis, François grimpa l'escalier. Il serra des mains, tapa sur les épaules, taquina certains.

— Qu'est-ce qu'il me veut ? demanda-t-il, n'osant entrer dans la classe.

Louis haussa les épaules.

— Je ne sais pas. Ce soir, on l'a un peu énervé.

François passa la main sur ses yeux. Il avait un coup de fatigue. Depuis que Louis fréquentait l'école de la rue Bourg-Tibourg, il s'astreignait à venir le chercher. De plus, il accompagnait Constant deux fois par semaine à la salle de boxe française de la rue Pernelle. Il avait eu la surprise d'y retrouver le fils Renard de Laugère ainsi que Joseph Maisonneuve, un cousin de Léopold. L'atmosphère qui régnait dans la salle de savate était étrange. Il traînait là toutes sortes d'hommes, des bourgeois, des jeunes aux allures d'apaches, des limousins. Leurs motivations étaient de nature bien différente mais dans la salle d'assaut, sous l'autorité incontestée d'Alphonse Karr, un ancien élève de Charles Lecour, il régnait une connivence.

François, de par sa force naturelle, avait vite été remarqué par Alphonse Karr. Ce professeur, doué d'une extrême rapidité dans l'exécution de tous les coups de pied, avait appris la boxe anglaise au cours d'un séjour à Londres. C'était dire qu'il ne négligeait en rien la technique des poings. François, qui avait eu à plusieurs reprises à corriger des passants qui, sur les barrières, le traitaient de mangeur de châtaignes, fit rapidement des progrès. Alphonse Karr, satisfait de son élève, l'avait inscrit à des assauts contre des pugilistes expérimentés et François s'en était très bien sorti. Il ne tenait cependant pas la comparaison avec Constant. Celui-ci était doué pour les coups de pied en tournant qui ont l'art de déséquilibrer l'adversaire. A plusieurs reprises, le professeur avait repris Constant, afin qu'il modère ses ardeurs.

La douce exaltation de se sentir maître de ses muscles, la peur de l'affrontement qui s'estompait distillaient dans les veines de François un poison belliqueux. Depuis qu'il avait combattu au cours d'assauts réglés, il n'attendait plus si longtemps que fusent les insultes pour envoyer les autres sur le carreau. A ce moment-là, il éprouvait un sentiment de puissance que Paris lui refusait par ailleurs. « Vois-tu, Louis, avait-il expliqué un soir. Il faut frapper de tout ton poids avec les os de la base des doigts. Pas ceux des phalanges. »

— Entrez ! cria Julien Coudert du fond de la classe.

Ils avancèrent gauchement.

— François, je voulais te parler. Je m'adresse à toi, car tu es l'aîné. Tu as quel âge déjà ?

— Seize ans, monsieur Coudert.

— Appelle-moi Julien, comme tous les Creusois ! Voilà : ton frère a fini le cycle d'études que je m'étais fixé pour lui. Dans ma classe, il n'apprend plus guère et même il perd son temps. Je voudrais qu'il s'inscrive au cours de géométrie et d'arithmétique de notre compagnon Baptiste Rebérol. Es-tu d'accord ?

— Oui.

— Seulement, François, il faut verser deux francs par mois pour couvrir les frais de papier. Tu es toujours d'accord ?

Satisfait de la réponse de François, Julien Coudert continua à ranger ses livres dans une vieille sacoche. Il ne faisait plus attention aux jeunes gens qui hésitaient à s'en aller sans saluer. Il dit à François :

— Le docteur Villevet m'a écrit. C'est un bon ami à moi et nous aimons échanger sur la Creuse. Vous avez fait connaissance cet hiver...

— Oui, je l'ai conduit dans la neige.

— Es-tu intéressé par la République, François ? Est-ce que tu aimerais rencontrer des républicains sincères qui attendent que tombe le joug de la tyrannie de l'usurpateur ?

François ne pouvait guère reculer.

— Oui, ça m'intéresse.

— Bien, très bien, bougonna Julien Coudert en refermant son sac.

Il avait conservé son habit de travail et François se disait qu'aucun autre que lui ne pourrait jamais faire preuve d'autant d'abnégation. L'admiration qu'il avait ressentie dès le départ s'établissait.

— Écoute, François. Viens lundi prochain, rue Saint-Marc. Constant t'indiquera le numéro de la maison. Nous évoquerons tout cela. Surtout, ne parle à personne de notre conversation. Ce n'est pas encore la débâcle de nos adversaires. Même si le trône vacille, il faut être très prudent.

Par la fenêtre de classe, la tiédeur de juin entrait à pleines bouffées. Les jours les plus longs planaient sur Paris.

Sur le trottoir, alors que Julien les plantait là, et filait d'un pas rapide vers la rue de Rivoli, les deux frères songeaient à la Saint-Jean. Ici, ils chercheraient en vain des feux allumés au fond de la rue Bourg-Tibourg. Sous les pavés suintant le miasme de Paris ne poussaient ni campanules, ni serpolet, ni stellaires qui combattaient si bien les sortilèges. Sur les portes des immeubles ils ne voyaient pas ces beaux bouquets d'aubépine, de bleuets et de roses mêlés qui devaient fleurir les clédoux de Creuse. Quel bonheur aurait été le leur de sauter par-dessus le brasier en criant : « Vive la Saint-Jean ! »

François, comme dans un rêve, imagina que Marie, là-bas en Creuse, conservait, selon la tradition, un tison pour se marier dans l'année. Ce tison, même incandescent, de ses mains brûlées par la colle et meurtries par les assauts de boxe, il l'aurait saisi sans une grimace.

Constant passa le prendre pour le conduire au rendez-vous fixé par Julien Coudert, le 27 juin 1861. Il faisait merveilleusement doux sur Paris. Dans les avenues, les bourgeois se promenaient ; les terrasses des cafés étaient pleines. François avait revêtu ses habits du dimanche, ne souhaitant pas ce soir courir le risque d'une algarade.

Depuis qu'ils pratiquaient tous les deux l'art de la savate, les deux garçons avaient vu grandir leur complicité. François aimait se promener avec Constant, affichant l'un et l'autre l'air serein des hommes déterminés. Certains dimanches qu'il ne travaillait pas, il laissait Louis au garni devant ses exercices d'arithmétique ou de grammaire et filait avec Constant sur les bords de la Seine. Ils s'asseyaient à la terrasse d'un marchand de vin et parlaient indéfiniment des choses les plus anodines.

Il était neuf heures. La rue Saint-Marc ouvrait sa béance dans la nuit. Une odeur d'eaux croupies et d'immondices montait des caniveaux. Des cris partaient des bouges qui encadraient la ruelle. Au fond, on entendait les braillements d'une dispute. Loin, comme parvenus du fond de la terre, des chevaux hennissaient. Constant trébucha sur le corps d'un malheureux qui cuvait son vin en attendant l'aube, affalé sur le trottoir.

Un chantier tout proche, ouvert à plein ciel dans le magma des taudis, laissait s'engouffrer un courant d'air dans les rues attenantes. Après avoir jeté un coup d'œil derrière lui, Constant s'arrêta en face d'une porte basse et frappa avec application.

— C'est toi ?

L'homme qui ouvrit était un colosse à la tête enfoncée dans des épaules de lutteur. Il arborait un magnifique sourire d'enfance. François le reconnut aussitôt.

— Mon vieux La Franchise, grogna Constant. Toujours aussi balouf !

Le colosse attrapa Constant par les hanches et le plaqua vigoureusement contre lui.

— Alors, le petit boxeur ! Il n'aime toujours pas les prises de ceinture par-devant ? Faut pas te laisser attraper comme ça, mon petit. Le corps à corps, c'est pas ton fort.

Le chahut cessa vite. François rentra et La Franchise referma la porte en restant planté tout contre. Il barrait de toute sa stature l'entrée d'une cuisine éclairée par une lampe à huile qui jetait sur les murs des reflets jaunes.

— Bonsoir, François.

Julien Coudert, habillé en bourgeois, s'était avancé. Il avait assisté au remue-ménage puéril de La Franchise et de Constant, non sans agacement. Mais de la part de La Franchise, il était prêt à pardonner beaucoup. Le colosse était du Monteil-au-Vicomte, tout près de Saint-Georges-la-Pouge. Un matin de novembre 1831, il l'avait trouvé grelottant de froid, place de Grève. « Trois francs la journée, sans flâner dans le gâchoir », lui avait-il dit sans préambule. « Je monte sur la tête une auge de deux seaux. Il te faudra breteller sans lever le nez ! » avait répondu l'autre sur un ton bravache. Depuis, leur amitié ne s'était jamais démentie. Au plus dur de la répression de décembre 1851, La Franchise avait à plusieurs reprises protégé la fuite de Julien. Son dévouement pour Julien irait jusqu'à la mort.

— Tu connais Payras ? demanda Julien à François. Tu l'as rencontré rue des Gravilliers, je crois.

Payras avait l'allure sombre et taciturne d'un instituteur. Il était de grande taille et d'une maigreur que raillaient souvent les prolétaires avec lesquels il travaillait en secret au bien de la République. Montagnard depuis ses origines, aux premiers postes dans les moments les plus noirs du coup d'État, il n'avait jamais cessé de poursuivre la lutte. Ami de Ledru-Rollin, discret sur son passé, il avait été maître d'école dans un village de Normandie. Mais une congrégation l'avait obligé à partir. Il se dégageait de toute sa personne une autorité glaciale.

— Bonjour, François. Sois le bienvenu.

— Moi, je m'appelle Vignaron ! s'écria un type à la trentaine replète, serré dans un costume pied-de-poule à l'anglaise, un foulard autour du cou.

— C'est par les journaux que nous chasserons le despote, reprit Vignaron.

L'enthousiasme du journaliste faisait plaisir à voir. Les hommes s'installèrent autour d'une table de bois brut.

— Vois-tu, François, commença Julien Coudert, nous pensons que tu peux être utile à la cause du socialisme. Nous avons confiance en toi, mais aussi nous avons pris nos renseignements. Crois bien qu'en t'associant à nos projets nous avons pesé les risques. D'un autre côté, nous connaissons ta famille aux Couteilles, Alexandre, Joséphine.

François comprit la solennité de la mise en garde.

— Si tu te défies de l'engagement à nos côtés, il est encore temps. On se sépare et chacun oublie l'autre.

— J'ai décidé d'être là ce soir. Ce n'est ni pour vous trahir ni pour reculer.

— Parfait, ponctua Julien Coudert. Nous ne doutions pas de toi. C'est mieux ainsi.

Constant, Payras, Vignaron regardaient François sans qu'il pût déceler quel genre de sentiment sa situation leur inspirait.

— François, reprit Julien, nous sommes persuadés que l'Empire, qui a établi sa dictature en réaction à la Deuxième République et s'est longtemps présenté comme un rempart à l'anarchie, est sur le déclin. Les souvenirs de 48 s'estompent. Les nouvelles générations aspirent à la liberté.

François acquiesça.

— L'intelligence n'est plus dans les allées du pouvoir.

— Elle ne l'a jamais été ! interrompit Vignaron.

Julien eut un geste de la main qui signifiait qu'il acceptait l'argument.

— Partout le positivisme, la libre pensée se répandent. L'Église elle-même, soutien inébranlable du régime et si largement récompensée, rue dans les brancards.

— Si tu avais entendu Keller, en janvier — Keller le député catholique ! —, au cours de la discussion de la première adresse, demander au gouvernement : « Êtes-vous révolutionnaire ? Êtes-vous conservateur ? » coupa Vignaron.

— Le coup d'État douanier avec l'Angleterre a choqué au dernier degré les protectionnistes.

— L'Empire lâche du lest, remarqua le bouillant journaliste. Le décret du 24 novembre de l'année dernière, en permettant la discussion par les deux assemblées des termes d'une adresse, en est l'illustration !

François approuvait sans bien comprendre. Constant, resté silencieux, le surveillait.

— Nous autres républicains, nous devons conserver le soutien du peuple, surenchérit Julien. Toi, Constant et bien d'autres encore, vous vivez sur les chantiers, dans la rue. Il faut d'une part écouter ce qui se dit à propos du gouvernement et nous le rapporter fidèlement ; d'autre part, chaque fois que cela est possible, glisser dans les discussions l'idée que les choses pourraient peut-être changer... Que l'idéologie ouvrière peut aboutir à l'amélioration des conditions de travail dès lors que les élections porteront des républicains à l'Assemblée.

— Tu comprends ? s'inquiéta Payras.

— De toute manière, puisque tu en es d'accord, nous allons te mettre en rapport avec des hommes qui se chargeront de te guider dans tes premiers pas de militant. Fais-nous confiance, mais sois toujours sur tes gardes. Ne te dévoile que si tu es sûr, conclut Julien Coudert.

François et Constant partirent à dix heures, laissant les autres à l'étude de dossiers plus sensibles. Ils se retrouvèrent dans la rue Saint-Marc.

— Félicitations, plaisanta Constant. Te voilà bien engagé. François se demanda ce que voulait signifier son compagnon. Il reconnaissait ne pas bien comprendre ce soir la portée de ses choix. Mais ce dont il était certain, c'était de la qualité des hommes qui l'avaient influencé. Il revoyait le docteur Villevet de Sardent ; Julien Coudert qui accordait de son temps à l'éducation ; les amis de Julien qui avaient l'air si préoccupés de la misère injuste des prolétaires. « Pourquoi j'irais chercher plus loin ? se disait François. Mon père n'a jamais caché ses opinions. Je ne trahis ni la Creuse ni les miens. Au contraire, je leur fais honneur. »

— Tu as peur ? surenchérit Constant devant le silence de François.

— Peur de quoi ? grogna François.

— Peur de ce qui pourrait t'arriver si la police te serrait de trop près. Tu sais bien que tout ça n'est pas très légal.

— Je ne fais rien de mal ! Et d'ailleurs, je hais la police et les enrichis.

— A la bonne heure ! s'esclaffa Constant. Voilà qui est bien dit.

Il marqua un silence. D'une voix plus grave, il poursuivit :

— Je ne t'ai jamais raconté ce qui m'était arrivé après la répression de décembre 51 ?

Les deux amis marchaient côte à côte dans la rue Montmartre. Un souffle chaud d'été fouillait sous leurs chemises dont ils avaient ouvert le col.

— Je t'ai dit qu'au cours de la fusillade des boulevards, je m'étais planqué sous un porche pour échapper à la mitraille. C'est là que j'ai été ramassé. On m'a embarqué dans un fourgon et j'ai été passé à tabac bien proprement dans une caserne dont je n'ai jamais pu savoir le nom. Partout autour de moi, il y avait des gars qui hurlaient. Je peux te dire que ça faisait mal ! Après trois jours de ce traitement, ils m'ont envoyé en centrale. Les hommes tombaient comme des mouches ! Ils n'avaient plus la force de se traîner aux ateliers. Alors on les enchaînait et ils crevaient sous nos yeux.

Constant marchait tout contre François. Comme ils passaient devant la Bourse, il lui prit le bras et le tira vers les marches. Ils s'assirent sur les premières pierres.

— Ensuite, ils m'ont envoyé à la colonie trappiste du Val-Fleury.

— Une colonie trappiste ? interrogea François.

— Une colonie agricole conduite par des pères trappistes. Deux fois, j'ai été renvoyé en centrale à Fontevrault. J'avais douze ans. J'étais dans le quartier des « incorrigibles ». Les frères m'avaient rasé la tête d'un côté, je portais l'habit de déshonneur, la chaîne aux pieds. Ah ! les excellents religieux ! Je leur suis reconnaissant pour toujours de m'avoir appris la haine !

Constant avait crié. L'écho de sa voix se perdit dans la nuit.

— Rien ne rebutait la patience de ces bons pères ! Chaque mois, il fallait se dénoncer entre nous. Une seule explication à nos rebuffades : le vice solitaire. « Combien de fois faites-vous cet acte détestable par jour, mon fils ? Vingt fois ? Cinquante fois ? » Obligation de dormir habillé.

— On vous faisait travailler ? demanda François, impressionné par l'état d'excitation de Constant.

— Tu parles ! On nous a appris à moissonner, à couper la toile dans des ateliers. J'ai survécu en réussissant à être jardinier ! Si tu savais ce qu'il m'a fallu faire pour mériter ce poste de tout repos...

Constant avait perdu toute sa pétulance. Il restait prostré, les coudes appuyés sur les genoux, la tête dans les épaules. François ne savait que dire. L'énorme plaie qu'il venait d'ouvrir devant lui saignait sur les marches du temple païen. C'était comme si le sang coulait des statues géantes représentant la Justice, la Fortune, l'Abondance et la Prudence.

— Dénoncer, toujours dénoncer et punir. « L'homme qui ne prie pas est un animal sans raison. » « Dieu voit tout. » « Le forçat amende la terre, la terre amende le forçat », récitait Constant, en balançant son corps.

François le vit reprendre sa respiration, très profondément. Il parut se calmer et leva la tête. Il avait dans les yeux une indifférence étrange qui frappait par sa dureté.

— Tu vois ce que l'on risque à lutter contre l'ordre établi, Rue Choiseul ?

D'un bond, il sauta de l'escalier et il esquissa des pas de danse entremêlés de figures de boxe devant la Bourse dont l'ombre dévorait sa silhouette.

Après cette soirée, François se rendit régulièrement en compagnie de Constant à des réunions où se rencontraient des militants d'opposition. Le courage revenait dans les rangs républicains. Des nuages sombres s'amoncelaient au ciel de l'Empire. L'Empereur, souffrant de la maladie de la pierre, ne dirigeait plus d'une main aussi ferme. S'employant à la rédaction d'une Vie de César qui retenait son attention, il agissait de manière imprévisible. S'ensuivaient des mesures disparates qui mécontentaient tout le monde à commencer par les piliers du pouvoir. Les jeunes bourgeois tentés par la politique ne choisissaient plus guère la majorité. Les ralliements comme celui de Renan en 1860, récompensé d'une chaire au Collège de France, n'entraînaient dans leur sillage que des chevaux de retour. « L'opposition ramassait tout ! »

François avait vu sa conscience politique s'affiner. Il parvenait mieux à comprendre l'origine de ses malheurs. Au cours de ces soirées qui se terminaient de plus en plus tard, il avait été frappé par les progrès qu'il avait accomplis. Au début, n'osant jamais intervenir, il laissait les autres s'exprimer. Maintenant, il prenait la parole et les mots qu'il trouvait, simples et compréhensibles, correspondaient bien à ses idées. Il s'était rendu compte que, sans la trahir, ses paroles poussaient sa pensée au-delà même de ses limites et l'enrichissaient. Payras, qui participait régulièrement à ces soirées, lui avait dit :

— Tu as des qualités de conviction et de persuasion. Il serait important que tu les développes. Il faudrait t'inscrire aux cours du soir.

François en avait parlé avec Constant qui avait haussé les épaules.

— Dans les coups durs, les lettres sont de peu d'utilité !

Pour la première fois, François prenait Constant en défaut.

Ce matin du 8 juillet 1861, François n'avait dormi que cinq heures quand il était arrivé sur le chantier de la rue de l'École-de-Médecine. L'entrepreneur avait délégué aux serruriers la responsabilité de la pose des poutrelles destinées au plancher du troisième étage. Il s'agissait de placer à espaces réguliers de grosses pièces métalliques en double « T ». Cette habitude courante à Paris dénotait l'avance technique de la capitale sur la province. Depuis vingt ans déjà, les charpentes métalliques y concurrençaient celles en bois. Le recours à la fonte moulée, fabriquée ici, avait permis d'abaisser les coûts des quatre mille immeubles construits annuellement dans Paris et sa banlieue annexée.

Les gougeats avaient été mis à contribution pour cette manœuvre délicate. Une machine élévatoire montait chaque pièce qui tournait dans le ciel avant de redescendre lentement au niveau de l'étage. Les gamins perchés sur les murs de refend se saisissaient des extrémités et obligeaient la pièce en équilibre à se placer dans ses réservations. La grue, animée par un moteur Lenoir, était d'un modèle tout récent. Son mécanicien, dont c'était le premier chantier, alors qu'il faisait redescendre la poutrelle métallique, fit faire une embardée à la flèche du gruau. La pièce se mit à osciller dangereusement. C'était une journée magnifique et François songeait à Marie qui moissonnait aux Couteilles. Il n'entendit pas les cris des autres. La poutre le prit dans le dos, lui fit au bras droit une plaie ouverte et le projeta dans le vide.

Une odeur pestilentielle lui fit ouvrir les yeux. Il flottait un suin humide de putréfaction, de vieilles toiles souillées et de médicaments rances. Une plainte monta, tout contre, une voix rauque qui allait chercher très profond l'expression d'une souffrance que seule la mort pourrait apaiser.

François songea aux entrailles dont pouvait jaillir ce cri, sans parvenir à réaliser ce qui arrivait.

Une lumière de cave tombait de fenêtres d'entresol. Elle avait l'épaisseur des puanteurs humaines tournées par la chaleur de juillet. François ne parvenait plus à respirer. Il ouvrait la bouche, cherchant désespérément l'air. Son visage ressemblait à celui d'un nageur entraîné par les fonds. Il n'était qu'un cri.

Une main se posa sur son front. François tourna les yeux. Une silhouette était penchée sur lui, pâle, fantomatique, qu'il ne reconnut pas. Le côté droit de son corps était prisonnier d'un étau. Il ne pouvait bouger les membres sans que l'effort lui arrachât un hurlement qui se mêlait aux autres cris. Il tournait les yeux dans tous les sens. Un brouhaha confus, haché de cris, entrecoupé par des rires déments, labourait sa tête : c'était l'enfer.

— Repose-toi. Je suis là...

François ne reconnut pas la voix qui s'adressait à lui. Il aurait voulu respirer, sortir de cette fosse bien plus insalubre que le purin des animaux. Mais il était impossible de se défaire de l'infection qui rentrait dans chaque pore de son être.

— Ça va mieux. Tu as été opéré. Tu avais perdu beaucoup de sang.

Les mots reprenaient un sens. François s'accrocha à « sang », recherchant le fil des images qu'il lui inspirait. Il revit le ruisseau de raisiné qui coulait de la gorge de l'animal entravé, le jour de la Saint-Cochon ; le souvenir des taches qui souillaient le couteau et la veste de Gerbeau dans la forêt de La Berthenoux ; le coup de merlin qui frappait le front des vaches que le boucher de Pontarion abattait à côté de son étal, devant les enfants ébahis.

La lumière opaline qui donnait à l'atmosphère une épaisseur infecte s'atténua progressivement. La nuit gagna la grande salle et la main qui reposait sur son front se retira. A côté de lui, François devina le remue-ménage d'un corps qui se débattait. Dans la nuit de l'hôtel-Dieu montait un râle, comme une supplique.

Le lendemain, une infinie souffrance s'était rendue maîtresse de son corps. La douleur broyait son ventre. Le mal irradiait. A plusieurs reprises, il perdit connaissance. Il sentit qu'on le soulevait de sa paillasse pour l'emporter. Son cri se joignit aux hurlements. La nuit repassa de nouveau sur lui et puis un jour encore. Par moments, il lui arrivait d'espérer partir.

— François... Le médecin a dit que tu étais sauvé. Il faut tenir.

François ouvrit les yeux. Il s'était absenté du monde. Les cris et les plaintes tout autour de lui, dans la grande salle, ne l'importunaient plus. Il était allé au-delà. Son retour s'effectuait dans un cloaque : qu'importait ! La vie avait décidé de le reprendre. Dans une écuelle de porcelaine, un homme lui apporta une soupe grasse qu'il l'obligea à boire jusqu'à la nausée. François se laissa faire. Ensuite, il lui fourra du pain dans la bouche avec les doigts et lui fit avaler un verre de vin.

— Prends des forces ! maugréait l'homme au visage las. Tu en as beaucoup perdu.

La nourriture força son corps.

— François ? Tu me reconnais ?

François leva les yeux. Un homme se serrait contre sa paillasse. Un voile empêchait François de détailler plus.

— C'est moi ! Louis. Je t'en prie, François, réponds-moi !

François fit un signe de la tête.

— Je suis là depuis ton accident. Desgrange m'a laissé partir. Il me reprendra dès que tu iras mieux. C'est un homme bon.

Les souvenirs reprenaient leur cours comme les eaux d'une rivière un moment barrée. Des flots entiers d'évocations se renouaient et entremêlaient leurs fils. François réalisa qu'il n'était pas aux Couteilles. Ici la saleté de la ville régnait. Paris l'avait tué pour renaître.

— Louis, articula-t-il péniblement.

A cet instant Louis reprit courage. Depuis l'accident du 8 juillet, il vivait dans la crainte d'une issue fatale. Non seulement François avait été fauché par la poutrelle et était tombé du deuxième étage, mais dans sa chute, il avait eu le flanc traversé par une pièce métallique fichée dans le sol. Les autres l'avaient considéré comme mort quand ils l'avaient déposé à l'Hôtel-Dieu. Bien qu'il ait perdu beaucoup de sang, par miracle la pointe de fer n'avait pas touché d'organe vital. L'hémorragie avait été arrêtée aux fers. Après que la fracture ouverte au bras eut été réduite, le chirurgien, un certain Després, l'avait expédié dans la salle commune, sans se faire trop d'illusions. François avait déliré trois jours et autant de nuits. Després, qui était passé deux fois, au pas de charge et en jaquette, avait marmonné en regardant les pansements purulents de François : « Infection gangreneuse... pourriture d'hôpital. » Lorsqu'il était revenu, cinq jours plus tard, alors que Louis faisait humblement remarquer la présence d'asticots sous les pansements sales, il avait répondu :

— L'asticot a du bon, il bouffe le vibrion.

On sut que François ne serait pas emporté par l'infection purulente qui vidait les lits tout autour de lui aux alentours du 25 juillet. Depuis deux ou trois jours il parvenait à s'alimenter régulièrement. Grâce aux cinq francs par semaine que versait Louis, un menu de faveur lui était servi : d'abord une soupe grasse de vermicelle, semoule d'épeautre et pain de lait. Puis une viande bouillie ou en ragoût, remplacée parfois par une omelette de deux œufs aux herbes et des biscuits. Le tout arrosé de vin coupé d'eau.

Au fil des jours, François reprenait des forces. Louis, qui était resté deux semaines complètes à son chevet et dont la santé commençait à s'altérer du fait de sa présence dans l'hôpital, avait repris son travail sous la direction bienveillante de Desgrange. Il ne repassait que le soir, après six heures. Au début du mois d'août, François avait insisté pour qu'il suive ses cours de géométrie pratique et d'arithmétique.

Depuis que François se sentait mieux, il découvrait la salle commune dans laquelle il séjournait depuis près d'un mois. La salle, haute à l'origine, avait été partagée sur toute sa longueur par un faux plafond, en deux entresols. La salle la plus basse, dans laquelle il se trouvait, ne prenait une rare lumière qu'au ras du trottoir. Deux gros poêles de faïence, situés dans la rangée centrale longue d'une quarantaine de mètres, assuraient le chauffage en hiver. Les hommes et les femmes étaient séparés par un rideau qui partageait la salle commune. Les vieillards et les indigents étaient installés aux deux extrémités, les malades relevant de la chirurgie plus au centre et, enfin, les malades mentaux se répartissaient les places restantes.

Un jour, François aperçut tout au bout de la pièce une silhouette qui demandait un renseignement à une fille de salle. L'homme se dirigea droit vers son lit.

— C'est moi, François. J'ai appris...

François ne répondit pas. La visite du père de Marie l'emplissait de bonheur. L'autre prit cela pour de la réserve.

— Je t'en prie, François. Ici, ce n'est pas pareil. Il faut se serrer les coudes. Je regrette ce qui s'est passé. Voilà.

François tremblait d'émotion.

— Vous n'avez rien à regretter, Gerbeau. Tout cela, c'est la faute à pas de chance. Si vous saviez comme je suis heureux.

Ils se turent. De temps en temps leurs yeux se croisaient. François prenait à ce regard une vie lointaine qui entrait en lui à pleins flots.

— Tu vas mieux, à ce que je vois.

— Je m'accroche, remarqua François en faisant le courageux.

— Ça ne doit pas être facile ici ? Ils n'ont pas fait d'expérience sur toi ?

— Si ! Ils ont essayé la mort. Mais elle n'a pas pris !

Ils sourirent. Gerbeau, contrairement à François, était impressionné par ce qui se passait autour de lui. Un grand brûlé qu'on ramenait dans un linceul de beurre et de glycérine hurlait sa mort prochaine. Des filles édentées, nues sous leurs hardes entrouvertes, se vautraient au milieu de l'allée centrale. Une femme, dont l'accouchement se présentait mal, criait sous les yeux intéressés d'une vieille folle et d'une malade vénérienne.

— Tu sais qu'ils m'ont fouillé pour rentrer? C'est pire qu'une prison.

— J'ai pas l'intention de moisir ici, répondit François.

Il n'osait parler de Marie. Pourtant, il eût aimé avoir des nouvelles de la jeune fille, seulement entendre prononcer son nom. Gerbeau s'approcha du lit et tendit la main.

— Je ne peux pas rester plus longtemps. Je reviendrai si tu veux.

— Je veux bien.

Le maçon tourna les talons. François suivit du regard la silhouette en habit blanc maculé de mortier. Une odeur de gâchoir un moment dériva, qu'il trouva délicieuse. Alors qu'il avait fait dix pas, Gerbeau revint en arrière.

— Je n'ai rien fait dire aux Couteilles. Louis était d'accord. Je ne voulais pas inquiéter la petite.

François regarda Gerbeau qui s'en allait. L'aveu qu'il venait de faire était la plus douce des nouvelles. Le soir même, moyennant dix sous, il demandait un second verre de vin. La tête qui lui tournait l'entraîna dans les jachères aux côtés de sa bien-aimée.

Un mois plus tard, François parvenait à se lever. Une fille de salle, ancienne malade au visage rongé par la vérole, l'avait tenu pour ses premiers pas dans l'allée centrale sous le regard intéressé et envieux des autres. Il s'était enhardi jusqu'à faire un aller-retour seul. Une volonté de vivre et d'échapper à la salle commune le hantait. Dans son lit, étendu, il s'entraînait à tendre ses muscles afin de leur redonner la force nécessaire à le porter. Il avait perdu trente livres et ne pesait plus que cinquante kilos. Mais chaque jour un peu plus, le fourmillement de la vie reconquérait ses chairs malades.

Après une visite de Desprès, il fut considéré comme convalescent. Aussi dut-il se plier à la journée ordinaire d'un malade. Le lever avait lieu à quatre heures quarante-cinq. A cinq heures, il était procédé à la prise des potions. A sept heures, le petit déjeuner était servi dans un grand réfectoire humide dans lequel l'air ne circulait pas. A partir de huit heures, François était mis au travail. Depuis la circulaire du 31 janvier 1840 qui fixait l'obligation de créer dans les établissements des ateliers de travail appropriés à l'âge et aux infirmités des malades, les convalescents étaient employés à des tâches les plus diverses. François, la première quinzaine de septembre, débuta dans un atelier de filature exécutant des travaux industriels. A ses côtés, des enfants trimaient dur sur des métiers, dans une atmosphère surchargée d'humidité afin que les fils de coton ne cassent pas. Comme il s'étonnait de leur présence, il lui fut répondu par un médecin que « les enfants devaient s'habituer à la vie laborieuse qui serait la leur ».

Le déjeuner à dix heures quarante-cinq et le souper servi à dix-sept heures ponctuaient cette journée qui se terminait à vingt heures par un couvre-feu. Les grilles se refermaient sur la nuit.

Au cours du mois de septembre, François quitta l'atelier de tissage pour un travail de nettoyage : il s'agissait, en compagnie d'infirmiers et de filles de salle, de parcourir l'hôpital, un balai et un seau à la main. François trouva quelque répit à cette nouvelle tâche. Il pouvait se déplacer et s'obligeait à parcourir les longs couloirs. Souvent, trompant la surveillance, il parvenait à sortir dans une cour ou sur une galerie extérieure et remplissait ses poumons de toutes ses forces. L'air tiède de Paris lui fit le plus grand bien. Le ciel avait perdu son éclat vif de l'été triomphant. François le regardait comme on regarde un océan sur l'autre rivage duquel se tient l'être aimé. Le souvenir de Marie était le fil d'Ariane qui l'avait ramené à la vie. Les larmes aux yeux, il retournait le long des salles sans aération ramasser les compresses et les emplâtres qui jonchaient le carrelage.

Louis passait quotidiennement quelques minutes. Le jeune garçon avait changé. Il avait perdu cette gangue superbe de l'enfance et son visage avait pris des allures d'homme. Un reflet bleuté couvrait ses joues, qui soulignait la finesse de ses pommettes, la droiture de son profil. Ses boucles d'un noir de jais encadraient son visage et ses yeux, si doux malgré la vie qui lui était faite, perçaient le cœur. Il avait forci. Il n'atteindrait jamais, certes, la robustesse de François dont le corps possédait une épaisseur massive. Mais le travail sur le chantier de Desgrange l'avait aguerri. François comprit que Louis progressait à grands pas dans la connaissance. Il était parvenu à lui faire dire que ses maîtres étaient satisfaits de lui, tout spécialement en arithmétique, comptabilité et grammaire.

Le travail de François était à ce point insupportable qu'il décida, bien que convalescent, de retourner au garni. Le spectacle affreux de la déchéance humaine, de la souffrance, auquel il avait cru s'habituer du temps où lui-même était si proche de la mort, lui devenait d'autant plus cruel qu'il guérissait. A plusieurs reprises, il avait dû assister des malheureux aux dernières extrémités, entendre des recommandations, des aveux, des confidences de la fin, sachant qu'il ne pourrait rien. Il lui était arrivé de devoir maintenir des malades sur lesquels le chirurgien intervenait sans anesthésie. Les corps qui se cabraient, mus par une force qui effrayait tant elle semblait dépasser les limites humaines, remuaient encore dans ses rêves comme des pantins ignobles. Ce qui l'atteignait le plus, c'était le sort réservé aux malades mentaux. Ceux qui étaient reconnus inoffensifs erraient au milieu des travées dans l'état de plus grand désordre. Les autres étaient enchaînés comme des bêtes sauvages. L'institution, confortée par Morny, ministre de l'Intérieur, qui avait par le décret du 15 janvier 1852 officialisé la collaboration des inspecteurs des asiles et des prisons, rechignait à distinguer l'homme dans l'individu frappé de folie. Il n'était pas rare de parquer les malades dans des petites cages de bois où ils n'avaient que la place de ne pas mourir. Un jour il fut ordonné à François de procéder au nettoyage de ces cages surélevées du sol, et dont le fond en forme de clayette laissait échapper toutes les souillures. La présence d'un être immobile, parcouru par ce flux si reconnaissable de la vie, qui le guettait du coin alors qu'il poussait dans une rigole les excréments balayés à grande eau, l'avait définitivement poussé à quitter l'hôpital. Le 22 septembre 1861, il rentrait au garni de la rue Mouffetard.

7

Noël à l'Opéra

Le plaisir de retrouver la chambrée, la gentillesse de la logeuse, d'Annette et d'Antoinette lui firent le plus grand bien. Il arriva un soir, alors que les autres limousins dînaient à la cuisine. Ils étaient tous là, ceux de Laugère, de Saint-Georges-la-Pouge, de Pontarion, de Bourganeuf, le grand Vilatte de Banize, Martin de Vallières... Ils le fêtèrent comme s'il avait accompli un exploit. Entendre parler patois, retrouver cet accent qui pétrissait les mots comme on écrase de la terre, le projeta en Creuse. Annette et Antoinette papillonnaient autour de lui avec la grâce de leur jeunesse. On le fit asseoir en bout de table.

Il avait eu l'idée, avant de rentrer, de passer acheter une miche au boulanger de la rue Mouffetard. Lorsqu'il coupa son pain dans la marmite, le mélangeant à celui des autres, il avait retrouvé ses racines. Il était sauvé !

Louis était aux cours de la rue Bourg-Tibourg. Aussi ne rentra-t-il qu'un peu après onze heures. Les deux filles de la maison avaient l'habitude de lui laisser mijoter un restant de soupe et une part de viande sur le coin de la grande cuisinière alsacienne.

Afin de ne pas déranger la chambrée, les deux frères étaient descendus dans la pièce encore chaude. Ils n'en revenaient pas de se retrouver ainsi. Ce que l'accident avait arraché de vitalité à François, il l'avait accordé à Louis.

— Tu as pu sortir sans difficulté de l'hôpital ?

— J'ai insisté. Mais tu sais, quand j'ai quelque chose dans la tête...

Ils sourirent.

— Tu as des nouvelles des Couteilles ? demanda François.

Louis secoua la tête.

— Rien. J'ai écrit au père pour lui annoncer que tu allais sortir de l'hôpital. Il n'était pas temps de les inquiéter inutilement. Maintenant ils doivent savoir. J'attends.

François songea que Marie avait appris l'accident. Louis avait bien agi, avec le discernement d'un homme de responsabilité.

— Gerbeau est venu me voir, à l'hôpital.

Au regard de Louis, François comprit qu'il était au courant.

— Je crois que les choses vont s'arranger de ce côté, murmurat-il en souriant.

Ils restèrent silencieux. Louis avalait une part de rôti qu'Annette et Antoinette lui avaient mise de côté. François le dévisageait sans pouvoir réaliser le bonheur qu'il y avait à être en vie, avec son frère.

— Tes amis républicains sont venus régulièrement prendre de tes nouvelles. Ils m'ont dit qu'ils ne souhaitaient pas te compromettre à l'hôpital par leurs visites. Les bruits les plus insensés courent sur le sort qu'on réserve aux malades qui ne sont pas catalogués comme bien-pensants.

François balaya l'idée d'un geste de la main.

Le temps passait. Il allait être minuit. La question principale restait à évoquer.

— Comment tu as fait, pendant mon hospitalisation ? Pour payer tes cours, la pension, et donner le supplément pour les repas.

Louis eut une mimique sombre.

— Dire que nous avons fait bonne campagne serait mentir, grand frère. Tout y est passé ! Mais l'essentiel c'est d'avoir tenu, n'est-ce pas ?

— Nous n'avons rien ?

— Si ! Quelques dettes. Auprès de la patronne d'ici qui reste fort serviable. C'est à peine si nous avons dix francs d'avance.

Le sol manquait sous les jambes de François. Par quel acharnement, pour la seconde année consécutive, se retrouvait-il sans économies à ramener aux Couteilles ? Le sort qui les frappait était trop injuste.

— Qu'est-ce que nous allons faire ? demanda-t-il avec naïveté.

— Je ne crois pas que nous ayons le choix, grogna Louis.

— Ah oui ?

— Nous n'allons pas rentrer aux Couteilles et nous ferons campagne cet hiver, une année de plus. C'est la seule solution pour ne pas tout perdre.

François vivait un cauchemar.

— Ne pas tout perdre ? reprit-il, hébété.

— Oui. N'oublie pas les dettes au pays.

La réalité, dans toute sa cruauté, effaçait la joie de se retouver libre au garni. Il se taisait. Louis sortit une enveloppe de sa poche.

— J'ai reçu une lettre que le cousin Quérau m'a fait écrire par son avoué. Je ne te la lis pas, mais les termes en sont durs. Il rappelle l'hypothèque, l'emprunt que le père a souscrit et ta signature. Les choses vont mal. Je lui ai répondu en choisissant les mots. Je lui explique ce qui s'est passé. Je lui fais part de notre décision de travailler cet hiver, sans discontinuité jusqu'à l'hiver prochain afin de le rembourser... Je n'ai pas eu de réponse. C'est assez encourageant.

Le souvenir de la visite chez Quérau, l'humiliation de son père, le sentiment d'injustice revenaient en mémoire à François.

— Mais comment allons-nous trouver à nous employer cet hiver ? Tu sais bien que les chantiers marchent au ralenti à la saison froide. Les chômeurs sont légion. Tu le sais, hein ?

Louis ramassa les miettes de pain sur le bord de la table et les jeta par la fenêtre, aux pigeons dans la cour.

— J'ai mon idée.

Il tira de la poche de son pantalon un article de journal qu'il avait découpé.

— J'ai lu ça dans le journal... Ça, reprit-il en agitant le bout de papier sous les yeux de François, c'est du travail pour dix ans ! Quinze peut-être !

Comme son frère le regardait d'un air hébété, il poursuivit :

— Ça, c'est l'annonce que Charles Garnier a décroché le concours d'architecture de l'Opéra de Paris et que les travaux doivent commencer en décembre !

François eut une mine interloquée.

— Garnier ?

Le papier, paru dans *La Presse*, commentait en détail la victoire de l'architecte Jean Louis

Charles Garnier, né d'une famille pauvre de la rue Mouffetard, élève de Viollet-le-Duc, Grand Prix de Rome, architecte des cinquième et sixième arrondissements, qui venait d'atteindre la gloire le 29 mai 1861 en remportant le concours pour l'édification d'un grand Opéra parmi cent soixante et onze projets. L'affaire venait de loin. Il fallait au moins remonter au 14 janvier 1858, ce soir où le carrosse impérial s'était rangé sous la grande marquise de la salle Le Peletier qui faisait office d'Opéra, lorsque les trois déflagrations des bombes de l'Italien Orsini avaient abattu deux chevaux de l'équipage impérial et renversé cent cinquante personnes alentour. Une des conséquences avait été la décision immédiate par l'Empereur de l'élévation d'un Opéra digne de Paris situé sur une vaste place permettant d'assurer au mieux sa sécurité. L'espace choisi avait été rapidement délimité entre le boulevard des Capucines et la rue de la Chaussée-d'Antin. Le percement d'une voie impériale reliant cet emplacement à la Comédie-Française avait été également décidé, dès septembre 1860.

Louis proposa à François de se reposer encore une quinzaine de jours. C'était assez pour finir le chantier de Desgrange, près du Champ-de-Mars. On avançait en saison, et déjà de nombreux pays s'apprêtaient à reprendre le chemin de la Creuse. Les deux garçons voyaient leurs camarades de chambrée, excités à l'idée de retrouver les leurs, parler de leur départ prochain. François surtout, songeant à Marie, avait le cœur en peine. Au cours de sa convalescence, il avait fait une visite à Gerbeau, qu'il avait retrouvé sur un chantier, rue de Louvois. Les deux hommes s'étaient rendus chez un marchand de vin.

— Tu vas mieux. Ça se voit. Je suis content, avait dit Gerbeau.

François avait avalé une gorgée de vin.

— Vous repartez aux Couteilles ?

— La semaine prochaine. Et toi ?

— Avec mon frère, on a décidé de rester. On est sans le sou, ajouta-t-il en regrettant immédiatement l'absence de pudeur de son aveu.

— Tu es en vie, François...

Ils restèrent silencieux. Dehors, un crachin d'automne annonçait les mauvais jours.

— Vous pensez trouver du travail ? s'inquiéta Gerbeau.

— Louis veut se faire embaucher à la construction de l'Opéra. Il paraît que c'est un chantier considérable.

— Je sais. Ils ont commencé les terrassements en juillet. J'ai des connaissances qui y ont travaillé. Saturnin, de Felletin, tu le connais ? Il paraît qu'ils sont tombés sur un lac souterrain ! C'est très dangereux. Les terres glissent comme d'un rien. Il y a déjà eu trois morts, d'autant qu'ils travaillent la nuit.

François écoutait. Il était bien décidé à ne pas laisser sa peau sur ce chantier. Il avait trop enduré.

— Nous ferons attention.

Au moment de se séparer, François se risqua :

— Vous savez le sentiment que j'éprouve pour Marie. Je vous demande de croire en l'honneur de ce sentiment. Si malgré notre état de pauvreté dont nous nous relèverons comme je l'espère, Marie se trouvait persister dans son affection, nous laisserez-vous libres ?

Gerbeau, intimidé par la question de François, remua la tête.

— Depuis la mort de Sébastien, la Léonie et moi, nous n'avons qu'elle. Nous ferons selon sa volonté, dans la mesure où vous serez sortis de cette mauvaise passe.

Ils se séparèrent sur le trottoir. François aurait voulu demander à Gerbeau de transmettre à Marie tout son sentiment. Mais la réponse du père n'était pas encore assez franche pour qu'il se risquât à en faire un messager de son amour.

Si le spectacle de tous les Creusois s'apprêtant à regagner le pays mettait François dans la plus sombre des humeurs, Louis supportait mieux l'épreuve. Il devait passer un examen de géométrie en décembre, et il se félicitait de pouvoir continuer ses cours jusqu'au dernier moment. Le 2 octobre 1861, il se trouva libéré du chantier de Desgrange. Depuis que François avait quitté l'hôpital, il avait commencé à rembourser la patronne du garni. Les choses s'arrangeaient d'autant que la convalescence de François suivait un cours normal. Le garçon, qui traînait tout le jour en bordure des chantiers, s'était essayé à soulever des seaux pleins d'eau ou de sable, puis des moellons. Au début, une douleur violente lui déchirait l'aine, à l'endroit de la cicatrice longue d'une main qui lui barrait le ventre. Et puis, à force de volonté, l'habitude de soulever des poids revenait. Un après-midi, il était passé rue Pernelle, à la salle de chausson. Le maître d'assaut l'avait accueilli chaleureusement. Il avait examiné sa blessure et donné quelques conseils. François s'était permis quelques coups de pied, avait réussi des parades et avait retrouvé la sensation grisante du coup de pied en pointe à la figure. François était reparti conforté. En sortant de la salle de boxe, il se trouva nez à nez avec Constant. Celui-ci le prit dans ses bras affectueusement.

— Mon vieux Rue Choiseul ! Que je suis content ! Tu te portes comme un agent de change, ma parole ! Ça te profite les accidents.

François marquait quelque froideur, car l'absence de Constant pendant toute la période de sa convalescence l'avait blessé. Qu'il ne soit pas venu à l'hôpital de crainte de lui porter tort, cela il pouvait l'admettre. Mais depuis quinze jours il se morfondait au garni ! Bon nombre de républicains étaient passés le voir avec la plus grande des amabilités. Payras en personne était venu rue Mouffetard. Et Julien Coudert avait fait transmettre par Louis un message de sympathie.

Comme il sentait de la réserve dans l'attitude de François, Constant se justifia.

— Je suis seulement de retour à Paris. Depuis deux mois, j'ai la raille aux trousses. J'ai dû me faire oublier aux Batignolles. C'est pour ça que je ne suis pas venu te voir. Allez, ne fais pas cette tête !

Ils traînèrent tout le soir dans le quartier. C'était Constant qui régalait. Il sortait de ses poches des pièces toutes brillantes qui sonnaient sur les tables des cabaretiers.

— Tu vas revenir à nos réunions ? demanda Constant en baissant la voix. Ton absence a fait défaut. C'est Payras qui le disait...

François hocha la tête.

— Oui. Je vais revenir.

— Très bien. L'aventure continue ! Nous autres prolétaires, nous ne serons pas toujours au régime de « l'eau d'angoisse et du pain de tribulation... ».

L'expression parut curieuse à François dans la bouche de Constant. Les deux garçons se quittèrent un peu avant neuf heures, rue de Rivoli.

Le lendemain, 3 octobre 1861, à six heures, Louis et François se présentèrent dans le petit local construit en lisière du chantier de l'Opéra, pompeusement appelé Agence des travaux.

Des maçons et des terrassiers traînaient autour du chantier. Des équipes qui avaient travaillé la nuit ressortaient des fouilles, l'air défait et couvertes de boue de la tête aux pieds. François et Louis restèrent un moment à se demander que faire. Ils étaient affublés de leurs pelles, de leur seau, de l'oiseau et d'une auge. Enfin, après avoir observé les allées et venues, Louis se décida :

— On va rentrer par cette porte. Ce doit être le bureau d'embauche.

Ils frappèrent, et comme ils n'obtenaient pas de réponse, Louis entra tandis que François gardait les outils. La pièce sommaire était chauffée en son milieu par un gros poêle. Des tables étaient couvertes de registres, de plans, de règles et d'équerres. Au fond, un groupe était en discussion autour d'un petit homme nerveux, qui s'exprimait par des gestes brusques. Il portait un habit maculé de taches de plâtre, un pantalon sur lequel la boue montait largement au-dessus des bottines. Louis l'entendit plaisanter :

« Le canard bas avait donc l'avantage que le canard haut n'avait ! »

Les hommes qui l'entouraient s'esclaffèrent. Le petit homme original signala la présence de Louis à un des membres du groupe qui se dirigea vers lui.

— Qu'est-ce que tu veux ?

— Je cherche de l'embauche pour mon frère et moi.

— Où est-il ton frère ?

— Dans le couloir. Il garde les outils.

L'homme jeta un coup d'œil par une partie vitrée qui donnait sur le corridor.

— Qu'est-ce qu'il veut ? cria l'homme que Louis avait entendu débiter un calembour.

— Avoir l'honneur de participer à la construction du plus bel Opéra du monde, patron !

— Parfait ! Il n'a pas l'air très costaud, mais on aura bien besoin de lui pour le construire, ce foutu Opéra !

A six heures trente, François et Louis rejoignirent une équipe qui s'enfonça dans l'immense excavation creusée depuis l'été. Ils descendirent avec une dizaine d'hommes par un sentier escarpé, comme à flanc de montagne. Ils traversèrent une forêt de jambages, des bois d'échafaudage, des traverses de coffrage, des glacis d'étais. Ils plongeaient au fond d'une mine dont le toit des galeries était la nuit. Le spectacle était dantesque. Des foreuses creusaient inlassablement sous les projecteurs que peu à peu l'aube éteignait. Le vacarme des machines à vapeur, lâchant des nuages de fumée, résonnait dans la fosse. L'eau suintait de partout. Des ruisseaux souterrains crevaient les terres alluviales du sous-sol et tendaient l'arc de leurs eaux glacées et douteuses qui circulaient sous la ville. Bien vite François et

Louis furent trempés jusqu'aux os. Il n'était pas possible d'imaginer un tel entremêlement de la terre, fouillée, remuée, hissée vers le ciel par les centaines de terrassiers et de l'eau qui perçait tous les remparts, les étais, les murs de contrefort.

En approchant du fond du cratère, les hommes se taisaient. Dans la semi-clarté de l'aube, il leur fallait traverser des saignées d'eau aussi larges que les levades gonflées dans les prés après les pluies d'automne. Les deux frères ne comprenaient pas où les entraînait cette chute dans un puits gigantesque en plein cœur de Paris. Au moment où le jour l'emportait sur la nuit ils découvrirent le lac dont les eaux étranges tapissaient le fond de la cavité fabuleuse.

La nappe phréatique, au grand dépit des constructeurs, s'étendait sur plus d'un hectare, profonde de cinq à dix mètres par endroits. L'obligation de creuser jusqu'à vingt mètres pour faire disparaître par le bas les décors de scène les avait entraînés dans ces abîmes. Inlassablement, nuit et jour, des pompes à vapeur asséchaient le lac. Mais les eaux qui dévalaient des hauteurs de Belleville et de Ménilmontant rendaient inefficace leur action. Les deux frères Ribière restèrent pétrifiés devant ce lac souterrain. Ils n'avaient pas imaginé qu'un plan d'eau de la taille de l'étang de la Genête puisse se trouver sous les rues et les immeubles de la capitale. Cette vision dégageait l'horreur d'une vie mystérieuse, cachée sous la ville. Ils se demandaient avec répugnance quelles créatures monstrueuses pouvaient hanter ces eaux-là.

L'équipe de François et de Louis devait monter les parois de la cuve destinée à contenir les eaux alluviales sous le bâtiment. Les maçons édifiaient un gros mur de bardeaux, alternant des couches de ciment avec des murailles de briques consolidées par un mur de un mètre d'épaisseur. L'implantation de cette ceinture dura jusqu'en septembre 1862, époque où l'assèchement de la nappe phréatique s'acheva. Les puits de Paris, dans un rayon de un kilomètre, se trouvèrent du coup vidés. Sans perdre de temps, les équipes, fortes aux moments les plus durs de quatre à cinq cents ouvriers, établirent le fond de la cuve gigantesque. Le premier travail avait été d'enfoncer des pieux ferrés en leurs extrémités pour soutenir les deux mille tonnes de pression des eaux souterraines. Nuit et jour, les maçons participaient au coulage du fond de la cuve, alternativement constitué de ciment et d'un lit de bitume. L'élévation des séries de voûtes renversées, destinées à contenir les pressions et placées sous la cuve, débuta en novembre 1862.

Cette année d'un labeur épuisant, d'octobre 1861 à novembre 1862, rapprocha François et Louis. Ils apprirent à travailler ensemble. Déjà, l'accident de François avait mis Louis face à des responsabilités. Seuls dans Paris, privés de la présence de la plupart de leurs pays repartis en Creuse, ils ne purent compter que sur eux. Louis, une fois par mois, écrivait à la famille. Le fils Tissier qui suivait les cours de Ballatange lisait la lettre à Alexandre et Joséphine. Aux considérations d'ordre domestique, Louis ajoutait des descriptions des travaux auxquels son frère et lui participaient. Alexandre hochait la tête. « Si les Parisiens avaient conscience des efforts que nous autres, Creusois, déployons pour leur seul plaisir, ils nous considéreraient autrement et avec plus de respect. »

Le gamin, quand il avait achevé la lettre, levait le nez vers Alexandre. Celui-ci lui demandait invariablement de recommencer. La seconde lecture se passait mieux. Le gosse hésitait moins. Joséphine séchait ses larmes.

Le 5 décembre 1861, Louis s'était présenté à l'examen de géométrie pratique supérieure, organisé par un cercle de maçons dont dépendait l'école de la rue Bourg-Tibourg. Les questions avaient porté essentiellement sur l'épure d'une pièce en cintre, avec un assemblage compliqué. Louis s'était très bien sorti de la projection sur un plan horizontal. Il avait à plusieurs reprises utilisé le théorème de Thalès. Les examinateurs en avaient été impressionnés. Il avait reçu une médaille certifiant sa réussite. Ce soir, malgré la difficulté à vivre l'hiver 61, ils avaient le cœur léger. Dans la cuisine fréquentée par un tailleur de pierre italien, avec Annette et Antoinette, ils avaient gaiement siroté une liqueur de cassis que la patronne leur avait versée à la vue de la médaille de Louis. Les affaires s'arrangeaient dans la maison. Ils avaient remboursé leurs dettes de logement. Louis, chaque semaine, adressait un mandat à Quérau qui retenait ses huissiers.

En ce Noël 61, une fine couche de neige, vite maculée, couvrit les trottoirs de Paris. Louis et François avaient traîné le long des grands boulevards, tristes loin des leurs. C'était le premier

Noël qu'ils ne passaient pas aux Couteilles. L'animation qui s'emparait des beaux quartiers était éblouissante. La fête impériale qui illuminait les vitrines et métamorphosait des grands magasins en palaces avivait leur nostalgie de la Creuse. Les fiacres déposaient les plus belles toilettes devant les grands restaurants dans un carrousel de luxe. Il fallait remonter vers Ménilmontant, vers cette gueuse de Mme la Misère qu'Haussmann refoulait toujours plus loin, pour retrouver sous les toits deshérités, dans les rues longées de terrains vagues, cette désolation et ce silence qui rappelaient la campagne après la neige.

Ils étaient rentrés au garni vers sept heures. La patronne et son mari, les deux filles de peine et le tailleur italien s'étaient réunis dans la grande cuisine. Les uns et les autres souffraient d'une peine infinie qu'ils combattaient à force de douceur. L'Italien avait rapporté des saucisses « comme chez lui », achetées chez un compatriote de la rue des Pyrénées. Louis et François avaient dépensé largement en ramenant au garni du cidre et des gâteaux. Le mari de la patronne avait longuement parlé de Banize auquel son cœur restait attaché et qu'il espérait revoir avant de mourir. Sa femme le regardait avec tendresse. Annette et Antoinette prenaient des fous rires dont l'écho résonnait au fond de leurs existences perdues. Le tailleur de pierre s'était mis à raconter des histoires en italien que les autres suivaient en hochant de la tête. Dans la chaleur confortable de la cuisine, bercés par le parfum d'un rôti, François et Louis, amarrés à la détresse des misérables, s'efforçaient comme les autres de sourire pour oublier.

Les fortes gelées qui avaient sévi au cours des mois de février et de mars, malgré la volonté du grand chef, avaient ralenti le rythme d'avancement des travaux. Chaque matin, il fallait briser la glace dans les réservoirs. Les pièces de fer emportaient les mains. La terre était si dure qu'il n'était plus question d'y enfoncer les étais. Malgré les éléments contraires, le travail de nuit avait été maintenu. François et Louis durent s'y consacrer, faute de quoi ils auraient été débauchés. Les projecteurs laissaient des coins d'ombre dans lesquels les hommes transis s'avançaient précautionneusement. Le nombre de blessés, cet hiver-là, atteignit quarante, tandis que sept morts furent à déplorer.

Louis, en raison du travail de nuit, avait été obligé d'abandonner ses cours. Il en avait conçu un tel désarroi qu'il prit un jour la résolution de s'adresser directement au grand chef pour lui demander d'être posté, ainsi que son frère, de jour. Il choisit le moment le plus approprié. Garnier avait l'habitude de suivre *de visu* tous les détails de l'avancement des travaux. On le croisait partout, les bras pleins de brassées de plans au dixième, suivi par une cohorte d'architectes et de contremaîtres. Un soir qu'il passait tout près du forage auquel travaillaient François et Louis, celui-ci se décida à interpeller Charles Garnier.

— Patron, dit-il en retirant la casquette qu'il portait pour se protéger du froid. Patron, est-ce qu'il me serait possible de travailler de jour ? Cela fait deux mois que je suis de nuit...

Sans manière, Garnier toisa Louis.

— Et qu'est-ce que tu veux que j'y fasse ? Tu

as froid, c'est ça ! Moi aussi. Mon poêle ne chauffe pas, pour me réchauffer qu'alors y faire ?

Son jeu de mots l'avait mis de bonne humeur.

— Tu as une bonne raison ?

— Je suivais des cours du soir. Maintenant je ne peux plus.

Garnier, que l'argument touchait, eut la mauvaise grâce de dire :

— Ce n'est pas une bonne raison, ça !

Louis, qui connaissait la légende des origines modestes du patron, répliqua :

— Je vis rue Mouffetard.

— Ça, c'est une bonne raison ! Entendu.

Le soir même, le maître d'équipe replaçait François et Louis au travail de jour.

Le mois de mars revit le retour des hirondelles blanches sur Paris. Les oiseaux de passage se posèrent dans l'ombre des garnis où ils avaient leurs habitudes. Ils s'égaillèrent sur toute la capitale, roulant leurs silhouettes claires derrière les brouettes de tous les chantiers, bretellant le plâtre dont leur costume semblait fait ; buvant aussi d'un vin qui avait la couleur de leur sang.

François et Louis revirent avec bonheur le garni se remplir. Martin de Vallières, Villate de Banize étaient revenus les premiers. Quelle ne fut pas la joie des deux Ribière quand ils virent arriver Germain Vergne et son beau-frère Arnaud Riboulet ainsi que Léopold Maisonneuve qui cet hiver avait épousé Marthe Vallade ! Ils passèrent les premières soirées à interroger inlassablement leurs pays. Les parents avaient demandé de dire qu'ils allaient bien, que la Gentille avait fait le veau et qu'il profitait. Chopineau courait les veillées en cherchant désespérément une promise, mais aucune belle ne voulait de lui ! A Rocherolle, une grange avait brûlé avec toute la récolte et les gendarmes étaient venus enquêter. Après le dégel la digue sur la petite retenue d'eau près de la Chaise s'était ouverte au début du mois. Le fils Chaumont suivait après la fille Volondat. Pour la foire du 29 janvier à Bourganeuf, Gerbeau, Justin Vallade et Sylvestre en avaient ramassé une bien bonne qui les avait tenus au lit tout le lendemain.

— Et Marie ? avait demandé François.

Léopold Maisonneuve avait eu un air entendu. Depuis que Marthe était sa femme, il était au courant des affaires de cœur entre l'amie de son épouse et François.

— Marie ? J'ai quelque chose pour toi.

Il tendit une lettre. François, ému, la remit à Louis et ils allèrent dans les escaliers.

— « Je confie mes mots au fils Tissier. Il va chez Ballatange et je crois qu'il progresse sur les traces de Louis. Il est gentil et j'ai confiance en lui. J'ai appris le terrible accident qui a manqué te coûter la vie. Heureusement, lorsque je l'ai su, tu étais déjà en rétablissement. Le père est revenu de campagne beaucoup mieux disposé à notre égard. A plusieurs reprises il m'a parlé de ce que tu faisais et de cet Opéra que tu bâtis avec Louis. En septembre, ma mère a prêté chez toi une platine à galettes. Elle avait appris que Joséphine avait cassé le pied de la sienne. Deux semaines plus tard, ta mère est descendue avec quatre parts de clafoutis. Depuis, nos pères se parlent. Ils ont fait le bois ensemble, du côté de notre terrade. J'attends ton retour. J'espère que tu es dans les mêmes dispositions de cœur que moi. »

François avait fait relire la lettre à Louis. Assez pour en apprendre l'essentiel par cœur. Le poids de la ville qui le tenait prisonnier loin de Marie s'en trouva pour un temps allégé.

Dans le local de l'Agence des travaux, où le grand patron tenait son quartier général, les Creusois n'avaient pas tardé à courir l'embauche. Le chantier, depuis leur départ en novembre, avait changé de physionomie. On y parlait patois plus couramment que parisien. La Creuse grouillait au fond de la béance où allait s'ancrer le palais des plaisirs de l'Empire. Des nuées de Bigaros ou de Brûlas dévalaient l'auge sur la tête, la truelle à la main, les battes sur les épaules pour édifier l'immense cuve qui allait retenir le lac souterrain. Les ouvriers voyaient tout le jour s'activer Garnier. Le petit homme nerveux n'en finissait pas de refaire ses comptes et de rogner sur tous les postes. Le budget évalué fin 1861 à vingt-neuf millions était descendu à dix-huit millions. Le cuvelage nécessaire à la maîtrise de la nappe phréatique ainsi que l'élévation de la façade, souhaitée par l'Empereur, étaient en partie à l'origine des difficultés.

Le 21 juillet 1862, François et Louis étaient au travail quand eut lieu, en grande pompe, la cérémonie de la pose de la première pierre apparente par le ministre d'État Walewski. L'espace d'une demi-heure, tous les travaux furent interrompus. Au fond du cuvelage, les maçons procédaient à la pose d'une couche de bitume. L'étuve de juillet faisait fondre le goudron qui dégageait des vapeurs donnant le vertige. Les pompes, animées par des machines à vapeur, ponctuaient l'écho de la musique militaire. Ils entendaient des applaudissements. La rumeur circulait que l'Empereur souhaitait voir les travaux achevés pour l'Exposition universelle de 1867. Le grand patron s'y était engagé. Le travail en équipes de nuit devait reprendre. Louis, qui s'était lié avec un maçon participant à des réunions de chantier, avait appris que l'édifice devrait être élevé jusqu'au bandeau du premier étage au cours de l'année 1863. « Songe, lui avait dit l'autre, que le volume de l'Opéra sera le triple de celui du Panthéon ! La Sorbonne tiendrait dans le grand foyer ! » Aussi, François et Louis, malgré la dureté des conditions de travail, savaient qu'ils participaient à un chantier exceptionnel.

Ils avaient repris le rythme de leurs activités passées. Louis poursuivait ses études en se rendant aux cours du soir. Il avait quitté l'école rue Bourg-Tibourg pour des leçons plus poussées dispensées dans un établissement rue Saint-Claude. Il avait ainsi approfondi ses connaissances dans l'art du trait ainsi que ses notions de grammaire et d'écriture. François, quant à lui, sitôt le travail terminé, se rendait à la salle de chausson, en compagnie de Constant ou bien aux réunions politiques qui avaient lieu à visage plus découvert. Le régime autorisait, sous certaines conditions, les sociétés de secours mutuel. L'analyse que François avait entendu faire par Julien Coudert dès l'an dernier était exacte : l'Empire était en plein déclin. La désastreuse campagne du Mexique, qui avait été marquée par l'échec de Puebla en mai, exerçait la plus mauvaise impression sur l'opinion. Malgré toutes les précautions, le mouvement ouvrier, profitant de façades mutalistes, s'organisait ; Proudhon prônait une démocratie industrielle agricole. Du côté de la majorité, les articles parus dans *L'Opinion nationale,* faisant de Napoléon III un prince aux idées avancées n'hésitant pas à envoyer à l'Exposition universelle de Londres de 1862 une délégation ouvrière française, ne parvenaient pas à séduire la classe ouvrière. Payras, Coudert, Ledru-Rollin, et la plupart des chefs républicains voyaient arriver les élections de 1863 avec les plus vives espérances.

A la fin de septembre 1862, François et Louis firent leurs comptes. Ils avaient remboursé la dette au cousin Quérau. Mais la ponction des sommes destinées au maquignon avait amputé sérieusement leurs campagnes. Ils ne disposaient de guère plus de soixante-dix francs à ramener. Pour la seconde année consécutive, ils prirent la décision de laisser repartir les limousinants et d'attendre que le mois de décembre fût bien avancé pour rentrer au pays. Ils avaient quitté les Couteilles le 28 mars 1861. Ils calculèrent que leur absence, s'ils rentraient en décembre, aurait duré vingt et un mois. Cet éloignement du pays éprouvait davantage François que Louis. Ce dernier avait accepté de repousser leur départ avec une certaine légèreté qui avait déplu à son aîné.

Louis, contrairement à François, avait élargi le cercle de ses connaissances. Alors que François, mis à part Constant et ses amis républicains, ne fréquentait que des pays, Louis rencontrait d'autres ouvriers. Il avait acquis au long de cette campagne une facilité de contact qui lui ouvrait bien des cœurs et bien des portes. François avait, non sans un certain agacement, observé que son frère savait s'y prendre pour obtenir ce qu'il voulait. A la pension, il était l'objet de bien des faveurs, ayant toute la tendresse maternelle de la logeuse et l'affection encombrante des deux pauvres filles. Sur le chantier, il avait su par certaines dispositions, par ses qualités intellectuelles aussi, se faire remarquer. Un jour, un maître tailleur de pierre lui avait dit crûment : « Viens donc nous rejoindre. Tu feras ton tour de France et si tu sais t'en montrer digne, tu recevras la canne ! Ne perds pas ton temps à limousiner. » François, au comble de l'exaspération, avait vu son frère ne pas reprendre l'autre qui critiquait les façons de faire des Creusois. Depuis ce jour, il semblait à l'aîné que leurs routes n'allaient cesser de diverger et qu'un jour ils se retrouveraient étrangers. Cette intuition douloureuse était étayée par le désintérêt que Louis portait aux choses politiques.

Un soir, François avait entraîné son cadet à une réunion au cours de laquelle un ténor du mouvement ouvrier s'était exprimé. Son frère avait marqué la plus extrême réserve. « Je suis rétif à cette idée de collectivisme, répétait-il souvent à François. Ce n'est ni dans ma nature ni, si tu vas par là, dans la nature du paysan creusois. Aux Couteilles, nous sommes liés, il est vrai. Mais tellement individualistes. Nous n'aimons rien tant que posséder notre terre. La nôtre. Les Vergnes sont à nous ? Y verrais-tu d'un bon œil Arnaud Riboulet, qui est maladroit au labour, y planter sa charrue ? Certes non ! Alors ! Ce que je crois, François, c'est qu'il faut avoir l'esprit d'entreprise et créer de la richesse. Tous en profitent. » Ce discours déplaisait à François car il n'arrivait pas à disposer d'arguments assez forts pour ébranler l'opinion de son frère. De plus, l'analyse de Louis était en complète opposition avec celle de Julien Coudert, auquel François vouait une admiration sans limite. Enfin, cette divergence politique au-delà des mots remettait en cause même leur fratrie.

Les relations affectueuses que François avait pu rétablir avec Gerbeau le consolaient de ces peines. Une fois par semaine, les deux hommes se retrouvaient chez le marchand de vin ou se promenaient le dimanche sur la barrière. Ils évoquaient avec nostalgie les travaux abandonnés aux femmes des Couteilles. Ils parlaient de tous ceux restés en Creuse, sans jamais insister sur Marie, par pudeur. Germain, qui se joignait parfois à eux, disait en les voyant : « De bons voisins valent mieux que de mauvais parents. » Ou bien, avec plus d'ironie : « Si tu as peur du loup, marie-le ! » Les deux autres le laissaient dire. Les proverbes que Germain ressassait leur rappelaient les Couteilles. Toutes les nostalgies étaient bonnes à prendre, pourvu qu'elles viennent de là-bas.

En décembre, peu avant son départ, François avait rencontré Julien Coudert.

— Nous nous préparons aux élections de 1863, lui avait dit avec solennité le vieux républicain.

— Vous présenterez-vous ? avait demandé François, spontanément.

— J'y suis poussé par nos amis, avait répondu l'autre. Mais ce n'est pas sans hésitations, tu le penses bien !

— Le sénatus-consulte de 58 ? C'est cela ?

— Faire prêter serment de fidélité à l'Empire, non plus seulement aux élus mais à tous les candidats ! Quel régime inique !

— Proudhon préconise le bulletin blanc...

— Oui. Mais mon ami Ledru-Rollin prône l'abstention !

François avait considéré Julien Coudert. Celui-ci était en face d'un cas de conscience.

— Enfin, ma décision est prise ! Je me présente. Si c'est une erreur, je l'assumerai.

— Où vous présenterez-vous ? demanda François.

L'autre le regarda avec étonnement.

— Mais en Creuse pardi ! Où veux-tu que je me présente sinon en Creuse ?

François devait avoir l'air surpris, car Julien avait ajouté :

— Tu ne pensais pas que j'allais choisir Paris ! J'ai mes racines en Creuse. Le sort des urnes m'y a déjà été favorable. Grâce à tous les limousinants qui ont quelque influence, je peux gagner bien des suffrages. Ma famille est originaire du pays.

François savait ce que signifiait la décision de Julien.

— Et quand donc aura lieu la campagne ?

— Du 10 au 31 mai. Mais il faut préparer le terrain, être présent, se montrer, renouer avec les gens d'influence. Il faudra commencer au début de l'année. C'est-à-dire dans un peu moins d'un mois...

François comprenait où Julien Coudert voulait en arriver. Aussi devança-t-il sa demande.

— Vous aurez besoin d'hommes sûrs. Vous pouvez compter sur moi.

— Je le savais... Voilà, je souhaiterais que tu sois mon homme de confiance au cours de cette campagne, que tu m'accompagnes dans toutes les réunions électorales. Je voudrais pouvoir m'appuyer sur toi.

— Mon aide totale vous est acquise. Faites appel à moi quand vous voudrez, une fois là-bas.

Julien Coudert serra chaleureusement la main de François. L'émotion des deux hommes était profonde.

8

Mars 1863
Le temps des policiers

François et Louis quittèrent Paris le 17 décembre 1862 pour la Creuse. Leur voyage dura cinq jours. Ils ménagèrent des étapes sûres, de jour, évitant de s'attarder dans les auberges et de s'engager le soir venu dans les régions désertes. Ils marchèrent d'un pas léger. Le bonheur de retourner en Creuse dissipait leurs fatigues. Dans leurs poches, cent vingt francs représentaient toutes leurs économies amassées au terme de près de deux ans de marnage. Pour la première fois enfin, ils allaient aider les parents.

Au 20 décembre, ils traversèrent un Berry couvert de gelées blanches et de frimas. Des vols de corbeaux tournoyaient dans des ciels gris chargés de glace. Issoudun franchi, le temps se détériora et les premières neiges apparurent au-delà de La Châtre. En prenant de l'altitude au nord de la Creuse, ils durent affronter une bise glacée qui les prit de front. A Guéret, accrochée sur les flancs gelés du Maupuy, une neige épaisse d'une main les avait précédés. Les rues de la ville, muette sous le voile blanc, étaient désertes. Ils ne prirent pas le temps de s'arrêter boire un vin chaud pour reprendre des forces.

La forêt de Chabrière les emporta sous les pans de ses futaies de hêtres. A trois heures enfin, ils aperçurent les toits de Sardent. Au sommet d'une butte qui dominait la bourgade, François s'immobilisa, Louis à son côté. Deux ans s'étaient écoulés depuis qu'il était venu chercher le docteur Villevet. Tant d'événements l'avaient marqué. Ils demeuraient silencieux. De loin en loin on voyait des colonnes de fumée monter droit au ciel. Des chiens hurlaient leur ennui dans les hameaux autour de Sardent. François inspira profondément. Toute la puanteur de l'hôpital, toute la crasse de Paris, les miasmes de la ville se dissolvaient. Les dernières forces qu'il avait perdues, enfin il les retrouvait.

Ils s'arrêtèrent acheter une miche de pain à Sardent ainsi que quelques pâtisseries que le boulanger cuisait spécialement pour Noël.

— Passons par la Genête, proposa François à Louis. Nous serons rendus plus vite.

Louis accepta, car il était aussi pressé d'arriver. D'un coup, Paris lui avait paru si loin. Il ramenait aux Couteilles sa médaille de géométrie. Seul ce disque argenté le reliait à la capitale. Il ne voulait plus penser au garni. Ses souvenirs traînaient sur ses pas, déjà recouverts de neige.

Après le commun ils traversèrent le petit pont de pierre sur le ruisseau des Vergnes. Les Couteilles les attendaient. Rien n'avait changé. Ils avaient les larmes aux yeux. La neige donnait au village un air de crèche. A quatre heures un peu passées, l'ombre gagnait le vallon, descendue de la Favillade en même temps que la brume. En haut du puy, fines et droites, les trois fumées du Mondoueix s'élevaient dans le crépuscule. Un chien aboyait au fond d'une étable et François songea à Fleurette. Le petit ruisseau tranchait entre deux lèvres de glace sa lame d'eau argentée. Les traces d'un tombereau, encadrant le trépignement des sabots d'une paire de vaches, menaient droit chez les Vallade. Louis et François avancèrent.

A cent pas de la première ferme, ils virent une silhouette surgir de l'obscurité et avancer vers eux. La neige collait aux sabots et rendait sa démarche irrégulière. « C'est une femme », songea François dont le cœur battait plus vite. Elle portait un châle lourd sur les épaules et serrait les deux pans sur sa poitrine. Les garçons s'arrêtèrent.

— Marie ! cria François.

Il lança son sac dans la neige et se jeta vers la jeune fille. Il l'enlaça de toutes ses forces. La violence de son étreinte lui rappela la manière qu'il avait de serrer les malades que le chirurgien opérait et qui se débattaient. Il relâcha l'étau de ses bras et regarda son aimée. Ces deux années avaient affiné ses traits. Ses yeux étaient porteurs d'un émerveillement. Ses cheveux, tirés en arrière sur un chignon, dégageaient les tempes où battait un réseau de veinules bleu tendre. Marie souriait. François oubliait le malheur de vivre loin d'elle. Lorsqu'il appuya ses lèvres sur sa bouche, ses cicatrices s'effacèrent.

Louis était resté en retrait. François et Marie lui firent signe de venir. François le saisit et le plaqua contre eux. Cramponnés tels des naufragés, serrés comme s'ils étaient un être à trois têtes, ils restèrent à mêler leurs souffles.

— François ! Louis ! Mes enfants ! s'était écriée la mère quand les deux garçons étaient entrés.

Alexandre s'était levé d'un coup du grand fauteuil au coin de la cheminée. Les jeunes gens avaient jeté leur sac par terre et avaient pris Joséphine dans leurs bras. Elle pleurait à chaudes larmes. Ils avaient serré la main du père, longtemps et en osant le regarder dans les yeux.

— Vous devez avoir faim, mes pauvres petits, se lamentait la mère qui allait et venait, prenant le pain dans la claie au-dessus de la table, ouvrant la maie et sortant un pot de rillettes.

Alexandre s'était assis sur le banc.

— Je n'ai rien ! Je n'ai rien à vous faire manger, se lamentait Joséphine.

Elle avait saisi un chapelet de boudins noués aux deux extrémités par un fil de chanvre et les avait plaçés dans deux écuelles. En un tour de main, elle avait rempli un bol de lait pour tremper les galetous. Elle avait avancé sur la table deux parts d'un pâté de pomme de terre.

— Vous ne devez pas en manger du comme ça à Paris ! s'était-elle exclamée au comble du bonheur. Et moi qui n'ai rien préparé ! Quelle bête je fais !

Chaque bouchée de ce repas effaçait Paris, précipitait au fond de la mémoire comme dans un puits les pires duretés. Les galetous trempés dans le lait gommaient l'ombre des remparts de l'Hôtel-Dieu. Le boudin laissait dans la bouche un goût qui réchauffait les nuits de gel sur le chantier de l'Opéra. Les rillettes, largement étendues sur une tranche de pain de Noël, avaient le don de faire oublier la violence des assauts de boxe. Ne remontaient en surface que des anecdotes légères comme un cidre de septembre.

Ils veillèrent jusqu'au cœur de la nuit. Alexandre avait placé la bûche de Noël dans la cheminée et avait forcé le feu de manière à rester tard sans sentir le froid sur les épaules. Ils avaient bavardé jusqu'à en avoir la voix cassée et la tête brouillée. Louis avait montré sa médaille et François avait vu dans les yeux de ses parents s'allumer de la fierté.

— Et l'Opéra ? Parlez-nous de l'Opéra ! Gerbeau m'a dit que vous y travailliez tous les deux.

— C'est inimaginable, avait répondu François. Nous avons fabriqué une cuve grande comme l'étang de la Chapelle pour contenir les eaux souterraines...

— Mes pauvres petits, psalmodiait Joséphine en serrant les mains.

Ce soir-là, elle ne tricota pas. Elle s'offrait une part de luxe que peu de fois dans sa vie elle s'était autorisée : elle ne faisait rien. « La distraction c'est le repos », répétaient souvent les limousinants à Paris. Les jeunes gens avaient tenu, dès ce premier soir, à lui remettre leur campagne. « Mes bons enfants ! » avait-elle répété, apaisée, en allant cacher la somme entre les draps de chanvre du coffre à linge. Les affaires prenaient meilleure tournure. Alexandre avait rencontré le cousin Quérau, lors de la foire de Pontarion, au début du mois. Le maquignon lui avait payé un canon.

— J'ai des félicitations à te faire, Alexandre.

— Des félicitations ?

— Oui. Tes fils m'ont remboursé jusqu'au dernier sou. J'ai été patient, c'est vrai. Mais quand même ! Ton Louis m'a écrit des lettres très sensées. Il devrait réussir, celui-là.

Alexandre, malgré le dégoût que lui inspirait le maquignon, n'avait pas cherché à gâcher sa joie. Il avait eu raison d'insister pour que Louis commence chez Ballatange.

Jusqu'à minuit, ils firent en paroles le tour de toutes les terres de la petite propriété. Alexandre expliqua les travaux entrepris, l'entretien des levades d'irrigation, le retournement des éteules laissées en jachère. Il évoqua l'élagage des chênes têtards qu'il n'aurait pu mener à bien sans l'aide de Gerbeau. Les fagots attendaient dans les haies que la neige fonde et permette au tombereau de monter.

François et Louis voulaient tout savoir. Le fils de Louise Pelaud de Laugère, malgré les soins du docteur Villevet, était passé cet été. Le village avait accompagné le petit cercueil jusqu'au cimetière, dans le plus total accablement. Depuis, la mère et la fille s'en étaient allées sur les routes quémander leur vie. Personne ne les avait revues aux Couteilles. Le fils Ribardière, qui avait tiré un mauvais numéro, était parti depuis deux mois. On disait qu'il avait aussitôt embarqué à Bordeaux pour le Mexique. Ses parents n'avaient aucune nouvelle. Quatre-Vents, le colporteur, avec son gros chien noir qui tirait sa carriole, était venu au village, la semaine qui avait précédé la neige. Il vendait des revues imprimées sur papier orange et qui louaient la volonté impériale de soulager le peuple des ouvriers et des paysans. Quatre-Vents, qui avait confiance en Alexandre, lui avait assuré que la gendarmerie lui faisait obligation de propager ces revues d'ordre qui préparaient, à son avis, les élections du printemps. Il était resté près d'une heure, à bavarder au coin du feu et quand il était parti avec son molosse, Alexandre avait dit :

— L'Empereur voudrait relâcher l'étau. Mais tout est bien serré encore.

Les Couteilles avaient été épargnées. Les récoltes avaient été bonnes et les bêtes peu visitées par le mal. C'était à peine s'il s'était trouvé chez les Tissier une truie ladre, chez les Mouret une bête qui avait eu lo gounflo après s'être sauvée dans un champ de trèfle et dont Roland avait crevé le flanc à l'aide d'un couteau.

Chez les Vergne, Julie avait enfanté d'une seconde belle grosse fille qui avait les yeux de son oncle Germain. Celui-ci ne cessait de répéter : « Quatre filles et la mère, cinq diables contre le père. » Ceci ne l'empêchait pas d'adorer sa filleule pour laquèlle il avait fabriqué un berceau à bascule. Marthe et son mari Léopold vivaient chez les parents Vallade. Il se murmurait que la situation pesait au gendre comme à la fille. Mais il n'était guère envisageable de s'installer ailleurs. Les Vallade disposaient bien d'une ancienne bergerie abandonnée que Léopold aurait voulu aménager. Mais pour un homme seul, le travail était considérable. François s'était promis de proposer son service à Léopold. Il ne pouvait oublier qu'il lui devait leur première embauche. La meilleure nouvelle restait l'annonce que Marthe était grosse. Joséphine avait pris un air préoccupé.

— La petite a bien des envies. Je trouve ça inquiétant.

Les hommes s'étaient tus. Elle avait poursuivi.

— L'autre jour, elle voulait une fraise. J'ai connu une amie à Outrelaigue qui avait eu la même envie. Sa fille est née avec une tache comme une fraise sur la cuisse.

François avait baissé les yeux.

— Et puis, voyez-vous, mais ça, ne le répétez pas ! je l'ai vue repriser en enroulant son fil autour du cou.

Elle fit le geste de tirer son fil sur ses épaules.

— Le cordon risque de s'enrouler aussi !

Le lendemain de leur arrivée fut un jour de fête. Chacun aux Couteilles voulait les avoir à soi pour apprendre des nouvelles de Paris. Les Mouret avaient gardé Louis à déjeuner et François s'était attardé chez les Vallade. Il avait retrouvé Germain, Léopold, et surtout Marthe dont il observait le changement. Il avait le souvenir d'une jeune fille légère et gaie comme le vent d'été, riant pour un rien, et capable de piquer un brin de course aussi vite que certains garçons. Il retrouvait une femme aux reins lourds, à la poitrine forte et au visage troublant. Quand Léopold l'eut accompagné sur le seuil, François lui dit :

— J'ai entendu dire que tu souhaitais aménager la bergerie pour Marthe et toi. Tu peux compter sur moi. Demande-moi sans hésiter.

L'autre lui serra la main.

François ne vit Marie que l'après-midi. La neige ne se retirait pas et les travaux ne pressaient guère. Gerbeau refaisait ses clôtures en châtaignier dans la grange. François était venu le saluer ainsi que Léonie. La femme de son ancien maître limousin lui avait réservé le bon accueil et le jeune homme avait compris qu'elle ne tarderait pas un jour à le considérer comme son fils. Gerbeau avait laissé son hachou et avait posé des questions à François sur l'avancement des travaux de l'Opéra.

— Il paraît que ton frère a parlé au grand patron ?

— Oui, répondit François. On nous avait postés de nuit et cela ne nous convenait guère.

— Comment est-il, ce Garnier ?

— Tout simple et pas fier pour deux sous. Tu le croirais maçon ou appareilleur.

Gerbeau hochait la tête.

— La campagne prochaine, j'ai bien envie de m'y présenter à l'Opéra. Maintenant que vous avez sorti le bâtiment de terre, l'ouvrage sera moins dur, avait-il ajouté en riant. C'est Marie que tu es venu voir ?

— Oui, avait répondu François.

— Elle est dans le paturadour à fendre les raves. Elle t'attend.

Les mois qui suivirent au pays furent des plus agréables. Il était admis que leurs fréquentations étaient sérieuses et personne n'aurait songé à les séparer au soir de toutes ces veillées qui enflammaient les nuits gelées de Creuse. Ils marchaient côte à côte, ces après-midi où la neige menace et qui, en Creuse, dégagent une mélancolie profonde et douce.

Ils coururent les bals improvisés dans les granges sur les aires de battage, les soirs de grande veillée. Ils apprirent à danser ensemble, à se comprendre d'un regard, aux inflexions nasillardes de la cabrette. Leurs mains surent se retrouver sans hésiter, s'attrapant au vol des rondes. D'un même élan, leurs corps se cabraient quand, dansant Lou Pélélé, le cavalier doit soulever la fille à bout de bras aussi longtemps que possible.

La taille de Marie, enserrée entre les mains puissantes de François, montait au ciel. La douleur au ventre du garçon avait disparu. Mais ce qu'ils préféraient, c'était encore la bourrée dont les accents rudes et tendres à la fois contaient l'éternelle histoire de l'homme entreprenant et de la fille tantôt audacieuse, tantôt timide. Lorsqu'à la fin le musicien filait sa note, donnant le signal du baiser, le visage de Marie se tendait vers les lèvres de François, avec la grâce de l'amour.

Le 10 mars 1863, François reçut une lettre expédiée de Guéret et signée de Julien Coudert. D'un coup, une heureuse période de son existence prenait fin. Louis lut la missive : Julien Coudert se trouvait en Creuse depuis trois semaines. Il ne souhaitait pas donner plus de détails à François mais lui fixait rendez-vous dans trois jours à Sardent, chez le docteur Villevet. Joséphine interrogea le jeune homme sur le contenu de la lettre mais François lui répondit de manière évasive. Alexandre ne fit aucun commentaire.

Le soir du rendez-vous, il prit le chemin de Sardent par une nuit étoilée. Il gelait. François n'aimait guère se déplacer seul la nuit. Mais le service de Julien Coudert méritait de surmonter certaines réticences. Il arriva à sept heures sur la place du bourg et frappa à la porte du docteur. Mme Villevet ouvrit.

— Entrez... Je vous en prie. Les autres sont là, au salon.

Tout en s'excusant, François suivit son hôtesse. Le couloir d'entrée de la maison bourgeoise donnait à droite sur le cabinet de consultations et à gauche sur un premier salon dans lequel trônait un magnifique piano. Du côté du jardin, un autre salon-fumoir aux murs tapissés de livres dégageait sur l'arrière de la bâtisse par une porte-fenêtre aux rideaux tirés. Une salle à manger attenante complétait le rez-de-chaussée.

— Entre, François...

Julien Coudert s'était levé d'un fauteuil qui faisait face à une cheminée moulurée. Le docteur Villevet s'était également avancé. Deux autres hommes, parmi lesquels l'avocat Mignaton de Guéret, fumaient tranquillement.

— Alphonse, je ne te présente pas François. Je crois que vous avez fait connaissance...

— Dans de bien tristes circonstances. Tu as su pour le petit Pelaud ? Je n'ai rien pu faire.

Le docteur serra chaleureusement la main de François.

— Voici Me Mignaton, avocat à Guéret, poursuivit Coudert.

— Nous avons suivi les funérailles de Léobon, il y a deux ans, remarqua François.

— Rude empoignade, je me souviens. Ce curé qui a l'oreille de Mgr Boulard du grand séminaire de Limoges n'était pas commode. N'empêche, le coup de force n'aurait pas déplu à notre vieux Léobon. En tout cas, il l'a sur la tête, sa coiffe rouge ! Et pour longtemps !

L'avocat secoua la main de François. Julien continua les présentations :

— Frédéric Yvernau, de Bourganeuf. Compagnon de lutte contre le despotisme depuis toujours.

— J'ai entendu parler de toi, François, commenta l'homme.

Il avait la cinquantaine et était artisan menuisier à Bourganeuf. Son engagement contre l'Empire était de notoriété publique. Dès le mardi 2 décembre 1851, date à laquelle le préfet de Creuse avait reçu par télégraphe la nouvelle du coup d'État, alors que la province allait s'embraser, ignorant que Paris était déjà maté, Yvernau avait été jeté en prison à Bourganeuf. Cette mise à l'écart, anticipant toute action de sa part, lui avait certainement évité l'exil, voire la déportation. Dans les semaines précédant le renversement des institutions, Yvernau n'avait cessé de rappeler à ses concitoyens que les articles 68 et 110 de la Constitution faisaient obligation morale de s'insurger dès lors qu'un coup d'État serait perpétré contre la République. « Le peuple rentre dans ses droits », ressassaient de leur côté dans les villages les propagandistes bonapartistes, au cours du mois de décembre, pour rappeler que le suffrage universel était rétabli. En Creuse, le peuple avait compris : « Nous recouvrons notre droit d'insurrection. »

Les hommes s'installèrent dans les fauteuils confortables. Mignaton tirait sur sa pipe. Le docteur Villevet et Yvernau avaient allumé une cigarette. Mme Villevet servit à chacun un verre de liqueur de mûre.

— Je me retire, messieurs. Je vous en prie, restez assis. Vous n'avez guère besoin d'une femme pour mener à bien vos projets.

Puis, s'adressant au docteur :

— N'oubliez pas de fermer la porte d'entrée, mon ami, quand ces messieurs seront partis.

François vit le regard que le docteur Villevet

lança à son épouse. Il avait percé là le secret d'un immense bonheur.

— Quelle est la situation ? lança Villevet.

Julien Coudert s'éclaircit la voix. Il posa son verre sur le rebord d'une table d'acajou. François se remémorait Julien à Paris, en tenue d'ouvrier. Cet homme avait tant de facettes. François se réjouissait de servir un tel maître.

— Dans quelles conditions vont avoir lieu les élections ? Quels sont nos adversaires ? Voilà les deux questions qu'il nous faut poser et résoudre.

Mignaton approuva de la tête. Julien Coudert poursuivit :

— Malgré le sénatus-consulte de 58, faisant obligation aux candidats de prêter serment, nous serons pratiquement trois cents candidats d'opposition...

— Il y a opposition et opposition, interrompit Mignaton. Si tu comptes dans l'opposition les orléanistes comme Casimir Perier, je veux bien !

— Il n'empêche ! trancha Julien. L'éparpillement des voix sera à prendre en compte. Aux élections de 1857, bon nombre se sont abstenus faute de candidats d'opposition. Face à nous, des « indépendants »...

— Ah ! des « indépendants », grogna de nouveau Mignaton. Comme si on ne savait pas que ce sont tous des catho !

— Et les candidats officiels que Persigny a eu bien du mal à trouver d'un aussi pur métal qu'il l'espérait. Les mamelouks ne suffisent plus. Il a dû enrôler des gens moins sûrs.

Le docteur Villevet, qui attendait que Julien se tût, prit la parole :

— Voilà qui nous est favorable, Julien.

L'Empire est sur la défensive. C'est ainsi que je lis l'histoire. Ses tentatives de libéralisation, de séduction du mouvement ouvrier par d'anciens saint-simoniens témoignent de ses faiblesses et de rien d'autre !

Les hommes acquiescèrent. François trempa ses lèvres dans la liqueur. La cheminée diffusait une chaleur agréable. Les tapis et les doubles rideaux donnaient à la pièce une allure confortable. Il songea à la salle commune de leur maison des Couteilles, si proche, si loin aussi.

Le docteur Villevet plaça une bûche dans le feu.

— Et la situation locale ? questionna Yvernau.

— Là, mes amis, c'est à vous de dire. Je suis juste descendu de Paris. C'est encore trop tôt pour me faire une idée, répondit Julien.

— L'annonce de ta candidature a produit l'effet escompté. Les limousinants y ont été sensibles, si on en croit nos premiers renseignements. Bon nombre attendront les élections pour partir.

— Parfait, se félicita Villevet.

— Nous avons deux adversaires. Philippe de Montegoutte, gros propriétaire terrien. Notable. Descendant d'une très ancienne famille qui a exercé les premières charges du présidial de Guéret. Montegoutte se disait orléaniste avant d'avoir été démarché par la préfecture. En fait il a toujours été du côté du plus fort. Arrogant, imbécile, têtu, roué, riche bien qu'on dise sa fabrique de Bourganeuf en difficulté...

— Il possède une fabrique ? interrompit Julien.

— Oui, de porcelaine. Il a renoncé à la moderniser en utilisant la vapeur et prétend que la rivière lui fournira toujours une force meilleur marché. Un prédateur, quoi ! Mais attention...

Les autres interrogeaient du regard Mignaton.

— L'homme est rusé. Il a des relais partout auprès de la population. Il est très présent. Ses meilleurs agents électoraux sont des maquignons tel un certain Quérau, d'autres propriétaires fonciers comme Dupin qui tiennent des secteurs entiers par le clientélisme.

— Nous aurons à lutter contre la tyrannie du prêt, remarqua amèrement Villevet. Existe-t-il dans le département un seul pauvre dont le bulletin atteigne cent francs ?

— Montegoutte va disposer de toute la machine impériale. Les pressions administratives s'exerceront en sa faveur.

— Et l'autre adversaire ? interrompit Julien Coudert qui connaissait bien les méthodes d'intimidation et les entraves que, du maire au curé en passant par tous les fonctionnaires de l'État, le régime impérial était capable de mettre en œuvre.

— L'autre, c'est différent ! L'autre, c'est la modernité, la presse, l'argent, l'esprit d'entreprise, le cynisme absolu en affaires...

— Qui donc ?

Mignaton posa sa pipe, marqua une pause et répliqua :

— Mais Duvaucel pardi ! On voit que tu as quitté le pays depuis longtemps, Julien. Ici, tout le monde connait Eugène Duvaucel, grand patron de presse parisien, propriétaire de *La Presse* ! Excusez du peu...

— Un homme brillant, coupa Villevet. Qui possède une femme charmante d'une grâce peu ordinaire...

— Quel est son parcours politique ? demanda Julien Coudert.

— C'est fort simple, répliqua Mignaton. Il est celui de tous les grands entrepreneurs ! Son credo, c'est la nouveauté et le profit. Effrayé par le sang versé au cours des journées de juin, il a évolué vers le libéralisme. Comme tous ses congénères, il s'est plus ou moins rallié, ce qui lui a permis de se faire élire député aux élections de février 52. Mais sa liberté de penser l'opposait aux mamelouks. Sa disgrâce intervint bien vite. C'est un affairiste, le roi de la commandite, voilà !

— Ce genre d'homme prend rendez-vous pour après l'Empire. Il voit au-delà. Sa réussite professionnelle a été fulgurante, commenta Yvernau qui vouait un profond ressentiment au propriétaire du château des Bruges.

— L'homme est brillant, approuva Villevet. Il représente pour nous le vrai danger. Il a eu l'idée d'introduire le roman-feuilleton dans la presse. Ses tirages sont énormes. Il a les plus grandes signatures : Dumas, Lamartine. Les Duvaucel sont des amis de Hugo que Mme Duvaucel a initié aux tables tournantes.

— Est-ce qu'il conserve quelques liens avec la préfecture ? demanda Julien.

— A l'évidence. Les fonctionnaires du pouvoir central sont moins zélés que pour les élections de 57. Chacun essaie de mener sa barque. Duvaucel, grâce à son journal, détient un levier de commande considérable. On dit qu'il est reçu à la préfecture et tous les notables sans exception ont défilé au château des Bruges.

François, qui écoutait attentivement, se faisait une idée plus précise des châtelains des Bruges. Le portrait des Duvaucel complétait l'impression inoubliable que Mme Duvaucel lui avait faite quand il l'avait sauvée des chiens enragés. Il savait que c'était une femme de lettres. L'idée qu'elle avait fréquenté Victor Hugo et partagé avec lui la passion de l'occultisme le troublait.

La soirée s'éternisa.

— Je suis surveillé de très près, reconnut Julien Coudert. Toutes mes allées et venues sont épiées.

— Le sous-préfet de Bourganeuf te fait filer, confirma Yvernau.

— Il faut se méfier des mouchards. Ils sont partout, remarqua Mignaton.

— François est d'accord pour me suivre au cours de la campagne. Il fera le voiturier quand je serai obligé d'emprunter une carriole. Il restera à mes côtés au cours des manifestations.

Les trois autres regardèrent François.

— Il sera mon ange gardien, ponctua Julien. Je ne crains pas la bousculade. Mais avec François, nous serons plus sûrs.

— Quand commences-tu ? interrogea Villevet.

— La campagne sera ouverte du 10 au 31 mai. Il faut se montrer bien avant. Disons que, nous sommes le 15 mars, je vais commencer à la fin du mois. D'ici là, je vais retourner chez mon père et préparer mes interventions.

Les hommes se séparèrent à une heure du matin. Julien resta chez Villevet dont il était pour cette nuit l'hôte. Mignaton reprit les rênes de son cabriolet que le domestique avait rangé à l'écurie. Yvernau rentra à Bourganeuf à pied. François resta un moment sur le seuil de la belle maison bourgeoise avec Julien Coudert.

— Revoyons-nous mercredi prochain, ici.

C'est jour de foire. J'irai sur le mail et de café en café. Discrètement. Après tant d'années d'exil et de travail à Paris, il me faut reprendre le pouls de la population, avait décidé Julien.

— A quelle heure ? avait demandé François.

Sardent reposait d'un profond sommeil. La place était déserte et la charpente du clocher de l'église craquait sous le gel. François réalisait l'ampleur de son engagement auprès de Julien. Il devrait repousser son départ pour Paris, alors que Louis montrait déjà de l'impatience à retourner limousiner. Et puis, il aurait à affronter, dans son pays même, les attaques des blancs.

Le lendemain, il informa ses parents et son frère des dispositions qu'il avait prises. Comme il s'y attendait, Louis se montra contrarié de remonter limousiner seul.

— Tu vas perdre le meilleur de la saison, à rester ici pour ramasser des coups ! Tu as tort, François, je te le dis.

François s'était montré inflexible.

— Je sers une cause que je trouve juste et en plus j'ai beaucoup d'estime pour Julien Coudert. Après tout, il ne t'a jamais porté préjudice non plus, rue Bourg-Tibourg ! Au contraire, que je sache !

— Si tu traînes des reconnaissances chaque fois que quelqu'un agit en conscience vis-à-vis de toi, tu ne feras jamais rien.

La discussion avait tourné à l'aigre. Le père avait demandé à ses fils un peu moins de passion. La mère ne cessait de répéter :

— Mon pauvre petit, qu'allons-nous devenir...

Alexandre s'était montré respectueux de la décision de François. Il n'avait pas fait de commentaire, ni même essayé de le détourner de son projet. Le père portait toujours en cicatrice le coup d'État de décembre. Et même s'il n'en parlait guère, il était aux côtés des républicains. En Creuse, beaucoup se disaient indifférents aux choses politiques pourvu qu'il y ait du travail. L'argent ramené par les limousinants calmait bien des états d'âme. Mais la profondeur des consciences était plus complexe et il eût été sommaire d'opposer aux villes progressistes une campagne bonapartiste.

Finalement, il fut décidé que Louis partirait dès la semaine suivante, le 18 mars 1863. Il irait au garni de la rue Mouffetard et chercherait à se faire embaucher sur le chantier de l'Opéra. Il restait à espérer que François, à son arrivée début juin, trouverait lui aussi à s'y employer.

A l'exaltation du début de la campagne succéda la fatigue des marches interminables qui poussaient Julien Coudert aux quatre coins de la circonscription. La surveillance dont ils étaient l'objet les avait incités à utiliser un stratagème assez efficace. Ils quittaient une localité pour une autre, ostensiblement, mais par d'interminables détours, ils revenaient à leur point de départ alors que les mouchards les croyaient déjà à la ville destinataire. Une fois revenus sur leurs pas, à la nuit, ils se regroupaient à une dizaine, guère plus. Leur connaissance admirable de la région leur permettait de déjouer bien des filatures. Cependant, ils laissaient dans ces courses l'essentiel de leurs forces.

Il s'étaient fixé le premier rendez-vous à la foire de Sardent. C'était une belle et grande foire, reconnue dans un rayon de vingt kilomètres à la ronde. Sur le mail se serraient les limousines rouges, les agnelles de printemps et les gorets. Le tumulte était merveilleux. François avait toujours aimé se mêler à la foule débonnaire des foires. Les paysannes vendaient canards et lapins dans des paniers de châtaignier, des œufs, du fromage, du beurre, des clafoutis en saison. Les forains côtoyaient les charlatans, proposant étoffes, chaussures, quincaillerie. La diseuse de bonne aventure tenait boutique aux côtés de l'arracheur de dents et du marchand de cheveux. François avait eu plaisir à revoir Quatre-Vents qui, à l'occasion de ces foires, arrêtait sa carriole et se faisait vendeur de chansons.

Julien Coudert était au café qui donnait sur la place. L'animation qui y régnait était indescriptible. Les filles de salle allaient et venaient en faisant claquer leurs sabots sur le dallage. Dans la cheminée fumaient deux marmites dans lesquelles mitonnait la soupe servie depuis tôt le matin à ceux qui venaient de loin pour conduire leurs bêtes. Les verres cognaient sur les tables, les canons de rouge descendaient allègrement. Une joie sourde couvait dans toute l'auberge.

— François ! avait crié Julien Coudert, d'une table où il consommait avec quatre hommes.

Pour son premier jour de campagne, il avait délaissé l'habit de maçon pour une veste grise et usée qu'il portait quand il faisait cours rue Bourg-Tibourg.

— Assieds-toi à notre table, sans façon ! avait déclaré Julien. Je ne te présente pas.

François connaissait les autres. Ils limousinaient tous et ne dissimulaient guère, à Paris tout au moins, leurs opinions républicaines.

— Alors Julien, déjà en campagne à ce que je vois ? grogna ironiquement Paturaud du Liège d'en Haut.

— Je ne vois pas de quelle campagne tu veux parler, répondit en finassant Julien qui leva son verre en disant : A nos idées.

Julien resta une demi-heure avec les limousinants. Puis il entreprit, François sur les talons, le tour du foirail. Il allait de groupe en groupe, écoutait les explications, hochait la tête d'un air entendu. Surtout, il serrait les mains. Inlassablement, avec un mot amical et personnel pour chacun. Les sensations revenaient. Il était sincèrement heureux de redécouvrir cette langue occitane, dont il avait désespéré, du temps de l'exil en Angleterre, ne jamais réentendre les accents. Il était resté longtemps devant les cages démontables dans lesquelles les cochons étaient parqués. Il avait regardé avec le dernier intérêt opérer le langueyeur. L'homme, après avoir retourné le porc sur le flanc, et l'avoir immobilisé en plaçant son genou sur l'épaule, introduisait un bâton dans la gueule de l'animal. Ensuite, il tirait sur la langue et vérifiait si la bête n'était pas ladre.

François avait suivi comme son ombre Julien Coudert jusqu'à deux heures de l'après-midi. Les derniers marchés se concluaient à la hâte, peu favorables au vendeur. Les maquignons rôdaient autour des bêtes convoitées, après avoir attendu l'extrême limite pour en faire baisser le prix. On croisait des faces réjouies et des mines sombres. Il faisait un beau soleil qui endimanchait le bourg. A côté de l'auberge où l'on se pressait pour venir déjeuner, un accordéoniste lançait ses gammes pour le bal de l'après-midi. Et chacun de ses triolets avait le don, comme s'il y avait de la magie dessous, d'attirer les filles.

François avait croisé Marie aux côtés de Léonie. Ils avaient échangé des banalités qui cachaient mal le plaisir qu'ils auraient eu à se promener ensemble.

Les foires de Pontarion, de Bourganeuf, de Vallières, se déroulèrent semblablement. La campagne officielle n'étant pas encore ouverte, Julien se gardait de tenir des propos trop polémiques et prétextait retrouver de vieilles connaissances. Ils avaient eu la chance de ne rencontrer aucun membre de la faction adverse. C'est à peine si à Pontarion ils avaient aperçu la queue d'un cortège de soiffards que de Montegoutte régalait au grand café du Commerce. Le sillage d'un homme aussi puissant, auquel tant d'hommes sur le foirail devaient quelque chose, laissait une traînée de rumeurs et d'excitation. Mais Julien et François avaient cru y lire plus de ressentiment que de considération.

A l'approche du 10 mai, les choses se gâtèrent. La tension des élections montait. A Bourganeuf, François avait été en pleine foire durement interpellé par le maquignon Quérau.

— Il ferait mieux d'aller travailler pour payer ses dettes, notre député d'hiver, plutôt que de venir parader avec un proscrit ! avait glapi l'homme en montrant son jeune cousin de la pointe de son bâton de maquignon.

Le sang de François n'avait fait qu'un tour. Il

avait fallu toute l'autorité de Julien pour que le jeune homme ne traversât pas la rue pour aller corriger l'autre. Celui-ci était entouré d'hommes de main aux allures douteuses et qui prenaient leurs ordres auprès du sous-préfet de Bourganeuf. Cet incident avait été le premier qui annonçait que la campagne se durcissait. Le soir même, Julien avait décidé de tenir une réunion publique à Saint-Georges-la-Pouge. Un de ses amis, sincère républicain, Armand Catinaud, charron à Saint-Georges, avait aménagé une grange attenante à son atelier pour que se tînt la réunion.

François et Julien étaient arrivés à huit heures dans le bourg. A plusieurs reprises, sur la route de Pontarion, ils avaient eu le sentiment d'être suivis. François, qui pour la circonstance s'était taillé une canne dans un bois de bouleau assez vert pour assommer mais suffisamment souple pour ne pas tuer, avait serré fermement son barou. Aux cours de chausson il s'était perfectionné dans l'art du combat de rue. Entre ses mains, le bâton devenait une arme redoutable.

Dans la grange, une petite estrade avait été aménagée par Catinaud, face à des bancs. Une douzaine d'hommes sûrs, républicains de toujours, étaient en place, attendant l'orateur, surveillant qu'aucun provocateur ne vînt troubler la réunion.

Julien Coudert avait serré les mains, parlé à chacun, puis, lorsqu'il y avait eu une quinzaine de personnes réunies, était monté sur l'escabeau face à la porte ouverte. Le beau mois de mai rentrait à pleines senteurs dans la grange. Le jour musardait avec la nuit. Les premiers hannetons zébraient le ciel, pourchassés par des enfants qui les capturaient pour leur attacher un fil à la patte. Un courant d'air descendu des barges amenait à Julien la saveur des foins anciens. Il avait commencé sur le ton bas d'un conte de veillée.

— Qui, mieux qu'un paysan comme vous, qu'un ouvrier du bâtiment comme vous, pourrait vous représenter à Paris ? Croyez-vous avoir des représentants qui pensent sincèrement à vous, là-haut ? Sur des questions aussi graves que le travail des femmes et des enfants la nuit, l'impôt sur les portes et les fenêtres qui aboutit à ce que des êtres humains vivent dans des maisons sans ouverture ! la question des communs qu'il faudra bien régler un jour ! celle des fermages aussi, qui, croyez-vous, est sincèrement de votre côté ?

— Le roi de la truelle a parlé ! cria un individu assis en bout de banc.

Armand Catinaud, qui était de par son métier une force de la nature, s'était approché du perturbateur que personne ne connaissait.

— Il faut me faire confiance. Je sais que certains d'entre vous ne voient pas d'issue et que même ils sont trompés. Mais moi, j'ai payé dans ma chair l'honneur de me dire de l'opposition !

— L'hirondelle blanche ne fait pas le printemps ! vociféra un autre type, dans son coin.

François s'approcha de Julien. Il régnait dans la grange une atmosphère tendue. Les habitants du village se regardaient par en dessous. Bientôt, il fut évident que trois individus malintentionnés s'étaient glissés dans l'assemblée pour empêcher que ne se tînt dignement la réunion.

— L'Empereur veut le bien des paysans et toi tu es vendu aux Anglais. Où étais-tu entre 51 et 59 ? Avoue-le ! cria un des trois lascars.

— J'étais là où se trouvaient les dignes opposants à ton maître félon à la République ! Voilà où j'étais !

Un des types fit mine d'avancer. Catinaud le saisit de volée et lui assena un coup de poing qui l'envoya rouler sur les bancs. Les autres se levèrent. Ils agitaient des matraques qu'ils avaient dissimulées sous leurs vestes. Celui que Catinaud avait balancé s'était relevé et avançait sur le charron, un poignard à la main.

— Ah ! Tu fais moins le fier, maintenant.

François laissa Julien et fit front au voyou. L'autre eut un vilain sourire. François connaissait ce genre de situation. Que de fois l'avait-il travaillée avec Constant qui était expert dans la lutte à main nue contre un homme disposant d'une arme blanche. L'autre se méfiait. Il avait repéré le calme de son adversaire et la manière qu'avait François de se déplacer en le regardant dans les yeux. « L'envie de tuer part toujours des yeux bien avant que le bras ne bouge. Regarde toujours les yeux », répétait Constant. L'homme avait une expression glacée où se lisait le dégoût de soi. Il y eut comme un trouble dans son regard. La tension partit du visage. La main fendit l'air, la lame brillante cherchant le ventre de François. Celui-ci esquiva par côté. Un coup de pied à la tempe assomma le type dont le bras restait dangereux. Au moment où il croyait atteindre François, celui-ci, d'un coup d'arrêt de l'avant-bras, immobilisa la lame, déséquilibra le mouchard et le projeta le nez dans le tuf. Un mouvement de stupéfaction courut sur l'assemblée. Les deux autres hésitaient. Catinaud et deux types vigoureux les coiffèrent fermement et après les avoir tabassés les reconduisirent aux limites du bourg.

Cet incident resta dans les mémoires. Le courage de François avait fait les beaux jours des commères. Dès le lendemain, son exploit était connu aux Couteilles. Il avait dû affronter les reproches de sa mère :

— François, je n'en peux plus de savoir que tu passes tes nuits à te battre contre des voyous. Je t'en prie, arrête. Nous ne sommes pas bien ensemble ?

Les suppliques de Joséphine n'avaient guère ébranlé la volonté du garçon. Il craignait davantage la réaction de Marie. L'après-midi, ils s'étaient donné rendez-vous au pré des Renardières où Marie surveillait son troupeau. La perspective de passer plusieurs heures avec sa promise comblait François. Il la retrouva assise sous un pommier en fleur. Mira, épuisée par ses courses incessantes pour ramener les bêtes capricieuses, haletait à ses pieds. La jeune fille filait une pelote de chanvre. Lorsqu'elle vit arriver François, elle se leva et alla à son devant. Il la prit dans ses bras et ils s'embrassèrent. Les lèvres affleuraient sur des émotions de plus en plus vives qui les laissaient désemparés.

— Tu as appris, pour hier au soir ? débuta François quand ils se furent assis côte à côte. Je ne voulais rien te cacher.

— Oui, répondit Marie.

— Tu sais, ce n'était pas si dangereux. Les gens exagèrent toujours.

Elle ne répondit pas.

— Tu voudrais que j'arrête, c'est ça ? Comme ma mère.

Elle reposa son fuseau et la pelote de filasse.

— Oui, François, je crains pour toi. Je ne

m'endors le soir que lorsque je sais que tu es rentré. J'entends les chiens et la porte chez toi grince. Mais je ne te demande rien. Tu dois faire ce que tu penses être juste. Ce serait faire défaut de sentiment que de vouloir t'empêcher.

Elle avait parlé d'une voix blanche.

— Agis selon ta conscience, reprit-elle.

Les paroles de la jeune fille émurent François.

— Et tes parents ? Qu'est-ce qu'ils en disent ?

Elle hésitait à répondre.

— Je crois qu'ils trouvent que tu t'engages trop. Julien Coudert est un homme respecté. Mais il a eu une vie de proscrit. Ça leur fait peur.

François marqua le coup. Les Gerbeau avaient raison. Julien Coudert avait épousé en 1837 Amélie Clémençon. Comme tous les limousinants, il avait laissé sa femme à l'époque des campagnes. Et quand l'Empire l'avait exilé, en 51, Amélie avait dû faire face à ses responsabilités, seule pendant des années. Elle s'était éteinte, épuisée et désespérée, il y avait cinq années, un an seulement avant l'amnistie que personne ne prévoyait.

— Les temps ont changé, Marie, répondit François en essayant de faire taire l'angoisse qui l'étreignait.

Deux jours avant la clôture des registres de candidature, François retrouva un soir Julien Coudert chez le docteur Villevet. Julien était dans un état de grande indignation. Il arpentait le salon en grinçant :

— La noirceur de ces hommes est sans bornes !

François avait interrogé du regard le docteur Villevet. Celui-ci paraissait également abattu mais il conservait son calme. Soudain Julien, prenant François à témoin, lui demanda :

— Sais-tu ce que je viens d'apprendre ?

François eut un mouvement de tête.

— Ils ont découvert un homonyme : Gabriel Coudert. Un gars de Saint-Pardoux qui doit tant et plus à Quérau et à de Montegoutte. Un fieffé gredin à ce qu'il paraît. Ils ont rédigé en catimini une profession de foi qu'ils s'apprêtent à faire paraître la veille de la clôture des candidatures !

François resta interloqué.

— De sorte que le comité républicain qui me soutient n'aura pas le temps de lui répondre ! Grâce à l'homonymie, si les résultats leur sont défavorables, ils font annuler les élections.

— Comment avez-vous appris ?

— Ce qu'ils ignoraient, les canailles, c'est qu'un des ouvriers de l'imprimerie d'Aubusson où a été éditée cette profession de foi est des nôtres !

— Que faire ? interrogea le jeune homme.

— Il n'y a qu'une seule chose à faire, observa le docteur Villevet. Il faut se répartir la mission d'aller dans tous les bourgs de la circonscription prévenir nos amis. Ils doivent faire ajouter le prénom de Julien au nom de Coudert sur le bulletin de vote !

— Et quand commencer ?

— Mais dès cette nuit, parbleu !

La perspective de passer une nuit de plus sur les routes, à courir les villages en semant les agents du sous-préfet, laissa un moment François découragé. Il parvint à dire :

— Restez ici, je me charge d'aller à Pontarion.

— Et moi à Saint-Georges ! répliqua le médecin. Je vais faire atteler. J'ai l'habitude.

— Il vaut mieux que vous restiez ce soir, Julien. Il ne serait pas bon que vous arpentiez seul les routes, à deux jours de la clôture... se risqua François.

Pour la forme, Julien objecta avec indignation :

— Mes amis battraient la campagne et moi je me reposerais ici ? Ça, non !

Finalement il se résigna sous la pression des deux hommes à demeurer chez le docteur Villevet, pour repasser les termes d'un important discours qu'il devait tenir le lendemain à Bourganeuf.

— Les amis que nous allons contacter préviendront eux-mêmes d'autres républicains des environs. Par ce moyen nous devrions couvrir toute la circonscription en quelques heures, calcula le docteur.

François monta dans le cabriolet au côté du docteur et ils prirent la direction de Pontarion. A trois kilomètres du bourg, le médecin ralentit et s'arrêta à la hauteur d'un embranchement où leurs deux routes se séparaient. François descendit en souhaitant bonne route à Villevet. Depuis qu'ils avaient pris l'habitude de travailler ensemble au succès de leur candidat, les deux hommes s'estimaient.

— Faites attention, docteur. Les autres sont enragés.

— Fais donc attention à toi, François. Moi, je suis un notable. Qui plus est, un médecin, et ils peuvent un jour avoir besoin de mes services. Sois prudent...

François entendit le trot du cheval se perdre dans la nuit. La route qui filait sur Pontarion ouvrait devant lui un ruban de cailloux clairs qui se perdaient dans l'obscurité. Cette fin de mois de mai éveillait les sens. Du thym poussait dans les talus et parfumait les pas. Des genêts bruissaient sous un vent léger qui agitait leurs branches. Des insectes s'aventuraient dans le crépuscule, guettés par des grenouilles qui emplissaient les fonds de leurs chants. François s'élança d'un pas assuré.

A main gauche, l'étang du Masrivet, sous la lune, plaquait ses eaux bleutées qui amenaient une odeur de vase. De l'autre côté, les feux des Chabannes brillaient dans la nuit. La route longeait une partie escarpée et rocheuse qui surplombait un à-pic d'une bonne dizaine de mètres. François s'arrêta soudain. Il avait perçu un bruissement dans le talus. La fatigue qui l'étreignait depuis que le docteur Villevet l'avait déposé aux environs de Fontarade se dissipa d'un coup. Tout son être se tendit : trois silhouettes lui barraient la route.

— On se retrouve, l'ange gardien... Pourriture de prolétaire !

François reconnut la voix du type qui avait interrompu la réunion de Saint-Georges. Les deux autres devaient être ses complices attitrés. François se tut. Il ne cherchait pas à discuter. Parler, c'eût été renseigner l'autre. Quant à éviter le coup dur, cela paraissait impossible.

— Tu ne fais plus le serin, saloperie de rouge. Tu vas voir comme on les soigne les rouges, nous autres !

La nuit était assez claire pour que François vît briller l'éclair d'une lame. Les trois gredins avançaient ensemble, rendus prudents par la manière dont François avait désarmé leur chef à Saint-Georges-la-Pouge. Le plus jeune se jeta sur François. Tout en surveillant les deux autres surpris par l'attaque, François le cueillit d'un coup de pied à la gorge qui le laissa râlant sur le sol, en proie à des convulsions. L'action n'avait duré qu'une fraction de seconde. Les autres se regardèrent et cessèrent d'avancer. François, depuis qu'il en avait étendu un pour de bon, respirait mieux. Ses yeux perçaient la nuit ; il se retrouvait dans la forêt de La Berthenoux. Il allait rattraper le temps. Les frères Crénau cherchaient à lui arracher son sac où il avait caché ses cent quatre-vingts francs. Il était si petit. Ces cent quatre-vingts francs lui manquaient encore.

Il regarda l'autre qui gisait à terre en se tenant la gorge. François, sans un mot, lui décocha un coup de pied terrible dans le bas-ventre. L'autre perdit connaissance. Alors il regarda les deux autres et avança sur eux :

— Tu l'as tué ! Tu l'as tué ! hurlait celui qui tenait le couteau.

François revoyait le chef des Crénau, celui qui essayait de suriner Gerbeau avec une baïonnette. Il s'avança vers lui.

— Attaque-le, toi ! Je vais te piquer ! glapissait le type.

François le laissa venir et, d'un mouvement tournant du bras, repoussa le poignard. Il adressa un uppercut en pleine face qui lui brisa le nez. Tout cela s'était passé si vite que le troisième et le moins résolu de la bande n'avait pas eu le temps d'intervenir. Celui que venait d'agripper François baignait dans son sang, proprement sonné. Son corps s'était fait lourd comme du plomb. François lui prit l'articulation du coude droit et les yeux dans les yeux du troisième, lentement, il la brisa. Le membre craqua comme une branche de frêne sec. Pris de panique, l'autre recula. François avançait en souriant. Il allait enfin les retrouver les frères Crénau ! Il allait enfin leur faire payer tout le mal qu'ils lui avaient fait. Ce n'était pas exactement eux ? Qu'importait ! Ils allaient payer.

Le gars se vit perdu.

— Je vais te tuer, Crénau, dit froidement François d'une voix qu'il ne reconnut pas.

Derrière lui, les deux autres râlaient. Une lueur de folie passa dans le regard du type. Il s'élança par le talus pour se sauver. François n'eut pas le temps de bouger. Le hurlement qu'il poussa quand ses pieds perdirent leur appui dura aussi longtemps que sa chute. Le bruit mat que fit son corps en tombant, dix mètres en contrebas, réveilla François.

Il se retourna vers les deux autres qui gisaient toujours au sol. En bas du rocher, on n'entendait plus rien. François passa la main sur son visage en sueur. Sans un regard pour les blessés, il s'enfuit vers les Couteilles, courant à en perdre haleine.

Il arriva à minuit. Ses parents, habitués à ses retours tardifs, ne firent guère attention à lui.

— Père... Mère... réveillez-vous !

Quand Joséphine et Alexandre furent debout, François leur raconta toute l'histoire.

— Il faudra dès demain que vous alliez chez le docteur Villevet, lui rapporter exactement les faits tels que je vous les ai décrits ce soir, supplia François en s'adressant à Alexandre.

Ils restaient accablés. Ce que craignait la mère s'était produit. Le climat de violence créé par le régime lui-même avait abouti à cette situation.

— Tu ne vas pas rester là, à attendre que la gendarmerie vienne te coincer, réagit Alexandre.

François sut gré à son père d'essayer d'analyser la marche à suivre. Quant à lui, il se retrouvait épuisé et incapable de prendre une décision.

— Tu vas remonter à Paris immédiatement. Là-bas, tu seras plus difficile à trouver. Quand on est proscrit, on se cache toujours mieux dans une grande ville. Ici, tout le monde connaît tout le monde. Tu ne tiendrais pas deux jours.

François était d'accord.

— Tes affaires peuvent s'arranger ! Imagine que ton candidat l'emporte, ça changerait tout, n'est-ce pas ?

La mère prépara à la hâte une besace qu'elle remplit de deux pains, de châtaignes, de pommes de terre, d'un morceau de lard et des quatre boudins qu'il lui restait. Moins d'une heure après, François l'embrassait et saluait son père la mort dans l'âme.

— Suis bien les voies désertes. Évite les villages. Circule de nuit et le jour couche dans les étables à l'écart. Ne parle à personne, répétait Alexandre.

— Marie, marmonna François.

— Marie, nous lui expliquerons ! Surtout ne va pas faire aboyer les chiens. Il faut se méfier de tout le monde maintenant. Fais attention en passant près de chez Chopineau. Il ne dort jamais la nuit, le bougre !

François embrassa une dernière fois sa mère. Il se faufila dans la nuit. Mais le bruit mat qu'avait fait le corps en tombant, dans le ravin du Masrivet, le hantait encore.

Il parvint en six jours à Paris. Jusqu'à Orléans, il dormit dans des bergeries abandonnées, se gardant des routes fréquentées. Les provisions préparées par Joséphine lui permirent de tenir sans jamais s'arrêter dans une auberge. Il but dans les ruisseaux. Les élections accaparaient toute l'attention des forces de l'ordre et il eut le sentiment de n'être pas encore recherché. Cependant, afin d'éviter la malle-poste qui était l'objet d'une surveillance pointilleuse, il avait décidé à Orléans de prendre pour la première fois le train.

L'excitation qu'aurait pu lui procurer l'usage de ce nouveau transport était annihilée par la peur d'être repéré au premier contrôle de police. Mais rien de tel ne se produisit et au soir du 4 juin 1863, il était dans la capitale. Alexandre avait raison : dans la foule qui flânait le long des boulevards, François vit un océan où se perdre. Bien qu'hésitant jusqu'au dernier moment, il se décida à se rendre rue Mouffetard, pour y retrouver Louis. Lorsqu'il arriva, Annette et Antoinette servaient la soupe dans la cuisine. Elles le fêtèrent et sortirent une assiette pour qu'il soupât avec les autres limousinants. Louis n'était pas encore rentré de ses cours du soir.

— Je monte poser mon sac dans la chambrée, et je redescends, dit François.

Il était à peine arrivé dans le dortoir qu'il entendit une cavalcade dans l'escalier, ponctuée de cris. Lorsqu'il se retourna, deux hommes l'empoignaient et le jetaient face sur un lit en lui passant les chaînes aux poignets.

— Police ! criaient des voix dans la cuisine. Vos passeports, vite !

François fut descendu *manu militari* au rez-de-chaussée. Un inspecteur relevait les identités. Des agents en uniforme gardaient l'entrée du garni devant lequel une voiture cellulaire était stationnée. La porte de la cage s'ouvrit et François fut balancé à l'intérieur. Au moment de plonger dans la nuit grillagée, il eut le temps de voir Constant qui s'entretenait avec un policier, en lui montrant les fenêtres du garni.

Dès que la porte du fourgon se referma et que le trot du cheval tinta sur les pavés, François se vit perdu. Cette certitude de l'abîme était amplifiée par la trahison de Constant. Ainsi donc il s'était lié d'amitié avec un mouchard, un traître infiltré chez les républicains. « Quelle proie facile j'ai dû être pour un voyou habitué depuis toujours à frayer dans les milieux les plus troubles ! » se disait-il. Un moment, François songea que l'agression des gougeats, rue Choiseul, avait été organisée par Constant. N'en était-il pas capable ?

Ballotté dans le fourgon cellulaire, il fut emporté dans la nuit. L'engourdissement de ses bras entravés réveillait sa cicatrice à l'aine. Deux agents en uniforme le surveillaient du coin de l'œil, sans un mot. Enfin la carriole s'arrêta. Il entendit des portes s'ouvrir. Les six jours de cavale l'avaient épuisé. Il aurait voulu dormir. Des hommes vinrent le prendre et le poussèrent au long de couloirs interminables. Dans la pénombre, François devinait des portes les unes à côté des autres et des grilles, interminables murs de barreaux. Parfois un cri montait dans la nuit, ressemblant à ceux qui perçaient le sommeil de l'hôtel-Dieu. François perdait pied. Le temps l'avait rattrapé et le reprenait dans sa nasse pour le conduire dans un autre hôpital. Tout était si semblable : les râles, les serrures, la porte unique en façade, le visage fermé des gardiens dont bon nombre, comme les contremaîtres des usines, étaient d'anciens militaires.

Ils s'arrêtèrent devant une porte basse. Le bruit aigre de la clef tournant dans la serrure, marquant l'hésitation du poignet, lui rappela les cages des aliénés. Quand la porte s'ouvrit, une odeur suffocante de pourriture lui monta à la figure.

— Avance ! cria le gardien, d'une voix de caporal.

Comme François hésitait, il lui envoya une bourrade dans les épaules. La cellule était minuscule. Une puanteur de viande avariée et de détritus suintait des murs. François serra les poings. Sur des paillasses, accrochées par des chaînes, des silhouettes le regardaient silencieusement. Il faisait trop nuit pour distinguer quoi que ce soit.

— Et silence là-dedans ! hurla le gardien en refermant la porte.

Une quinte de toux partit d'un recoin de la pièce. François imagina ces spectres qui, à l'hôpital, vomissaient le sang jusqu'à leur dernier souffle. Il entendit :

— En face de toi, à droite.

Sans chercher à comprendre, François trouva l'emplacement de la paillasse. La paille était grouillante de vermine. Une odeur infecte montait de cette litière qu'on n'eût pas laissée sous un cheval. Pourtant il s'y étendit comme au premier soir de marche, voilà trois ans, quand passé Nohant, il s'était assoupi, les pieds en sang.

Le lendemain matin, François découvrit dans quelle misère il se trouvait. L'état de ses codétenus était hallucinant et n'aurait pas dépareillé dans les salles de l'Hôtel-Dieu. Sur les huit droits communs, deux étaient incapables de se lever. Des ulcères déformaient leurs jambes qui ne les portaient plus. Les autres avaient l'air misérable des animaux désespérés dans les ménageries mal tenues. Ils étaient en haillons, couverts de pus, le teint hâve. Le plus proche de François était en proie à un tremblement continuel qui l'empêchait de boire sans se souiller. A sept heures, le guichet s'ouvrit. Les prisonniers se précipitèrent vers la distribution. François prit la file. Il reçut une soupe ignoble, faite de légumes pourris baignant dans de l'eau. Une part de viande était jointe dans l'écuelle.

— Fais attention, remarqua un type qui avait perdu toutes ses dents. Les bêtes abattues par le boucher qui approvisionne la prison sont malades.

— Donne-la-moi, ta barbaque ! Donne-la-moi si tu es fine gueule ! cria un autre qui avait encore quelques ressources.

François le regarda. Malgré les grands gestes qu'il faisait pour impressionner, il était d'une faiblesse d'enfant. Ses doigts étaient gonflés. Écœuré à l'idée de manger cette viande avariée, François lui remit le morceau. L'autre le dévora à pleines dents.

Vers neuf heures, un gardien vint chercher les prisonniers pour l'atelier. Seuls les deux grabataires furent dispensés de peine. Des colonnes de spectres convergeaient vers les portes ferrées d'un atelier étroitement surveillé car ces moments de rassemblement étaient craints par les gardiens. François se retrouva devant un établi. Un détenu qui occupait les fonctions de chef d'équipe vint lui expliquer le travail :

— Ici, on fabrique des porte-mine de crayon.

François hocha la tête. L'autre parlait à voix basse.

— Tu reçois ces plaquettes de bois. Là, tu dois faire avec cette petite scie un trait à droite. Comme ceci...

Le type saisit une scie attachée à l'établi par une chaîne. Il fendit une rayure dans le bois.

— Et à côté ?

— Non. La rainure de gauche, c'est lui qui la fait.

Il indiqua du menton un autre type penché sur son établi.

— Ne t'avise pas d'y toucher. Sinon ça irait mal pour toi !

François resta abasourdi. Jamais encore il n'avait connu tel morcellement de la tâche. Sur les chantiers, le travail était certes divisé et chacun tenait son poste, sans prendre part nécessairement à l'ensemble de l'œuvre. Mais ici, on eût dit que pour finir de détruire l'homme, les gestes avaient été isolés jusqu'à l'absurde, jusqu'à la dérision qui efface la main et l'esprit qui la guide. Il se souvint alors d'un des ateliers de l'hôtel-Dieu. Il y avait observé des convalescents fabriquant des barreaux de chaise. Chacun avait comme spécialité un des bâtons. Pour l'un, c'était le barreau du haut, pour l'autre, celui de devant... Et aucun des pauvres hères qui suaient sang et eau dans l'atelier surchauffé par les poêles qui brûlaient sans arrêt les copeaux et la sciure n'aurait songé qu'il était capable de tailler le barreau de dessous si on lui avait demandé de tailler celui de dessus !

Il était interdit de parler. Le règlement était particulièrement rigoureux. Au milieu de la matinée, un des prisonniers s'était avisé d'interpeller un autre à voix haute. Un gardien aussitôt l'avait mis à l'amende. L'autre, piteux, avait baissé le nez car il venait de perdre l'équivalent de deux semaines de travail, rétribué de manière symbolique. Trois fois dans la journée, une sonnerie indiquait la pause qui ne durait que quelques minutes dûment chronométrées.

Au milieu de l'après-midi, un homme passa dans les travées. C'était un civil, serré dans un costume de bourgeois et qui, malgré les risques d'incendie, arborait un gros cigare. François comprit qu'il s'agissait de l'entrepreneur pour lequel il marnait, lui et tous les autres. A la fin, le gars alla vers les gardiens et François surprit une distribution de pourboires. Quand il fut parti, les gardes redoublèrent de vigilance, n'hésitant pas à bousculer ceux dont le rendement ne correspondait pas à la catégorie de travailleurs dans laquelle ils étaient classés.

Les jours torrides de juin passèrent ainsi et chaque matin François sentait ses forces l'abandonner. Depuis une semaine, il souffrait d'une dysenterie qui chaque jour s'aggravait. Dans la fournaise de l'atelier éclairé par des verrières haut placées sur les toits, il se déshydratait et, le soir, il plongeait la tête dans un seau d'eau glacée.

A plusieurs reprises, au cours du mois de juin, François s'était inquiété auprès des gardiens des conditions dans lesquelles il allait être entendu par un magistrat.

— Tiens-toi tranquille, lui répondait-on invariablement. Vous êtes tous pareils. La canaille est bien trop protégée encore ! Ferme-la si tu ne veux pas tâter de la cangue !

Un découragement extrême avait précipité la déchéance physique de François. Personne de l'extérieur n'avait encore pu entrer en contact avec lui, ni l'informer de ce qui se tramait. Chaque jour il espérait un mot, une visite, une convocation. Chaque soir, il désespérait un peu plus de sortir de ce marécage où il se sentait emporté corps et biens. Lorsqu'un matin, un prisonnier de la cellule avait été retrouvé raide mort sur sa paillasse, François s'était dit que son tour arriverait bien vite. Seule l'image de Marie lui apportait un réconfort. Il revoyait les moments précieux passés près d'elle et qui maintenant semblaient s'éloigner pour toujours.

Aux Couteilles, l'annonce de son arrestation avait provoqué une émotion considérable. De discrètes visites de sympathie avaient duré plusieurs jours chez les Ribière. Alexandre serrait les poings. La haine de ce régime policier qui faisait mine de se libéraliser mais qui envoyait ses tueurs perturber les élections le mettait en rage. Dès le matin de la nuit tragique, Alexandre s'était mis en route pour Sardent. Le docteur Villevet était absent et il avait dû l'attendre jusqu'à une heure. La nouvelle de la bagarre était déjà connue. Les gendarmes avaient trouvé le corps d'un des assaillants, les reins cassés, au pied du surplomb rocheux. Les deux autres avaient disparu. Mais il était déjà officiel que la maréchaussée recherchait un certain François Ribière des Couteilles, limousinant saisonnier.

— Qu'est-ce qu'on va faire ? avait demandé Alexandre au docteur.

Comme l'autre ne répondait pas, Alexandre avait repris d'un ton bourru.

— C'est quand même pour des gens comme vous et Coudert et sa politique que mon François se retrouve traqué comme un assassin ! Il faut l'aider, nom d'un chien !

— Calmez-vous, Alexandre. Vous savez bien que nous ferons tout notre possible. Il faut d'abord utiliser les voies légales. Le procureur se rend cet après-midi sur les lieux du drame. Julien Coudert et moi, ainsi que Mignaton, nous irons. Je vais demander à suivre l'autopsie. Si cela se trouve, François n'y est pour rien. Il est peut-être tombé tout seul !

Alexandre avait ricané amèrement.

— Tombé tout seul ! Ça se voit que vous ne le connaissez pas mon François. Quand on l'a cherché, on ne tombe pas « tout seul » !

Les deux hommes s'étaient séparés vers deux heures. Villevet avait proposé à Alexandre de partager son déjeuner mais l'autre avait refusé. Lorsqu'il était arrivé aux Couteilles, deux chevaux de gendarmes buvaient à l'abreuvoir devant les étables. Les hommes en uniforme questionnaient Joséphine qui répondait évasivement, sans se démonter. Quand ils virent arriver Alexandre, les deux gendarmes s'avancèrent vers lui.

— Nous recherchons votre fils, Alexandre Ribière. Vous devez bien vous douter pourquoi ?

— Et comment je le saurais ? répondit Alexandre sur un ton dur.

L'officier le toisa.

— Faites bien attention. L'affaire n'est pas mince. Il a du sang sur les mains. Du sang ! C'est pas du braconnage ! Ça va chercher loin, si vous voyez...

Joséphine avait éclaté en sanglots en rentrant précipitamment dans la maison.

— Je ne sais rien, avait marmonné Alexandre.

— Où est-ce qu'il est ? En Creuse ?... Reparti à Paris ?

— Je ne sais pas où il est. Si vous croyez que je garde l'œil sur lui. A cet âge, ça ne pense qu'à courir. Vous devez bien savoir ça, brigadier, si vous avez des enfants.

L'autre le regarda durement.

— Tu ferais bien de les surveiller, tes enfants, si tu ne veux pas qu'ils finissent en Nouvelle-Calédonie ou la tête dans la sciure.

Voyant qu'ils n'obtiendraient rien d'Alexandre qui, fiché pour avoir participé aux événements de 1848, avait la réputation d'un dur à cuire, ils entreprirent la fouille de la ferme. C'était une belle journée de juin. La grange était ouverte aux senteurs de l'été. La clématite aux mauves retombants donnait à la façade des allures de cottage. Les poules picoraient devant la porte. A quelques kilomètres de là, Julien Coudert, Mignaton et Villevet étaient écartés des lieux de la reconstitution à laquelle participait la fine fleur de la magistrature départementale.

Ce drame n'interrompit pas le cours des élections. Jusqu'au dernier jour, Julien Coudert pensa pouvoir l'emporter. De Montegoutte s'était avéré très tôt largement dépassé par Eugène Duvaucel. Celui-ci, usant de tous les moyens financiers et techniques que lui conférait sa situation de patron de presse, se taillait une part considérable dans l'électorat de droite. Ce monsieur de Paris inspirait confiance. Il avait même créé de toutes pièces un journal, *Le Chasseur de Bourganeuf*, qui donnait, en même temps que des informations locales bien présentées, l'essentiel de son programme électoral. Le procédé, décrié par ses adversaires, ne s'en était pas moins révélé efficace. Le jour des résultats, Eugène Duvaucel fut proclamé vainqueur devant Julien Coudert et, loin derrière, de Montegoutte.

Au plan du département, l'échec de Julien Coudert fut douloureusement ressenti par les opposants. Au plan national, force était de constater une assez bonne tenue des candidats gouvernementaux. Les cinq millions trois cent mille voix « pour » équilibraient encore massivement les un million neuf cent mille voix « contre ». Cependant les républicains, avec dix-sept sièges auxquels il fallait ajouter quinze élus indépendants, s'estimèrent en progrès.

— Julien Coudert battu, cela ne va pas arranger les affaires de notre François, avait observé Alexandre.

A Paris, Louis avait été dans l'incapacité d'avoir des nouvelles de son frère. Tout se passait comme si le jeune homme était passé à la trappe. Personne n'était pressé d'ouvrir son dossier. Chaque fois que Louis se présentait chez le commissaire qui avait procédé à l'arrestation ou dans les bureaux du tribunal, il était renvoyé de la manière la plus elliptique qui soit. Ce ne fut que le 7 novembre 1863 qu'Alexandre reçut une lettre sur papier timbré. Au comble de l'inquiétude, il fila à Sardent et remit le document officiel au docteur Villevet qui en prit connaissance.

— Les choses se présentent mal, Alexandre. Il est accusé de meurtre.

— Meurtre !

— Oui. Il va être jugé sous ce chef d'inculpation.

— Quand ça ? Et où ?

— Le document ne le dit pas.

Alexandre repartit désespéré. Depuis l'arrestation de François en juin, le temps avait filé, empoisonné par le drame. Les moissons s'étaient déroulées sans la joie ordinaire qui atténue la peine au travail. Et la dernière gerbe, placée au faîte de la dernière charrette avec un bouquet, avait été rentrée à la grange sans l'écho d'une chanson. L'automne avait apporté son cortège de travaux en demi-teintes, de fruits aux couleurs mordorées et rousses, d'impressions d'abandon et d'épreuves à venir. Alexandre n'avait pris plaisir à rien. Joséphine, tout comme lui, se mourait de chagrin.

Sur le chemin du retour, alors qu'il ressassait les propos de Villevet, Alexandre avait vu la silhouette de Marie qui l'attendait.

— Alors, Alexandre ? avait-elle demandé.

— Alors, ce n'est pas bon. Il va être jugé pour meurtre.

La jeune fille pâlit. Devant son inquiétude, Alexandre crut bon de corriger.

— Mais il n'est pas encore condamné ! En France, on a le droit de disposer d'un avocat. Ses amis sont assez bien placés pour lui en fournir un de première, parbleu !

Marie, qui avait perdu le sommeil, se précipita dans les bras d'Alexandre. Elle pleurait à chaudes larmes et hoquetait :

— Mais pourquoi, Alexandre ? Pourquoi ?

Alexandre ne savait que répondre. Pourquoi François se mourait-il dans un pourrissoir carcéral ? La faute à qui ? Le sort fait aux humbles était trop injuste. Alexandre avait tourné les arguments dans tous les sens, il butait toujours là-dessus. Le malheur s'acharnait sur tous les misérables qui n'avaient que leur force pour travailler. Le grand ressentiment de 1789, cette idée qui avait laissé penser que le temps des rois serait aboli, revenait le hanter, plus forte que jamais. Ils rentrèrent aux Couteilles, silencieusement. Le ciel noir, qui surplombait le village de ses nuages menaçants comme des montagnes, ajoutait à leur accablement. La semaine suivante, le 5 novembre 1863, Louis et les autres limousinants rentrèrent de Paris.

Ils avaient attendu la nuit pour arriver dans le village endormi et y provoquer un charivari. Les lanternes s'étaient allumées. Les femmes avaient fait repartir les cheminées. Chez les Gerbeau et les Ribière, les retrouvailles s'étaient faites discrètes. Gerbeau, qui avait voyagé avec Louis, était rentré préoccupé du sort de François. Les nouvelles n'étaient pas bonnes.

Louis avait obtenu quelques informations d'un greffier au tribunal de Paris. Si l'autopsie n'avait pas prouvé de traces de coups sur le corps du mort, les deux autres gredins s'étaient portés témoins à charge. D'après eux, c'était François qui avait balancé leur camarade, au moment où ils se croisaient sur la route. La version était invraisemblable, mais faisait l'affaire de la justice. La déportation, quinze ans de réclusion paraissaient parmi les hypothèses les moins sombres. A force d'insistance, Louis était parvenu à rencontrer son frère à Poissy. L'entretien avait duré tout au plus cinq minutes. Mais l'état de faiblesse dans lequel se trouvait François avait laissé à son cadet une impression inoubliable. Il l'avait vu s'avancer vers les grilles d'un pas peu assuré, souffrant des pieds, avec l'allure d'un spectre. Louis avait songé à ce malheureux qu'on avait retrouvé mort de froid sur les berges de l'étang de la Genête et qui, dans la neige, avait eu les yeux cavés par les corbeaux. A la place du regard, François n'avait plus que deux cernes noirs. Il avait tenté de sourire sans y parvenir. Les mots ne sortaient plus de sa bouche. La prison était la proie d'une épidémie de phtisie. Cent vingt détenus étaient déjà partis à la morgue, épuisés par le régime alimentaire, les journées de travail à la fabrique et le manque total de soins. L'hiver, qui s'annonçait rude, entrait à pleins barreaux dans les cellules.

Le drame avait changé Louis. Le garçon, qui allait sur ses dix-sept ans, avait mûri. Resté seul à Paris au cours de toute la campagne, il s'était dépensé sans compter. Les logeurs de la rue Mouffetard, malgré tout l'attachement qu'ils lui vouaient, lui avaient fait comprendre qu'ils ne pouvaient le garder. Louis n'avait pas insisté. La pression policière était évidente. Il leur avait fait bonne figure, et comme Annette et Antoinette pleuraient de le voir partir, il les avait embrassées toutes les deux. Il avait réussi à se loger dans une rue du centre, assez proche de l'Opéra. La seule consolation était venue des autres limousinants. Les Creusois, qui connaissaient tous l'histoire de François, sur le chantier, le soir à la chambrée, lui demandaient régulièrement des nouvelles. Si les mots se ressemblaient tous, si les intentions n'étaient pas toutes évidentes, Louis trouvait dans cette sollicitude un réconfort réel.

Louis était parvenu à gagner la confiance d'un chef d'équipe sur le chantier de l'Opéra. L'homme, ayant constaté l'application avec laquelle Louis recomptait les poutres déchargées, lui avait demandé de tenir le rôle des entrées. De fil en aiguille Louis en était arrivé à laisser la pelle pour un gros registre de comptabilité. Le travail qui lui était confié s'en était bien trouvé et la confiance qu'on lui accordait se développait. Cela lui avait permis d'élargir le champ de ses connaissances. Il avait étudié un manuel de comptabilité et était parvenu à appréhender les principes de l'économie générale d'un chantier. Il était rentré aux Couteilles en promettant au chef d'équipe de revenir, dès que ses affaires seraient réglées en Creuse.

Le lendemain de son arrivée, Louis, vêtu de ses habits du dimanche, s'était présenté chez Villevet. Le docteur l'avait reçu de la meilleure manière. Mais très vite Louis avait compris qu'il n'y avait guère à attendre de ce côté pour améliorer la situation de son frère.

— Il faut le changer de prison ! On l'a mis dans un mouroir. Ce qui se passe à Poissy du point de vue sanitaire est un scandale qui pourrait dépasser celui de Clairvaux, la prison meurtrière.

Le bon docteur Villevet savait bien, mais ne voyait pas comment s'y prendre.

— Il faut attendre le procès. Nous lui trouverons les meilleurs avocats républicains. Nous ferons de son jugement une affaire tellement exemplaire que le pouvoir reculera.

— D'ici là il sera mort ! avait protesté Louis. Vous ne comprenez pas...

Ils étaient accablés l'un et l'autre. Sincèrement, Villevet aurait tant voulu agir. Mais Julien Coudert, à la suite de son insuccès, était remonté à Paris. La rumeur voulait qu'il se soit ensuite embarqué pour l'Angleterre où, au cours de ses neuf années d'exil, il avait laissé des affaires à régler. Il était, pour le moment, intouchable.

Louis était reparti inquiet de la tournure des événements. Le projet de faire de ce jugement un point fort qui permettrait à l'opposition de monter au créneau n'était pas mauvais en soi. Mais le mort-vivant que Louis avait eu de la peine à reconnaître ne tiendrait jamais assez longtemps. Louis avait appris d'une visiteuse qui quittait en même temps que lui la prison que l'administration ajoutait de l'acide aux fécules de la colle destinée aux ateliers, pour éviter que les prisonniers ne la mangent !

L'air sombre qu'il avait en rentrant de Sardent avait découragé Alexandre et Joséphine de lui poser des questions. Il n'était que trop évident que la situation était désespérée.

Le soir, Louis se rendit chez les Gerbeau. Il désirait revoir Marie et lui expliquer la situation sans pour autant lui dévoiler l'issue qu'il redoutait. Il la trouva devant la cheminée, l'air sombre.

— Assieds-toi, dit Gerbeau qui, depuis qu'il avait vu Louis sur le chantier de l'Opéra, les bras chargés de registres, lui parlait comme à un monsieur.

— Non, merci, Gerbeau. Je voulais voir Marie. Depuis que je suis rentré, je n'ai pas eu le temps de lui présenter le bonjour.

La jeune fille s'efforça de sourire. Elle était défigurée par l'inquiétude. Léonie aussi supportait mal l'arrestation de ce garçon qu'elle recevait déjà comme un fils qui lui aurait été rendu.

— Je mets ma limousine, proposa Marie. Allons marcher si tu veux.

— Non ! C'est inutile de sortir ! Il fait trop froid. Restez devant la cheminée. Léonie et moi allions nous coucher.

Gerbeau et Léonie quittèrent la salle commune et se retirèrent dans leur chambre attenante derrière la cheminée.

— Assieds-toi, Louis, proposa Marie.

Les deux jeunes gens regardaient le feu en se taisant. L'absence de François rendait difficiles les premières paroles. Il fallait que la connivence passée revienne.

— Tu l'as vu ? demanda enfin Marie.

Louis fit oui de la tête.

— Il t'a parlé de moi ? Comment allait-il ?

Elle s'était tournée vers Louis qui ne pouvait soutenir l'intensité douloureuse de son regard.

— Il m'a parlé de toi... Il m'a dit qu'il pensait chaque jour à toi.

Le mensonge s'était envolé de la bouche du jeune homme si facilement qu'il était fait de vérité en arrivant aux oreilles de Marie.

— Et comment tu l'as trouvé ?

Louis baissa le nez. Marie réalisa l'aveu que représentait le silence.

— Il va mal, c'est ça ? Très mal ?

Il ne répondit pas. Marie s'abîmait dans la contemplation du feu. Les flammes léchaient la bûche et laissaient partir des fumerolles qui montaient contre le velours noir du goudron. L'horloge énonçait le temps au rythme régulier de son balancier. Un grillon sortit d'un joint du foyer et s'approcha d'un des chenets. Il était couleur de cendre.

— Mais qu'est-ce que nous pouvons faire ? demanda Marie. Comment le sauver ? S'il ne revient pas, deux maisons seront en deuil aux Couteilles. Pourquoi ? C'est si injuste...

Louis était accablé de chagrin. Depuis des mois, il cherchait lui aussi un moyen qui eût mis François hors de danger. Mais il ne voyait pas. Une évasion ? L'idée était absurde. Une intervention en haut lieu ? Sous cet Empire affairiste, on savait bien que tout était possible, mais ils ne connaissaient personne, que d'anciens proscrits !

— Et les Duvaucel ? murmura Louis.

— Comment les Duvaucel ? interrogea Marie qui s'était tournée vers le garçon.

— Eh bien, n'est-il pas vrai que François a sauvé la vie de Mme Duvaucel ? Elle a une dette envers lui ! Son mari, élu député, doit être encore plus puissant qu'auparavant. Son journal est toujours l'un des plus redoutés de Paris, que je sache ! Lui, il pourrait sortir François de là !

Le regard que lui lança la jeune fille, Louis ne pourrait l'oublier. En remontant à la ferme paternelle, il revoyait encore les yeux de Marie, allumés de reconnaissance et d'amour. Ce regard-là brillait dans la nuit.

Le lendemain matin, un ciel bas et terne encapuchonnait la vallée au pied de la Favillade. Louis retrouva Marie à neuf heures chez elle. Elle portait ses vêtements neufs, sans dentelle. Sa coiffe était des plus modestes. Elle avait à son bras un panier d'osier dans lequel elle avait posé douze œufs. Louis avait mis ses habits du dimanche. Tous les deux, ils avaient dans leur modestie bien fière allure. Et quand ils avaient pris le chemin de Pontarion, ils formaient le plus beau couple qui ait jamais passé le pont des Vergnes.

Il était près de dix heures quand ils se présentèrent devant les grilles du château des Bruges. L'émotion les étreignait.

— Pourvu qu'ils soient là, murmura Louis.

— J'ai prié toute la nuit, avoua Marie.

Ils poussèrent la grille et pénétrèrent dans le parc. Louis reconnaissait les lieux. La saison rendait aux allées une austérité toute religieuse. Les arbres d'ornement avaient perdu leurs feuilles que le jardinier n'avait pas terminé de rassembler. Les tons roux que prenait la forêt, sur l'autre rive du torrent, faisaient une mouvance d'arbres menaçante. L'enduit de la grosse tour, grisé par la pluie, enlaidissait la bâtisse.

Le château paraissait abandonné. Les portes étaient fermées et certains volets de l'étage étaient clos. Marie et Louis hésitaient, au pied du perron.

— Qu'est-ce qu'on fait ? s'interrogea Louis.

— On ne va pas repartir ! s'insurgea Marie. Des fois qu'on nous prenne pour des voleurs, il ne manquerait plus que ça !

Ils se décidèrent à gravir les marches. Ne découvrant pas de sonnette, Louis poussa le battant de la porte principale. Ils entrèrent dans un hall d'apparat qui donnait sur un escalier de bois tourné. A droite, par une porte ouverte, au bout d'une enfilade de deux salons, ils entendirent les accents lointains d'un piano. Ne pouvant plus reculer, les deux jeunes gens s'aventurèrent dans le premier salon. C'était une grande pièce de réception aux tentures noires, meublée avec raffinement. Sur des guéridons traînaient des journaux, des manuscrits et des partitions. Marie et Louis arrivèrent derrière une porte vitrée et découvrirent le petit salon circulaire qui occupait la base de la tour principale du château.

Un grand piano noir était placé au centre. Mme Duvaucel, de dos, improvisait en accompagnant son jeu de grands mouvements du buste. Un décolleté profond dégageait ses épaules d'une beauté irréelle. Les boucles de sa chevelure blonde descendaient sur sa nuque. Son cou était d'une finesse extrême. Les deux jeunes gens restaient pétrifiés. Elle accompagnait le morceau par quelques vers qu'elle récitait, d'une voix qui prenait des inflexions incantatoires. Marie et Louis n'osaient interrompre la poétesse.

— Mais qu'est-ce que vous faites là ? interrogea une voix dans leur dos.

Ils se retournèrent, le cœur chaviré. Eugène Duvaucel venait de les surprendre. Il portait un costume de chasse, des guêtres et un chapeau de feutre.

— Allons ! J'attends des explications.

Aurore Duvaucel s'était interrompue.

— Je vous écoute, reprit-il sur un ton impatienté.

— Eugène, tu les effraies. Regarde-les. On voit bien qu'ils n'avaient pas de mauvaises intentions. Qu'est-ce que vous voulez, mes enfants ?

Marie prit sa respiration.

— Madame, je m'excuse d'être entrée au château. Mais il n'y avait personne. Je... nous voulions absolument vous voir, et votre mari aussi.

— Et mon mari aussi ? s'amusa Mme Duvaucel. Ne sont-ils pas charmants, Eugène ? Regardez comme ils sont beaux ! Elle, la petite Creusoise, et lui, le jeune laboureur...

Eugène Duvaucel eut un geste vif.

— Eh bien, expliquez-vous !

Marie ne laissa pas à Louis le temps de commencer.

— C'est pour mon promis, monsieur et madame, que je suis venue avec son frère demander votre aide. Il s'appelle François. François Ribière.

Au nom de Ribière, Eugène Duvaucel eut un mouvement de surprise.

— N'est-ce pas ce jeune homme qui a tué un garçon vers le Masrivet en le balançant dans le vide ?

— Oh ! que non ! Il ne l'a pas jeté dans le vide. Les autres s'étaient acharnés sur lui. Si l'un d'entre eux est tombé, ce n'est pas sa faute !

La voix de Marie s'était faite véhémente. Mme Duvaucel, toujours assise sur le tabouret du piano, écoutait avec un intérêt froid.

— Et que pouvons-nous pour lui ? Il y a une justice, que je sache, dans ce pays ? remarqua-t-elle.

— Non, madame ! Ou plutôt si ! Mais si lente que François va mourir si on ne le change pas de prison. Il est déjà très malade !

— Et pourquoi pensez-vous que mon mari interviendrait dans les affaires de la justice, mademoiselle ?

Marie se tourna vers Aurore Duvaucel. La grande dame ne l'impressionnait plus. Une seule chose comptait à présent : sauver son amour.

— Parce qu'il vous a sauvé la vie, madame.

Le moment de stupéfaction passé, Aurore Duvaucel se reprit.

— Et dans quelles circonstances, je vous prie, m'aurait-il sauvé la vie, ce jeune homme ?

— Lorsque les chiens enragés vous avaient renversée de cheval, près de la passerelle sur le Taurion.

Mme Duvaucel blêmit. Elle jeta un coup d'œil à son mari qui se remémorait fort bien l'aventure qui avait failli tourner au drame.

— Mais nous l'avons attendu pour le récompenser ! Il n'est jamais venu. Je lui avais pourtant dit de passer au château...

Aurore Duvaucel s'était levée et marchait de long en large, passait devant son mari et le regardait. Marie sentait l'indécision des époux Duvaucel.

— Il n'est jamais venu parce qu'une vie, c'est une vie, dit froidement Marie.

Aurore Duvaucel lui lança un regard qui ne présageait rien de bon. Louis, qui n'avait rien dit jusqu'à présent, s'avança vers Mme Duvaucel et lui barra le chemin. Surprise, Marie découvrit comme il avait changé ; comme il était beau. La voix de Louis, étrange, s'éleva dans la rotonde du petit salon :

— « *Je croyais voir soudain sous un nouveau soleil*
La grâce d'Apollon au buste d'un imberbe,
Tant les yeux du très cher enfant étaient merveille
Sans rien en lui qui pèse à son sourire superbe... »

Aurore Duvaucel le dévisageait. Elle cherchait au fond de sa mémoire sans se préoccuper de rien d'autre. Louis suivait sur ses traits l'avance des souvenirs. Elle eut un geste pour qu'il se tût.

— Ces vers sont de moi, n'est-ce pas ? J'ai le sentiment de ne les avoir jamais entendus ni relus après les avoir écrits.

Il eut un mouvement de la tête pour l'encourager.

— C'est ici que je les ai écrits ?

— Oui, madame. Au château. Il y a...

— Ne dites rien ! Le temps n'a aucune importance.

Aurore Duvaucel se tourna vers son mari. Ils se regardèrent intensément.

— Eugène, il nous faut admettre les signes. Nous avons toujours vécu ainsi. En êtes-vous d'accord ?

— Vous le savez bien, Aurore.

Elle se tourna vers les jeunes gens.

— Mon mari et moi, nous nous engageons à mettre toute notre influence au service de la libération de François.

Marie, pour ne pas pleurer devant les Duvaucel, s'enfuit par le grand salon. Ses sabots claquèrent sur le parquet. Sur un empilement de partitions posées sur un guéridon, un panier d'osier avec douze œufs sur un lit de paille était abandonné.

Eugène Duvaucel tint parole. Dès le lendemain, il partait pour Paris. Il rencontrait deux amis qui l'avaient aidé depuis toujours. Le 15 novembre après-midi, James de Rothschild l'assurait de son soutien. Le banquier était sur le point de l'emporter sur son rival Pereire. Le Crédit mutuel que l'autre avait créé, et d'une inspiration toute nouvelle puisqu'il s'agissait d'une banque d'investissement drainant l'épargne vers l'industrie, était en proie à de sérieuses difficultés. La dernière demande d'autorisation d'émettre des billets, par l'intermédiaire de la Banque de Savoie, venait d'être interdite par la Banque de France. L'hallali était proche et Rothschild plus puissant que jamais. Le second ami qu'Eugène Duvaucel retrouva le 16 novembre était un politique : Rouher. Sans grande conviction mais d'un tempérament autoritaire, il était en grâce auprès de l'Empereur depuis qu'il avait négocié, dans le plus grand secret, l'accord de libre-échange avec l'Angleterre. Il reçut fort bien la demande de Duvaucel, d'autant que celui-ci avait fait discrètement débuter une campagne de presse sur quelques entrepreneurs indélicats qui grugeaient de notoriété publique l'administration.

Il suffisait d'un retard pour que la campagne de presse montât en puissance. Cela ne fut pas nécessaire. Dès le 21 novembre, François fut transféré dans une colonie agricole d'Ile-de-France où, bénéficiant d'un traitement de faveur, il se rétablit. Son procès eut lieu le 5 janvier 1864. Il bénéficia d'un non-lieu.

9

François et Marie

François arriva de nuit aux Couteilles le 12 janvier 1864. Ressorti libre du tribunal, il était encore sous le choc du procès. Personne dans l'entourage de ses avocats républicains, parmi lesquels Jules Ferry, n'avait compris la clémence dont il avait fait l'objet. A la sortie du Palais de Justice, alors qu'il était entouré d'amis, François avait vu sur le trottoir opposé Aurore Duvaucel et son mari qui le regardaient. Seulement à ce moment il avait réalisé. Il aurait pu traverser la rue pour aller les remercier. Mais ses amis l'entraînaient fêter la victoire et il n'avait pas insisté. « Une vie c'est une vie », s'était-il dit.

Au cœur de la nuit d'hiver, François regardait les Couteilles. Il souffrait de ne pas éprouver cette joie immense qui s'emparait de lui quand il rentrait de limousiner. En six mois de prison à Poissy, il avait espéré la mort comme une délivrance, comme la seule façon de tenter une « sortie ». Il savait maintenant que les lieux ne comptent que par ceux qu'on y retrouve. Le verdict n'avait pas effacé le souvenir de tous ceux laissés là-bas enchaînés à une rédemption impossible, poussés pour survivre à l'animalité absolue.

Les cris d'une petite frappe incorrigible de Montreuil, enchaînée les bras dans le dos plusieurs jours durant, souillée et qui ne pouvait se nourrir qu'en mangeant comme un chien dans son écuelle, le poursuivaient infiniment.

Il la sentait là, au creux de son ventre, cette partie morte qu'il portait désormais en lui. Une masse froide, lourde comme un moellon et qui chaque soir reprenait possession de son être en même temps que les cris des édentées de l'Hôtel-Dieu ou des morts-vivants de Poissy. Il aurait pu s'en débarrasser peut-être, à l'aide d'un couteau, en tranchant à même sa chair. Il s'en débarrasserait peut-être un jour, plus tard. Après avoir revu Marie.

Il était deux heures du matin. Après la ferme des Mouret, il s'arrêta devant les bâtiments de Gerbeau. Il monta dans la cour qui dominait le reste du village et s'approcha du fournil. Au mur encore chaud, il sut que Léonie et Marie avaient cuit le pain aujourd'hui. Il posa sa joue contre la pierre et la brique qui rayonnaient encore. La chaleur traversa sa peau sans pouvoir le réchauffer. Les yeux dans le vide de la nuit, il attendait que viennent des larmes. Il aurait tant aimé pleurer. Mais ses yeux restèrent de la sécheresse des regards brûlés à la souffrance des autres. Il songea à Marie, derrière ces fenêtres obscures, rêvant peut-être à lui tel qu'il était avant. Il essaya d'imaginer sa chaleur de femme, sans y parvenir. Le froid de la nuit se glissait en lui et le fit frissonner.

Il redescendit jusqu'à la ferme de son père. Au moment où il allait frapper, un aboiement furieux partit de derrière la porte. Il entendit le bruit des corps qui se lèvent précipitamment en cherchant la chandelle. Une voix qui criait :

— A tu chaba !

Enfin Joséphine demanda sur un ton inquiet :

— Qui c'est ?

— C'est moi, répondit-il.

— Mon enfant ! cria-t-elle.

Il se laissa faire. Aux pires moments de son emprisonnement, lorsque chaque jour un peu plus il prenait l'indifférence d'une bête devant la mort des autres, il avait espéré les bras de sa mère. Et pourtant ce soir, alors que la vieille essayait de réchauffer son cœur, il n'éprouvait rien. Il regardait Alexandre, qui enfilait à la hâte son pantalon tandis que Louis, toujours long au réveil, tirait le drap sur lui. Il remarqua les yeux d'une jeune chienne qui le surveillait dans l'ombre de la table. Il se dégagea doucement de l'étreinte de sa mère et, se baissant, il murmura :

— Fleurette... Viens, Fleurette.

La petite bergère au poil aussi rude que Fleurette l'observait avec l'envie de venir se frotter à lui. Elle hésitait encore.

— Fleurette. Petite Fleurette.

Il était agenouillé sur le dallage de granit. Louis échangeait un regard inquiet avec Alexandre tandis que la mère soliloquait :

— Je parie que tu n'as pas mangé. Je vais te faire une omelette comme tu les aimes !

— Fleurette...

La petite bête sortit de l'abri des pieds de la table. Alors qu'elle avançait doucement vers François, il détendit le bras avec une vitesse incroyable, la saisit par le dos et la plaqua contre lui. La chienne hurlait. Il lui prit la mâchoire et la tint prisonnière. Il ne prêtait attention à rien. Il la pressait si fort qu'elle ne se débattait plus. Tout en la maintenant, François enfonçait son visage dans le pelage. L'odeur était de terre mouillée, d'herbe, de sueur. La sécheresse des poils appuyait sur les lèvres comme de la paille. François était à genoux. Des larmes lui venaient aux yeux, d'autant plus fort que le corps de la petite bête ne résistait plus. Il plaqua son visage barbouillé sur le front, contre le cou, sur les oreilles de la bergère. Ensuite seulement il la reposa sur le dallage et la laissa filer sous le fauteuil près de la cheminée.

Quand il se redressa, Louis s'approcha et le prit dans ses bras. François se laissa faire.

Il se leva avant l'aurore. La sonnerie de Poissy tintait toujours à ses oreilles. Comme tout le monde dormait, il se décida à aller marcher autour des Couteilles. Malgré le gel, de la brume s'effilochait autour des bâtiments. L'air glacé lui fit du bien. Il jeta un coup d'œil vers la ferme des Gerbeau et prit le chemin de la Favillade. Il avait retrouvé sur le banc de la salle commune les hardes qu'il portait d'habitude au village. La mère les avait sorties tout exprès, attendant son retour après le télégramme adressé au docteur Villevet. Celui-ci avait dépêché son domestique qui avait été le messager de la bonne nouvelle. François avait enfilé son vieux pantalon mité et son gilet tricoté par Joséphine avec un plaisir qui l'avait surpris. Il avait endossé une veste en toile, d'un bleu inusable et qu'il aimait porter au moment des labours. Ses sabots avec une semelle de paille fraîche l'attendaient dans un recoin derrière la porte d'entrée. Le bruit de ses pas qui résonnaient sur les cailloux du chemin lui rappela qu'il pouvait marcher autrement que comme une ombre.

Il piqua sur le sentier qui montait au Mondoueix. En prenant de l'altitude il découvrit sur l'autre versant la maison de Léobon. La bâtisse austère fumait déjà. François songea à Zénaïde, seule. A mi-hauteur, il quitta le chemin du Mondoueix dont il apercevait tout en haut les toits, pour s'engager dans la forêt. Le sol couvert d'un épais tapis de feuilles violines s'enfonçait sous les sabots. Les branches basses des hêtres cinglaient la figure. François respirait de toutes ses forces. L'odeur d'humus le pénétrait, redonnant un sens à la putréfaction. Il aurait voulu enfouir le visage dans ce sol gras, noir sous le lit de feuillages, odorant comme une fertilité. Il aurait voulu se coucher dans la graisse de cette terre imprégnée du soleil gagné au ciel par les grands arbres.

Il arriva dans une clairière occupée au centre par un gros rocher de plusieurs mètres de circonférence. Tout enfant, François aimait venir jouer avec Louis et Marie sur le dos de ce monstre de granit couvert de mousses. François passa le plat de la main sur la pierre. Elle était glissante et ressuait une pellicule de givre. Il s'appuya de tous ses reins contre la masse énorme. La gelure de la pierre ne le pénétrait même pas. Le froid qui l'habitait était pire encore.

Il donnait sur un dévalement de prés recouverts

de gelée blanche. Une multitude de murets de pierre faisaient un rapiècement de terres minuscules dans la vallée des Couteilles jusqu'à Villevegoux et le Grand Chiroux. Très loin, la masse des Renardières élevait ses taillis jusqu'au brouillard, comme la motte d'un château féodal. Les toits du Grand Chiroux fumaient droit en perçant le ciel. Le Grand Blessac aussi s'éveillait. Le chant des coqs, si lointain, parvenait au cœur de la sauvagerie de la Favillade avec l'arrogance de la domesticité. Vers l'est, une lueur longue et plate sortait dans le dos du Puy de la Faye. Un rouge sang montait de dessus les cimes des sapins qui crénelaient l'horizon comme des remparts. La flaque rouge s'étalait et n'en finissait pas de couler sur les forêts en lisière du ciel. François avait les yeux tournés vers cet événement. Depuis des mois, il n'avait pu voir le soleil s'extirper de la terre. Aussi, quand le globe rougeoyant montra son disque, François le regarda avec l'avidité d'un prisonnier.

— François !

Il détourna les yeux. Quelqu'un s'approchait de lui.

— François !

Comme il ne répondait pas :

— C'est moi Marie ! Mon François !

Il ne bougeait pas. Elle courut vers lui et se jeta dans ses bras.

— François...

Elle le serrait de toutes ses forces. Lui résistait à cette pression. Il aurait voulu passer la main sur les cheveux de la jeune fille, mais il ne le pouvait pas. Il aurait voulu parler, mais il avait perdu son souffle. Les bras de Marie tiraient comme une chaîne. François songeait à la prise de corps qu'il craignait par-dessus tout quand il se battait et qui rendait vain son jeu de poings et de pieds. Il était pris par la vie et il n'avait plus aucune réaction. Il ne parvenait même pas à baisser les lèvres vers le visage de la jeune fille, pour se dégager d'un baiser.

— Viens, François, redescendons.

Marie se détacha de lui et l'entraîna vers la bordure. Ils parvinrent à découvert dans un pré qui fumait de givre.

— Regarde, François, la terrade. Elle est belle, n'est-ce pas ?

Il ne répondit pas.

— Nous l'avons bien travaillée avec la mère. Comment trouves-tu que nous labourons à présent ? Même Gerbeau est content de nous ! C'est tout dire !

Elle le prit par la main et ils avancèrent vers la pièce ensemencée depuis l'automne.

— La belle récolte que l'on espère. Tu m'aideras à la rentrer, François ?

— Oui, je t'aiderai.

— Tu es revenu pour cela ?

— Oui, Marie. Je suis venu pour la récolte.

La jeune fille se tourna vers lui. Dans sa grande limousine, elle était minuscule. Ses yeux verts avaient la violence des étoiles.

— Je t'aime, François...

Le baiser qu'ils échangèrent avait le goût du soleil qui illuminait ce jour d'hiver.

Marie ne quittait pas François. Le soir, ils allaient ensemble aux veillées, rentraient en se tenant la main et se retrouvaient le lendemain matin pour d'interminables promenades. Le garçon revenait à la vie lentement. Il avait reçu la visite du docteur Villevet avec une certaine indifférence et le vieux praticien, raccompagné par Louis, avait accordé que seul le temps et Marie pourraient le guérir de ce qu'il avait enduré. Une semaine après son retour, Alexandre demanda à François de lui prêter la main pour faire des fagots. Il accepta sans rechigner. Ses forces revenaient et Joséphine faisait des miracles pour lui ouvrir l'appétit. Elle n'était parvenue à guérir sa phobie de la viande qu'après trois semaines de soins attentifs. Elle cherchait tous les plats qu'il aimait tant jadis, et en particulier le pâté de pommes de terre. Léonie amenait régulièrement de la crème qu'elle ajoutait généreusement à la pâte. François reprenait lentement son poids de corps.

A la fin du mois de janvier, Marie et François accompagnaient les bêtes au champ, sur le chemin de Villevegoux. Ils suivaient le troupeau indolent. Les limousines laissaient à leur traîne l'odeur de paille et de foin des étables. Il faisait un froid sec et le soleil, bien que pâle, accrochait dans les herbages de belles teintes dorées. Les murs de pierre, rongés de mousse, qui bordaient les talus avaient des couleurs d'écaille.

— Nous sommes bien ensemble, François ?

François avait remué la tête. La jeune fille lui avait saisi la main.

— Ce soir, c'est veillée au Mondoueix. Nous irons ?

— Si tu veux.

— Après, il y aura sûrement un bal. Émilie

Chaumont fréquente un garçon de Villeviale qui joue de la cabrette. Émilie m'a dit qu'il l'apporterait ce soir !

Marie serra la main de François dans la sienne. Ils quittèrent le chemin et entrèrent dans un pré à l'extrémité duquel il y avait une petite cabane de berger, montée en pierres plates avec un toit de genêts. L'abri était bien sommaire, avec une seule ouverture, mais il protégeait merveilleusement du vent dominant.

Marie, qui avait l'habitude de garder les bêtes ici, s'était aménagé une place, en face de la porte qui lui permettait de surveiller le champ tout en restant à l'abri. Ils s'assirent côte à côte. Mira se plaça contre leurs sabots.

— Je ne sais pas rester sans rien faire, murmura en riant Marie, alors qu'elle sortait un tricot d'un vieux sac.

— Tu tricotes ? s'inquiéta François.

— Oui ! Et c'est un gilet pour mon bon ami !

Le garçon la regarda, surpris.

— Oui. Mon bon ami. Mon promis, si tu veux ! Je suis bien en âge d'en avoir un ! Ne me trouves-tu pas assez belle pour qu'un garçon s'intéresse à moi ?

Il la regardait avec étonnement.

— Tu connais la fille Courcelle de Chaussedier ? A la Saint-Jean, elle trouvait toujours une couronne d'épines accrochée à sa porte. Et bien qu'elle ne soit pas très brave, elle a trouvé un promis et ils vont se marier.

Marie partit d'un fou rire. François, décontenancé, l'écoutait. Elle avait rejeté sur ses épaules le capuchon de sa limousine. Sa coiffe lui faisait un visage d'une grâce éternelle. Ses joues rougies par le froid mettaient en valeur la pâleur de son regard. Ses dents blanches brillaient comme de petits crocs.

— Alors tu penses que je ne pourrais pas plaire ? Mais c'est tout à fait faux cela, mon cher ami !

Elle plaqua son tricot sur la poitrine de François

— Je me demande s'il est à ta taille...

Elle parut vérifier, tirer par-ci, tendre par-là...

— Il s'en faut d'un rien. Pour qu'il soit à ta taille, il faudrait que... que tu m'embrasses, et là, peut-être serait-il à ta taille.

Elle cessa de rire. Une gravité voluptueuse figeait ses traits. Ses lèvres étaient entrouvertes et ses yeux fixaient le jeune homme. François s'approcha d'elle et l'embrassa longuement. Marie avait sorti ses bras de sa cape limousine et enlaçait le garçon par les épaules.

— François, mon François... Je voudrais tant que tout redevienne comme avant.

Il la contemplait d'un air douloureux. Marie prit sa main froide et la tira vers elle. Elle la fit glisser sous sa limousine, pénétrer dans son gilet boutonné, s'infiltrer sous la combinaison de dentelle pour atteindre sa poitrine. Elle poussa la main du garçon contre ses seins, la guida sur le globe ferme et lui fit caresser leurs extrémités durcies. François la regardait. La tendresse se glissait dans ses yeux et diluait la mort. Il se laissait faire. Pour la première fois depuis l'été, l'extrémité de ses doigts retrouvait le picotement de la vie. Il ferma les yeux.

La petite chienne, qui les regardait, partit soudain au galop ramener les bêtes qui s'étaient échappées dans les semailles attenantes de Mouret. Les vaches des bergères amoureuses sont toujours les plus mal gardées.

Le soir, après avoir attendu que Joséphine, Alexandre et Louis fussent tous trois rentrés, François annonçait qu'il souhaitait épouser Marie Gerbeau en justes noces. Joséphine éclata en sanglots. Alexandre était visiblement ému. Louis n'attendit pas pour féliciter son frère.

— Et la petite ? s'inquiéta Alexandre.

— Comment cela ? répondit François.

— Elle est d'accord ?

Louis éclata de rire.

— Ça, tu aurais pu plus mal choisir, disait la mère. Elle n'est pas maladroite. Et vaillante ! Je l'ai vue faire ; une vraie fourmi.

Le lendemain, Alexandre et Gerbeau se retrouvèrent à la foire de Pontarion. Les deux hommes allèrent au café, et burent un canon.

— Je crois que nos enfants ont du sentiment l'un pour l'autre, avait attaqué Alexandre après le troisième verre de vin.

Gerbeau avait un peu tardé à répondre.

— Ils sont bien jeunes pour ces choses-là.

— Nous n'étions guère plus vieux nous autres, répondit Alexandre.

Autour d'eux la foule allait et venait du comptoir au foirail, discutant des derniers ragots, s'excitant à propos des plus belles bêtes. Ils aperçurent Germain Vergne et Roland Mouret qui sortaient en s'essuyant les moustaches d'un revers de main. Les deux garçons, en les voyant attablés dans une posture un peu contrite, se poussèrent du coude en riant.

— Les nouvelles iront vite aux Couteilles, grogna Gerbeau.

— Pour sûr, surenchérit Alexandre.

Au cinquième verre, l'amour de son prochain avait pris possession des deux compères.

— Nous n'allons pas les contrarier, ces enfants, affirmait Gerbeau. Nous n'avons plus que Marie, et seul son bonheur nous importe. Le tien n'est pas bien riche, certes, mais il est honnête et laborieux. Je l'ai vu s'y prendre à Paris. Ça, on ne peut pas lui retirer.

— Il n'est pas dans notre intention de nous opposer à l'idée de notre François. La petite est bien jeunette mais si telle est leur intention, autant essayer de retenir l'eau entre ses doigts. Il ne faudrait pas qu'ils fassent passer Pâques avant les Rameaux, hein ?

Gerbeau était bien d'accord.

A la troisième chopine, les choses étaient bien avancées. Le temps des accordailles était envisagé.

— Vous viendrez manger dans cinq jours, qu'il ne soit pas dit qu'on est pressé. Et avec François et Louis, vous passerez sur le bien. Après tout, c'est bien le François qui vient gendre.

Alexandre tiqua.

— Qui vient gendre ?

— Ça, nous y tenons avec Léonie ! Tu sais que la maison est sans fils. Mon seul désir est de voir le gendre continuer. C'est une chose que je ne peux pas même discuter.

Alexandre partagea le fond de la chopine.

C'était un vin rugueux qui donnait un coup de râpe dans la gorge. Mais ce jour-là, la piquette avec le goût de l'espérance.

Cinq jours plus tard, les Ribière, dans leurs habits les plus présentables, montèrent à onze heures chez les Gerbeau. Ils furent accueillis par Léonie qui serra contre elle François comme s'il s'agissait de son fils. Malgré la froidure, le temps sec et lumineux avait persévéré. Ils rentrèrent dans la salle commune. Louis, qui portait une petite barrique de vin, la déposa en bout de table. La belle nappe blanche de la maison, faite dans le chanvre de la propriété, était tendue et le couvert déjà mis. François, un peu maladroit, s'était approché de Marie, qui sous le regard indulgent de sa mère avait saisi la main du garçon et ne la quittait pas.

Après avoir bu un premier verre, Gerbeau s'exclama :

— Ce n'est pas tout ça ! Mais il va falloir passer sur le bien.

— Je reste avec Léonie, s'était aussitôt écriée Joséphine.

— Et moi, je vais aider la mère, avait dit Marie.

Les hommes se mirent en demeure de faire le tour du propriétaire. Sous la conduite de Gerbeau, ils commencèrent par les étables. Le maître de maison présentait les bêtes, commentant leur âge et leur état de santé, faisant remarquer comme la Rouge et Marquise travaillaient bien ou comme la Belle donnait un bon lait. Ils visitèrent ensuite le paturadour et montèrent dans les granges. Le foin, bien que sérieusement entamé par l'hiver, dressait encore ses barges jusqu'au faîtage, vertigineuses et odorantes. Sur l'aire de battage, les charrues étaient entreposées, ainsi que le tombereau et les faux. Gerbeau montra tous les outils, à l'exception du joug. François et Alexandre approuvaient courtoisement de la tête, se gardant de la moindre remarque qui eût pu blesser Gerbeau. Louis, que la visite ennuyait, était reparti dans la cuisine bavarder avec les femmes.

Lorsqu'ils en eurent terminé avec les étables, la grange, la porcherie, le fournil, le bûcher, le poulailler, ils allèrent dans la cour et admirèrent longtemps le filet d'eau glacée qui coulait de la fontaine.

— On ne l'a jamais vue sécher, argumentait Gerbeau. Défunt Léon disait que c'était son père puisatier qui l'avait creusée et que c'était la source la plus forte des Couteilles.

Ils prirent ensuite la direction des prés et des bois. Gerbeau leur fit parcourir les douze parcelles de sa propriété de neuf hectares en terminant par la terrade au bord de laquelle il s'arrêta.

— Je l'avais voulue pour Sébastien, vois-tu, François. Il est parti et c'est à toi que je la remettrai. Mais il pourra toujours venir y plonger le soc.

Ils n'étaient rentrés que vers une heure. Les femmes les attendaient, en compagnie de Louis, vaguement inquiètes qu'un obstacle survenu au cours de la revue vînt entraver la bonne marche des accordailles. Les trois hommes rentrèrent frigorifiés et en appétit. Alors commença le long repas. Bien vite, après les premières bouchées d'un pâté de viande arrosé du vin qu'avait apporté Louis, les langues se délièrent. Les timidités se dénouèrent et le sentiment de faire partie de la même famille gagna les cœurs avec facilité. Les Ribière et les Gerbeau réunissaient leurs forces pour agrandir le bien de la vie. Des Couteilles aux chantiers de Pantin, ils avaient assez peiné ensemble pour que cette union n'eût rien de hasardeux.

A la fin du repas, Alexandre, qui avait retrouvé un teint flamboyant et des gestes que semblait n'entraver aucun rhumatisme, questionna :

— Voyons voir, que faisons-nous pour ces enfants ?

Gerbeau avait alors énuméré les pièces du trousseau de Marie, parfois interrompu par Léonie qui donnait des précisions :

— Six draps de chanvre, non pas cinq !

Gerbeau poursuivait, imperturbable :

— Le coffre à linge et vingt aunes de toile en plus de ce qui était décidé au départ. Huit blaudes bleues de droguet à un retroussis...

— Et les ruches ? s'inquiéta Alexandre.

— Comment, les ruches ! Tu ne vas pas me dire que nous laissons la petite partir comme une bâtarde. Ça non ! Ce serait mensonge que de dire pareille chose.

Alexandre reprit sur un ton à peine moins enflammé.

— Au pays, les filles ont toujours apporté les ruches. C'est comme ça et je ne vois pas pour quelles raisons ça changerait !

— Vous en connaissez beaucoup, Alexandre, des filles qui ont vingt aunes de toile dans leur trousseau ? demanda perfidement Léonie.

— La petite Chaumont du Mondoueix ne devrait pas arriver nue chez sa belle-famille, remarqua doucereusement Joséphine.

Gerbeau renâclait.

— Des ruches... Tu vas fort, Alexandre. On va dire partout que je me suis fait affiner.

Il jeta un coup d'œil sur Marie.

— Bon, d'accord pour les ruches. Trois. Des plus belles qui sont derrière la grange et qui produisent gros chaque année. La petite est bien honorée.

L'empoignade se calma et les voix reprirent le ton de l'amitié nouvelle. Les accordailles avaient donné lieu à ce jeu du marchandage sans lequel aucune des deux familles n'aurait eu le sentiment d'avoir accompli son devoir. Curieusement, la dot n'avait pas été l'objet de longues négociations. Il était une tradition établie dans la famille du côté des Gerbeau que le père versait huit cents francs en dot. Cet argent n'allait pas au gendre mais à son père. Au décès de celui-ci, la somme servait à payer leur part aux autres héritiers et évitait ainsi l'émiettement du bien.

— Et pour finir, ajouta Gerbeau en se tournant vers Marie... moi, son père, j'offre ma plus belle brebis pour faire honneur à ce que j'ai de plus cher sous ce toit, avec Léonie.

Marie se leva et alla embrasser son père. Le vin coula de nouveau dans les verres alors que les femmes en étaient au café. François retrouvait des couleurs et Marie n'avait jamais été aussi belle.

Lorsque les Ribière reprirent d'un pas moins assuré le chemin de leur ferme, pour soigner les bêtes, la date du mariage était fixée au second samedi du mois d'avril. Les noces auraient lieu chez les Gerbeau dont la grange était plus vaste. Marie avait décidé des meneurs de danse et des musiciens. Il restait aux deux pères à aller faire les invitations. Pas moins de cent cinquante personnes étaient prévues. Alexandre et Gerbeau n'eurent pas trop du mois de février.

Il fallait les voir partir l'après-midi, d'un bon pas, se rendant chez les familles qu'ils souhaitaient inviter. Le premier jour, Gerbeau, qui avait commencé par les Mouret des Couteilles, puis s'était rendu chez les Vergne et avait eu la malencontreuse idée de faire Chopineau dans la même soirée, n'était jamais parvenu à pousser jusqu'à Villevegoux comme il en avait eu l'intention. A chaque halte, il lui fallait s'attabler, boire son canon et répéter la phrase rituelle :

— Je viens vous inviter pour la noce de Marie.

Les autres protestaient :

— Tu nous fais bien de l'honneur, Gerbeau.

— Et ce n'est pas un, c'est tous !

Chaque fois, il repartait d'un pas un peu plus hésitant. Si bien que ce premier jour, quand elle l'avait vu revenir, Léonie l'avait mis au lit sans le réprimander, car elle savait qu'il faisait pour le mieux et que c'était une rude tâche que d'inviter aux noces de sa fille unique.

Chez les Ribière, on avait discuté longuement de l'obligation d'inviter les Duvaucel. Louis aurait souhaité convier les châtelains alors que François y était fermement opposé.

— Inviter à mes noces un adversaire politique, tu n'y penses pas !

— C'est à cet adversaire que tu dois d'être ici, en ce moment. Il ne faudrait pas l'oublier.

— Je ne souhaite pas inviter Villevet, ni Mignaton, ni Coudert qui d'ailleurs est en Angleterre ! Je veux tirer un trait sur cela, je l'ai promis à Marie. Alors les Duvaucel, ce serait trop injuste.

C'était Alexandre qui avait tranché :

— Nous n'inviterons que les gens de notre condition et que nous estimons. Nous n'inviterons même pas Quérau qui est le grand-oncle de votre mère pourtant.

Les Couteilles vécurent ces deux mois qui menaient à avril dans la fébrilité partagée des préparatifs du mariage. Le passage des deux familles chez le notaire avait valu force commentaires. Il se disait que la petite était richement dotée et personne du côté des intéressés ne démentait. L'achat des habits et des cadeaux s'était fait à Bourganeuf. Joséphine et Louis avaient accompagné François pour lequel cette journée était ruineuse. Aussi avait-il dû signer l'avant-veille, auprès de Me Pâtisson de Bourganeuf, un billet de cinquante francs de dette. Villevet avait apporté sa caution. Mais quel bonheur aussi quand ils avaient choisi les alliances, dans la petite boutique de l'horloger-bijoutier de la rue principale de Bourganeuf ! François et Marie, en regardant les anneaux, avaient été profondément émus. Contre toute tradition, François n'avait pas marchandé le prix des bijoux. Surpris, le bijoutier avait offert à Marie une petite broche d'argent qu'il avait lui-même accrochée au revers de sa cape.

Il faisait un beau soleil de fin d'hiver sur les Couteilles au jour des noces de Marie et de François. Depuis la veille, Gerbeau, Germain et Chopineau, qui avait jeûné pour mieux se rattraper pendant le mariage, nettoyaient la cour de la ferme, rangeaient les outils qui traînaient, curaient la rampe du chemin détrempé par les pluies de la semaine passée. La ferme était dans l'ordre le plus méticuleux. Des odeurs généreuses passaient par la porte de la salle commune, aux mains de Zénaïde qui avait accepté de faire la cuisinière. Elle était inégalable pour la pâte feuilletée et les vol-au-vent qu'elle garnissait de blanquette de volaille.

Les invités arrivèrent d'un pas mesuré. Ceux qui venaient de loin dételaient dans les écuries des Couteilles où leurs bêtes recevaient litière et eau. Il était deux heures de l'après-midi. Plus d'une centaine de personnes attendaient dans la cour de Gerbeau. Des femmes allaient et venaient à la cuisine, des jeunes filles s'enfermaient dans la chambre de derrière pour remettre de l'ordre dans leurs vêtements brouillés par le voyage. A mesure que le temps passait, l'excitation montait parmi les jeunes. « Vivo la marida ! » entendait-on crier par moments alors que le cri limousin retentissait.

Alexandre s'avança vers la porte de la ferme. Léonie Gerbeau parut sur le seuil. Tête nue, il la salua :

— Bonjour, Léonie Gerbeau. Je viens chercher ce que vous m'avez promis.

— Nous vous avons promis quelque chose, mon brave homme ? Je ne m'en souviens pas. Ceci peut-être ?

Elle lui montra une chaise.

— Non, ce n'est pas cela.

— Ça alors ? suggéra-t-elle en montrant le fauteuil près de la cheminée.

— Non, non...

— Vous vous êtes trompé. Nous ne vous avons rien promis.

Alexandre, son chapeau à la main, répondit :

— Ce que vous m'avez promis n'est pas ici.

Il ouvrit la porte de communication qui donnait dans la chambre où se trouvait Marie. Marie était là, au bras de Gerbeau, tous les deux en pleurs. Alexandre, sous les regards attentifs des convives qui avaient réussi à rentrer dans la salle commune, avait mis un genou en terre.

— Elle sort d'une maison honnête pour entrer dans une autre.

— Eh bien, prenez-la, je vous la donne ! répondit Gerbeau d'une voix mal assurée.

Marie parut sur le seuil de la ferme et ce fut une explosion de joie.

— Vivo la marida ! criaient à tue-tête Germain Vergne, Marcel Vallade et Léopold Maisonneuve.

Leur cri monta au soleil comme un cri de joie. Les cavalières riaient en prenant garde à leurs parures. Le mois d'avril avait chassé les dernières neiges et ressuscitait la vie au cœur des hommes, des bêtes et des rameaux. Hier des grives avaient été aperçues par Chopineau, dans la sagne de Mouret. Un vol de grues, très haut, avait fendu le ciel en direction du nord.

Marie tourna le dos à la foule des invités et sortit de la maison à reculons pour rappeler la douleur qu'il y avait à se séparer de ses parents. Elle portait une robe de satin foncé, couleur lilas, avec des fleurettes de soie. Ses épaules étaient cachées par une cape creusoise en drap noir. Sa coiffe blanche, aux rubans relevés, enchâssait son visage resplendissant. Les sabots fantaisie, aux brides de cuir neuf et à pompons rouges, enjolivaient sa silhouette.

Le père de la mariée sortit à son tour, méconnaissable dans sa redingote noire avec, sur la tête, un huit-reflets lustré.

François s'approcha et lui demanda l'autorisation d'embrasser sa fiancée. Dès que Marie tendit la joue, des cris d'allégresse montèrent. La vielle et la cabrette, tenues par deux compères de Lavaud, attaquèrent lentement une mélodie nasillarde et triste qui s'éleva au-dessus des rires et des exclamations :

— Sors de là notre mariée, sors de là, pour que nous te menions marier...

Afin de rompre la mélancolie du chant, Robert Chaumont arriva avec une poule blanche capturée dans le poulailler de la maison. Il accrocha l'animal au bout d'une guillade et brandit la tige tandis que la bestiole battait des ailes en caquetant d'épouvante. Des coups de fusil claquèrent de derrière le fournil et la porcherie. Et comme les deux familles étaient respectées aux Couteilles, la bravade fut particulièrement nourrie. Surprise par le roulement des détonations, Marie poussa un cri et s'accrocha au bras de François.

Les deux musiciens harnachés de rubans blancs et rouges furent disposés en tête du cortège qui s'ébranla vers la sortie des Couteilles, en direction de Pontarion. Sur le pas des maisons, Adeline Tissier et Justin Vallade qui, en raison de leur âge, ne viendraient qu'en suiveurs le soir au bal, admiraient la mariée et les livrées de tous. A la dernière maison, celle de Chopineau, les musiciens quittèrent la route principale pour prendre le chemin des morts qui tantôt longeait la route, tantôt piquait à travers champs.

Le cortège venait d'arriver aux abords de Villevegoux. Au milieu de la chaussée, une table improvisée sur des tréteaux avait été dressée par des jeunes gens du village qui faisaient barrage en tirant une salve nourrie de coups de fusil de chasse. Une barrière de ronces avait été placée au travers du chemin.

— On ne passe pas sans payer ! hurlait le fils Aymard de Villevegoux.

— Comment, on ne passe pas ? s'inquiéta Gerbeau.

L'autre tendit son fusil au ciel et lâcha une pétarade qui fit crier les cavalières. Bon enfant, le père de la mariée s'avança et négocia le passage de Marie qui dut boire une coupe de vin, alors que son père s'acquittait d'un droit de passage de deux francs. Le cortège reprit sa marche, salué par de nombreux coups de mousqueterie, pour faire honneur. Le même barrage se reproduisit au Grand Blessac où Marie dut faire la bise aux jeunes gens.

A la mairie, Marie et François ne furent suivis que par leurs parents alors que le reste de la noce attendait en discutant joyeusement. Lorsque les deux mariés réapparurent, le cortège, égayé par les moulinets que faisait Robert Chaumont avec la poule toujours accrochée au bout de la gaule, prit le chemin de l'église.

Au pied de la côte, les musiciens attaquèrent une bourrée qui donna du cœur à tous. Louis et Marissou, une jolie fille dont les yeux bruns faisaient chavirer les cœurs, dansèrent devant le parvis, sous les encouragements des garçons d'honneur. Une table était dressée, près du vieux chêne, couverte de verres et de bouteilles.

Marie et François franchirent le porche. Un air chargé de l'humidité de l'hiver saisissait les épaules. Marie frissonna. Devant l'autel, le prêtre fit signe aux jeunes gens de s'approcher. Marie, vive comme l'eau claire du ruisseau de Vauve, lança le pied en avant si bien qu'elle fut la première à poser son sabot sur le tapis disposé sur le dallage. Les commères qui avaient assisté à la scène hochèrent la tête :

— La petite portera la culotte et ce brave François se fera mener par le bout du nez. Vois la traîne.

Élodie, la demoiselle d'honneur qui, à dix ans, paraissait avoir déjà toutes les grâces dans sa robe mauve, disposait la robe de Marie sur les pieds de son mari qui n'y vit que du feu.

— Je te l'avais bien dit... Il ne pèsera pas lourd, commenta en souriant la marraine de Marie, une forte femme dont le chignon austère dissimulait mal la gaieté naturelle.

Le prêtre procéda à la bénédiction. Louis, de la travée réservée aux hommes, lançait des regards sur le côté. Les femmes ne perdaient pas une miette de la messe tandis que les hommes marquaient des signes d'impatience sans pour autant troubler la cérémonie. Les cousins Andrillou de Soubrebost s'étaient assis tout au fond, le dos tourné à l'autel pour marquer dans quel mépris ils tenaient l'institution religieuse.

Après que le prêtre eut béni la galette portée par quatre jeunes gens, les couples se reformèrent pour sortir de l'église, Marie et François en tête.

Au pied du chêne, quand ils eurent bu tout le vin, les invités brisèrent les bouteilles contre les murs de l'église. Le prêtre, qui en avait vu d'autres, parlait à Gerbeau, un verre à la main. Le cortège reprit le chemin des Couteilles. Les esprits s'étaient échauffés, les cris limousins se faisaient plus rauques. Robert Chaumont secouait frénétiquement la poule à moitié déplumée au bout de sa gaule. Chopineau délirait entre deux gaillards qui le redressaient à coups d'épaule quand il penchait trop.

Au retour, sur le seuil de la maison de Gerbeau, François découvrit une gibe posée par terre. Il s'en saisit sous les encouragements des invités et donna plusieurs coups de la serpette dans un fagot. Les convives reprirent des forces à pleins verres, servis par les marraines et les parrains affublés de bonnets garnis de rubans. Comme ils étaient de bonne compagnie, ils allaient de groupe en groupe, régalant à l'envi et racontant des histoires paillardes. Chacun riait de bon cœur. François aurait souhaité retrouver Léopold, Germain, Marcel et les autres limousinants. Les garçons, auréolés de leur statut d'ouvriers aventureux, bombaient le torse en évoquant des souvenirs de chantier ou des scènes de la vie à Paris, que leurs cavalières écoutaient avec émerveillement. Mais Marie prit François par le bras et l'entraîna loin du groupe.

— Je n'aime pas entendre parler de Paris, François.

Il n'eut pas le temps de répondre. Un bol de soupe tendu par Roland Mouret déguisé en matrone lui arrivait sous le nez

— Faut boire, mon garçon. Tu en auras besoin, plaisantait le gaillard.

Mais avant que François ne trempe ses lèvres dans le bouillon, Roland plongeait dans le bol un poireau cru avec ses racines.

Maintenant, les noceurs avançaient vers la grange, humant le fumet des viandes rôties et des pâtés qui passait par les fenêtres de la maison. Les préparatifs avaient duré une semaine. Les commères des Couteilles étaient venues prêter main-forte, apportant leur vaisselle et leurs couverts. Alexandre avait aidé à tuer un veau, tandis que les Gerbeau sacrifiaient un porc et l'essentiel de la basse-cour dans un charivari de plumes ébouillantées et de cous tranchés à la hache sur le billot à bois.

Les tables, posées sur des tréteaux et longées de bancs, avaient été montées dans la grange attenante aux étables. Des parures de rubans décoraient les poutres débarrassées des toiles d'araignées. Des lanternes accrochées à la charpente surplombaient deux cents assiettes. Des draps tendus empêchaient les vaches de regarder en passant la tête hors des cornadis. Malgré cela, la Rouge, intrépide et curieuse de ce remue-ménage devant sa mangeoire, parvenait à glisser son museau rose entre deux pans.

Les convives s'installèrent lentement, chacun cherchant la place que lui assignaient son rang et son degré de parenté. Quand tous furent assis, après un moment de silence vite rattrapé par Francœur qui raconta l'histoire du pantalon de la vieille et que toute la noce ponctua d'un énorme éclat de rire, les femmes servirent l'aumaille. Le savoureux pot-au-feu ragaillardit les cœurs épuisés en marches cérémonieuses.

François ne quittait pas des yeux Marie. L'évocation du départ à Paris, au printemps, avait un moment assombri sa joie.

— A quoi penses-tu, François ? demanda Marie.

Il ne sut que répondre. La jeune fille lisait dans ses pensées.

— Je pense qu'il y aurait grand regret à ne pas profiter de la joie, répondit-il en regardant sa femme.

Les niorles racontées à haute voix, d'une extrémité de table à l'autre, les chansons qui ponctuaient l'attente entre les pâtés de viande et les rôtis de porc, les volailles et les flognardes, apportaient une joie simple qui entraînait tout sur son passage. Le vin aidant, François se laissa emporter par ce bonheur. A ses côtés, Marie riait de belle manière et plus rien d'autre ne comptait, ni même la nuit qui, depuis que les lanternes avaient été allumées, enserrait la grange d'une froideur glaciale.

Après les clafoutis, Gerbeau chanta. « J'ai deux grands bœufs dans mon étable » avec une nostalgie poignante qui tirait sur les visages un voile d'émotion. Comme il était en voix, et que tous applaudissaient frénétiquement pour qu'il continuât, il se leva de nouveau et, se tournant vers la mariée, entonna un compliment de belle tournure qu'il avait entendu à un mariage à Boussac. A la fin de la romance, Gerbeau, à qui le vin avait donné de l'assurance, prit dans ses mains une miche de pain et ponctua la chanson par ces deux vers : « ... Car sachez que pour ce pain gagner, Madam'faut travailler. »

La noce applaudit à tout rompre. Robert Chaumont en tête, les jeunes poussèrent leur cri : Viva le limosi !

Vers minuit vint l'heure du bal. Gerbeau s'approcha de sa fille et brisa son assiette. Tous prirent la direction d'une grange dans laquelle les vielleurs attendaient. Les deux gars de Lavaud étaient juchés sur une estrade, un verre plein entre les sabots. Dès que la mariée parut au bras de son mari, suivie par la poule blanche toujours brandie par un Chaumont faiblissant, s'éleva le son rugueux et nostalgique de la vielle et de la musette.

Francœur et Germain invitèrent Justine et Léopoldine, les plus âgées de la noce, et se lancèrent dans une bourrée glissée. Justine, malgré ses soixante années, virevoltait comme une jeune fille, sa cape creusoise sur les épaules et le regard d'une merveilleuse malice sous sa coiffe de paille tressée. Les sabots de Léopoldine effleuraient à peine la terre et les musiciens, entraînés par la grâce du spectacle, endiablèrent le rythme.

D'autres danseurs se joignirent aux premiers couples et la grange ne fut que Chibreli, Pélélé, Ageasses et Bourrées, dont la musique traversait le toit de chaume pour monter au ciel étoilé.

Vers trois heures du matin, alors que tous s'étaient remis à table pour la rôtie, les noceurs réalisèrent que Marie et François s'étaient éclipsés.

— Faut les retrouver ! cria Robert Chaumont qui venait de plumer la poule blanche.

— J'ai ma petite idée, répondit Francœur qui avait les yeux sur tout.

La jeunesse décida d'attendre un peu. Les têtes se faisaient lourdes et les pâtés en croûte, les ragoûts, les bouchées à la reine arrivaient à profusion. Des plats entiers de charcuterie repartaient sans être touchés sous les yeux satisfaits du père de Marie.

Malgré la tiédeur de la grange, le gel appuyait sur les épaules. Les plus frileuses remontaient leur cape, les yeux tirés par la nuit blanche. La charpente de la grange craquait. Tout près, une vache meugla. Le sommeil gagnait. Germain sursauta sur son banc et cria d'une voix enrouée :

— Avec Francœur, on sait où se trouvent les tourtereaux. Allons leur servir la grillée.

Ce fut comme un coup de tonnerre. La noce se releva et les plus jeunes partirent en tête jusque chez les Tissier où François et Marie avaient décidé de faire leur nuit de noces. Depuis que François intimidé lui avait retiré le bouquet épinglé à son corsage, et qu'ils étaient montés tous deux dans le lit, se tenant la main en prenant garde de se coucher en même temps pour mourir ensemble, il s'était à peine écoulé deux heures. A présent, ils étaient enlacés. Un grand feu brûlait le ventre de Marie qui appréhendait le cortège paillard qu'elle entendait s'engouffrer dans la maison.

Robert Chaumont entra le premier dans la chambre en poussant des cris et en vociférant des remarques gaillardes qui faisaient s'esclaffer les plus prudes. Marie et François se redressèrent et regardèrent arriver la foule des noceurs avec un air contrit.

Francœur leur présenta le vase de nuit avec un œil au fond, plein de vin blanc chaud et dans lequel flottaient des morceaux de chocolat. Et tandis que Marie et François buvaient complaisamment le mélange, le joyeux luron se fendait des remarques les plus obscènes que l'engourdissement provoqué par l'heure matinale lui permettait d'inventer.

Quand les autres ressortirent de la chambre, Marie et François surent qu'ils ne seraient plus dérangés. Ils se glissèrent de nouveau dans la nuit profonde des corps guidés par un premier amour.

Au second jour des noces, alors qu'elle passait au bras de François le long des tables où les invités étaient de nouveau attablés pour le troisième repas, Marie avait entendu Germain, Marcel Vallade et Léopold évoquer leur départ très proche.

— Nous sommes déjà le 10 avril. Un cousin m'a fait dire que l'embauche reprenait. Il ne faudrait pas tarder. Pas plus d'une semaine...

Marie avait pâli et s'était enfuie vers la fontaine. Bouleversé, François l'avait rattrapée.

— Qu'est-ce qu'il y a, Marie ? Je ne veux pas que tu pleures. Tu n'es pas heureuse maintenant ?

— Si, renifla-t-elle, ce n'est pas ça.

— Qu'est-ce que c'est alors ?

— Tu le sais bien, François.

Il la prit dans ses bras. L'eau de la fontaine faisait un arc de plomb qui retombait dans l'abreuvoir. Le bruit accompagnait les rires qui fusaient de la grange. Le ciel s'était assombri depuis le matin avec des moirures bleues presque noires. Des enfants las et endimanchés se poursuivaient dans la cour. Marie les regarda. La carriole des cousins de Saint-Hilaire filait sur la route. François insista :

— Il le faut. Et puis, je ne serai pas tout seul. Avec Louis et ton père, nous ne nous quitterons pas. A trois, c'est plus facile !

Marie secouait la tête.

— Si tu restais, dis, François ? Nous pourrions vivre ici... En se serrant, nous y arriverions. Personne ne manque de courage !

Elle le regardait dans les yeux, avec la volonté de convaincre. François trouvait que son visage portait la marque ineffable de la volupté. En cet instant, il l'aimait passionnément.

— Tu m'as redonné la vie, Marie. Tu es le seul être qui compte pour moi. Et pourtant il faut te quitter. J'ai des devoirs.

— Tu veux de l'argent pour agrandir la propriété, c'est cela ? Tu préfères quelques ares de plus à l'amour de ta femme !

Il détourna le regard.

— Oh ! Pardonne-moi, François. Je ne sais plus ce que je dis. Je ne veux pas que tu partes. C'est comme si on m'arrachait un bras !

— Moi aussi, je voudrais rester, Marie. Mais comment faire ?

Elle eut un sursaut.

— Et si je partais avec toi ?

— Partir avec moi ? Tu n'y songes pas ! Tu n'arriverais pas même à Paris. Ce n'est pas une aventure pour une femme, Marie.

— Pour moi, si. Je suis capable de marcher. A Paris nous pourrions louer une petite chambre. Je travaillerai !

La voix de François s'était faite dure.

— Je ne veux pas que tu ailles dans une fabrique, Marie. Pour les femmes, c'est inhumain. Jamais ! tu m'entends. Ici, dans notre misère, tu es une reine comparée aux malheureuses qui marnent dans les usines. Tu comprends cela ?

— La femme de Desgrange suit bien son mari à Paris, elle ! Ils s'aiment assez pour ne pas vivre l'un sans l'autre.

— Desgrange gagne cinq fois ce que je touche. Je ne suis qu'un gougeat, Marie. Je ne suis pas même près de ramener la campagne de ton père. Bien heureux encore qu'il ait consenti à notre mariage avant que j'aie changé l'auge pour la truelle ! Cela prendra des années. A Paris j'ai juste de quoi ne pas mourir de faim. Et tu voudrais partager ça ?

Elle le regarda dans les yeux avec une détermination qu'il découvrait.

— Oui, je veux tout partager de toi.

Il eut un mouvement de recul.

— Non, c'est impossible. Ton père ne me le pardonnerait pas. Crois-moi, il vaut mieux faire comme les anciens ont déjà fait. Je ne veux pas reparler de cela.

Marie n'avait reparlé de rien jusqu'au départ des limousinants des Couteilles, dix jours plus tard. Non pas que François l'eût convaincue. Mais elle avait compris qu'il n'était pas prêt. « Moi je suis prête, avait-elle pensé. Pas lui. »

Ce petit matin du 27 avril 1864, il gelait dans les fonds quand les portes des maisons des Couteilles s'ouvrirent sur des pleurs. Germain, Francœur, Marcel, Léopold, Gerbeau, Louis et François s'étaient faufilés dans la nuit pour se retrouver à cinq heures, au bout du village, sur le chemin de la Genête. Marie avait tenu à les accompagner jusqu'aux limites des Couteilles.

Elle avait marché jusqu'au pré au fond duquel se tassait la petite masure de berger au toit de genêt où, trois mois plus tôt, elle avait entraîné François sur le chemin du bonheur. Elle avait embrassé son père et Louis. Retardant le moment de la déchirure, elle avait agrippé François au col de sa veste.

— François...

— Marie.

Il l'avait embrassée et s'était détaché d'elle. Il avait marché lentement d'abord, en se retournant et en agitant maladroitement la main. Puis il avait dû presser le pas pour rattraper le groupe qui filait déjà au bout du chemin. Son sac de marcheur lui faisait une bosse sur le dos et sa silhouette claire s'enfonça dans l'ombre. « François, François... » répétait à voix basse Marie en le regardant partir.

Longtemps après qu'ils eurent disparu, elle était encore là, enroulée dans sa cape. Les larmes qu'elle essuya sur son visage avaient le froid de la nuit. Elle tourna la tête, au levant, vers leur terrade ensemencée qui étalait sous l'abri de la Favillade ses flancs couverts d'un duvet de givre. D'ici la terre paraissait nue, lisse et blanche. Mais Marie savait que malgré l'abandon des hommes, un champ de blé cet été la chargerait d'or et de vie. Sous sa limousine, la jeune femme posa les mains sur son ventre plat. Elle frissonna et s'en retourna aux Couteilles.

BIBLIOGRAPHIE

I. LA VIE QUOTIDIENNE EN CREUSE ET EN LIMOUSIN AU XIXe SIÈCLE

Albert GOURSAUD, *La Société rurale traditionnelle en Limousin,* ouvrages publiés et complétés par Maurice Robert, 4 volumes, éditions Maisonneuve et Larose, 1976, 1032 pages.

Alain CORBIN, *Archaïsme et modernité en Limousin au XIXe siècle,* thèse. Paris, Marcel Rivière, 1975.

Georges Emmanuel CLANCIER, *La Vie quotidienne en Limousin au XIXe siècle,* éditions Hachette, 1977, 319 pages.

Louis PÉROUAS et collab., *Les Limousins en quête de leur passé,* éditions Souny, Limoges, 1986, 187 pages.

Louis PÉROUAS, *Refus d'une religion, religion d'un refus en Limousin rural, 1880-1940,* édition de l'École des Hautes Études en Sciences Sociales, Paris, 1985, 245 pages.

Sous la direction de Michel CASSAN, Jean BOUTIER, Nicole LEMAITRE, *Croyances, pouvoirs et société, des Limousins aux Français,* études offertes à

Louis PÉROUAS, éditions Les Monédières, Treignac, 1988, 344 pages.

Daniel DAYEN, *L'Enseignement primaire dans la Creuse, 1833-1914,* thèse. Paris X-Nanterre, 1980, 344 pages.

Robert GUINOT, *La Creuse autrefois,* éditions Horvath, 1987, 159 pages.

René BOUDARD, *Bourganeuf au fil des âges,* édité par la ville de Bourganeuf, 1980, 349 pages.

Gilbert LACONCHE, *Les Mariages creusois,* éditions Verso Montgermain, 23480 Saint-Sulpice-les-Champs, 1984, 112 pages.

Textes choisis par Lucien-Dominique CASANOVA et Gilbert LACONCHE, *C'était la Creuse,* éditions Verso, 1989, 309 pages.

II. LA MIGRATION CREUSOISE

Martin NADAUD, *Mémoires de Léonard, ancien garçon maçon,* édition établie et commentée par Maurice AGULHON, éditions Hachette, 1976, 557 pages.

Association du Plateau des Combes, *Les Maçons de la Creuse et autres migrants,* Association du Plateau des Combes, 23500 Felletin.

Marie-Annie MOULIN, *Les Maçons de la Haute-Marche au XVIIIe siècle,* thèse. Institut d'études du Massif central, 1986, 576 pages.

III. D'AUTRES ASPECTS DU SIÈCLE

Sous la direction d'Yves LEQUIN, *Histoire des Français, XIXe-XXe siècle,* 3 volumes, éditions Armand Colin, Paris, 1984.

Maurice Agulhon, *1848 ou l'apprentissage de la République,* éditions du Seuil, 1973, 250 pages.

Alain Plessis, *De la fête impériale au mur des fédérés,* éditions du Seuil, 1973, 254 pages.

Alain Corbin, *Le Temps, le Désir et l'Horreur,* éditions Aubier, 1991, 244 pages.

S. Borsa et C.R. Miche, *La Vie quotidienne des hôpitaux en France au* XIX*e* *siècle,* éditions Hachette.

Erwin H. Ackerknecht, *La Médecine hospitalière à Paris,* éditions Payot.

Michelle Perrot, *L'Impossible Prison, recherches sur le système pénitentiaire au* XIX*e* *siècle,* éditions du Seuil.

Jeanne Gaillard, *Paris, la ville,* éditions Honoré Champion.

Alain Duault, *L'Opéra de Paris,* éditions Sand.

TABLE DES MATIÈRES

www.pocket.fr
Le site qui se lit comme un bon livre
Informer
Toute l'actualité de Pocket, les dernières parutions collection par collection, les auteurs, des articles, des interviews, des exclusivités.
Découvrir
Des 1ers chapitres et extraits à lire.
Choisissez vos livres selon vos envies :
thriller, policier, roman, terroir, science-fiction...
Il y a toujours un Pocket à découvrir sur www.pocket.fr
POCKET

Achevé d'imprimer sur les presses de

BUSSIÈRE

GROUPE CPI

à Saint-Amand-Montrond (Cher)
en décembre 2004

POCKET - 12, avenue d'Italie - 75627 Paris Cedex 13
Tél. : 01-44-16-05-00

— N° d'imp. : 45757. —
Dépôt légal : octobre 2001.
Suite du premier tirage : janvier 2005.

Imprimé en France